执念

雷米 —— 著

图书在版编目（CIP）数据

执念 / 雷米著. — 重庆：重庆出版社，2022.4
ISBN 978-7-229-16648-9

Ⅰ.①执… Ⅱ.①雷… Ⅲ.①推理小说—中国—当代
Ⅳ.①I247.5

中国版本图书馆CIP数据核字（2022）第038054号

执念
雷米 著

策　　划：华章同人
出版监制：徐宪江　秦　琥
责任编辑：朱　姝
特约编辑：王晓芹
营销编辑：史青苗　刘晓艳　刘一锦　王广超
责任印制：杨　宁
装帧设计：L&C Studio

出　　版：重庆出版集团　重庆出版社
（重庆市南岸区南滨路162号1幢）
发　　行：重庆出版集团图书发行公司
印　　刷：北京盛通印刷股份有限公司
邮购电话：010-85869375

全国新华书店经销

开　本：880mm×1230mm　1/32　印　张：14.875　字　数：300千
版　次：2022年4月第1版　　　　印　次：2023年2月第2次印刷
定　价：49.80元

如有印装质量问题，请致电023-61520678
版权所有，侵权必究

自序

执念如魔

2003年4月25日，奉俊昊导演的《杀人回忆》在韩国上映。在此后的十多年中，本片作为韩国犯罪电影的经典之作，一直为观众津津乐道。电影是根据1986年9月至1991年4月期间发生的韩国京畿道华城郡连环杀人案改编而成。幕后有一个沉重且有趣的花絮：在电影的结尾，宋康昊扮演的朴警官重返案发现场，听一个小女孩讲述曾在这里看到一个徘徊的男人之后，转身面对镜头，内心的千言万语化作久久的凝视。奉俊昊导演说，当年没有被抓获的凶手如果在2003年看到这部以他的罪行为素材的电影，他一定会通过最后一个镜头与朴警官对视。导演试图告诉凶手，这是警察的回忆，也是受害者家属的回忆，更是一个时代的回忆。

"你的罪行，从来不曾被忘记。"

我更想知道的是，一个躲过追捕的连环杀手，在进入垂垂暮年之际，他会想些什么。

2014年春季，我曾有一段时间步行上下班。在中国刑事警察学院附近有一个公园，上班路过那里，我常常会遇到一些遛弯的老人。他们或精神矍铄，或老态龙钟；或呼朋引伴，或踽踽独行。从衣着和神态，我能大致猜出他们是怎样度过了大半生的时光。然而，过客毕竟是过客，我没有时间，也没有耐心去仔细探究。但是，在某个春日的早晨，当我走在一条两边刚刚泛起新绿的石子路上时，我突然心里一惊。

在那些温和的表情之下，在那些衰老的身体之中，是否隐藏着偃旗息鼓的恶魔？

它是否在暗自庆幸的同时，蠢蠢欲动，打算重返人间？

于是，在《心理罪》之后的新的写作计划诞生了。

这是一个关于执念的故事。所谓执念，求之不得，念念不忘。我们常常把内心的执念推给时间去解决。然而，它就像一个历久弥新的陷阱，上面覆盖着自欺欺人的花草。当我们前来凭吊的时候，向前一步就会陷落。我们嘴里喊着"救命呀救命呀"，其实心里很清楚，这么多年来，那里就是心之所向。

很多时候，谓之放下，不是无念，只是无力而已。

一个人的执念，往往事关情爱。一群人的执念，则与一个时代脱不了干系。更何况，它整整横跨了23年。无论是谁，想必都会在年华尽逝时承认自己的一败涂地。时间是良医，但疤痕犹在。我们大可以归罪于天性中的局限和软弱。然而，有人偏偏不认账。

所以，才会有与时间赛跑的警察；才会有困于轮椅上却仍不放弃的老人；才会有选择以身涉险的女孩；才会有用最笨拙的方法监视恶魔的忏悔者；才会有明明已经觉醒却甘愿投身于时间漩涡的提线木偶。

以及，被爱欲与憎恨折损了一生的他。

这是一个关于老人的故事。处处弥漫着斑驳的时光，散发着朽蠹的味道。我曾经固执地将其命名为《临终关怀》，尽管这让它看起来非常像一本医学教材。首次出版的时候，它被更名为《殉罪者》。执着于罪的人，终将为其殉葬。小说出版后不久，我听到了一首歌，是梦龙乐队（Imagine Dragons）的《恶魔》（Demons）。在我看来，它是小说中每个人物的内心独白。

我想为你隐藏真相，
我想为你张开臂膀。
但是我内心的野兽，
已经无处躲藏。

执念就是恶魔。它用环绕着大团蒸汽的红色尖角，刺向我们的心脏。它是缠在脚上的荆棘，它是从山顶滚落的巨石，它是我们绕不开的念想，它是我们完成一生的指望。
它让我们疯狂。它让我们坚强。
所以，在这部小说再版的时候，我想，我终于可以直视它的本来面目。
它应该叫《执念》。

2019年9月，韩国媒体报道：一名现年56岁的李姓男子被确认为当年京畿道华城郡连环杀人案的真凶。

2022年3月于沈阳

目 录

001	引子 告白		088	第九章 老宅
006	第一章 初见		097	第十章 手印
013	第二章 老警察		115	第十一章 杀人犯
023	第三章 门		124	第十二章 新世界
038	第四章 旧案		136	第十三章 过年
049	第五章 人间		154	第十四章 证伪
057	第六章 朋友		164	第十五章 同谋
066	第七章 访问		176	第十六章 幽灵
076	第八章 跟踪		188	第十七章 黄昏中的女孩

202	第十八章 世界的同一边	343	第二十七章 落空
221	第十九章 黄雀	354	第二十八章 遗愿
242	第二十章 香水	365	第二十九章 拜祭
252	第二十一章 真相	379	第三十章 觉醒
282	第二十二章 蝴蝶夫人	405	第三十一章 两个人的秘密
290	第二十三章 岳筱慧的秘密	415	第三十二章 替身
308	第二十四章 临终关怀	436	第三十三章 执念
319	第二十五章 影子凶手	462	尾声 晚春
332	第二十六章 机会		

引子

告白

白。

他把塑料膜贴在卫生间墙壁上的时候,脑子里只剩下一个念头:这瓷砖,竟然这么白!

他似乎是第一次注意到卫生间的墙壁。在这个每天都要刷牙、洗脸、解手的地方,他感到陌生。当然,他没理由不感到陌生,因为那些毛巾、牙具以及各种洗发护肤用品统统都被收到一个纸箱里。洗手台上空空荡荡,就连镜子也被一层塑料膜覆盖着。

偶尔,他会抬起头来看看镜子里的自己,看那张被汗水浸湿的脸,很快就扭过头去。

那不是自己。

卫生间只有几平方米,但是要把这么狭窄的空间完全遮挡还真不是一件容易的事情。好在最困难的部分已经完成。他低下头,看看被两层塑料膜包裹住的浴缸下水口的管道已经被抽出,一根崭新的下水管插在地漏里,同样的塑料膜被贴在下水口周围,作为引流器,也探入下水管中。

万无一失。他喃喃自语道。

他抬起头，打量着卫生间的天花板，在吸顶灯的光晕下，铝塑板也白得耀眼。他眯起眼睛，身体摇晃了一下。巨大的心理压力会让身体的疲惫感加倍。同理，这瞬间的无力感让他清晰地感觉到自己的决心又减少了一分。

不，不要。他用力地摇摇头，强迫自己把注意力转移到另一个问题上。

那东西，会不会喷得那么高？

他犹豫了一下，勉强直起已经酸痛无比的腰，踮起脚尖，同时用手拽起一块塑料膜，伸向天花板。

几十分钟后，他从浴缸里跨出来，手扶洗手台，站在镜子前微微喘气。

整个卫生间都被塑料膜覆盖住了，连马桶也概莫能外。昔日光洁的墙壁现在已经无法再反射光线。此刻，他被一团模糊又冰冷的光笼罩着，仿佛身处一个梦境之中，很不真实。

这很好。虚幻感会让他增加勇气，因为接下来要做的事情，是他想都没有想过的。

待气息稍稍平复后，他开始脱掉全身的衣服，很快，除了手上的一副塑料手套外，他已经一丝不挂。

他把衣服卷起，扔进那个装满洗漱用品的纸箱里，随后向客厅走去。

沙发也被蒙了一层塑料膜，上面是一个被胶带缠住手脚，同样全身赤裸的女人。

女人一动不动，看上去似乎毫无声息。

他紧张起来，俯身下去，用手指轻触女人的脖子。然而，被一层塑料包裹着的手指并没有感到明显的律动。他又把手臂凑向女人的鼻子，终于感到一阵湿热的气息。

他既欣慰又恐惧，欣慰的是他需要这个女人活着，因为他必须要完成计划中的一切；恐惧的是，他将完成那最难以面对的一个环节。

他弯下腰，把女人横抱起来。这个失去知觉的女人要比想象中沉重得多，他莫名其妙地想到了"死沉"这个词。在那一瞬间，他的情绪一下子低落至谷底。

直到这一刻，他才真切地意识到自己在干什么。

同样的事情，同样的夜。他在揣度一年前的感受与心情。

试试看，怀里抱着的不是一个还在颤抖的人体，没有温度、血管、骨骼或者肌肉，不是任何人的女儿、妻子或者母亲，而是一个可以肆意摆弄的玩具，一个可拆卸的玩具。

想到这些，他嘴角的纹路骤然冷硬起来。此时此刻，就是这样，没错。

把她放进浴缸之后，他已经感到筋疲力尽。昏迷的女人经过搬移及轻微的撞击，意识稍有恢复。出于本能，她下意识地夹紧双腿，双眼也微微地睁开。

他不敢去直视女人的眼睛，转身拿起卫生间的马桶抽子，然后拆开一只避孕套，套在握柄上。

这是必须完成的部分，也是他始终无法做到的部分。今天晚上，他已经尝试了无数次，都没有成功，只能用这个办法。

女人已经清醒过来，正在惊惧地打量着身处的环境，同时拼命挣扎着，试图站起来。无奈手脚被缚，用尽全力也只能让自己蜷缩在浴缸的一角。看到他拿着马桶抽子凑向自己，女人既恐惧又疑惑，她拼命地摇着头，双眼已经盈满泪水，被胶带封住的嘴里发出含混不清的"呜呜"声。

他握着马桶抽子，跪在女人的身前，一时间有些手足无措，首先想到的却是安慰这个恐惧至极的女人。

"对不起，"他半垂下头，仿佛也在安慰自己，"不会让你太难受的。"

女人完全不能理解这些词句，拼命向后躲避着，口中的"呜呜"声已经变成短促而低沉的尖叫，同时竭力向前踢打着，试图阻止他靠近。

女人的脚细长、白皙，脚背上可见淡蓝色的静脉血管，趾甲染成紫色。

他闭上眼，竭力平复那骤然猛烈的心跳，然而，太阳穴仍然在突突地跳动着，仿佛有什么东西要从脑中破裂而出。

无数个画面混杂在一起，各种令人颤抖和窒息的味道。他的大脑仿佛一台超载运转的电脑，最后只向他发出一个指令。

对不起。

他睁开眼睛，伸手抓住女人的膝盖，用力扳开。

对不起。

午夜后，气温骤降。

在这座北方城市里，深秋意味着满街枯叶飘零，空气清冷，掺杂着腐朽与冬储菜的清香味道，也意味着马路上人迹寥寥，特别是在这个时段。

他全身僵直地坐在驾驶室里，目视前方，握着方向盘的手骨节毕现。车载收音机里正在播放陈百强的《偏偏喜欢你》。

他需要用音乐声把这狭窄的驾驶室填满，什么都行，只要能暂时充斥他的耳朵，否则就会听到后备厢里那些黑色塑料袋中发出的声音。

切开皮肤的声音，鲜血喷涌而出的声音，锯断骨头的声音，以及女人最后从喉咙里发出的悠长呻吟。

城建花园附近的草丛，南运河河道，北湖公园的人工湖，东江街中心绿化带，南京北街和四通桥交会处的垃圾桶。

把所有的黑色塑料袋处理完毕，已经是凌晨四点。气温变得更低。这个城市丝毫没有醒来的迹象。

在一处黑暗僻静的地方，他停好车，拿起手电筒再次检查了后备厢。很好，没有任何血迹之类的痕迹留下来，看来对那些塑料袋进行严密包裹还是有意义的。然而，那股味道仍然挥之不去，即使在已经降至零下的温度中依旧清晰可辨。他把头探进后备厢，仔细嗅着。突然，他干呕了一下，随即就捂起嘴巴，踉跄着跑到路边，扶着电线杆大吐起来。

他几乎一整天都没吃东西，吐出来的只是隔夜的食物残渣和胃液。然而，直到胃里已经空空荡荡，他依然遏制不住喉头不断向上翻涌的感觉。最后，他半蹲在电线杆下，嘴边挂着一条长长的涎水，像狗一样喘息着。

良久，他勉强站起身来，用袖子擦擦嘴角，摇晃着走到车旁，盖上后备厢，绕到驾驶室旁，上车，发动。

这是黎明前最黑暗的时刻，他驾车一路向东疾驶。天边依然没有泛白的预兆，远远望去，只是一片漆黑的楼群背后更为深沉的黑色，仿佛一面铺天盖地的幕布，隐藏着结局未知的戏码。

远远地，他看到路边有一盏小小的红灯，在无边的黑暗中兀自亮着。他心头一动，降低了车速。

那是两扇深棕色的木门，在红灯的照耀下，"淮河街派出所"的字迹清晰可辨。门旁是一扇还亮着灯的窗户，玻璃上布满水汽，一个人影在窗户里若隐若现。

他松开油门，汽车几乎以滑行的速度缓缓经过派出所门口。

淮河街派出所的值班民警正守着电话，伏在桌上打瞌睡。他不知道，明天一早就会有轰动全城的命案发生。他更不知道，此刻正有一辆黑色汽车驶过门口，驾驶员默默地凝视着他的身影，口中无声地说道：抓住我。

第一章

初见

车身震动了几下,停住了。

魏炯睁开眼睛,取下耳机,伸手拿起自己的背包。其他人也纷纷行动起来,整理衣服,伸懒腰。一时间,魏炯眼前都是晃动的人体,他只是略欠欠身,就留在座位上,等车厢里空了大半,才跟在队伍后面,慢慢下车。

大家聚集在一片空地上,一边说笑,一边好奇地打量着四周。一个高个子男生从背包里拽出一块折成几叠的红布,拉开来,是一条长长的横幅,上面印着"C市师范大学红烛志愿者服务队"几个白字。

一个扎着马尾辫、嗓音尖细的女生拎着相机,招呼志愿者们排好队。

"往中间集中一点,个子高的站在中间,横幅别拖到地上。那位同学,看这里。"

魏炯站在合影队伍的边缘,正在扭头看身后的三层小楼,直到旁边的男生拍了他一下,他才意识到自己是"那位同学"。

马尾辫女生白了他一眼,举起相机。

"一、二、三,茄子!"

此时正值午饭时间,三层小楼里弥漫着一股奇怪的混合味道。仔细去分辨，会发现这味道中有米饭、大蒜、土豆与白菜。除此之外，肯定还有什么东西，把这些寻常食材搅和出一种黏腻的质感，沉甸甸地压在身上，让人心生不快。

魏炯不知道那是什么，却能清晰地感觉到它的重量。即使手里只有一包纸巾，他仍觉得手脚渐渐酸麻起来。

马尾辫女孩正在给一个老妇喂饭。老妇可能患有帕金森病，头部一直在不停地晃动，而马尾辫女孩显然也缺乏经验，喂到老妇嘴边的饭菜多半撒落在她的衣襟上。所以，魏炯的任务就是不停地用纸巾帮老妇擦嘴。这个任务虽然简单，动作的频率却极高。他稍一分神，就会遭到马尾辫女孩不耐烦的催促。终于熬到老妇把饭"吃"完，魏炯手里的纸巾已经被消耗殆尽。马尾辫女孩对自己的表现很满意，她把空碗放到一边，对明显没吃饱的老妇说道："阿姨，再喝点儿水吧……你还愣着干吗呀？"

"嗯。"正在发愣的魏炯醒过神来，急忙去倒了一杯水，小心翼翼地端过来。

马尾辫女孩把水杯凑到老妇嘴边，转头打量着魏炯，眉头微蹙。

"要不你去陪老人们聊聊天吧。"

魏炯看着老妇胸前如小溪般倾泻而下的水流，如释重负般地点点头。

枫叶养老院是一座三层小楼，七十余个房间，一百多位老人住在这里。午饭时分，原本是养老院里最为忙碌的时候，因为志愿者们的到来，护工们也乐得清闲，三三两两地聚在一起闲聊。志愿者们倒是积极性很高，每个房间里都有一两个年轻人，一边打扫卫生，一边和老人闲聊。

魏炯走过一扇扇敞开的房门，偶尔停留在某扇门口，听志愿者和老人们谈论诸如"您高寿啊""冬天冷不冷""饭菜质量好吗"之类的闲话。很快，魏炯就发现这些对话几乎千篇一律，志愿者们在最初的寒暄后，就很难再找到可以聊下去的话题。相反，老人们的兴趣很浓，每个房间里都是高谈阔论的老人和一脸堆笑做倾听状的大学生。

魏炯感到小小的厌烦，而且，他也终于知道那沉甸甸的东西是什么了。

寂寞，以及人之将死的恐惧。

他慢慢地走过那些充斥着高声谈笑的房间，越发感到脚步的沉重。他不知道这种陪伴意义何在。大家似乎都在竭力证明着什么：老人们依旧记忆清晰，活力十足；志愿者们爱心满满，善良热情。只是，几个小时后，大家又回到各自的生活轨道。老人们继续度过自己剩余无几的人生；志愿者们继续挥霍青春，奔向懵懂的未来，彼此间甚至连过客都算不上。

魏炯想着，不知不觉走到了长廊的尽头。他下意识地抬眼望去，却发现最后一个房间的门是关着的。

没人，还是没人陪伴？

他把目光投向坐在门口抽烟的一个男护工，后者神色淡漠，只是向他举手示意，又指指那扇门。

里面有人。

好吧。魏炯打起精神，这就是我今天要"志愿服务"的对象了。

他抬起手，在门上轻轻叩了两下。

很快，一个声音从门里传出来：

"请进。"

扑面而来的，是炫目的阳光，以及浓重的肉香。

这是一个单人间，左侧靠墙摆放着一张单人床，右侧是一张书桌，桌上是一本摊开的硬皮笔记本，旁边是一只小电锅，正咕嘟咕嘟地煮着什么东西。室内陈设简单，却整洁有序，和其他房间的逼仄凌乱完全不同。

窗口，午后的阳光毫不吝啬地泼洒进来，在巨大的光晕中，一个坐在轮椅上的老年男人缓缓转过身，略低下头，从眼镜上方看着魏炯。

魏炯手扶着门框，一时间有些手足无措，逆光中，他看不清老人的长相，却被那双眼睛里投射出来的目光刺了一下。

嗫嚅了半天，他躲开老人的目光，讷讷道："你好。"

老人笑了笑："你好。"说罢，他又低下头，捧着书继续看。

魏炯犹豫了一下，迈进房间，回手关上门，假装再次参观这个单人间。一瞥之下，先看到了床边挂着的一条抹布。他松了口气，上前拿起抹布，开始擦拭桌面。擦了几下，他才发现桌面已光可鉴人，仔细再看，房间里已然可以用窗明几净来形容。

看来这老家伙既不寂寞，也不缺人陪伴。魏炯心中暗自觉得自己好笑，不过既然进来了，总不能一言不发地傻坐着。

"您在看书？"

"嗯。"老人头也不抬。

魏炯越发觉得尴尬，抓抓头皮，小声问道："我能为您做点儿什么？"

"哦？"老人抬起眼皮，"你觉得我需要什么？"

魏炯语塞，想了想，摇了摇头，忍不住笑了。

这笑容似乎感染了老人，他也笑起来，把书合拢，扔在床上，又摘下眼镜，指指冒着热气的电锅。

"小伙子，帮我盛碗汤吧。"

魏炯如释重负地应了一声，麻利地奔向桌旁，掀开电锅的玻璃锅盖。一股热气升腾起来，魏炯的眼镜片上立刻雾气一片，不过他还是分辨出在锅里翻腾的是鸡肉、花胶和香菇。

"碗在下面的柜子里。"

魏炯蹲下身子，拿出一只白瓷汤碗和一个勺子。

"您还没吃饭？"

"哼。"老人的语气颇为不屑，"食堂里的那些东西还能叫饭？"

鸡汤很快盛好。魏炯小心翼翼地把汤碗递到老人手里。老人捧着碗，没有急于入口，似乎很享受汤碗带给双手的温度。

"你也来一碗。"

"哦，不了。"魏炯一愣，摇摇头，"谢谢您，我不饿。"

"美食不可辜负。"老人的表情不容辩驳,他指指小电锅,"尝尝。"

几分钟后,一老一少两个男人,在洒满阳光的室内,各自捧着一只碗,小口啜着鸡汤。

"味道如何?"也许是热汤的缘故,老人的脸色变得红润,双眼中似乎水汽丰盈,目光柔和了许多。

"好喝。"魏炯的脸上也见了汗,眼镜不停地顺着鼻梁向下滑落,"您的手艺真不错。"

直到此刻,魏炯才得以细细地打量老人。

60岁左右的年纪,方脸,面部线条硬朗,两颊已有老人斑,浓眉,双眼有神。花白的头发梳向脑后,干枯,缺乏光泽却纹丝不乱。上身穿着灰色的羊毛开衫,里面是黑色的圆领衬衣。看不到双腿,下身被一条棕色毛毯覆盖着。

"鸡肉不好,明显是肉食鸡。"老人朝门口努努嘴,"张海生这老家伙,给了他买土鸡的钱,却给我这样的货色。"

"这里还能自己做饭吗?"

"付钱就行。"老人放下汤碗,指指自己的床铺,"枕头下面。"

魏炯顺从地照做,翻开枕头时,却愣了一下,是一包香烟。

"养老院允许抽烟吗?"

"我在自己的房间里,不会妨碍别人。"老人熟练地抽出一支,点燃,又举起烟盒向魏炯示意,"你来吗?"

魏炯急忙摆摆手:"不了,我不吸烟。"

这一次老人没有坚持,专心致志地吞云吐雾。一支烟吸完,他把烟头扔进窗台上的一个铁皮罐头盒里。

"你叫什么?"

"魏炯。"

"哪个大学的?"

"师大的。"

"什么专业的？"

"法学。"

"哦，"老人扬起眉毛，"学过刑法吗？"

"学过。"魏炯有些紧张，"大一的时候。"

老人点点头，略沉吟了一下，开口问道："你能不能给我解释一下，什么叫追诉时效？"

"追诉时效？"魏炯感到莫名其妙，"为什么问这个？"

"别害怕，不是要考你。"老人呵呵地笑起来，"我就是想了解一下。"

魏炯认真回忆了一下，发觉完整地背诵出刑法原文着实不可能，就把"追诉时效"的大致含义讲给老人听。

老人听得极其专注。看他目不转睛、生怕遗漏任何一个字的样子，魏炯不由得想起自己在期末考试前听任课老师划定考试范围时的德行。

然而，听魏炯结结巴巴地讲完，老人的情绪却一下子消沉下来，双眼中的光也慢慢暗淡。他默默地坐了一会儿，又抽出一支烟点燃。

"难道说，杀了人……"老人若有所思地看着眼前缥缈的烟气，"20年后也没事了？"

"不是的。"魏炯急忙摆摆手，"好像可以继续追诉，是最高法还是最高检来着？"

"嗯。"老人的脸色稍有缓和，"小伙子，学得不扎实啊。"

魏炯的脸"腾"地一下红了。看到他的窘迫样子，老人又笑起来。

"没关系，没关系。"老人笑到咳起来，"下次来再告诉我吧。"

说到这里，老人突然想到了什么，又问道："你为什么会来这里，志愿者？"

"是的。"魏炯犹豫了一下，"另外这也是社会实践课的一部分，十个小时的社会实践。"

老人看看手表:"那你们这一次……"

"3个小时左右吧。"魏炯草草计算了一下,"我至少还得来两次。"

"好。"老人笑笑,"你下次来的时候,能拜托你一件事吗?"

"您说。"

老人没有急于开口,从衣袋里拿出一沓百元大钞,数出三张递给魏炯。

"帮我带一条健牌香烟。"老人冲魏炯挤挤眼睛,"放在背包里,别让护工看见。"

"健牌,"魏炯接过钞票,"什么样的?"

"白盒,商标是健牌。"老人扬扬手里的烟盒,"红塔山,我抽不惯。"

"好吧。"魏炯把钱收进衣袋里,"多余的钱我给您带回来。"

"不用了。"老人摆摆手,"也不知道健牌现在是什么价格了,要是有剩余,就当给你的辛苦费。"

魏炯急忙推辞,老人却一再坚持。

"你帮我买东西,我付给你辛苦费,这很公平。"

魏炯还要说话,就听见门被推开了。一个男生冒冒失失地闯进来,冲魏炯挥挥手。

"同学,集合了。"

魏炯应了一声,起身拎起背包。

"那我先走了。"他向老人欠欠身,"您早点儿休息。"

"嗯。"老人平静地看着他,"别忘了追诉时效,还有我的货。"

魏炯不好意思地笑笑,又鞠了一躬之后,抬脚向门口走去。拉开门,他突然想到一件事。

"对了……"

"我姓纪,纪乾坤。"老人的脸色依旧平淡,"你叫我老纪就行。"

第二章
老警察

西园郡小区兴建于1991年左右，当时是C市为数不多的高层建筑住宅区。十几年过去了，随着周围一座座高楼拔地而起，西园郡已经失去了以往鹤立鸡群的地位。在那些动辄几十层的高层建筑中，只有15层的西园郡显得很不起眼。2007年之后，因为物业费收取率过低，西园郡的物业公司被迫撤出，这里彻底成为弃管小区。从园区的景观来看，这个"弃"可谓恰如其分：坑坑洼洼的柏油马路；破碎不堪的甬道；堆满污物的垃圾桶；随意停放的机动车；因长期疏于修剪，草已经齐腰高的草坪。

"弃"之而去的还有小区的居民，有能力改善居住条件的业主已经早早迁走，原住房要么出售，要么出租。加之小区毗邻本市最大的日杂用品批发市场，好多商户都把这里的住宅当作仓库出租。这就使得小区内的居民构成相对复杂，外来人口及流动人口占较大比例，多年来一直是各种治安、刑事案件的高发区。

杜成看看眼前沉默的高楼，闷闷地吐出一口烟。

时至深冬，晚上7点左右，天色已经完全黑下来。虽然一墙之隔的马路上灯火通明，西园郡小区内却一片死气沉沉的样子。园区内的路灯大多已经报废，只有几家住户还能勉强把灯光透过窗户投射到楼前的甬路上。这些稀落的光晕让园区里不至于漆黑一片，却反增更多的萧瑟气氛。

杜成把烟头扔在地上，碾灭，转头问旁边的一个年轻人："小高，确定是这里吗？"

"没错。"高亮从嘴边取下烟，指指其中一栋楼，"4号楼，2单元。"

"能再详细点儿吗？"

高亮看了杜成一眼，转身爬上桑塔纳轿车的后座，拽出一个方形的黑色皮箱子，慢悠悠地向4号楼走去。

杜成急忙跟上去。

高亮站在楼道里，把定位仪挎在肩膀上，拿出探头，左右探测了几次，眼睛盯着信号频率，最后懒洋洋地指指右手边："3号。"

"3号。"杜成又问，"几楼呢？"

"那就不知道了。"高亮垂下眼皮，把探头收回箱子，"没事了吧？我先回去了。"

"有事啊。"杜成有些急了，"一共15层呢，我不能挨层搜啊。"

"那怎么办？"高亮不耐烦了，"定位仪只能搜到垂直信号。"

"别糊弄老大哥啊。"杜成换上一副笑脸，他指指定位仪上的信号频率灯，"接近信号源的时候，这玩意儿会闪得快。"

"我靠！"高亮瞪大眼睛，"你该不会让我一层一层往上搜吧，15层啊！"

"咱俩坐电梯上去，从楼顶往下搜。"杜成拍拍高亮的肩膀，顺势把半包烟塞进对方的衣袋，"老大哥陪你上去，万一那小子就藏在15楼呢，累不着你。"

嘴上说着话，杜成已经连哄带拽地把高亮拖进了电梯。高亮满脸不高兴，电梯门一关闭，就忍不住埋怨道："你都这岁数了，还这么拼啊？"

杜成按下"15"，转身嘿嘿地笑："老大哥也干不了几年了，就当帮个忙。"

高亮看着杜成,这个从警三十多年的老警察,身材已经略略发福,灰色的旧夹克衫紧紧地绷在身上,在腰腹处凸出一个可笑的半圆。花白的头发乱蓬蓬的,布满皱纹的脸上是一副讨好的表情,心下也有些不忍,嘀咕了几句就不再开口了。

杜成站直身子,目不转睛地看着液晶显示屏上不断变化的数字。

电梯升到15楼。两个人先后走出轿厢,高亮拽出定位仪的探头,刚要开始检测,杜成一把拉住他,抬手关掉了定位仪的发声器。高亮不由得失笑,小声说道:"你个老狐狸。"

杜成无声地笑,示意高亮走在前面,自己尾随其后,盯着信号频率灯。

两个人轻手轻脚,在漆黑一片的楼道里慢慢前行。水泥地面已经严重磨损,呈现出沙粒化,踩上去有"沙沙"的声响。两个人尽量放慢动作,在逐一探测了三家住户后,信号频率并没有明显的变化。

杜成拉拉高亮的衣袖,转身向消防通道走去。

连下了5层,仍然没有接近信号源。杜成已经有些微微的气喘,额头上也有了细密的汗珠。高亮听他的呼吸声有异,转身小声问道:"老杜,要不要歇会儿?"

杜成摆摆手,指指深不见底的楼梯间:"不用,继续吧。"

高亮轻叹口气:"老东西你歇着吧,定好了我告诉你。"

"那多不好意思。"

"少来这套吧。"高亮已经拎着定位仪向楼梯间走去,"回头请我吃饭啊。"

杜成笑笑,背靠在墙壁上,伸手去衣袋里掏烟,摸了个空才意识到那半包烟已经送给小高了。他无奈地咂咂嘴,抬起袖子擦擦额头,感到后背一片汗湿,凉凉的衬衣贴在身上很不舒服。

"他妈的王八蛋。"杜成小声骂道,"逮住了绝饶不了你。"

两天前，分局刑警大队的刑警在对一家洗浴中心进行突击检查时，当场抓获几名聚众吸毒人员。经过深挖，一名吸毒人员交代，自己所吸食的冰毒是由一个叫老四的人出售给他的。警方认为，这个所谓的老四很可能既制毒又贩毒，并通过获取的手机号码初步将他的窝点锁定在西园郡小区内。

这个地点，必须做到准确无误，否则在抓捕时难以做到人赃并获。

杜成慢慢地调整呼吸，身体放松下来，腹部又开始隐隐作痛。他把手放在肚子上胡乱揉了几把，痛感似乎减轻了一些。

人老了，零件就不中用。不过，今天晚上你可别给我添麻烦啊。

正想着，杜成就听到楼梯间传来细微的"嘘嘘"声。

他循声望去，一个黑影从防火门后探出半个身子，正冲自己挥手。

"老杜，快过来！"

"8楼？"

"没错，8楼3号。"高亮的表情也专注起来，他指指手里的定位仪，信号频率灯正急促地闪烁着。

杜成示意高亮不要出声，轻手轻脚地走到3号门前，把耳朵贴在门上，片刻之后，他摇摇头，四处打量着，随即，他就把目光聚焦在门口的两只垃圾袋上。

杜成拿出手机，打开手电筒功能，同时把手遮在手机上，使光线扩散的范围尽量小一些。高亮放下定位仪，蹲下身子，观察了一下垃圾袋，慢慢地打开。

白色塑料袋上印着"天明药业"的字样，里面主要是一些生活垃圾。高亮掏出一支长镊子，在袋子里仔细翻找着。很快，几样东西被挑拣出来：一张超市的购物小票；一张天明药业的提货单；一块某品牌感冒胶囊的药盒残片；两个餐盒；几根筷子。

杜成盯着这几样东西看了一会儿，示意高亮把它们重新装回袋子里，依原样扎好袋口。

"撤吧,小高。"杜成的眼睛在黑暗中闪闪发光,"就是这里,谢了。"

两个人悄无声息地下到6楼,坐电梯降至一层。走出园区后,杜成直奔路边停放的几辆车而去。他拉开其中一辆黑色别克商务车的车门,副驾驶座上的一个身着黑皮夹克的年轻人立刻问道:"怎么样,老杜?"

"4号楼2单元8楼3号,右手边。"杜成应了一句,又回头对高亮说道:"辛苦了小高,我安排人送你回去。"

"你就甭管我了。"高亮恢复了懒洋洋的样子,"老东西,你当心点儿。"

杜成笑笑,抬脚费力地爬上车。

"我们估计得没错,用感冒胶囊提取冰毒。"杜成按按腹部,喘了一下,"至少有两个人。"

"嗯。""黑皮夹克"扭头望向后座,一个骨瘦如柴的黄发青年被两个便衣警察夹在中间,低头缩肩,戴着手铐的双手不住地颤抖着。

"知道该怎么做吧?"

黄发青年连连点头。杜成看了他一眼,问"黑皮夹克":"张队,怎么干?"

张震梁指指黄发青年:"让这小子打电话买冰毒,我们埋伏在门口,一开门就抓人,人赃俱获。"

杜成没说话,垂着眼睛想了一会儿,再抬头时,看见仪表盘上放着一盒烟,就抽出一支点燃。

张震梁有些不耐烦了:"怎么?你觉得不妥?"

杜成吐出一口烟,想了想,开口说道:"手机定位到8楼,人也应该在8楼。不过,制毒既有烟又有味儿,他们不怕被人发现吗?"

"那不是问题。"张震梁一挥手,"把人按住,啥都好办。"说罢,他拿起对讲机,简短地命令道:"8楼3号,上楼。"

杜成扭头望向窗外,看见后面的车上跳下几个小伙子,脚步匆匆地走进4号楼2单元。

张震梁目送他们消失在楼道里，几分钟后，对讲机里传来一个低沉的男声："抓捕组已就位。"

张震梁拿起对讲机："一会儿动作利索点儿。"随即，他从衣袋里掏出一部手机，递到黄发青年眼前。

"按我刚才交代的说，如果你敢要花招，我让你一辈子吃窝头。"

黄发青年抬起头，还没开口先打了一个大大的哈欠。

"我……我哪敢？"

他接过手机，打开通话记录，选择了一个号码后，拨出。

车里的警察都屏气凝神，静静地看着他。

足足二十几秒钟后，电话终于接通。

"喂四哥，刚子。我在大鱼酒吧，送点儿货过来呗。"黄发青年又打了个哈欠，"顶不住了……行，300块钱的吧。"

电话挂断。黄发青年递还手机："他说半小时后到。"

杜成笑笑："你小子演技不错。"

张震梁拉开车门，面无表情地说道："他是真犯瘾了。"说罢，他跳下车，直奔2单元而去。杜成见状，也急忙下车，尾随而去。

走到单元门口，张震梁回过头："你跟过来干吗？"

"干吗？"杜成有些莫名其妙，"抓人啊。"

"你拉倒吧，老胳膊老腿了。"张震梁挥挥手，"回车上吧。"

杜成的脸一沉，心说你个小兔崽子，老子当警察时他妈还在玩蛋呢，话到嘴边却变成："行，你们当心点儿。"

"小兔崽子"径直进了楼道，杜成悻悻地转身，四处张望了一下，走到楼角处，解开裤子小便。

完事后，杜成打了个寒噤，慢慢整好衣服，踱回车边，拉开车门去拿烟。这时，黑暗的甬路尽头传来一阵沙沙的脚步声，随即，一个若隐若现的黑影在夜色中浮现出来。

几乎是同时，杜成如同本能反应般把手移到车钥匙上，转动，熄火。

后排座上的两个警察不约而同地"咦"了一声，随即就安静下来。

杜成拔下钥匙，关好车门，点燃一支烟，目不转睛地看着越来越清晰的黑影。

是一个男子，身高170厘米左右，右手拎着一个大大的塑料购物袋。他看到黑暗中骤然亮起的烟火，略迟疑了一下，随即加快脚步向4号楼2单元走去。

杜成想也不想就跟过去，尾随男子走进楼道。

男子显然察觉到有人跟在身后，却没有回头，径直走到电梯前，看到液晶显示屏上的"8"，他愣了一下，随即抬手按下了向上键。

电梯徐徐下降，几秒钟后，"叮"的一声，轿厢门吱嘎吱嘎地打开。

男子先迈进电梯，杜成把烟头扔掉，也抬脚走了进去。男子半垂着头，只能看见一头粗硬的短发，身上穿着墨绿色军版棉风衣。电梯门关闭，他的手在楼层键顶端犹豫了一下，最终按下了"10"。杜成从他身后伸出手去，按下了15。

男子的呼吸明显停顿了一下，电梯开始上升。

狭窄的封闭空间里，各种奇怪的味道蒸腾上来。杜成低头看看男子手里的购物袋，两只聚乙烯饭盒正冒着热气，购物袋内侧已经蒙上了一层薄薄的水蒸气。杜成吸吸鼻子，抬手到腰间，悄悄地打开枪套。

电梯行至8楼，突然听到一阵嘈杂声，有人体纠缠的厮打声，有防盗门撞击到墙壁的钝响，还能听到有人在大喝"不要动"。

杜成微微蹙眉，同时听到轿厢里也有了声音，男子手里的塑料购物袋发出哗哗的摩擦声。

男子终于抬起头来，死死地盯着液晶面板，呼吸骤然急促。"10"的数字刚刚出现，他立刻凑到门前，刚一开门，就挤了出去。

第二章　老警察

电梯继续上行，杜成马上按下"11"。电梯门再次打开时，他就疾步冲出，沿着消防通道下楼。刚走到缓台，杜成的手机就响了。

他边下楼边接通电话，张震梁的声音立刻传出来。

"一个人，不到两克的货。没发现制毒工具。"张震梁还带着剧烈的气喘，"老杜，怎么回事？"

杜成走到10楼的防火门前，小心地拉开一条缝，电梯前，男子已经把购物袋换到左手，右手不停地点戳着下行键。

杜成低声说道："10楼，快上来帮我。"

说罢，杜成挂断电话，推开防火门走了出去。

听到脚步声，男子猛地回过头来，看见杜成，按键的动作更加狂乱。

"你把东西放下，转过身来。"杜成小心翼翼地靠近，一只手指向男子，另一只手握住腰间的枪柄，"双手抱头。"

男子没有理会他，只是扭过头，死死地盯着电梯门。

杜成咬咬牙，快步走过去，手指刚碰到他的肩膀，电梯门就打开了。男子瞬间暴起，把购物袋向杜成甩去，侧身挤进了电梯。

杜成抬手护住头脸，拔枪指向男子："马上给我出来，快点儿！"

男子背靠在轿厢的不锈钢墙壁上，全身不停地颤抖着，双眼圆睁，死死地盯着杜成手里的枪。

电梯门已经开始闭合，杜成骂了一句，抬脚冲进了电梯。男子一头撞过来，正中杜成的腹部。顿时，一口气卡在杜成的喉咙里，他的脸憋得青紫，一只手死死地把在电梯门上，另一只持枪的手在楼层键上胡乱按动着，"9""8""6"几盏数字灯依次亮起。几乎是同时，电梯门吱吱嘎嘎地关上了。

电梯随即下行，瞬间的失重感让血液骤然涌上头部，杜成有些头晕目眩，他高举持枪的右手，左手用力撑在自己和男子之间，躯体稍稍分开后，杜成背靠电梯门，抬脚把男子踹开。

男子撞在对面的不锈钢厢壁上，一转眼又猛扑过来，直奔杜成的右手，试图夺枪。撕扯了几个来回，杜成已经精疲力竭，对方却宛如发狂的野兽一般，双眼血红，不住地嘶吼着。

杜成清晰地看见男子嘴角堆积起细小的白色泡沫，心里只剩下一个念头：能不能抓到他倒是其次，无论如何枪不能被抢走。

然而，男子的动作越发猛烈。很快，他就已经扳住杜成的右手，死命地掰着杜成的手指。杜成眼看着自己的五指被一个个掰开，情急之下，不假思索地按下了弹夹解脱钮，"啪嗒"一声，弹夹落地。男子一愣。几乎是同时，杜成感到身后一空，整个人向后仰倒在地上。

电梯门打开，9楼。

随即，杜成看见几双脚在自己眼前闪过，压在自己身上的男子被拽起，又面朝下按倒。这一切发生得太过迅速，几只穿着皮鞋的脚在自己的脸上、身上连续磕碰。杜成无心顾及这些，整个人放松下来，一直憋在喉咙里的那口气猛然吐出。

随即，他就仰躺着，撕心裂肺地咳起来。半晌，他勉强用手肘支撑着半爬起来，指指楼上。

"15楼。"

"嗯，嗯，知道了。抓紧时间审，我马上回去。"张震梁挂断电话，脸色阴沉。片刻，他低头看看躺在活动病床上的杜成，幽幽说道："这俩王八蛋还挺狡猾，租了两套房，8楼住人，15楼制毒。你怎么知道在15楼？"

杜成仰面躺着。没有枕头，头部略后倾，脖子上松弛的皮肤堆积起来，显得脸更圆了。

"闻着味儿了，那小子的衣服上和头发里都是酸味。"杜成伸出两根手指，"在电梯里，他摆明了是要按15。"

张震梁在他伸出的两根手指间夹了支烟，又帮他点燃。

第二章　老警察

"嗯，对，得上顶楼，开窗放烟放味儿，顺着风就飘走了，谁也不会发现。"张震梁又看看自顾自吸烟的杜成，突然提高了声音，"你他妈可真行，自己就敢去抓人，我们晚来一步，那小子就抢了你的枪，崩了你了"

"没事。"杜成嘿嘿地笑，"弹夹让我卸了，膛里没子弹。"

张震梁苦笑："我说师父，您老人家就别给我添乱了行不？"

"哎，那位同志，把烟掐了。"一个穿着白大褂的中年男医生走过来，"这里不许吸烟。"

张震梁急忙站起身，顺手把杜成嘴边的烟夺下来，扔在地上踩灭。

"我们有位同事受伤了。"张震梁掏出警官证晃了一下，"您快给他看看。"

男医生不敢怠慢，快步走过来："伤到哪里了？"

"肚子被撞了一下。"杜成试图爬起来，"没什么大碍。"

"快躺下，快躺下。"男医生解开杜成的外套，又掀起衬衣，在他的肚子上按了按，"这里疼不疼？"

"不疼。我都说没事了，他们非送我来。"

"这里呢？"

"不疼。真的没事……哎哟！"

杜成突然大叫起来，双腿蜷曲，整个人几乎缩成了一个团。张震梁也吓了一跳，忍不住提醒道："大夫你轻点儿。"

男医生却不为所动，依旧在杜成的肚子上按来按去。杜成的脸色变得蜡黄，已经疼得说不出话来。

男医生的表情越来越凝重。探查良久，他想了想，直起腰来，转身对张震梁说："推着他，跟我来。"

第三章

门

下课铃响。正口若悬河的孟老师不得不暂时收住话头,他很讨厌对某个问题讲到一半却不得不停下来的感觉。毕竟他讲授的是刑法学,不是评书,"欲知后事如何,且听下回分解"这样的悬念是没用的。更让他不快的是,学生们已经开始收拾文具,整理书包,一副迫不及待的样子。

孟老师站在原地没动,静静地看着学生们。识相的学生立刻停止动作,老老实实地留在座位上。热心一点儿的,还伸手拽住已经离座开溜的同学。

漫长无比的20秒铃声终于停止,孟老师清清嗓子,继续讲解累犯的刑事责任,最后加了一句"回去看看刑法修正案八,累犯的部分有修改"之后就挥手示意下课。

孟老师拔掉U盘,关掉多媒体设备,再抬头时,教室里已经空无一人。

已经上了大半学期课,课后提问者寥寥,让这些孩子激发起学习热情大概只能在期末考试前了。孟老师拎起提包,心里盘算着午休时是去打羽毛球还是游泳。刚走出教室的门口,就听到一个略带怯意的声音。

"孟老师。"

"哦。"孟老师抬起头，面前是一个穿着运动外套、牛仔裤的男生。他斜挎着书包，手里还拎着一只水杯，额头上有细密的汗珠。

"有事吗？"

"孟老师，我有个问题想请教您。"男生把水杯放在窗台上，从书包里掏出一本刑法学教材，翻至折好的一页，"关于追诉时效的。"

"我还没讲到这里，"孟老师接过教材，"预习？"

"我大三了。"男生抓抓头，显得有些不好意思，"您以前教过我的。"

"哈，"孟老师从眼镜上方看着他，揶揄道，"当时没好好学吧？"

男生的脸"腾"地一下红了。孟老师笑起来，不管怎么说，爱学习的孩子总是讨老师喜爱的。他放下提包，点起一支烟，把追诉时效的期限、中断和延长都讲解了一遍。

男生听得很认真，最后想了想，问道："也就是说，只要立案了，追诉时效可以无限延长？"

"对。等于没有追诉时效的限制了。"孟老师又点燃一支烟，"对了，这门课都考过了，你还问这个干吗，要准备司法考试？"

"嗯，"男生正盯着孟老师嘴边的烟出神，愣了一下，"是的。"

"1979年刑法和1997年刑法在追诉时效方面略有不同，不过，司法考试不会考已经作废的刑法，我就不给你讲了。"

"嗯，谢谢老师。"男生小心地把教材放进书包里，向他鞠了一躬，就匆匆跑掉了。

孟老师吸着烟，看着男生消失在走廊的拐角处，心想这小子比师弟师妹们强多了。

在食堂吃过午饭，魏炯掏出手机，打开微信，找到名为"红烛志愿者"的微信群，再次确认了集合的时间和地点：下午1点半，图书馆门前。

他看看腕表，还有大概一小时的时间。魏炯把餐盘送到回收处，步行出了校门。

师大位于距离市中心不远的地方，校门前是本市的一条主干路，对面是一座叫"星A"的大型商厦。魏炯没有吸烟的习惯，平日也不会去注意卖烟的地方。不过纪乾坤指定的健牌香烟在校园内的超市没有买到。魏炯依稀记得"星A"北侧的冷饮店旁有一家挂着"烟酒专卖"牌子的小店，打算去碰碰运气。

一进门，魏炯就感到眼花缭乱。老板坐在玻璃柜台后面，在他身后，高及天花板的货架上摆满了成条的香烟。老板正在用电脑玩斗地主，见有人进来，头也不抬地问道："要什么烟？"

"有健牌吗？"

"健牌，"老板抬头打量了一下魏炯，似乎觉得他不像烟草专卖局的暗访人员，"要几毫克的？"

"嗯，"魏炯有些摸不着头脑，"什么几毫克？"

"焦油含量。"老板站起身来，"帮别人带的？"

"是。"

"有1毫克、4毫克和8毫克的。"老板双手拄在柜台上，心想这大概是个给老师送礼换及格的小鬼。

"有什么分别吗？"

"焦油含量越低，口感越柔和。焦油含量高的，劲儿大。"老板懒得解释太多。

魏炯想到纪乾坤花白的头发，心想还是别来"劲儿大"的了，就要了一毫克的健牌香烟。老板手脚麻利地从柜台下面拿出一个纸箱。

"120块一条，要几条？"

"两条吧。"魏炯算了一下，伸手去拿钱包，"开张发票。"

"发票？"老板拿烟的手停了下来，"这不是烟草专卖的烟，开不了发票。"

"嗯？"

"这是外烟。"老板知道自己遇到了一个彻彻底底的外行,"我这是免税烟,嘿,直说了吧,走私的,没有发票。"

魏炯完全听不懂他在说什么,直觉却告诉他不妥。

"不会是假的吧?"

"保真。"老板一挥手,"放心抽,没问题的。"

"我是帮别人买的,没有发票,证明不了金额啊。"

"他平时抽这个牌子的话,肯定知道价儿。"

他还真不知道。魏炯心想。

"115块吧。"老板还有意挽留,"烟草专卖店的比这个贵多了。"

魏炯摇摇头,说了句"不好意思",转身出了店门。

回到马路边,魏炯掏出手机,点开百度地图,搜索结果显示,距离最近的烟草专卖店在桂林路上,两站车程。

魏炯整整书包,走向公交车站。

烟草专卖店的果真要贵一些,150块一条,不过好在保证是真品,也能开到发票。魏炯买了两条,尽管这意味着车费要自己负担,不过他对这几块钱倒并不在意。

一毫克和四毫克各一条,老先生可以根据自己的口味挑选。不过成条的香烟的体积比自己想象的要大一些,没法塞进书包里。魏炯又买了一个黑色塑料购物袋,仔细地把香烟装好后,拎着塑料购物袋走出店门。

已经是下午1点10分了,魏炯一路小跑来到公交车站。几分钟后,一辆公交车进站。车上人不多,更幸运的是,一个乘客刚刚离座下车。魏炯坐上去,把塑料购物袋抱在胸前,长出了一口气。

公交车随即启动,魏炯在车厢里张望了一圈,立刻发现有人在目不转睛地看着自己。

同班同学岳筱慧站在中门的扶栏处,笑眯眯地冲他摆摆手。

魏炯急忙还以微笑,同时注意到岳筱慧手里拎着大大小小几个购物袋。他站起身,向她挥挥手,示意她过来坐。

岳筱慧倒不客气,穿过车厢走过来坐下。

"谢谢啦。"岳筱慧把购物袋换到左手,横抱在胸前,低头看着右手上红红的勒痕,"太重了。"

"买了这么多?"

"是呀。"岳筱慧穿着白色的短羽绒服、牛仔裤、短靴,扎着橘色围巾,长发在脑后束成马尾,"重庆路在打折嘛。"

魏炯打量了一下她怀里的购物袋,都是些适合学生的中低端时尚品牌的服装。岳筱慧注意到魏炯手里的黑色塑料袋。

"我帮你拿着吧。"

"不用不用。"魏炯急忙推辞,"很轻的。"

"给我吧。"岳筱慧把塑料购物袋放在那堆购物袋顶端,好奇地从敞开的袋口处看了一眼。

"咦,你吸烟啊?"

"不是,帮一个老朋友买的。"

"要小心呀。"岳筱慧笑嘻嘻地说道,"你这样拎进宿舍楼的话,肯定会被舍管阿姨抓住。"

"放心。"魏炯也笑。

公交车停在"星A"门前,魏炯和岳筱慧下车。魏炯拿回了自己的塑料袋,又把岳筱慧手中的购物袋也提在手里。

"谢啦谢啦。"两个人走在斑马线上,随着密集的人群穿过马路。岳筱慧显得很轻松,一只手抓着围巾的末端,不住地甩着。

走进校门,魏炯远远地看见图书馆门口停着一辆大巴车。

"抱歉,不能帮你拎到宿舍楼了。"

"哦,没事。"岳筱慧停止甩围巾,伸出手去,"给我吧。"

"暂时不用。"魏炯向图书馆的方向努努下巴,"可以帮你拎到那里。"

岳筱慧看过去:"红烛志愿者。"

"是啊,社会实践课的内容。"

"去哪里?"

"敬老院。你呢?"

"流浪动物救助站。"岳筱慧眯起眼睛笑,"我喜欢猫猫狗狗什么的。"

说罢,女孩像想起什么似的一拍脑袋:"哎呀,我忘记买猫粮了。"

"那怎么办?"

"不怕。"岳筱慧满不在乎地说,"大不了明天上午溜出去买。"

"上午有两节土地法课。"

"没事。可以让室友帮我打个掩护。"

说着话,两个人已经走到了大巴车旁。几个围在车旁闲聊的志愿者纷纷投来好奇的目光。魏炯佯装看不见,把购物袋递还给岳筱慧。

"谢啦。"女孩友好地冲他挥挥手,"明天上午看不见我可别惊讶。"

"不会的。"魏炯和她挥手告别,转身上了大巴车,找了个临窗的位置,看着女孩的背影渐行渐远。

一点半,载满红烛志愿者服务队员的大巴车准时启动。魏炯随着车身的晃动轻轻摇摆着身体,放在膝盖上的黑色塑料购物袋发出哗哗的摩擦声。

老纪在盼着这两条烟吗?

不知道为什么,魏炯想到这些的时候,脑海里出现的是一群奔向猫粮的猫。

今天的志愿服务是给敬老院打扫卫生。马尾辫女孩给志愿者们分了工。女生们主要负责擦拭桌椅、玻璃窗之类,男生们则被分配做一些体力活,例如拖地板、收垃圾。

魏炯和另外几个男生负责清洁二楼的地面。他领到拖把之后,没有急于干活,而是先去了纪乾坤的房间。

室内依旧窗明几净,阳光充沛。护工张海生正在擦地,纪乾坤则像上次一样,坐在窗前看书。见魏炯进来,老纪冲他笑笑,摘下眼镜。

"你来了。"

"嗯。"魏炯看着纪乾坤,嘴里有点儿发干,他拎起塑料袋,"纪大爷,这是您要的东西。"

"上次不是说了吗,叫我老纪就行。"纪乾坤伸出手去,"给我瞧瞧。"

魏炯把塑料购物袋递到他手里。让他颇感意外的是,纪乾坤直接拿出一条烟,端详了一番。

"现在包装变成这个样子了。"他自言自语道,随即便拆开包装,拿出一盒,凑到鼻子下闻了闻,"嗯,是这个味儿。"

张海生直起腰来,手拄着拖布杆,看看纪乾坤手里的烟,又看看魏炯。

"那,我去干活。"魏炯举起手里的拖把向纪乾坤示意,"您先歇着。"

"好。"纪乾坤在轮椅上略欠欠身,"待会儿过来吧。"

"嗯。"魏炯应了一声,转身走出房间。关上木门的一刹那,他发现张海生的目光一直在自己身上。

擦净了两层楼的地板,魏炯的情绪才慢慢平复下来。把香烟拎进敬老院的时候,他的心里既兴奋又紧张。受人之托,买了敬老院的"违禁品",又亲自交到"买家"手里,怎么想都有些非法秘密交易的味道。

吃惯了清茶淡饭的人,偶尔来一顿重油麻辣的川菜,也会有毛孔大张、汗流浃背的畅快感觉吧。

像贩毒似的。

魏炯心底暗自发笑,难怪在犯罪心理学的课堂上,老师说有的犯罪会让人"上瘾"。打破规则的行为的确会带来快感,尤其对自己这样循规蹈矩地过了二十多年的人而言。

经过一个多小时的劳作,敬老院被打扫得干干净净。处理完最后一批垃圾后，志愿者们又三三两两地来到房间里陪老人聊天。魏炯洗干净手脸，径直去了纪乾坤的房间。

张海生还在，坐在椅子上和老纪面对面地吞云吐雾。窗台上的玻璃罐头瓶里漂浮着几个烟头，半罐水呈现出棕黄色。

纪乾坤招呼魏炯坐下。张海生看了他一眼，皱着眉，捏着半截烟头说道："老纪，这烟也不咋好抽啊，没劲儿。"

纪乾坤微微一笑，并不作答。

"壶里有大红袍，刚泡的。"他面向魏炯，指指抽屉，"里面有纸杯，自己倒。"

魏炯咂咂嘴，真觉得有些口渴了，就道了谢，从抽屉里拿出纸杯，想了想，又把纪乾坤手边的空杯倒满。

"您呢？"魏炯问张海生。

"哎哟，可不敢当。"张海生没想到魏炯会给自己倒茶，忙不迭地把手里的纸杯递过去，"好茶，我也来点儿。"

魏炯给张海生续了茶，自己才倒了半杯，靠在桌边小口啜着。

一时间，大家都不说话，或坐或立，默不作声地喝茶。

几口茶下肚，纪乾坤满足地叹了口气，问道："怎么样？"

"不错。"魏炯端详着杯中金黄色的茶汤，"我不太懂，但是很好喝。"

"老纪这里净是好东西。"张海生嘎嘎地笑起来，露出一口被烟熏黄的牙齿。

纪乾坤看着张海生，嘴角似笑非笑，突然开口："老张，你还有事儿吗？"

"哦，"张海生愣了一下，随即把纸杯中的茶水一饮而尽，站起身来，讪讪地说道："那我忙去了，你们聊，你们聊。"

说罢，他就拎起拖把，拉开门走了出去。

室内只剩纪乾坤和魏炯两人。纪乾坤又拿出一支健牌香烟，夹在两指之间向魏炯示意。

"谢谢你的帮忙。"他点燃烟,深吸一口,"几年没抽这个了。"

"您少抽点儿吧。"魏炯忍不住提醒道,"对身体不好。"

"没事。对了,我看到了发票。"纪乾坤笑笑,"给你的300块钱都用来买烟了,你自己搭了路费吧。"

"两块钱而已。"魏炯摆摆手,"您别客气。"

"也好,两块钱,不用推来让去的。"纪乾坤也不再坚持,"关于追诉时效的事儿,搞清楚了吗?"

"嗯。20年过后,认为确有追诉必要的,可报请最高人民检察院批准后,继续追诉。"

随即,魏炯又把追诉时效的延长和中断一一讲解给纪乾坤听。和上次一样,纪乾坤听得极其专注,其间始终在抽烟,小小的房间内很快就烟雾缭绕。

"也就是说,一旦立案,"纪乾坤听罢,沉吟了一下,自言自语道,"就无所谓追诉时效了。"

"对。"魏炯讲得兴起,决定小小地卖弄一下,"不过,1979年刑法和1997年刑法在追诉时效方面略有不同。"

"有什么不同?"纪乾坤立刻追问道。

魏炯没想到纪乾坤会问得这么细,一时也慌了手脚,结巴了半天,老老实实地承认不知道。

纪乾坤的脸色变得很难看,他艰难地摇动轮椅,挪到床边,一只手伸向里侧的小书架,似乎想取下某本书,可是指尖距离书脊还差几厘米。纪乾坤竭力伸长手臂,整个人失去了平衡,轮椅也危险地倾斜起来。

魏炯急忙过去扶住轮椅:"您要拿哪本?我来吧。"

"红皮的,刑法典。"纪乾坤的语气很严厉。

魏炯伸手取下那本薄薄的小册子,递给纪乾坤。他几乎是把法典抢到手里,迫不及待地翻看起来。

然而纪乾坤只看了目录,就把书甩在床上,又把手指向书架。

"黄皮的,那本,厚的。"

魏炯取下那本书,发现正是自己在学校时使用的教材。

纪乾坤同样先翻看目录,然后快速打开至某一页,细细研读起来。

他似乎完全忘记了魏炯的存在,一心要在那本刑法教材里找到某个信息。魏炯手足无措地站在原地,不知该干些什么,下意识地把目光投向那个书架。

说是书架,其实只是一条搭在床头和床尾之间的漆面木板,上面是一些摆放得整整齐齐的各类书籍,两侧由铁质书立固定。

魏炯扫视一遍,发现纪乾坤的阅读范围比较特别,几乎没有小说类的休闲读物,全是法律、犯罪学以及刑事侦查方面的教材和专著。

这老头挺奇怪。魏炯在心里嘀咕:也不知以前是干吗的,这么大岁数,身体也不好,偏偏对这些东西感兴趣。

一声叹息把他的思绪拉回来。魏炯扭过头,看到纪乾坤把书重重地合上,眉头紧锁。

"没有1979年刑法的内容。"纪乾坤突然苦笑了一下,"也是,1997年刑法适用了快20年了,谁还会研究这个呢?"

"您为什么要搞清楚这个?"魏炯忍不住问道,"您该不会要去参加司法考试吧?"

"哈哈,当然不是。"纪乾坤大笑起来,"感兴趣而已。"

不可能。魏炯心里的问号更大了。仅仅是兴趣使然,绝不会让这样一个阅历丰富的老人如此急切和失态。

"魏炯,"纪乾坤斟酌着词句,"能不能拜托你……"

"要看1979年刑法的法条?"魏炯掏出手机,"这个好办。"

纪乾坤目瞪口呆地看着魏炯熟练地用手机上网,操作一番后,魏炯上下滑动着页面，随后把手机递给他。屏幕上是密密麻麻的文字。

"第四章第八节，第七十七条。"

纪乾坤小心翼翼地捧着手机，先把手机凑到眼前，又摘下眼镜，伸直手臂，把手机放到远端，可是那些文字依旧模糊不清。

"我来吧。"魏炯拿过手机，"第七十七条，在人民法院、人民检察院、公安机关，哦，这里的确有修改采取强制措施以后，逃避侦查或者审判的，不受追诉期限的限制。"

"嗯。"纪乾坤立刻反应过来，"1979年刑法是采取强制措施以后，1997年刑法是受理案件以后，对吧？"

"是的。"

"如果一起案件，比方说，杀人案件发生在1997年之前，"纪乾坤边想边说，语速缓慢，"你觉得应该适用1979年刑法还是1997年刑法？"

魏炯一愣："这是刑法溯及力的问题啊。"

"对。"纪乾坤的回答干脆利落，目光中充满期待。

这算什么呀？魏炯暗自苦笑，志愿者服务变成刑法考试了，还是口试。

"在刑法溯及力的问题上，中国采用的是从旧兼从轻原则。"魏炯拼命回忆着，"从旧的话，应该适用1979年刑法。"

"如果考虑从轻呢？"

"这个，"魏炯想了想，"根据1979年刑法，犯罪人被采取强制措施后才不受追诉时效的限制，而根据1997年刑法，只要司法机关受理案件后，就不受追诉时效的限制。比较一下，1979年刑法对犯罪人更有利吧。"

纪乾坤思考了一会儿，缓缓点头："应该是。"

"那就应该适用1979年刑法。"

"被采取强制措施。"纪乾坤的脸色再次阴沉起来，眼神飘忽又迷茫，嘴里喃喃自语着，"要是没抓到他呢？"

"那就有限制了呗。"魏炯想起他提到的"比方说"，"杀人案件，

20年后就不追诉了。"

"不是还有最高人民检察院吗?"纪乾坤立刻追问道。

"嗯,对对对。"魏炯的脸红了,急忙改口,"最高检如果认为有追诉必要,可以继续追诉。"

"肯定有。"纪乾坤脱口而出,声调很高。

魏炯被吓了一跳,惊讶地看着纪乾坤。

"杀人嘛。"纪乾坤立刻意识到自己的失态,"多大的事儿,你说是吧?"

魏炯茫然地点点头。

"呵呵。"纪乾坤笑起来,开始打圆场,"你刚才,是用手机上网?"

"是啊。"

"现在的科技真是发达,这么方便。"纪乾坤咂咂嘴,"我是跟不上时代了。"

"智能手机都可以。"魏炯也回过神来,"像一台小电脑似的。"

"嗯。"纪乾坤扭头望向窗外,"你大概几点离开?"

魏炯看看手表:"4点半左右。"

"哦,还有一会儿。"纪乾坤冲魏炯笑笑,"今天阳光不错,推我出去走走如何?"

养老院的院子并不大,且大部分是泥土地。院子里种着几棵树,因为叶子已经全部落光,分辨不出树种。能推着轮椅行走其上的,只有几条横纵交错的红砖铺就的甬路。

尽管如此,纪乾坤还是显得挺开心的。他在魏炯的帮助下,穿好羽绒大衣,戴了帽子和围巾,在下身又加盖了一条毛毯,暖暖和和地出了门。

魏炯还是第一次推轮椅,加之红砖甬路凹凸不平,最初的一段路程可谓惊心动魄。有好几次,他差点儿把老纪推到泥土地上。

相对于魏炯的胆战心惊，纪乾坤倒是显得心满意足。此刻已经夕阳西下，由于养老院周围没有高层建筑，院子里仍然满满地洒下一大片阳光。纪乾坤眯起眼睛注视着金黄色的太阳，大口呼吸着干燥寒冷的空气，表情颇为迷醉。

"好久没出来了。"

"是吗，"轮椅被推到一条甬路的尽头，魏炯费力地让轮椅掉转方向，开始往回走，"您在这里几年了？"

"18年。"

"还习惯？"

"还凑合吧。"纪乾坤看着旁边的一棵树，"那是棵桃树，春天的时候满树桃花，很漂亮。能接受的，就忍着；接受不了的，我就按自己的想法来。"

魏炯想起他房间里的小电锅和香烟，笑了笑。

"你的家人经常来看你吗"

"我没有家人。"纪乾坤干脆利落地回答，"没有子女，妻子很早就去世了。"

"哦，"魏炯停下脚步，又继续推着轮椅向前走，"抱歉。"

"没什么可抱歉的。"纪乾坤呵呵地笑起来，"我不觉得自己和别人有什么不一样。"

"也是。"魏炯想了想，"不过，也会寂寞吧？"

"只有经历过热闹的人才会感到寂寞。"纪乾坤看看院子里或聚在一起聊天，或背着手独行的老人们，"我很久以前就独自一个人生活，早就习惯了。"说完，他的视线离开那些老人，"他们哪知道什么叫寂寞。"

一时无语。魏炯不知该说些什么，纪乾坤则似乎陷入了回忆之中，缩在轮椅上不作声。沉默中，轮椅再次来到甬路尽头，魏炯打算原路返回时，纪乾坤开口说道："推我到门口吧。"

第三章　门

魏炯点头答应，推着他走上直通养老院正门的甬路。

养老院门前是一条小马路，虽然狭窄，但人来车往，很是热闹。菜贩的叫卖声、行人的谈笑声、车辆的鸣笛声不绝于耳，加之炸串、烤地瓜、煮玉米的香气，相对于一道铁门之隔的养老院，这里才更似人间。

魏炯推着轮椅走到锈迹斑驳的铁门前，伸手去拉动门闩，立刻感到触手处一片冰凉。刚刚拉动半截门闩，就听到耳边传来一声喝止："哎，你干吗？"

魏炯循声望去，门旁的值班室里，一个穿着保安制服的中年男子探出半个身子，一脸警惕地盯着他。

"嗯……我带着他出去转转。"

"不行。"中年男子端着一个大茶杯，杯口热气腾腾，"他们不能随便出去。"

"就在门口也不行吗？"

"不行，"中年男子似乎有些畏寒，缩起肩膀，"出事了谁负责啊？回去吧。"

一直默不作声的纪乾坤开口了："算了，就在这里吧。"

中年男子退回值班室。魏炯扶着轮椅的推把，站在纪乾坤身后，默默地看着一门之隔的街道。

老纪几乎动也不动，视线也并不随着人或者物移动，他只是目视前方，偶尔吸吸鼻子。魏炯沿着他的视线向前看，并不觉得那个泡在污水中、塞满各色塑料袋的垃圾桶有什么特别。只是，一种衰老、消沉，甚至近乎腐败的气息从纪乾坤的身上慢慢散发出来。那个坐在阳光里，目光锐利、健谈、抽烟很凶、煲得一手好汤的老纪似乎正在恢复本相，整个人好像都缩小了一圈。

魏炯站着，俯视纪乾坤头上浅灰色的毛线帽子，清晰地感到某种类似水分的东西正在从他身上流失。

那是时间。在纪乾坤的小屋里，它像一块果冻一样清晰透明，却静止不动，把他的记忆凝固在几平方米的空间里。他可优雅，亦可从容，自得其乐，对外界不闻不问。然而，一旦把这块果冻扔进尘世的烟火气中，它会很快融化，并疾速消逝在时光的河流中。被它封存的一切，赤裸裸地掉在地上，沾满灰尘，焦虑又无可奈何地看着自己变得粗砺，被裹挟着向前走。

魏炯的心柔软起来。

良久，纪乾坤长长地呼出一口气。

"差不多了。"

他转过身子，自下而上地看着魏炯。

"推我回去吧。"纪乾坤的眼睛里又恢复了温和、平静的神色，"差不多了。"

魏炯虽然不知道是太阳晒得"差不多了"，还是时间"差不多了"，但还是顺从他的心意，掉转轮椅，推着他慢慢向小楼走去。

刚走到门口，他们就迎面遇见一大群走出来的志愿者。马尾辫女孩拎着魏炯的背包，看见他，劈头问道："你跑到哪儿去了？"

"哦，我让小魏推我出来走走。"纪乾坤代魏炯回答。

女孩冲纪乾坤挤出一个微笑，把背包塞进魏炯的怀里："撤了撤了，大巴车等半天了。"

魏炯点点头，对纪乾坤说："老纪，我把你送回去。"

"不用。"纪乾坤指指倚在门口抽烟的张海生，"有老张呢。你快回去吧，别让大家等你。"

"嗯，也行。"魏炯抬头看看张海生，后者叼着烟，面无表情地看着他们。

"你，"纪乾坤看着魏炯的眼睛，面露微笑，"至少还会再来一次吧？"

志愿者们三三两两地从魏炯身边挤过，他在人群中摇晃着身体，把背包拧在肩膀上。最后，他对老纪同样报以微笑。

"会的。"

第四章

旧案

杜成穿着蓝白相间的病号服,盘腿坐在病床上,看着领导和同事们围在床边,垂手默立,个个神情肃穆,不由得扑哧一声乐了。

"你们他妈这是干吗啊?"杜成抬脚下床,"都别站着,段局,坐。"

"别动,别动。"段洪庆局长急忙按住他的肩膀,"你躺着休息。"

"休息个屁啊。"杜成又好气又好笑,"那俩毒贩子撂了没有?"

"都撂了,都撂了。"段洪庆几乎是把杜成按倒在床上的,"你安心休息,医药费别担心,有什么要求就跟局里提。"

杜成还在挣扎,听到最后一句话反而不动了,眨眨眼睛,问道:"真能提?"

"能,没问题。"段洪庆一挥手,"我做主。"

"那先给我来支烟。"杜成一骨碌爬起来,伸出两根手指。

段洪庆一愣,随即笑骂道:"你他妈的。"他转过身,随手指了指。

"你,出去放哨。"

高亮应了一声,拔腿就走,刚迈出两步,又折返回来,从衣袋里掏出半包中南海扔在杜成身边。

"有大夫过来我就通知你们。"高亮指指那包烟,似乎不知该对杜成说些什么,"老杜你多抽两支。"

"好嘞。"杜成嘴上答应着,手里已经迫不及待地抽出一支,叼在嘴上。

张震梁忙不迭地凑过去,帮杜成把烟点燃。

"妈的,憋死我了。"杜成美美地吸了一大口,"谢了啊,张队。"

"师父,你就叫我震梁吧。"张震梁的声音里已经带了哭腔,"都怪我,我应该早点儿带你来看病。"

"你小子扯哪儿去了。"杜成满不在乎地挥挥手,"跟你有什么关系啊,这个岁数了,身体有点儿毛病太正常了。"

"不是,师父,"张震梁的嘴唇哆嗦起来,"我没照顾好你,15楼,我还让你爬上爬下的。"

"行了行了,你控制点儿情绪。"段洪庆瞪了张震梁一眼,"你师父活得好好的呢。抽我的。"

他眼见杜成三口两口抽完了一支烟,把烟头扔进一个矿泉水瓶里,又伸手去拿中南海,急忙从自己衣袋里掏出一包苏烟。

杜成没客气,抽出一支点燃,挥手向同事们示意:"都别站着了,找地方坐。"

同事们七嘴八舌地答应着,纷纷在病房里另外两张病床上坐好。段洪庆拉过一张塑料凳子,坐在杜成床边。张震梁没坐,倚靠着床头,眼巴巴地看着杜成。

有人拿出烟来吸,病房内很快就烟雾缭绕,有人起身拉开窗户。

段洪庆沉吟半晌,低声问道:"老杜,有什么打算?"

杜成又抽完一支烟,心满意足地咂咂嘴,双手搭在膝盖上轻轻拍打着:"出院,回家。"

"别,师父。"张震梁第一个反对,"咱好好治病,这里不行就去北京,去上海。医药费你别操心,有我呢。"

"哈哈,心领了,震梁。"杜成拍拍他,"医生说得很清楚,我有糖尿病,这次的问题出在肝上。治肝,肾就完蛋;治肾,肝就完蛋,两边不讨好。"

"不行,"段洪庆摇头,"你给我老老实实待在医院里,准备手术,费用局里出。"

"拉倒吧,没意义。"杜成在自己身上比画着,"都这岁数了还要挨一刀,又放疗又化疗的,好人也折腾废了,再说,也是白花钱。"

"那就硬挺着?"段洪庆瞪起眼睛,"别他妈争了,听我的。"

"问题是我没事啊。"杜成双手一摊,"前几天我不是还能跑能跳的,我干了一辈子刑警,你让我在医院里待着,待不住啊。"

"你少废话!"段洪庆一挥手,"先给我休息几天再说。"

杜成还要分辩,高亮就闯了进来。

"医生来查房了。"

警察们迅速行动起来,开窗,丢烟头。

半分钟不到,医生就走进了病房。一进门,他就吸吸鼻子,眉头皱了起来。

"怎么这么多人?"他不满地扫视着病房里的警察,"还抽烟,杜成你不要命了?"

"就抽了一支。"杜成嘿嘿笑着,冲张震梁使了个眼色。

张震梁心领神会,起身把那个装着烟头的矿泉水瓶藏在身后。

"都出去,都出去。"医生不耐烦地挥挥手。

段洪庆站起来,对医生赔着笑脸:"医生您多费心。"

说罢,他转头面向杜成:"你好好休息,敢跑我就关你禁闭。"

杜成挽起袖子,准备让护士量血压:"我在医院里和关禁闭有什么区别啊?"

段洪庆不说话，伸出手点点杜成，大有警告之意。

"行行行。"杜成无奈，"我听话，成了吧。"

段洪庆的脸色稍有缓和，回身示意大家出去。警察们七嘴八舌地和杜成告别。张震梁又凑过来说："师父，明天我再来看你。"

"甭来了。"杜成摆摆手，"先把案子处理完再说，滚蛋吧。"

张震梁拍拍他的肩膀，跟着段洪庆出了病房。

杜成躺回病床，老老实实地任医生摆布。

量完血压和体温，开始输液。医生又嘱咐了几句，杜成心不在焉地听着，不时"嗯啊"地答应。

医生和护士走后，偌大的病房里只剩下杜成一个人。他缩进被子里，目不转睛地盯着输液管里汩汩流动的药液。

躺了半天，他才感觉到右肩膀下有硬物，掏出来一看，原来是那半包中南海。杜成仰起身子向门口瞄了瞄，抽出一支烟点燃。

烟气袅袅上升。杜成半眯着眼，看着淡蓝色的烟雾在眼前旋转、消散。

要死了。

这个消息很突兀，但并不让他恐惧。

从警三十多年，也不是一次两次面对生死关头了。

1988年，在处理一起家暴时，施暴者的丈夫突然点燃汽油。

1997年，围剿本市最大的黑社会性质组织，被五连发猎枪打中。

2002年，抓捕一名抢劫犯，被嫌疑人抱着摔下高架桥。

2007年，在某商业银行内解救人质，面对身缠炸药包的绑匪。

这次是躲不过去了。

杜成的嘴角微微上扬。死，并不可怕。他在23年前就已经死了。

对他而言，那是一条渴望已久的归途。

走进教室，魏炯挑了个不起眼的位置坐下，偷偷拿出一杯尚有余温的豆浆喝起来。8点刚过,身材矮胖、梳着齐耳短发的女教师走上讲台。魏炯叼着吸管,从背包里拿出土地法教材,看到封皮的一刹那,忽然想起一件事。

他在教室里四处张望一圈,果真没有发现岳筱慧。

还真逃课啊。魏炯暗笑。教土地法学的王教授被学生们戏称为"土地奶奶",是法学院的"名捕"之一,不仅给学生挂科时心狠手辣,而且每节课必点名,三次缺勤的学生直接就被取消考试资格了。

果不其然,"土地奶奶"喝了口水,就慢条斯理地拿出教学手册,开始点名。

应答声在教室里此起彼伏,魏炯莫名其妙地紧张起来。岳筱慧曾说让室友帮忙打个掩护,也不知道这个"掩护"该怎么打。

很快,"土地奶奶"叫到了岳筱慧的名字,一声闷闷的"到"在后排响起。

魏炯大为惊讶,循声望去。一个长发女生把脸躲在打开的教材后面,刚刚把捂住嘴的手放下来。

"土地奶奶"抬起头,似乎有些犹疑:"岳筱慧,站起来。"

长发女生不敢再应声,低头不语。教室里响起小小的哄笑声。

"土地奶奶"板起脸:"刚才是谁替岳筱慧答到的?"

长发女生一脸无辜状,跟着周围的同学一起四处张望。魏炯尽力不看向她,心里说这叫什么掩护啊,烂透了。

"土地奶奶"见没人出来自首,也无意再深究,拿出钢笔在岳筱慧的名字旁打上一个叉。

"岳筱慧,旷课一次。""土地奶奶"从眼镜上方瞪视,"再有帮忙答到的,以共犯论处。"

点完名,开始上课。土地法本就枯燥,"土地奶奶"几乎就是在读教材,更加令人难以提起兴趣。魏炯勉强听了十几分钟,就开始走神。

先想到岳筱慧的缺勤,也不知道她被"土地奶奶"逮到过几次,还有没有考试资格。

然后想到岳筱慧不惜逃课也要去买的猫粮,以及流浪动物救助站里的猫猫狗狗。

随即就是自己的社会实践课作业。

紧接着,就是那栋三层小楼,以及老纪。

想到老纪,魏炯一手托腮,另一只手摆弄着圆珠笔,看向窗外。今天的天气略阴沉,没有阳光,室外的一切也失去了颜色,仿佛一张黑白照片。那些枯叶尽落的树,以及灰暗的教学楼,都被笼罩在一层薄薄的雾霾中,看上去毫无生机。

据说,对老年人而言,最难熬的就是冬天。一来是心脑血管疾病高发的季节;二来满目皆是凋零凄凉之景,总会让人心生步入迟暮之年、即将走到生命尽头之感。连魏炯这样的年轻人都打不起精神,更何况是纪乾坤这样孤苦无依的老人。

不知道老纪的小屋里,此刻是否同样阴暗沉闷。

魏炯轻叹口气,转过头,看着讲台上捧着教材诵读的"土地奶奶",思绪却收不回来。

他打心眼里可怜老纪。老纪晒太阳、读书、吸烟、自己做饭、毫无必要地去探询一个法律问题,都是在自己所剩无几的时光里,苦苦地对抗着命运。他试图在囚徒般的生活中,培育出一朵希望之花,让它孤独地生长,欣喜地绽放,并在鲜亮的颜色和细微的花香中,说服自己:我没有老。即使我无法行走,只能在铁门后观望世俗烟火,但我仍属于人间。

岳筱慧失踪整整了一天,直到晚饭时,魏炯才在食堂里看到了她。

虽然身体疲惫,不过岳筱慧看上去精神不错。排队打饭的时候,她看到了魏炯,笑眯眯地冲他挥了挥手。

几分钟后,岳筱慧拎着几个塑料袋走过来,一屁股坐在魏炯的对面。

"累死了。"

"去照顾猫猫狗狗了?"魏炯抬起头,看岳筱慧拧开一瓶冰红茶,咕嘟嘟喝了小半瓶。

"是啊。"岳筱慧拿出另一瓶冰红茶,递给魏炯,"请你的。"

"谢谢。"魏炯挪开餐盘,"你吃饭了吗?"

"吃过了。"岳筱慧嘻嘻笑,"和小猫一起吃的。"

"哈哈。"魏炯也笑起来,指指她的袖口,"看得出来。"

岳筱慧低头看,从袖口摘下几撮灰白相间的猫毛。

"一只美国短毛猫,特别可爱,很黏人。"岳筱慧撇撇嘴,"主人太狠心了。"

"还要去几次?"

"一次。"岳筱慧叹口气,"社会实践课的作业快完成了。你呢?"

"差不多,我也需要再去一次。"

"敬老院很无聊吧?"岳筱慧又喝了一口冰红茶,"陪老人说说话什么的。"

"不觉得啊。"魏炯想起老纪,"有个老头挺有趣的。"

"哦?"岳筱慧来了兴致,"说说看。"

魏炯想了想,把老纪的种种简要描述了一遍。岳筱慧听得很认真,边听边笑。

"这么大岁数了还有求知欲,老头太有个性了。"岳筱慧眨眨眼睛,"很帅吧?"

"还行。"魏炯如实回答。

"哈哈,真想见他一次。"

"好啊,下次社会实践课你跟我去吧。"

"不行。"岳筱慧摇摇头,"我还得去救助站呢得给小豆子买药,它有皮肤病。"

"小豆子？"

"那只美短啊。"岳筱慧笑笑，"我叫它小豆子。"

"又逃课。"魏炯也笑起来，"你今天已经被土地奶奶逮住一回了。"

"没事。"岳筱慧甩甩头发，"还有两次机会呢，不过今天把月月吓坏了。"

魏炯想起那个长发女生："哈哈，差点儿成共犯。"

"是啊。"岳筱慧拍拍塑料袋里的一只大鸡腿，"所以安抚一下。"

"那些猫猫狗狗就那么让你放不下？"

"嗯。你没看到它们的眼神，盼着有人摸摸，抱抱。"岳筱慧的眼睛里有水汽盈动，"有一只小狗，被遗弃了三次，对每个人都讨好。我走的时候，它追出来好远。"

不知为什么，魏炯忽然想起老纪坐在铁门前的样子。

"可怜。"

"是啊。"岳筱慧摆弄着手边的塑料袋，"社会实践课搞定后，我还想去。"

"为什么？"

"被需要，被依赖。"岳筱慧转头望着魏炯的眼睛，嘴边微微带笑，"这感觉很好。"

魏炯也看着她："你将来会是个好妈妈。"

"嘁，扯那么远。"岳筱慧拧开冰红茶，慢慢晃动着，"它们又温驯，又单纯，一次次被遗弃、伤害，可是，仍然对人类绝对信任。我宁愿和它们在一起。"

她仰起脖子，把瓶子里的棕红色液体喝光。

"人多可怕。"

杜成在局长办公室门上敲了两下，推门进去。段洪庆坐在桌前，正在打电话。见他进来，段洪庆先是一愣，随后指指墙边的沙发，示意他坐下。

杜成毫不客气地坐下，拿起桌上的烟，点燃一支吸起来。段洪庆三言两语讲完电话，匆匆挂断，皱起眉头看着杜成，突然开口说道："我整不了你了，是吧老杜？"

杜成不说话，嘿嘿地笑。段洪庆起身离座，走到杜成身边坐下，冲着他的肩膀捣了一拳。

"去，自己关禁闭。"

杜成笑着闪躲，顺手抽出一支烟递给段洪庆。两个人默不作声地坐着吸烟。吸完一支，段洪庆起身给杜成泡了一杯茶，放在他面前。

"老杜，我刚联系了一个北京的同学，在大医院工作，去想想办法。"

杜成端起茶杯，吹开杯口的茶叶，小心翼翼地啜了一口："段局，咱们认识多少年了？"

"27年。27年零4个月。"段洪庆立刻回答道。

"嚯！记得这么清楚。"杜成有些惊讶。

"废话，"段洪庆板起脸，"这几天净他妈想你了。"

杜成又笑："认识这么久了，你还不了解我？"

"老杜，现在不是逞强的时候。"段洪庆的语气软了下来，"去想想办法，现在科技这么发达。"

"没鸟用。医生说得很清楚，最多一年。"

"那总不能硬挺着吧。"

"反正也没多长时间好活，我为什么还要遭那个罪呢？"

段洪庆怔怔地看着杜成，突然笑了："你个老东西，真不怕死啊？"

"怕也没用。"杜成舒舒服服地靠坐在沙发上，小口喝着茶水，"还不如做点儿想做的事儿。"

"说吧。"段洪庆坐直身体，盯着杜成，"你想干吗？"

"查一件案子。"杜成放下茶杯，转身面对段洪庆，"你知道的。"

段洪庆愣住了，表情先是惊讶，随后就变得懊恼。

"操！又他妈来了。"他用力一挥手，似乎想赶走眼前某个令人厌烦的物件，"老杜你有完没完啊。"

"没完。"杜成脸上的笑容渐渐收敛，"不把那个案子查清楚就没完。"

"你有病吧你，"段洪庆的声调高起来，"你今年多大了？"

杜成不说话，定定地看着他。

"不说？好，我替你回答，58岁了，还有两年退休。"段洪庆朝门口看看，似乎在竭力压抑自己的声音，"你干了这么多年，徒弟都他妈当队长了，你连个科长都没混上，为什么，你心里不清楚吗？"

"清楚啊。"杜成挑起眉毛，"所以想破个大案子嘛，临死前也升个官。"

"破你个鬼啊。"段洪庆不耐烦了，"案子已经终结了二十多年，人都毙了，你还查个屁啊！"

"我还是那句话，不是他。"杜成平静地看着段洪庆，"我们抓错人了。"

"得得得。我不跟你争这个。"段洪庆一挥手，站起身来，"从今天开始，你给我放长假，老老实实待着。"

"行。"杜成也不纠缠，摁熄烟头，"反正我还会再来找你。"

段洪庆皱着眉头看他："工资奖金照发，让震梁他们排个班去照顾你。"

"不用。"杜成摇摇头，起身向门口走去，"快年底了，事儿多，让猴崽子们忙自己的吧，再说，我一个人习惯了。"

刚拉开门，段洪庆又叫住了他。

"老杜，"段洪庆的表情很复杂，"你好好的，开开心心过完这一年。"

杜成看了他几秒钟，笑笑："知道了。"

出了局长办公室，杜成径直上了电梯，小心地避开熟人，免得又要把病情陈述一遍，再听一堆安慰人的话。

半小时后，杜成回了家。打开门的瞬间，一股霉味夹杂着灰团扑面而来。杜成小声骂了一句，吸吸鼻子，直奔厨房。

煤气灶上的铁锅里，半锅鸡蛋面条已经生了绿毛。杜成把面条倒进垃圾桶里，又把锅刷干净。随后，他打开冰箱，拿出一根已经干瘪的葱，切了点儿葱花，把锅烧热，放油，把葱花放进油锅的一刹那，"嗞啦"一声，油烟冒起，布满灰尘的小房子里有了生气。

杜成翻炒了几下，添水，盖好锅盖。

等着水开的工夫，杜成拿起抹布开始打扫卫生，刚把桌子擦干净，肝部就开始隐隐作痛。他的脸上见了汗珠，勉力把五斗柜上的一个相框擦拭干净后，就把抹布一丢，坐在桌旁喘气。

坐了一会儿，煤气灶上的铁锅里传来咕嘟咕嘟的声音，大股蒸汽从锅盖边缘冒出来。杜成从冰箱里取出一个鸡蛋，磕开，扔进锅里，又打开橱柜，翻出一小把挂面，放在锅里煮。

吃过简单的午餐，杜成吸了一支烟，脸色也红润起来。他走进卧室，从衣柜上拽出一个老式帆布衣箱，费力地拎到餐厅。把面碗拨到一边，他把衣箱平放在餐桌上，草草擦拭了一下灰尘，打开箱锁。

箱子里是几个泛黄的牛皮纸档案袋，边角已经磨损，还有成堆的照片及文件复印件，同样布满灰尘。

杜成拎起一个档案袋，抖动手腕，大团灰尘扑簌簌地落下。午后的阳光透过铁质窗栏射进室内，形成一道斑驳的光柱。细小的尘埃在阳光中舒展、飘散，轻轻地散落在餐桌上。

杜成平静地看着档案袋上的几个已经褪色的黑色墨水字迹。

"11·9"系列强奸杀人碎尸案，1990年。

第五章

人间

骆少华抬起头，看着楼道墙壁上的"3"，感到细密的汗水正从额头上慢慢沁出。他扶住楼梯栏杆，略略喘息了一下，抬脚继续爬楼。

走到位于5楼的家门口，骆少华拿出钥匙，轻手轻脚地拧开铁门，悄无声息地进入客厅，把手里的菜篮放在餐桌上。两间卧室的门还紧闭着，不时有轻微的鼾声从室内传出。骆少华在桌旁坐下，一边调整呼吸，一边看着墙上的时钟。

凌晨5点25分。窗外的天色已经不像刚才那样浓黑如墨，天边隐隐出现一条亮白。骆少华的气息渐渐平稳，他起身走到厨房，从橱柜里拿出一个白瓷盘子，回到餐桌旁，打开菜篮里的一只塑料袋，油条的焦香味儿扑面而来。他把油条整齐地摆放在盘子里，又拿出几杯豆浆，一一插好吸管。随后，他拎着菜篮返回厨房，把几样青菜分类放进冰箱里。做完这一切，他再次抬头看看时钟：5点40分。

家里人至少6点才会起床。骆少华坐回桌边，打开半导体收音机，调低音量，静静地听着一档养生保健节目。

渐渐地，窗外的天色一点点亮起来，车声、人声也愈加分明。这是一个雾霾天气,整个城市都笼罩在一团浓重的白色中。6点刚过,女儿房间里就传来欢快的手机闹铃声。几分钟后,骆莹穿着睡衣,踢踢踏踏地走出来,边揉着眼睛边叫了声"爸",就进了卫生间。骆少华也从桌边站起,用手指试试油条和豆浆的温度,端了一份走进自己和老伴的卧室。

金凤早就醒了,躺在床上,戴着老花镜看书。见他进来,金凤试着要半坐起来,被骆少华按住了肩膀。

"躺着躺着。"骆少华把早餐放在床头柜上,抬手摸了摸老伴的头,"豆浆不太热了,要不要烫一下?"

"不用。"金凤喝了一口豆浆,"起这么早。"

"嗯,睡不着。"骆少华在床边坐下,把油条撕成小块。

"又做噩梦了?"金凤把手按在骆少华的手上。

骆少华没回答,轻轻地点点头。

"下次再这么早出去,叫我一声。"金凤在骆少华的手背上轻轻摩挲着,"睁开眼睛看不到你,心里怪没底儿的。"

骆少华嗯了一声,冲金凤笑笑:"快吃吧,我去看看孩子们。"

很快,这套小小的老式两居室房子里开始被各种声响充满。早间新闻,洗脸的扑水声,喝豆浆的吱吱声,吹风机的呜呜声,马桶的冲水声,骆莹催促儿子向春晖的声音。

骆少华在厨房和餐厅间忙碌着,眼睛始终落在女儿和外孙的身上。自从女儿离婚后,骆少华除了要照顾老伴,骆莹和向春晖的饮食起居也包在了他身上。他不觉得是个负担,反而乐在其中。当了三十多年警察,退休之后,可以好好弥补一下对金凤娘俩的亏欠。

时钟指向7点,女儿和外孙都已经吃过早饭,洗漱完毕。忙碌的早间时光可以告一段落,骆少华坐在餐桌旁,拿起一根油条,刚咬了一口,就听见自己的手机发出"叮"的一声。骆少华擦擦手指,拿起手机查看短信。瞥了一下,他就停止咀嚼,愣住了。随即,他叫住在门口换鞋的骆莹。

"莹莹，今天打车送孩子吧。"骆少华勉强咽下嘴里的油条，"我要用车。"

"嗯，"骆莹有些惊讶地回头，"我送你吧。"

"不用。"骆少华的声音坚定果决。

骆莹看着他，轻轻吐出一口气。这才是她熟悉的父亲形象：寡言少语，对工作上的事守口如瓶。一小时前那个眼神慈爱，言语温柔，甚至有些絮叨的老头已经被隔绝在某种坚硬的外壳之下。

她对这外壳的色彩、气味、质地了如指掌，也深知自己此刻无法把父亲拉出来。正因为如此，骆莹没有继续追问，只是掏出车钥匙放在餐桌上，随后就带着孩子出门了。

骆少华坐着没动，听到铁门关好，门锁闭合的"咔嗒"声后，他才重新拿起手机，把那条短信反复看了几遍，然后慢慢地吃完早餐。

洗干净碗筷，骆少华把暖水瓶灌满，服侍金凤吃了药，看着她睡下之后，穿好外套出了门。

尽管已经许久没有摸过方向盘，但是近乎本能般的熟练动作，仍让骆少华在发动汽车的瞬间有一丝小小的兴奋。当这辆深蓝色桑塔纳轿车融入交通早高峰的车水马龙中时，骆少华甚至习惯性地摸摸腰间，想检查一下枪套是否扣好。

空空如也。骆少华似乎也回过神来，他的心沉了一下，要去的地方，是他不想和自己的职业生涯联系在一起的。

只是，很多事情，不是他"想"或者"不想"，就能轻易剥离开的。

骆少华暗自咬了咬牙，脚下稍稍用力，在一片雾气中向西郊飞驰而去。

安康医院位于本市郊区，建院已有近30年的历史。和城里那些装潢气派的大医院不同，安康医院看起来更像一座破败不堪的乡村小学。骆少华把车停在一条土路旁，远远地看着医院锈迹斑斑的墨绿色铁栅栏门。

此刻太阳已经升起，雾霾却没有完全散去。安康医院里大概正是早饭时间，大团的水蒸气在院子里飘荡，混在雾霾中，让人和物都显得影影绰绰。骆少华摇下一半车窗，点燃一支烟，默默地注视着被笼罩在一片雾气中的医院。

这二十多年来，骆少华几乎每个月都要来一次安康医院。可是，他一直不太理解，明明是收治精神病人的地方，为什么要叫"安康"医院。

安康，要是这些病人都能安康就好了。骆少华掐灭烟，看了看手表，8点25分。他把车窗全部摇下，让更多的冷空气灌入驾驶室内。连打了几个寒噤之后，骆少华彻底精神过来。他缩在驾驶座上，全神贯注地盯着安康医院门口。

十几分钟后，铁门后面的浓雾中传来一阵"叮叮当当"的响声，紧接着，一个人影出现在雾气中。他走得很慢，脚步有些蹒跚，似乎充满恐慌，又犹豫不决。

骆少华坐直身子，瞪大眼睛看着他。

渐渐地，那个人在浓雾中的轮廓慢慢清晰起来。这是个身高一米七五左右的男性，50岁上下，体瘦，头发粗硬、凌乱，穿着一件看不出颜色的棉袄，右肩上挎着一个大大的黑色人造革旅行包，左手拎着一个网兜，里面是一只搪瓷脸盆。牙具、皂盒之类的东西在里面叮当作响。

骆少华感觉喉咙被一下子扼住了，是他，不会错。

男人走到门口，似乎对面前的铁质栅栏门束手无策。很快，值班室里走出一个身材矮胖的保安。看到他，男人向后退了几步，整个人也缩小了一圈，仿佛随时准备抱头蹲下。保安走到他面前，开口询问着什么。男人怔怔地看了他几秒钟，然后放下旅行包，从衣袋里掏出一张纸递过去。保安接过那张纸，草草看了一遍，随即转身打开了铁门。男人直直地看着打开一条缝的铁门，既不说话，也没有动作。直到保安不耐烦地挥挥手，他才全身僵直地一步步走出来。

铁门在他身后闭合，重新上锁。男人站在门前，先是缓缓扫视一圈，似乎对眼前的一切感到陌生无比。足足5分钟后,他才迈开脚步,有些踉跄地向路边的公交车站走去。

骆少华的脑子里一片空白,视线随着男人机械地移动,看着他仰起脖子,认真地看公交站牌。

很快,男人似乎选定了目的地,安静地站在原地等候公交车。此刻,雾气已然散去,男人的样貌清晰地呈现出来。

骆少华伸出已经冻僵的手,摇上车窗,隔着玻璃注视十几米之外的男人。

他瘦了很多,粗硬的乱发已经白了大半。脸上的线条宛若刀刻般棱角分明,那双眼睛里死气沉沉,没有感情,没有灵魂。

骆少华暗暗捏紧拳头,感觉一阵重似一阵的寒意正慢慢侵袭全身。

很快,一辆老旧的公交车停靠在路边,男人拎起旅行包上车。公交车的排气管喷出黑烟,吱吱嘎嘎地开走。

骆少华转过头,发现自己全身已经僵硬得像一块铁板。他发动汽车,尾随公交车而去。

驾驶室里和外面一样冷。骆少华颤抖着,勉力握住方向盘,死死地盯着前方的公交车。突然,他抬手看了看腕表。

1月7日。上午9点1分。

恶魔重返人间。

公交车开进市区,男人在新华图书大厦下了车,又换乘了另一辆公交车。他似乎并没有注意到骆少华的跟踪,只是坐在车窗边,默默地注视着街景。

半小时后,男人在兴华北街再次下车,向东步行约700米后,走进了绿竹味精厂的大门。骆少华把车停在距离厂门口不远的地方,坐在驾驶室里看着他的一举一动。

在值班室里,男人和门卫交谈了几句。与他年纪相仿的门卫显然对他的身份充满疑问，不过还是按照他的要求打了一个电话。在这个过程中，男人始终直挺挺地站着，脸上毫无表情。几分钟后，一个穿着灰蓝色羽绒服的年轻人匆匆而至，和男人谈了一会儿，带着他离开了值班室。

这一走，就是两个多小时。骆少华倒是不着急。他已经猜出男人此行的目的，也知道男人接下来会去什么地方。这让他有足够的时间来筹划下一步的行动。不过即便如此，骆少华仍然心乱如麻。消息来得太突然，他完全没想到男人会在这个时候出院。本以为这个人和那件事可以永远封存在安康医院里，本以为自己可以功成身退，颐养天年，可是他的突然出现，已经将骆少华设想中的未来击得粉碎。他第一次体会到了脱掉警服后的无力感。

怎么办？没有了高墙铁门，该怎么束缚他？

正在胡思乱想，绿竹味精厂的铁门忽然打开了，一辆灰色面包车飞驰而出。骆少华抬头看了一眼，赫然发现男人正坐在后排中央。骆少华丢掉烟头，手忙脚乱地发动汽车，尾随而去。

面包车只行驶了不到5分钟的路程，就停在绿竹苑小区的一栋居民楼前。骆少华没有继续紧跟，因为他对这个居民区了如指掌，更知道此刻绿竹味精厂后勤处的干部们正把男人带往22栋4单元501室。这是男人的父亲当年从味精厂分得的福利住房，也是父母留给男人的唯一遗产。在他入院治疗期间，这套房产一直由味精厂代为保管。大约半小时后，面包车驶出小区，男人已不在车上。骆少华发动汽车，缓缓驶进绿竹苑小区，径直开到22栋楼下。

4单元501室。骆少华凭借记忆，毫不费劲儿地找到了那扇窗户。此刻，漆成蓝色的木质窗户大大敞开，能看见灰色的厚布窗帘在寒风中不住地抖动。骆少华盯着那扇窗子看了一会儿，掏出手机，拨通了一个号码。

几秒钟后，一个男声在听筒中响起：

"喂，骆警官。"

"曹医生，我今早接到了你的短信。"骆少华顿了一下，似乎不愿意说出男人的名字，"关于林国栋的。"

"哦，他应该已经出院了吧。"曹医生的声音显得很疲惫，"我查一下。"

"不用了，我看着他出院的。"

随后，就是一阵沉默。最后，曹医生忍不住发问："怎么，有什么问题吗？"

"问题……"骆少华一时语塞，"你们确定他已经痊愈了吗？"

"这个，这个当然。"曹医生忽然有些结巴，"不过，他还需要定期回院复查的。"

"也就是说，你们不能保证他不再出事，"骆少华不耐烦地打断了他，"对吧？"

"骆警官，精神疾病的治疗不像其他疾病，有明确的参数和指标。"曹医生的语气也强硬起来，"它本身的特质之一就是病情缠绵，复发率较高。"

"可是你们上个月还认为他需要继续治疗。"

曹医生沉默了一会儿，叹了口气："这就说来话长了。"

"你说。"

"改天吧。今天我很忙，你找个时间来院里，我们详谈。"曹医生迟疑片刻，试试探探地问道，"骆警官，据我所知，您并不是林国栋的家属，为什么您对他这么关注？朱医生退休前……"

骆少华没有听他说完，径直挂断了电话。

不管能否搞清楚林国栋出院的缘由，他现在已经重返社会，这是一个不得不面对的现实。几十年的刑警生涯教给了骆少华许多事，其中一件就是不要对任何事抱有不切实际的幻想。他已经对此做好了最坏的预判，而他要做的，就是竭尽全力不让这个预判变成现实。

骆少华发动汽车,他清楚自己已经失去了职业带给他的诸多便利和权力,因此,他要提前做好准备。

他不清楚的是,此刻,林国栋正站在4单元501室的窗前,静静地注视着他和那辆深蓝色桑塔纳轿车,脸上带着一丝淡淡的笑意。

第六章
朋友

老纪不在房里。

魏炯把抹布搭在椅背上,在牛仔裤上擦干双手,盘算着要不要在房间里等老纪。正想着,张海生拎着拖把推门进来,看见魏炯,也是一愣。

"老纪呢?"

"不知道。"魏炯老老实实地回答,"我刚进来。"

"这老头,瞎转悠什么呀。"张海生斜眼看看魏炯,"你怎么又来了?"

"嗯,"魏炯躲开张海生的目光,"志愿者服务。"

"老纪又托你买东西了?"

"没有。"

张海生的脸色稍稍缓和了些,语气依旧毫不客气:"你去别的房间吧,我要拖地了。"说罢,他就甩开拖布,横七竖八地抹起来。魏炯躲闪不及,被连撞了两次脚跟,急忙拿起抹布走出了房间。

这是最后一次社会实践课,魏炯总觉得该和纪乾坤告个别,虽然不用太正式,但算是有始有终。然而转遍了整个楼层,还是不见纪乾坤的踪影。魏炯琢磨着要不要回去问问张海生,再三思筹后,还是放弃了这个想法。一来，张海生看起来也不知道老纪的去处；二来，从张海生对他的态度来看，即使知道，也不会告诉自己。

算了，魏炯对自己说，人海茫茫，他和老纪只能算是萍水相逢。缘起缘尽，顺其自然吧。

尽管如此，魏炯还是有些小失落，也没了再找人聊天的兴趣。他拎起抹布，打算去帮其他志愿者打扫卫生。

连上两层楼，擦拭了几间寝室后，魏炯来到了三楼。相对于楼下的人来人往，这里显得幽静许多。刚转入走廊，魏炯就看到一个人坐在某间寝室的门旁，正向门里张望着。

是纪乾坤。

魏炯一下子高兴起来，快步向他走去。

"老纪。"

纪乾坤闻声转过头来，看到是他，脸上也绽开微笑。

"你来了。"

"是啊，你在干吗？"

魏炯走到纪乾坤身边，向那间寝室里望去。

这是一个单人间，格局和纪乾坤的房间并无二致，只不过，因为拉着窗帘，室内光线昏暗，温度也要低得多。

一个人静静地躺在床上，全身覆盖着棉被，只露出头部。从散落在被子上的灰白色头发来看，这应该是个女人，年纪在60岁上下。

"她是？"

"姓秦，叫什么不清楚。"纪乾坤若有所思地看着女人。

"她在睡觉吗？"魏炯压低声音。

"是啊，而且是很难醒来的那种。"

"哦，"魏炯惊讶地睁大眼睛，"那你在这里做什么？"

纪乾坤笑笑，并没有回答，只是向前努努下巴。

"帮个忙,去把窗帘拉开。"

魏炯犹豫了一下。虽然女人在沉睡,但这毕竟是她的私人空间。不过,拉开窗帘而已,应该不算什么冒犯之举。想到这里,魏炯向走廊左右看看,还是抬脚走进了寝室。

一进门,魏炯就闻到了一股奇怪的味道。他吸吸鼻子,走到窗口,拉开了窗帘。

午后的阳光一下子倾泻进来,女人的脸也变得清晰。看得出,她年轻时应该算是个美女,脸庞圆润,眉眼周正,皮肤也算细腻。

魏炯回头看看纪乾坤,发现后者也在看着他。

"你也闻到了?"

"嗯。"魏炯皱皱眉头,那味道并不令人愉快,混杂着香油或者别的什么东西,会让人联想到某种邪恶的情绪。

纪乾坤摇动轮椅,慢慢地进入室内。他打量着室内的陈设,不时翕动着鼻翼,随即,他把视线投向熟睡的女人身上。

魏炯也在寻找那股味道的来源,可是,小小的室内一览无余,并没有残余的食物之类的东西。最后,他和纪乾坤的视线相接。

纪乾坤笑笑,把轮椅摇向床边,侧身闻了闻。随即,他的脸色变得难看。

"没错。"他指指熟睡的女人,"她身上的味道。"

魏炯有些奇怪,某种治疗需要香油吗?

"去,帮我把那个杯子拿来。"

魏炯顺着纪乾坤手指的方向望去,在床对面的木桌上,放着一个玻璃水杯,里面尚有半杯略显浑浊的水。

魏炯把水杯递给他。纪乾坤把杯子拿在手里,先是对着阳光仔细看了看水杯里的悬浊物,随即又把鼻子凑在杯口处闻了闻。最后,他用小指蘸了点儿水,放进嘴里,品咂了几下,转头吐掉。

第六章 朋友　　059

"好了。"他从衣袋里掏出一方手帕,把杯体擦拭了几遍,用手帕裹住水杯,递给魏炯。

"放回原处。"

魏炯按照他的指示做了,心中的疑团却越来越大。

"老纪,你这是……"

"没事。"纪乾坤突然抬头笑笑,眼中却隐隐冒出一丝怒火,"送我回去吧。"

魏炯推着纪乾坤,在一片寂静的楼道里慢慢前行。魏炯看着那些或虚掩或敞开的门,低声问道:"住在这里的,是什么样的人?"

"嗯,"纪乾坤似乎正在想心事,"长期卧床的。他们不用经常出来,所以安排在三楼。"

魏炯哦了一声,看看手上的轮椅推把,突然想到一件事。

"那,你是怎么上来的?"

"想办法喽。"纪乾坤轻描淡写地回答道,他似乎不想多说话,魏炯也识趣地闭上了嘴巴。

走到楼梯口,魏炯停下轮椅,上下打量着,盘算着如何才能把纪乾坤弄到一楼。纪乾坤看出了他的困惑,笑笑,说道:"你先把我背下去。"

看来也只能如此。魏炯转过身子,背对着纪乾坤蹲下去,纪乾坤搂住他的脖子,魏炯双手向后,托住纪乾坤的大腿,用力站了起来。

老纪比想象的要重一些。魏炯下了一层楼,感觉到腰和膝盖承受的巨大压力。很快,他的额头上沁出了细密的汗珠,呼吸也粗重起来。

"累了就把我放下。"耳边传来纪乾坤的声音,"歇会儿再走。"

"没事。"魏炯为自己糟糕的体力略觉惭愧,咬咬牙,一步步走下去。来到一楼,他又犯了难,该把老纪放在哪里呢,总不能让他坐在冰冷的地面上吧?

"把我放在楼梯扶手那儿。"

魏炯依言行事。纪乾坤侧身趴在楼梯扶手上，双手攥住铁质栏杆，双腿软绵绵地搭在地面上。

"好了，去把我的轮椅抬下来吧。"纪乾坤又嘱咐了一句，"小心点儿，那玩意儿也挺重的。"

魏炯不敢多停留，擦擦额头上的汗水，就快步跑上三楼，连拖带拽地把轮椅弄了下来。

纪乾坤还保持着那个难受的姿势趴在楼梯扶手上，看上去，好像一堆被丢弃的旧衣服。听到魏炯下楼的声音，纪乾坤抬起头，充满期待地看着他，眼中还有一丝歉意。

"真是辛苦你了。"

魏炯知道他也在坚持。仅靠双臂来撑住全身的体重，他随时都可能滑摔在地上。所以他来不及休息，就急忙把纪乾坤扶坐在轮椅上。

替他盖好毛毯，魏炯直起腰来，两个人同时长出了一口气。纪乾坤拍了拍他的背："送我回房间吧，泡点儿茶，我们都好好休息一下。"

张海生还在房间里，正弓着腰在纪乾坤的床上忙活着，看到他们进来，张海生把手上的枕头拍松，摆在床头。尽管他看起来好像是在整理床铺，但是魏炯可以肯定，他正在翻找什么东西。

"你回来了，"张海生满脸堆笑，指指单人床，"要不要休息一下？"

"不用。"纪乾坤垂下眼皮，抬手示意魏炯把他推到窗前。

"去哪儿了，老纪？让我怪担心的。"

"随便转了转。"纪乾坤没有看他，转身面向魏炯，"小魏，打开那个柜子，里面有茶叶。咱俩泡点儿茶喝。"

张海生见状，只能说句"你们聊"，就悻悻地开门出去了。

今天的茶是六安瓜片，香气清高，滋味鲜醇。一杯热茶下肚，两个人的气息也逐渐调匀。魏炯身上的汗消了大半，舒舒服服地靠在桌边，小口啜着茶水。

第六章 朋友

纪乾坤拿出健牌香烟来抽,很快,斗室里烟气缥缈,混合着茶香,让人颇为慵懒舒适。魏炯吸吸鼻子,突然想起了三楼的女人。

"那个老太太,"魏炯试着发问,"是你的朋友吗?"

"不算。"纪乾坤摇摇头,"我只知道她姓秦。"

"那你……"

"以后再慢慢告诉你吧。"纪乾坤笑笑,"今天几点走?"

"快了吧。"魏炯看看手表,"一会儿还要去院长那里写评语什么的。"

"评语?"

"是啊。"魏炯放下茶杯,挺直身子,正视着纪乾坤的眼睛,"这是我的最后一次社会实践课了。"

"也就是说,"纪乾坤顿了一下,移开目光,"你不会再来了。"

"那倒不一定。"魏炯从他脸上看到了深深的失望,心里一软,"没课的时候,我会来看你的。"

"嗐,那倒不必。"纪乾坤低下头,掸掸毛毯上的灰尘,"你一个小伙子,犯不着为我这个糟老头子浪费时间。"

"没有啊,老纪。"魏炯有些难为情地抓抓头发,"你很有趣,我也挺喜欢和你聊天的。"

"有趣,哈哈哈。"纪乾坤吃惊地瞪大眼睛,随后就大笑起来,"我活了大半辈子,这算是对我最高的评价了。"

"真的,我觉得你和别的老人不一样。"

"呵呵。"不知为什么,纪乾坤的神色有些暗淡,"当然不一样。"

他扭头看向窗外,半张脸被渐渐西落的太阳染成金色,另一半脸则隐藏在阴影中。这让他的表情显得非常复杂,有希望,也有深深的落寞。

魏炯看着他,没来由地觉得有些伤感。室内非常安静,两个人的呼吸都清晰可辨。一个绵软,一个有力;一个悠长,一个短促;一个心事重重,一个懵懂无忌;一个在拼力抓住尚可珍惜的东西,一个好奇地面对徐徐展开的未来。

良久,纪乾坤回过头来,冲魏炯笑笑。

"不管会不会再见,我都很高兴认识你,魏炯。"

"我也是。"魏炯也笑了,"老纪。"

"我真希望自己能有资格给你写评语。"纪乾坤冲他挑挑眉毛,眼神友善又狡黠,"给你个不及格。"

"嗯?"魏炯惊讶地睁大眼睛。

"让你回养老院重修啊。"

"哈哈,"魏炯笑起来,"我会回来看你的。"

"真的?"纪乾坤的表情变得认真,"你可不能骗我这个老头。"

"当然。"

"说实话,我还真有事想请你帮忙。"

"嗯,你说。"魏炯瞟了一眼床头的烟盒,一整条香烟已经空了大半,"还是买烟吗?"

"不是。"纪乾坤看看门口,压低了声音,"你知道我和张海生的关系吧"

"嗯。"魏炯有些莫名其妙,"他是你的护工,对吧?"

"不仅仅如此。"纪乾坤苦笑了一下,"你想知道我为什么会在这里吗?"

魏炯的神色郑重起来,他站直身体,点了点头。

"我曾经是个电子工程师,结过婚,二十多年前,妻子去世了。"纪乾坤点燃一支烟,慢慢地吸着,"我们没有孩子。所以,此后的几年,我一直都是一个人生活。后来,我出了一场很严重的车祸。"

他拍拍自己的腿:"两条腿都废掉了,而且我昏迷了一年半。"

魏炯目不转睛地看着他,眉头微蹙。

"好在那时的工会还不错,"纪乾坤慢慢说道,"工会帮我打赢了官

第六章 朋友

司，对方赔了我一大笔钱。我没有儿女，也没有其他亲属。所以，我醒来之后，单位就把我送到了这里。"

"然后，你就一直住在养老院？"

"嗯。"纪乾坤掸掸烟灰，"我把自己的房子出去租了，前几年办理了提前退休。房租、工资加上赔偿金，应付生活绰绰有余，所以在别人眼里，我是个有钱的老头。"

魏炯笑了笑："的确，最起码，你的茶叶都不错。"

纪乾坤也笑笑："你知道，我腿脚不方便，又不想让自己的日子过得太寡淡，所以，有些采买的事儿，只能委托张海生代劳。相信你也看得出来，这老东西的手脚不太干净。"

魏炯点点头。他终于知道张海生为什么对自己态度恶劣了，纪乾坤委托他去买东西，张海生自然就没了虚报账目、从中渔利的机会。

"而且，我现在已经不再信任他了。"纪乾坤把烟头丢进罐头瓶里，"我再有钱，也经不起他这样巧取豪夺。我岁数大了，也不知道能再活几年，我不想到最后变成一个穷困潦倒的瘫老头。"

"你放心。"魏炯毫不犹豫地说道，"以后我来帮你。"

"会不会太麻烦你？"纪乾坤的表情恳切。

"没事儿。"魏炯已然有了身负重托的豪迈情绪，"老纪你不必客气。"

"那我有一个要求。"

"你说。"

"你必须要接受我的酬劳。"

"不要。"魏炯坚决地摇头，"我只是想帮你，我不会要任何酬劳的。"

"可是我会经常麻烦你。"

"那没关系，真的没关系。"魏炯俯下身去，手按在纪乾坤的肩膀上，看着他的双眼，"我们算是朋友了吧，老纪？"

"当然。"纪乾坤的眼神变得柔和，"只要你不嫌弃我这个老头子。"

"既然是朋友,就别提什么酬劳。"

"嗯。"纪乾坤抓住他的手,"不过,你至少要让我给你报销路费。"

"不用了吧,也没几个钱。"

"不,一定要。"

魏炯想了想,决定让步,就点了点头。

纪乾坤的嘴角浮现出微笑,他伸出手,和魏炯握了握。

"谢谢你,孩子。"他的眼中漫起一层水汽,"谢谢你对我这个老头子付出耐心和善意。"

"老纪,"魏炯突然冲他挤挤眼睛,"这下不用给我不及格了吧?"

纪乾坤一愣,随即就哈哈大笑起来。

笑声惊动了正在院子里散步的老人们,他们莫名其妙地看着一楼尽头的那扇窗子里,一老一少两个男人,正笑作一团。

第七章

访问

"11·9"杀人碎尸抛尸案现场分析

简要案情

1990年11月9日8时40分许,铁东区松江街与民主路交会处南200米的绿化带内,发现用黑色塑料袋包装的人体下肢右小腿编为1号,及被分成四块的左右双上肢2号。11月10日上午7时30分许,在南运河南岸河湾公园以东400米处,发现用黑色塑料袋包装的女性躯干3号。同日下午15时50分许,在城东垃圾焚烧厂发现用黑色塑料袋包装的头颅4号及左大腿5号。同日晚上20时10分许,在市骨科医院南侧围墙下,发现用黑色塑料袋包装的人体右大腿6号及左小腿7号。

现场勘验情况

1990年11月9日9时20分许现场勘验:在铁东区松江街与民主路交会处南200米处的绿化带内,发现一黑色塑料袋,提手交叉呈十字形系紧,并用透明胶带封扎。袋内有人体下肢右小腿、右脚及左右双上肢。袋内除少量血水外,无其他内容物。塑料袋上无印刷字样。在塑料袋及透明胶带上没有提取到指纹。

1990年11月10日上午8时20分现场勘验：在南运河河床中，近南岸一侧的淤泥中发现黑色塑料袋包装物，此处距河湾公园约400米。包装物为两只黑色塑料袋相向对套，中间用透明胶带捆扎。袋内有女性躯干一具，无衣物。塑料袋上无印刷字样。在塑料袋及透明胶带上没有提取到指纹。

1990年11月10日16时40分现场勘验：在城东垃圾焚烧厂第四焚化炉东侧发现两只黑色塑料袋，提手交叉呈十字形系紧，两只塑料袋袋口用透明胶带捆扎在一起。袋内有头颅及人体左大腿。装有头颅的黑色塑料袋有破损。袋内有泥土少许。塑料袋上无印刷字样。在塑料袋及透明胶带上没有提取到指纹。

1990年11月10日20时50分现场勘验：在市骨科医院南侧围墙下，距团结路街口200米左右，发现一只黑色塑料袋，提手交叉呈十字形系紧，并用透明胶带封扎。袋内有人体右大腿及左小腿、左脚。塑料袋上无印刷字样。在塑料袋及透明胶带上没有提取到指纹。

尸体检验情况

1号尸块为人体下肢右小腿及右脚，右小腿长40cm，周长38cm，自胫骨平台处离断，断端见四处皮瓣，带有髌骨，骨表面见两条切砍痕，表皮脱落。

2号尸块为左右双上肢，分为四块，右前臂长40cm，从肘窝处离断，尺骨鹰嘴处见有两处皮瓣，创缘较整齐，桡骨上有两条切砍痕，指甲长2cm，手掌背有擦蹭痕，手掌大小为156cmx91cm。右上臂长31cm，上至肱骨头处离断，断端见有四处皮瓣，骨表面未见切迹，右上臂内侧有一5cmx3cm皮下出血。

3号尸块为一躯干，长78cm，上端自第四、五颈椎离断，关节面见有切迹，下端自左右腹股沟处离断，左右肩自肩关节处离断，以上断端创缘不整齐，创壁有多处皮瓣。胸骨肋骨未见骨折。阴道挫裂伤，经阴道拭子，未验出精斑。

4号尸块为一头颅，黑色长卷发，发长47cm，头颅自第四五颈椎间离断，头高22cm，口腔黏膜有损伤。右颈部发现一处孤立的皮下出血，应系扼颈所致。

5号尸块为人体左大腿，长30cm，周长50cm，上端自股骨头处离断，下端自股骨下关节面处离断，上下创面见多个皮瓣，断端皮肤边缘较齐。

6号尸块为人体右大腿，长32cm，周长52cm，上端自股骨头处离断，下端自股骨下关节面处离断，上下创面见多个皮瓣，断端皮肤边缘粗糙。

7号尸块为左小腿及左脚，左小腿长41cm，周长39cm，自胫骨平台处离断，断端见六处皮瓣，带有髌骨，骨表面见三条切砍痕。

将上述诸尸块拼接可构成一具女性尸体，可确定为同一人。

死亡原因

根据检验，死者系因扼颈导致的机械性窒息死亡。

死亡时间

死者尸块较为新鲜，结合死者胃容物消化情况分析，死亡时间在案发前17小时左右。

个体识别

根据死者皮肤光泽度、皮肤弹性及耻骨联合推断，死者在30岁左右。死者双手指甲修剪整齐，手掌及手指光滑，不是重体力劳动者。

致伤物

根据法医检验，各尸块断端处创缘整齐，创壁光滑，创腔内未见组织间桥，部分裂创可见拖刀痕，未见生活反应，符合用锐器切割及死后分尸。

作案人数

各尸块损伤呈现出同一类型、分散分布特点，其锐器损伤可由一种锐器形成，个别分尸部分手法并不熟练，能够解释一人完成从杀害到碎尸的过程，但应属初次作案。从抛尸现场分析，犯罪嫌疑人应在有交通工具的情况下分段抛尸，每部分尸块具有一定重量，可由一人完成，但不排除两人以上。

现场物证分析

尸块包装物均为黑色塑料袋，并用透明胶带捆扎。黑色塑料袋上无印刷字样，无从查找其来源。从其尺寸看，黑色塑料袋大小为47cm×35cm。死者身上无衣物，无其他能证明其身份的物品。

犯罪嫌疑人刻画

犯罪嫌疑人用刀分尸，从尸体各大关节处离断，但分尸手法并不十分熟练，说明嫌疑人具备一定解剖常识，但属初次作案。所有尸块均经严密包裹，且没有发现指纹、毛发，死者体内亦未提取到其他生物物证，说明嫌疑人心思缜密，具备一定的反侦查经验，独居的可能性较大。各抛尸地点较分散，说明犯罪嫌疑人自有交通工具，具备驾驶技能。每部分尸块具有一定重量，且死者身上只有较少的抵抗伤，嫌疑人应为青壮年男性，在较短的时间内即控制住死者，并完成强奸及杀人过程。

工作进展

认尸启事发布第二天，1990年11月12日10时30分许，我市居民温建良前往我局认尸，确定死者系其妻张岚。女，33岁，住铁东区平江路87号机车厂家属区48号楼443室，育有一子。死者张岚于11月7日晚下班后参加同学聚会，之后就去向不明。11月8日早，其夫温建良向所在辖区派出所报案。经办民警：马健　骆少华　杜成杜成夹着一大卷尚有温度的打印纸走进阅览室，找到一张无人的桌子，把打印纸平摊在桌面上。这是1990年的本市地图，杜成找了个在本市档案馆工作的朋友，把它放大后打印出来。他用双手支撑在桌子上，俯身凝视着这张老地图，看着那些曾无比熟悉，如今却已在城市的发展中消失不见的地标。片刻，他打开挎包，拿出一张2013年版的本市地图，放在老地图旁边，仔细地一一对照着，不时拿出红色签字笔在新版地图上勾勾画画。一个小时后，簇新的地图上已经遍布红色圆圈，旁边还标注着"11·9（1）"之类的字样。

杜成直起酸痛无比的腰，看看手表，伸手从挎包里掏出一个药瓶，倒出两粒药片嚼在嘴里，再翻找时，发现自己没有带水。他暗骂一声，手忙脚乱地收拾好东西，快步走出了档案馆。

他在馆外的小超市里买了一瓶水，一口气喝了半瓶，嘴里的药片已经化开，满口苦涩。杜成皱着眉头漱口，正打算吐掉，想了想，又咽了下去。

能否活到查明真相那一天，他自己心里也没底，尽力而为吧。

此刻时值正午，杜成回到车上，重新打开地图浏览着，最后选择了自己的目的地，驾车离开。

这是个雾霾天气。地处北方的城市，入冬后就鲜见蓝天白云。集中供暖需要燃烧大量煤炭，空气中会飘浮着一层薄薄的黑灰。路上车不多，杜成看着灰蒙蒙的天，以及色调单一的建筑与人群，面无表情地转过一条街。

驶入工人路，汽车右侧出现一条亮白色。杜成下意识地看过去，发现那是本市的南运河。他心里一动，脚下稍稍用力，沿着河岸一路驶去。

很快，运河南岸的一大片空地出现在杜成的视野里，这里过去叫河湾公园，2012年，公园被拆除，一座寺庙在原址建起，现在这里叫金顶寺旅游区。

杜成把车停在路边，沿着石阶一路向下，小心地穿过结满冰霜的枯草地，顺着斜坡走到了河边。

石桥、凉亭、爬满绿藤的长廊已经不在了，那棵大树还在。杜成有些微微气喘，他手扶着粗糙的树干，低头看着脚下的河床。

现在是枯水期，较之夏季的丰盈充沛，南运河的河水枯竭了许多，能看见河底的淤泥和随着水流飘摇的水草。有些地方结了薄冰，尚未冻结的部分在寡淡的阳光下冒着微微的水蒸气。

杜成的视线在河水中来回扫视，最后定格在一片淤泥中。

那就是"11·9"杀人碎尸抛尸案中发现3号尸块的地方。时至今日，杜成仍然清晰地记得，当那个沾满淤泥、对向而套的黑色塑料袋被打开时，马健脱口而出的那句"我操"。

那时大家都穿着一身橄榄绿，都很年轻，很能喝酒，抽很多烟，可以在熬了一夜之后还能精神抖擞地执行抓捕任务。在老刑警面前暗自不服气，把新警叫作小屁孩。热衷于带着枪、骑着摩托车四处转悠，对每个犯罪分子都恨得咬牙切齿。

杜成的心暖了一下。他在23年后的同一个地方想起了年轻的伙伴们，以及他们共同面对的一件大案。

然而这温暖转瞬即逝。杜成凝视着那片黑色的淤泥，仿佛又看到骆少华脱掉皮鞋，卷起裤管，一点点把那个黑色塑料袋拽上岸的情形。其实，当他看见那具女性躯干尸块时，第一反应并不是恐惧或者恶心。失去头部和四肢的躯干并没有太多人类肉体的特征，他甚至迟疑了几秒钟才意识到那是什么。

随之而来的，是愤怒。

一个人，究竟是在什么样的心境下，会把一个女人肢解成七零八落的几块？

如果凶手那时就在自己眼前，杜成一定会把他的脑子挖出来，看看里面到底有些什么。

而且他相信，当时，老伙计们的想法和自己是一样的。

即使，他们最终因为这起案件反目成仇。

杜成点燃一支烟，微闭双眼，竭力让自己放松下来。这里曾弃置过一个女人的躯干，那么，不管经过多久，一定会有某种气息留下来。他要抓住这种气息，然后溯源而上，直至23年前的那个夜里，看清他的脸，抓住他的手，把镣铐牢牢地戴在他的手上。

"喂，那位同志。"

杜成睁开眼，回过头，看见一个提着扫把和簸箕，穿着一身环卫工人制服的老人正严肃地看着他。

"这里不许小便。"

半小时后，杜成把车停在铁东区万达广场门前，眯起眼睛打量着这座四层商厦，最后，在商场入口处看到了"平江路87号"的门牌。他从副驾驶座上拎过挎包，拿出那张1990年的地图，找到平江路87号机车厂家属区的位置，用红色签字笔画上一个叉，随即，驾车离去。

下午2点15分，杜成已经坐在机车厂——现已更名为北方机车制造集团——人事科的办公室里。办事员查找档案后，把他支到了离退休办公室。

在离退休办公室，杜成得知"11·9"杀人碎尸案的被害人张岚的丈夫温建良已经在两年前退休，住处不明，但能查到他的手机号码。杜成把号码抄在记事本上，道谢后离开。

在厂门口的路边摊上，杜成买了一个手抓饼。他坐进车里，一边大口吃着，一边拨通了温建良的手机号码。几秒钟后，一个低沉的男声在听筒中说："喂？"

"你好。"杜成咽下嘴里的食物，"是温建良先生吗？"

"是我。你是？"

"我叫杜成，是铁东分局的。"

"分局，"温建良的声音有些犹疑，"你是警察？"

"对。"

"你有什么事儿吗？"

"我想找你了解一些情况。"

"什么情况？"温建良又追问了一句，"哪方面的？"

"不是公事，是我个人想找你聊聊。"

"那不必了。"温建良立刻回绝，"我不认识你，没什么好聊的。"

"是关于你妻子的案件。"杜成顿了一下，"我是当年的办案人之一。"

"嗯，"温建良显然觉得很意外，"你想聊什么？"

"能见个面吗？"

温建良犹豫了很久，最后说道："好吧。"

杜成松了一口气，用脖子夹住电话，掏出笔。

"你的地址是？"

门打开的一瞬间，温建良就认出了杜成。

"我记得你，那会儿你比现在壮实，头发也多一些。"

杜成笑："都过去二十多年了，现在我是老头了。"

温建良也老了许多，原本是三七开的分头，现在整整齐齐地梳向脑后。灰色的羊毛开衫绷在凸起的肚皮上，下身是一条深蓝色羊毛裤，脚上是棉布拖鞋，一副退休在家、颐养天年的老人形象。

温建良把杜成让进客厅，招呼他坐在沙发上。趁着他去泡茶的工夫，杜成起身在这套三室两厅的房子里转了转。看得出，温建良和儿子一家同住，家境还算富足。阳台上挂着鸟笼，客厅东南角有一张长几，上面摆放着笔墨纸砚，估计是他退休后的消遣。总之，温建良现在过着平静祥和的生活。

很快，温建良端着两个茶杯走出来，还带着一盒烟。

"我记得你是吸烟的。"温建良抽出一支烟递给杜成，"说起来，还要感谢你们,那么快就抓住了凶手,给张岚报了仇。"

"没什么。"杜成勉强笑了笑,"应该做的。你过得怎么样?"

"还凑合。张岚走了之后,我又再婚了。没办法,孩子太小,需要有人照顾。"

"那……"杜成四处环视着。

"又离了。"温建良苦笑,"我心里始终放不下张岚。如果是病逝或别的什么意外,哪怕是车祸呢,我都不会那么耿耿于怀,可是她被人……第二任妻子受不了这个,和我离婚了。"

说到这里,杜成也有些黯然,只能默不作声地吸烟。

"那,"温建良看着杜成的神色,"你要找我聊什么呢?"

"关于张岚。"杜成想了想,"关于她的一切。"

"为什么?"温建良不解,"凶手不是已经被枪毙了吗?"

"是这样,"杜成慢慢说道,"我们在做一个大案要案汇总,你知道,一方面是总结经验,另一方面还要提高预防犯罪的能力。简单地说,就是要搞清楚,为什么张岚会被害。"

"哦。"温建良点点头,脸色却渐渐灰暗下来,悲戚的表情浮上他的脸颊,整个人显得更加苍老。

"我知道这很不礼貌,甚至可以说是残忍。"杜成语气低沉,"让你过了这么多年,还要回忆这些事,但是……"

"没关系,我能理解。"温建良抬起头,勉强挤出一丝微笑,"如果以后能杜绝这样的悲剧,张岚的死就是有价值的,是吧?"

在温建良的描述中,他的妻子是一个热情、开朗、心地善良的女人,爱说爱笑,与人相处融洽,不曾与他人有过节或者仇怨。同时,和大多数女人一样,爱美,爱漂亮衣服。

"我到现在还记得她那天的样子。"温建良夹着烟,眼睛始终盯着窗外,语速缓慢,"她去参加同学聚会,特意打扮了一番。黑色呢子大衣，玫红色高领毛衣，牛仔裤，短皮靴，浑身香喷喷的。我当时还取笑她……"

温建良转过头，脸上带着笑，眼圈却开始泛红。

"说她一把年纪了还臭美。"温建良把烟头摁灭在烟灰缸里，"现在想想，她才33岁，多年轻啊。"

临别时，温建良注意到杜成蜡黄的脸色和已经被汗水濡湿的脸颊，关切地开口询问。杜成不想多聊这个，匆匆道别后就离开了。回到车里，他伏在方向盘上，肝部的闷痛感愈发强烈起来。他从挎包里翻出药片，和水吞下。然后，他翻开记事本，开始整理刚才和温建良的谈话记录。

杜成知道这样的访问并无太大意义。时隔23年，被害人家属的陈述很难提供有价值的线索。但这是他目前唯一能做的事，他需要唤醒自己的职业嗅觉，让它和自己记忆深处的某种气息勾连起来。只有如此，他才能把那些残留的片段拼接成一条锁链，然后，沿着它追寻下去。

更何况，他的时间已经不多了。

第八章

跟踪

　　骆少华远远地看见林国栋从楼门中走出来,急忙放下望远镜,尽量在驾驶座上收缩自己的身体,只露出半个脑袋,监视着他的动向。

　　林国栋还穿着出院当天的那套衣服,手里拎着一个黑色塑料袋。他慢慢地走到路边,把塑料袋扔进垃圾桶。随即,他就把双手插在上衣口袋里,漫无目的地四处张望着。几分钟后,他挠挠脸颊,抬脚向园区大门走去。

　　骆少华坐正身子,把望远镜塞进副驾驶座上的一个黑色双肩背包里。背包鼓鼓囊囊的,袋口露出水瓶和半截面包,还有一根通体乌黑的棍子。

　　骆少华瞄了瞄那根棍子,那是一支伸缩式警棍。

　　希望用不上它。骆少华抬起头,刚好看见林国栋消失在园区门口。他发动汽车,慢慢跟了上去。

　　骆少华不能肯定林国栋是否还记得自己,所以他不敢冒险,只是远远地尾随着他。林国栋走出园区后,向右走了几百米,拐进一条小路。

　　骆少华瞥了一眼街牌,暗骂一句,把车停在路边。

　　那是春晖路早市,汽车肯定开不进去。骆少华一边锁车门,一边琢磨着林国栋是不是已经发现了自己。他快步走进早市，却发现林国栋并没有消失在人群中，而是在前方不远处，慢悠悠地逛着。

他像个失业很久、要靠妻子养活全家的窝囊"煮夫"一样，耐心地走过一个个菜摊，认真地打量着每一样商品，不厌其烦地问价，拿起一盒魔芋或者一根菜笋反复看着，似乎对一切都充满好奇。

骆少华尽量躲在人群背后，留心观察着他的一举一动。最初，他对林国栋的怪异举止有些莫名其妙，不过他很快就明白了，对一个在精神病院里住了二十多年的人来说，早已对外界的种种感到陌生了。

一股快意涌上骆少华的心头。不远处的这个人，在电击棒和约束衣的陪伴下度过了小半个人生，现在变成一个连菜笋都不认识的废人。

但是骆少华很快意识到，刚才之所以会觉得他怪异，是因为他把林国栋当成和自己一样的人。

和自己一样，目睹朝阳升起，夕阳西沉，历经寒冬夏雨，春去秋来，见证这个城市的快速发展，从平房遍地到高楼林立，暗喜于工资的提高，恼火于物价的飞涨。

就像骆少华时常感受到的那种幻觉一样：当他在黑暗的街路上凝视那些更黑暗的角落时，总觉得有一双眼睛正在回望着自己。

他其实从未离开过。

穿过早市，林国栋径直走向街对面的公交车站，仰头看了看站牌，就安静地在原地等待着。骆少华已经来不及回去开车，只能躲在一个早餐摊后，紧紧地盯着他。

几分钟后，一辆116路公交车缓缓驶来。林国栋排在几个拎着菜篮的老人身后上车，走到车厢中央，拉着吊环站好。骆少华眼见公交车驶离站点，急忙小跑着穿过马路，挥手招停一辆出租车，跟了上去。

对司机说了句"跟上前面那辆116路"，骆少华就掏出手机，连接上网，开始查询公交车的沿途站点。分析出林国栋可能下车的几个站点后，

第八章　跟踪

骆少华收起手机,发现司机正不住地打量着自己。

"老爷子,你这是?"

骆少华几乎要脱口而出"警察办案"几个字,话到嘴边却改成:"孙子逃学了,我去看看这小子去哪个网吧。"

司机的话匣子打开了,从教育孩子聊到了网吧整治。骆少华无心和他闲聊,心不在焉地应付着,双眼紧盯着前方的公交车。四站地后,林国栋在长江街站下车。骆少华让司机把车停在公交车前方不远的地方,看林国栋走进长江街口,他付了车费下车。

长江街是本市的一条商业步行街,此时大约上午9点,大部分商厦都已经开门营业。在骆少华的记忆中,长江街从改革开放之后就一直是本市的主要商业区之一,几座主要的商厦更是有超过20年的历史。同时,他也意识到林国栋在这里下车的原因。

林国栋正在试图填补自己记忆中的空白,而商业街显然是重新了解这个城市的最好的窗口。

他站在步行街入口中央,双手插在口袋里,仰头环视着四周的高楼大厦。深冬的寒风卷来,他肥大的裤子被吹得贴在腿上,勾勒出略显弯曲的双腿的形状。此刻步行街上尚显冷清,行人并不多,且个个神色匆匆,没有人去注意这个衣着落伍却一脸新奇表情的老人。林国栋在原地看了一会儿,抬脚走进了最近的一座商厦。

他走得很慢,始终在左右张望,似乎对身边的一切都充满兴趣。几分钟后,他被商厦正厅中的一台自动售货机吸引了,上上下下地研究了好久,仔细阅读了使用说明后,林国栋掏出一沓现金,取出一张五元纸币,塞进投币口。然后,他在几排瓶瓶罐罐中来回选择了一番,最终按了一下罐装可口可乐下方的按钮。"咕咚"一声,一罐可乐落进了出货口。他吓了一跳,似乎不知道这声音从何而来,绕着自动售货机转了几圈,脸上仍然是一副不明就里的样子。

旁边守着关东煮摊点的一个女孩子捂着嘴笑起来，指了指自动售货机下方的出货口。林国栋这才恍然大悟，取出了那罐可乐。他拿着那个红色的罐子，转着圈端详着，又看看那台自动售货机，一脸欣喜，仿佛一个对齐了四面魔方的孩子。

随即，他拉开那罐可乐，小心翼翼地喝了一口，先是皱皱眉头，然后咂咂嘴，似乎对那味道还挺满意。

于是，林国栋端着可乐，开始在商场里慢慢地逛起来，不时啜上一口。商场一楼主要是各种珠宝、手表品牌的专柜。林国栋挨个柜台看过去，偶尔停下来听其他顾客和售货员交谈，脸上始终是一抹友善的微笑。大概是因为听得过于专注，他引起了一对正在选购钻戒的青年男女的注意。小伙子不时警惕地打量着他，姑娘则把挎包转到身前，紧紧地捂着。林国栋倒不以为然，笑了笑，就端着可乐慢悠悠地离开。

上楼的时候，林国栋又遇到了一些小麻烦。他看着自动扶梯踌躇不前，最后站在一旁，看其他顾客逐一登上扶梯。琢磨了一阵之后，他小心翼翼地踏上去，扶梯升起的瞬间，林国栋的身体失去了平衡，在狭窄的踏板上手舞足蹈了一番之后，他才勉强抓住扶手站定。扶梯升到二楼，他屏气凝神地看着踏板逐渐并拢的终点，夸张地纵身一跳，险些在光滑的大理石地面上跌倒。

令人惊奇的是，那罐可乐始终被他牢牢地捏在手里，一滴都没洒出来。

二楼主营女装。林国栋依旧是那副悠闲的样子，慢慢地逛着。骆少华远远地跟着他，依靠立柱、柜台和其他顾客隐蔽自己。一个多小时后，他渐渐地失去了耐心，开始怀疑自己的跟踪是否有必要。现在的林国栋的确像一个久病初愈的老人，温和、笨拙、孱弱，于人于己都无害，甚至看上去有些可怜兮兮。

"可怜兮兮"。

当这四个字出现在骆少华的脑海里，他立刻提醒自己要保持警醒。

第八章　跟踪

不要被蒙蔽，再也不要。因为，再没有23年的时间可以去补救，去偿还。

骆少华打起精神，从一大幅海报后探出头来，眼睛立刻睁大了。

林国栋不见了。

冷汗立刻布满了他的额头。骆少华疾步从海报后冲出，四处张望着。此刻，他身处二楼的两排商铺间，左右皆是各品牌女装。他记得林国栋最后出现的地方是前方右侧的阿玛施女装店，冲进店铺后，却不见对方的人影，店内只有几个正在挑选风衣和长裤的女人。

女人。妈的，女人。

现在是白天，又是在繁华商业区，他该不会……

另一种可能是：自己已经暴露了。

才跟踪了几个小时，就被对方发现，并被轻易甩掉。骆少华暗骂自己，刚刚退休就这么废物吗？

连找了几家店铺，林国栋依旧不见踪影。骆少华开始考虑要不要搜索消防通道，刚刚走到这排商铺的拐角处，骆少华的余光中出现一个人。他没有停留，也没有转头，而是径直走向前方的皮衣折扣展销区，钻进一排男式皮夹克中，随便拿起一件挡在身前，随即，他勉强压抑住急促的呼吸，微微转过身，向一家女装店门口望去。

林国栋依旧端着那罐可乐，背对着自己，静静地注视着橱窗里的某样事物。因为视线被遮挡，骆少华无从知晓他在看某个人还是某件展品，但是从时间上推断，林国栋应该看了很久。

几分钟后，木雕泥塑般的林国栋忽然活动起来，随即，他就做了一个怪异的动作：下颌抬起，双肩高耸，然后向后尽力伸展，双臂微微张开。

他仿佛在伸懒腰，又好像试图把身体完全舒展，释放出某种压抑许久的东西。

这个动作持续了几秒钟，然后，同开始时一样突然，林国栋又放松下来，转身，晃晃悠悠地走开。

骆少华终于看清了他一直在注视的东西，刹那间，心底一片冰凉。

林国栋在步行街逛了整整一天，其间还吃了老鸭粉丝汤、台式炸鸡排。晚饭时分，他进了一家肯德基餐厅，点了一份套餐。

汉堡、炸鸡和薯条对他而言是新鲜的食物，林国栋剥开包装纸，端详着手里夹着鸡肉、生菜的面包，还好奇地逐层揭开，又看了看点餐的霓虹招牌上的展示品，似乎对汉堡的尺寸和品相颇有疑虑。不过这没有影响他的食欲，咬下第一口之后，林国栋的脸上呈现出心满意足的表情。

骆少华躲在餐厅对面的一根灯柱后，已经饿到胃疼。他不敢走开去买吃的，生怕林国栋又会消失得无影无踪。此刻，夜色已然降临，步行街上被明亮的霓虹招牌映衬得如同白昼一般。人流依旧不见稀少，下班后来这里游逛的青年男女摩肩接踵，倒显得比白天还要热闹。夜的黑，加上各色光影和鼎沸的人声，暧昧的气息在街面上缓缓流淌。

对于林国栋而言，黑夜是鸦片，令人迷醉却充满危险。骆少华这样想道。

他点燃一支烟，默默地看着餐厅里的林国栋。后者已经开始吃薯条，还学着其他顾客的样子，把番茄酱涂在上面。

他吃得很慢，却很专心，那个可乐罐子依旧摆在他的手边，仿佛一件舍不得丢弃的珍品。其实，林国栋早已经把可乐喝光了。但是他似乎把它当作一种象征，以此来拉近自己和这个世界的距离，尽管这让他看上去更像一个捡饮料瓶的拾荒者。

大概40分钟后，这顿漫长的晚餐终于结束了。林国栋把所有的食物都吃得干干净净，连饮料中的冰块都嚼碎咽下去了。擦净嘴巴后，他拿起那个空可乐罐，起身离开。

骆少华掐灭烟，转过身，看着对面商铺的橱窗。在玻璃反射的倒影中，林国栋站在餐厅的门口，左右张望了一下，抬脚向街口的公交车站走去。

第八章 跟踪

骆少华稍稍松了口气，悄无声息地跟了上去。

半小时后，林国栋走进了绿竹苑小区22栋楼4单元。骆少华则在楼对面的一个角落里，迫不及待地拉开了裤链。

尿液奔涌而出，快要胀破的膀胱终于放松下来。随之而来的，是胃中一阵紧似一阵的烧灼感。骆少华一边揉着肚子，一边紧盯着501室的窗户。很快，那扇窗户里亮起了灯光。林国栋的身影若隐若现，从动作上判断，他在脱衣服。几分钟后，他从窗口消失，随即又再次出现，似乎在用一条毛巾用力擦着头发。过了一会儿，室内的灯光骤然暗了下去，他打开台灯，关掉了电灯。

紧接着，那扇窗户里的光亮开始晃动，明暗交替。骆少华猜测他正在看电视，稍稍犹豫了一下，拔腿向园区外跑去。

他一路跑到春晖路街口，那辆深蓝色桑塔纳车还停在路边，在深夜的低温下，车身上覆盖了薄薄的一层冰霜。骆少华掏出钥匙开车门，同时发现一张违停的罚单粘在车窗上。他暗骂了一句，撕下罚单揣进衣袋里，矮身坐进了驾驶室。

发动汽车，掉头，骆少华一只手握着方向盘，另一只手伸向了副驾驶座上的双肩背包，拽出一条面包，用嘴撕开塑料包装，狠狠地咬了一大口。

他嘴里嚼着面包，脚下用力踩着油门，快速驶回绿竹苑小区。

501室窗口的灯还在，室内光线依旧飘忽不定，林国栋应该还在看电视。骆少华把车停在隐蔽处，熄火，慢慢地吃着面包。

冻了一天之后，面包已经变得干硬，咬在嘴里像木头似的。骆少华渐渐感到满口干涩，喉头也噎得难受。他从背包里拿出一瓶水，触手之处一片硬冷，他立刻意识到那瓶水已经被冻成一块冰坨。

他妈的！

骆少华下意识地抬手摸向车钥匙，想打开车内的暖风，尽快融化这瓶冻水。然而，他抬头看看依旧亮着灯光的501室，又把手放了下来。

冷。饿。渴。焦虑。

种种不良情绪涌上心头,最后汇聚成一股怒火。骆少华摇下车窗,把水瓶狠狠地扔了出去。坚硬得像块石头的水瓶砸在墙壁上,发出巨大的声响,4单元门前的声控灯随之亮起。这突如其来的光倒让骆少华冷静下来,他坐在驾驶室里喘着粗气,嘴里还机械地嚼动着。终于,唾液把满口的面包渣润湿,他艰难地咽了下去。

王八蛋,你最好老实点儿,否则……

骆少华抬起头,恰好看见501室的灯光熄灭。窗口宛若一只闭合的独眼。

巨兽终于要休眠了么,在这万籁俱寂的夜。

顷刻间,强烈的疲惫感突然从骆少华心底的某个地方生长出来,迅速占领全身的每一根骨头和每一丝肌肉。他开始无比渴望家里的床和温暖的被窝。然而,他还是不敢放松,始终紧紧地盯着那扇黑洞洞的窗户。

半小时后,501室依旧毫无动静,楼道口也无人进出。骆少华叹了口气,缓缓转动已经开始僵硬的脖子,抬手发动了汽车。

驶出绿竹苑小区,骆少华看看手表,已经夜里十点半了。他犹豫了一下,还是掏出手机,拨出了一个号码。足足40多秒后,电话终于接通了。

"少华?"

"嗯,你在哪里?"

"在家啊。"

"干吗呢?"

"看球,欧洲冠军杯。"

"哦。"

一阵沉默,片刻之后,对方试探着开口:

"你喝酒了?"

"没有,开车呢。"

"这么晚了有事吗？"

"哦，没事。"

"有事就说。"

"确实没事。这样吧，找时间出来聚聚，这么久没见了。"

"行，电话联系。"

"好。"

骆少华挂断电话，目视前方，把油门踩到底。他必须尽快回家休息以恢复体力，因为，对林国栋的跟踪势必是旷日持久的。

在商场里，当林国栋转身走开的瞬间，骆少华看到了橱窗里的东西。

那是一个塑料人体模特，穿着一件灰色的羊绒大衣，头顶黑色的及肩假发。

她摆出一个向前伸手的热烈姿势，红唇皓齿，向橱窗外露出空洞、毫无生机的微笑。

夜色越发深沉。整个居民小区都陷入一片寂静之中。没有月亮，星光也暗淡，一种彻底的黑暗将这个城市的角落完全笼罩。

如果你不曾在夜里游荡，就不会感受到那种漫无边际的虚空。

忽然，在这浓稠如墨的黑暗中亮起了一点光。22栋4单元501室的窗口悄然醒来。

几分钟后，那微弱的光亮再次消失。紧接着，似有若无的声响一点点撕开夜的幕布，由上及下，由远及近，直至4单元门前的声控灯突然亮起。

自头顶倾泻而下的灯光中，林国栋的脸惨白如纸。他的双眼隐藏在阴影之后，看上去只是一片黑雾。

他就这样站着，站在一团光晕中，静静地看着眼前无尽的黑暗。几秒钟后，声控灯又无声地熄灭。

林国栋的眼睛却亮起来。

他迈开步子，快速融入夜色中，走到路边的时候，一扬手，红色的铝罐准确地飞进垃圾桶中，发出清脆的撞击声。

走出园区，来到马路上，眼前是一片光明。在路灯的照耀下，空旷的街面显得宽敞无比。林国栋沿着路边慢慢地走，边走边四处张望。很快，一辆空驶的出租车驶来。林国栋招手将车拦下，坐了上去。

出租车在冷清的街道上一路飞驰。司机不时从后视镜中看着这个沉默的男人。路灯依次在车边闪过，男人的脸上忽明忽暗。他始终望向窗外，一言不发，似乎在想着什么心事。

司机摸摸车门上的置物栏，里面有一把大号的长柄螺丝刀。这个乘客要去的地方很奇怪，如果不是今晚生意不好，他是不会接下这一单的。不过，后排座上的这个家伙看上去已经50多岁了，体格也一般，就算他动什么歪心眼，也不难对付。想到这里，司机略为心安，脚下暗自用力，只想尽快拉完这趟活儿，早点儿回去睡觉。

很快，出租车驶出市区。街道两侧的路灯逐渐稀疏，最后完全没有了。后座上的乘客已经彻底隐藏在黑暗中。这辆车宛如被高速旋转的彗星抛出的陨石，只余下两点微弱的光，一路远去。又开了十几分钟后，车身开始颠簸起来。司机知道，平整的柏油马路已经到了尽头，接下来是一段土路。他打开远光灯，车速不减。

终于，出租车停在一处三岔路口，上方的蓝色路牌上有几个白色大字：下江村，26K。

"到了。"司机用左手悄然握住长柄螺丝刀，"64块。"

乘客略欠起身，向漆黑一片的车窗外看了看："再往前开一段。"

"不行。"司机干脆利落地回绝，"路不好走，底盘受不了。"

乘客没作声，伸出手在衣袋里摸索。司机绷紧身体，注视着他的动作。

很快，那只手从衣袋里抽了出来，手上多了一沓人民币。

"我加钱。"乘客递过一张100元的纸钞，"再往前开一点儿就行，麻烦你了。"

司机犹豫了一下。年老,体弱,看上去也不缺钱,应该不是劫道的。他接过钞票,再次发动汽车。

开到下江村口,乘客示意他继续向前,司机却无论如何也不同意了。这次乘客没有坚持,付清车费后下车。

林国栋穿行于寂静无声的农舍之间,一个人都没遇到。这里的村民还保持着日出而作、日落而息的习惯。特别是在冬季,无事可做的他们,顶多打几圈麻将之后就早早睡觉了。此刻,整个村庄都在沉睡。没有人声,没有灯光。即使听到他的脚步声,那些看家护院的狗也懒得出来看上一眼。

林国栋的身上走出了汗,口中呼出的热气在睫毛上凝结成霜。他不得不频频擦眼睛,以确保自己能看清脚下的路。十几分钟后,他穿过村子,踩上一条凹凸不平的小路。

没有了建筑物的遮挡,冬夜的寒风骤然猛烈起来。林国栋脸上的汗很快被吹干,开始隐隐作痛。他的目光始终集中在身边空旷的田地上,不时停下来,默默地估算着距离。终于,他站在一片覆盖着白雪的玉米地旁,向南方望去。然而,目力可及之处仍然漆黑一团。他努力睁大眼睛,试图在那扯不开的夜色中分辨出自己的目标。可是,眼前除了黑暗,还是黑暗。

他撇撇嘴,转头面向身后的村落,直至找到那棵大榆树,他眼里有了一点光。

就是这里。

林国栋走下土路,向玉米地中走去。已经被收割过的田地里仍然留有十几厘米高的断茬,林国栋跌跌撞撞地走着,脚被雪地下的断茬戳得生疼。他慢慢地辨别方向,最后找到田埂,小心翼翼地踏上去,继续向前。

渐渐地,一座细高的建筑在黑暗中慢慢显出轮廓。林国栋看着它,呼吸骤然急促起来,脚下也加快了速度伐。

终于,他来到它的面前。那是一座由水泥铸就的水塔,周身散发出腥冷的味道。他伸出手去，触摸着水塔冰冷粗糙的表面。

一声心满意足的叹息从林国栋的心底发出。他把手扶在水塔上，缓缓绕行一圈，最后站在水塔西侧，转过身靠了上去。

已经汗湿的后背立刻感到了浸入骨髓的寒冷。林国栋仰起头，看着漆黑一片的天空，鼻翼不停地翕动着。

那气息，略腥，微甜。

林国栋慢慢地闭上眼睛。

第九章
老宅

"对,就这样滑一下。"

纪乾坤一手把老花镜举过头顶,另一只手在手机屏幕上滑动了一下,屏幕上却没有任何变化,依旧是一张大漠落日的图片。

"您怕什么啊,又弄不坏。"魏炯笑起来,"稍用点儿劲儿,滑到屏幕另一侧。"

纪乾坤"嗯嗯"地应着,又试了一次。"啪"的一声轻响,屏幕解锁,十几个应用程序的图标出现在屏幕上。

纪乾坤"嗬"了一声,赞叹不已。

"现在都这么先进了,了不起,了不起。"他指指桌上那部被拆开的老式诺基亚手机,"这个老家伙,只能打电话了。"

"给您买的这台只是个中端产品,不过对您来讲,应该够用了。"魏炯弯下腰来,指点着屏幕,"老纪,我来教你打电话。"

纪乾坤却扭过身子,笑眯眯地对站在单人床旁的女孩说道:"姑娘,你坐啊,自己倒茶喝。"

岳筱慧同样报以微笑:"您别客气,我自己来就行。"说罢,她继续耐心地浏览床头的书架,不时取下一本书翻看着。

很快,纪乾坤就学会了如何拨打电话以及用手写输入的方式编发短信。智能手机对他而言是个完全陌生的物件,不过,纪乾坤的兴致很高,虽然动作缓慢且笨拙,态度却极其认真。

"来,我自己操作一下。"纪乾坤把手机平放在膝盖上,小心翼翼地在屏幕上戳着,嘴里念念有词,"先按这个,然后,是这个。"

趁着纪乾坤一笔一画地编写短信的工夫,魏炯扭头看看岳筱慧,后者正在翻看一本刑事诉讼法学教材。察觉到魏炯的目光,岳筱慧抬起头,冲他笑笑,把书打开,页面朝向魏炯。

书页上到处都是红色笔迹的标注,密密麻麻。

"新版的。"岳筱慧小声说道,"学得比我们还认真。"

魏炯点点头,冲埋头发短信的纪乾坤努努嘴:"很有个性吧?"

岳筱慧偷偷地伸出手,竖起拇指。

自从上次和魏炯聊起纪乾坤之后,岳筱慧就一直想见见老纪。当她得知魏炯受托要给老纪买一部新手机的时候,就自告奋勇,不仅陪魏炯选购手机,还和他一同来到敬老院教纪乾坤使用。最初,魏炯担心她会觉得无聊,可是,看她自得其乐的样子,魏炯也放心了大半。

正想着,魏炯听到自己的手机发出"叮"的一声,他拿出手机,看见屏幕上显示"有一条新信息"。

他抬起头,看见纪乾坤正一脸期待地看着自己。

"收到了没有?"

"收到了。"魏炯晃晃手机,随手点开,不由得笑出声来。

"魏炯谢谢你你是个好小伙子。"魏炯把手机屏幕转向纪乾坤,"您倒是加个标点啊。"

"哈哈哈。"纪乾坤也笑了,"没找到嘛。"

"得,我继续教您。"

"这个不急,"纪乾坤把手机递过来,"教教我怎么拍照和录像。"

"好。"

这一次纪乾坤学得更加认真,甚至还拿出一个小本子做了笔记。十几分钟后,他看看手机,又看看笔记,似乎胸有成竹了。

"来,试一次。"

手机解锁,进入拍照模式。纪乾坤举着手机,盯着屏幕,呵呵地笑起来。

"真清晰啊。"他腾出一只手,冲魏炯和岳筱慧挥舞着,"来,给你俩合个影。"

"哦。"魏炯有些意外,看看岳筱慧。

"怎么,还不好意思啊?"

女孩倒是不以为意,大大方方地走到魏炯身边,还挽起了他的胳膊。

"哎,这就对了嘛。"纪乾坤高举手机,小心翼翼地对焦,"你小子,还不如人家姑娘勇敢呢,照了啊。"

"咔嚓"一声,闪光灯亮起。

魏炯凑过去,想看看拍摄效果。纪乾坤却皱起眉头。

"这快门声太大了。"他端详着手机,"而且,必须得用闪光灯吗?"

"可以关闭的。"魏炯拿过手机,操作一番,"OK了。"

"好。"纪乾坤看看笔记,依样按动屏幕,打开了图库,"嗯,不错不错。"

他把手机屏幕转向岳筱慧:"怎么样,我老纪的技术还不赖吧?"

画面中,魏炯直挺挺地站着,面露羞涩的笑容,被岳筱慧挽住的左臂僵硬无比。相反,身边的女孩笑靥如花,头微微右侧,一脸俏皮的样子。

"哈哈。"岳筱慧看着照片,忍俊不禁,"看你那胳膊,跟假肢似的。纪大爷,发给我发给我,太好笑了。"

"嗯?"纪乾坤蒙了,"怎么发出来?"

"好办。"岳筱慧拿过手机,飞快地按动着屏幕,几分钟后,又递还给他,"纪大爷,帮您开通微信了。"

"威信?"纪乾坤更糊涂了,"什么威信?"

足足花了十几分钟,纪乾坤才明白微信是什么,在手机上鼓捣一番之后,喜不自胜。

"这玩意儿好,跟步话机似的啊。"纪乾坤抬头看着他们,"多亏了你们俩,我老纪也算掌握高科技了。"

"那当然。"岳筱慧笑眯眯地说道,"您这么时髦的老头,怎么能不玩这个啊。"

"哈哈哈。"

笑声未落,纪乾坤的手机就响了起来。

突如其来的悦耳铃声让他慌了手脚:"哎哟,怎么接来着?慢着慢着,我自己来。"

纪乾坤表情紧张,伸手在屏幕上滑动,电话接通了。

操作成功,纪乾坤对自己很满意,一脸笑容地接听电话。然而,聊了几句,他的脸色就慢慢阴沉下来。

"嗯,我知道了,我现在就过去。"

挂断电话,纪乾坤捏着手机,默默地坐了半分钟,眉头紧锁,表情凝重。魏炯和岳筱慧面面相觑,不知道发生了什么,也不敢轻易发问。

终于,纪乾坤抬起头来,挤出一个笑容。

"去,魏炯,把衣柜打开,里面有一个皮包。"

魏炯老老实实地照做,从衣柜里拿出一只鼓鼓囊囊的老式黑色皮包,递给纪乾坤。

纪乾坤打开皮包,从中翻找一番后,掏出几张装订好的打印纸。

"魏炯,你下午有课吗?"

"没有。"魏炯摇摇头,"怎么?"

"对不住了。"纪乾坤把那几张打印纸递过来,表情歉然,"得麻烦

第九章 老宅

你帮我跑一趟。"

杜成转动方向盘,刚刚驶入西园郡小区,就看见几辆警车停在4号楼前。有制服警察在维持秩序,在他们的外围是几十名小区住户,好奇地向楼前张望着。

杜成把车停好,想了想,从提包里拿出一本卷宗,翻看了几页,苦笑着摇摇头。

下车,锁门。杜成径直向4号楼2单元走去。刚挤过人群,一名制服警察就拦住了他。杜成正要掏证件,却看见了站在警车旁抽烟的张震梁,急忙喊了他一声。

"震梁。"

张震梁循声转身,见是杜成,快步走了过来。

"师父。"张震梁挥挥手,示意制服警察放行,"自己人。"

"复勘现场还是指认?"杜成问道。

"指认。"张震梁简短回答,"您怎么来了?这点事我们自己处理就行。"

"查别的案子。"杜成抬脚向2单元走去,"那俩毒贩呢?"

"在楼上。"张震梁也跟着走进楼道,"师父,局里不是让你休息吗,你怎么又……"

"一件旧案,不处理完心里不踏实。"杜成不想多解释,快步走到电梯前,按下了"8"。

两人站在轿厢里,一时无话。突然,张震梁轻声说道:"杀人碎尸。"

杜成一愣,下意识地转头,发现张震梁正从提包敞开的袋口向里张望,那本卷宗露出了半个封面。

"是那个案子。"张震梁看着杜成,轻声问道,"对吧?"

杜成想了想,决定不瞒着他:"对。"

"在这栋楼里？"

"其中一起。"杜成向楼上努努嘴，"803室。"

"我靠，"张震梁张大了嘴巴，"不会这么巧吧？"

"就是这么巧。"杜成笑笑，"缘分。"

电梯停在8楼，轿厢门徐徐打开。杜成抬脚跨出电梯，看见803室的门敞开着，一条警戒带横拉在门框上，两个制服警察站在门旁。

"人呢？"张震梁问道。

"上15楼了。"

"嗯。"张震梁转身面对杜成，"要不要进去看看？"

杜成点点头，矮身从警戒带下钻过，再站直身体时，已经在803室内。

这是一套一室一厅的住宅，格局带有鲜明的20世纪建筑的特色。室内陈设简单，双人床、衣柜、写字台都是老旧物件。恍惚间，杜成还以为自己回到了20世纪90年代。他从卧室走到客厅、厨房，又在卫生间里逛了一圈，看着硕大的浴缸里干涸的水渍，转身问张震梁："房主呢？"

"通知他了，人还没到。"张震梁看看手表，"应该快了吧。"

"是不是姓纪？"

"对。"张震梁抬起头，"他是？"

"其中一个被害人的丈夫。"

"哦。"张震梁环视四周，轻声问道，"有发现吗？"

杜成摇摇头："看情况，房主已经很久都没在这里住过了。"

张震梁立刻摸出电话："我马上把他找来。"

还没等他按动号码，门口就传来一个怯怯的声音："不用了，我来了。"

杜成和张震梁同时转身，却看见门旁站着一个表情紧张的男孩，旁边的女孩则要轻松许多，不时好奇地向室内张望着。

"你是，"张震梁大为惊讶，"房主？"

"不是。"男孩显得更紧张了，"老纪腿脚不灵便，来不了，所以委

第九章 老宅 093

托我。"说着,他递过一张身份证和几张纸。

张震梁伸手接过,先扫了一眼身份证。

"纪乾坤。"他看看杜成,把身份证递过去。

杜成还记得这张脸,只是比记忆中的纪乾坤要苍老许多。

23年前,他看着这个男人在解剖室里抱着妻子的残肢哭到昏厥,也曾目睹他日复一日地坐在分局走廊的长椅上,拉住每一个走过他身边的警察,询问案件的侦破进展,更记得他在庭审现场挣脱了三名法警的阻拦,径直冲到被告人面前……

杜成看看身份证上的发放时间:2001年。

人瘦了,皱纹多了,不变的是满脸的悲苦和仇恨。

张震梁已经看过手里的租赁协议,转头对杜成说道:"时间对得上,那两个毒贩子没撒谎,的确是从2013年开始在这里制毒贩毒。另外,纪乾坤应该不是同案犯。"

杜成点点头,转身面向男孩,上下打量了他一番,开口问道:"你叫什么?"

"嗯,"男孩有些意外,"我叫魏炯。"

"你是纪乾坤的什么人?"

"算是朋友吧。"

"你刚才说他的腿脚不灵便,"杜成继续问道,"他怎么了?现在住哪里?"

"他瘫痪了。"魏炯挠挠后脑勺,"现在住在一家养老院里。"

杜成和张震梁对视了一下。杜成拿出笔记本,详细记录了养老院的地址。张震梁问道:"要不要我现在送你去一趟?"

"不用。"杜成摇摇头,"让这俩孩子走吧。"

魏炯松了口气,转身招呼岳筱慧,却发现她已经走进了里间,背对着自己,不知在看些什么。

魏炯冲张震梁挤出一个笑容，快步走进卧室，伸手去拉岳筱慧。手指刚刚接触到她的衣袖，魏炯就察觉到她在发抖。

他心下大惊，还没来得及发问，就听见岳筱慧的喉咙里发出"咕噜"的奇怪声响，紧接着，女孩甩开魏炯的手，捂着嘴冲出了803室。

魏炯急忙起身去追，留下张震梁和杜成莫名其妙地站在原地。

"又不是杀人现场，"张震梁看看四周，"这姑娘怎么吓成这样？"

杜成没说话，吸了吸鼻子，转身看着电梯间，恰好看见女孩一头撞进电梯，身后是那个手忙脚乱的男孩。

电梯下行至一楼，轿厢门刚刚打开，岳筱慧就冲出来，跑到楼外，扶墙大呕。

魏炯急忙跟出来，想上前帮她拍拍背，又觉得不妥，抬眼看到园区门口有一家小超市，说了句"你等我啊"，就匆匆跑了过去。

等他拎着一瓶水跑回来，岳筱慧已经停止呕吐，背靠在墙壁上，手捂着胸口喘息着。

"没事吧你？"魏炯拧开水瓶，递到岳筱慧手里，"好点儿没有？"

"谢谢。"岳筱慧脸色苍白，声音也虚弱无力，"脏，你躲远点儿。"

她含住一口水，漱漱口，又吐掉，抬手擦擦额头上的冷汗。

"好多了。"她冲魏炯勉强笑笑，"别担心。"

"你这是怎么了？"魏炯又递给她一包纸巾，"身体不舒服？"

"我也不知道。"岳筱慧又抖了一下，"一走进那个房间就觉得冷，从里到外那种冷。"

"你该不是冻着了吧？"

"没有。"岳筱慧摇摇头，"那房间里，有一股味儿，你没闻到吗？"

"嗯，"魏炯想了想，"还真没有。"

"奇怪。"岳筱慧自言自语道，把身上的羽绒服又紧了紧。

魏炯看看她，伸手把她的挎包背在自己身上。

第九章 老宅

"走，我带你喝点儿热乎东西去。"

半小时后，魏炯和岳筱慧坐在一家必胜客餐厅里。岳筱慧双手捧住杯子，小口啜着水果茶，脸色红润了许多。

"要不要吃点儿东西？"魏炯把盛着慕斯蛋糕的碟子向她推了推，"这会儿你该饿了。"

岳筱慧点点头，叉起一小块蛋糕，放在嘴里慢慢抿着。

"真抱歉，害你陪我跑一趟，还不舒服了。"

"嗐，跟你没关系。"岳筱慧摆摆手，"我自己也觉得奇怪，不过老纪真的挺有趣的。"

"是啊。"魏炯也笑起来，"这老头身上有一股特殊的劲儿。"

"说到这个，"岳筱慧突然想到了什么，"今天不用把租赁合同送回去吗？"

"不用，下次带给他就行。"魏炯看看手表，"再说，我们也得回校了。"

"嗯，再去老纪那里的时候，叫上我。"

"你还要去？"

"嗯。"岳筱慧喝光杯子里的水果茶，"你看过电影《一代宗师》吗？"

"王家卫导演那个看过。"

"世上所有的相遇，"岳筱慧看着窗外，此刻已是夕阳西下，街面上的人流骤然汹涌，一张张陌生的面孔，朝着不同的方向匆匆而去，偶有眼神的短暂交集，又迅速避开，"都是久别重逢。"

第十章

手印

"8·7"杀人碎尸抛尸案现场分析

简要案情

1991年8月7日上午6时30分许,177公路市区往羊联镇方向21公里处路基下,发现用黑色塑料袋包装的头颅编为1号,下同及被分成四块的人体双上肢2号。8月7日上午7时10分许,在和平大路147号省建筑设计院家属区门前的垃圾桶内,发现用黑色塑料袋包装的人体左大腿3号及左小腿4号。8月7日上午9时30分许,在红河街163号在建的维京商业广场工地内,发现用黑色塑料袋包装的女性躯干5号。8月8日16时20分许,在羊联镇下江村水塔东侧,发现用黑色塑料袋包装的人体右大腿6号及右小腿7号。

现场勘验情况

1991年8月7日9时20分许现场勘验:在羊联镇下江村水塔东侧发现一黑色塑料袋,提手交叉呈十字形系紧,并用透明胶带封扎。袋内有人体右大腿及右小腿、右脚。脚上穿有菲英牌女式凉鞋,银色,高跟,36码,袋内除少量血水外,提取到动物体毛11根,经鉴定为猪毛。塑料袋上无印刷字样。在塑料袋中部提取到指纹四枚。

杜成抬起头,按按太阳穴,从旁边的烟盒里摸出一支烟点燃。他上身后仰,靠在转椅背上,盯着天花板,缓缓地吐出一口烟。

时至深夜,狭窄的斗室内,除了桌上的一盏台灯,再无其他光亮。杜成的视线集中在黑漆漆的天花板上,却发现根本没有可供分散注意力的焦点。相反,他感觉身上流淌的血液似乎越来越急促,甚至能听到耳膜里传来的轰鸣声。

靠,都他妈二十多年了,怎么还这样!

杜成苦笑一下,重新坐直身体,强迫自己继续读下去。

分析意见

本案可与"11·9""3·14""6·23"杀人碎尸抛尸案做串并案调查,从犯罪手法来看,尸块断端少见皮瓣,骨表面未见切砍痕,作案能力呈升级、熟练态势。尸块分散有规律,上肢与下肢、躯干、头部分别独立抛散,可推断其作案时心态冷静。

杜成叹了口气。

他把面前的案卷推到一边,已泛黄的纸张发出哗啦啦的脆响,似乎随时可能碎成粉末。

没用。他无法集中注意力,无法让自己的视线从"8月8日"这几个字上移开。

杜成转过头,静静地看着五斗柜上的相框。

一个留着齐肩长发的女人,半蹲在郁金香花丛中,抱着一个胖墩墩的小男孩,微笑着回望着他。

杜成的嘴角上扬,同时,眼前一片模糊。

他站起身来，慢慢地走到五斗柜前，拿起相框，轻轻地抚摸着。

相框的玻璃片上倒映出他的脸。灰白，略浮肿，皱纹横生。苍老的面容覆盖在那两张依旧年轻、生动的脸上，仿佛拉近了时空，混淆了生死。

杜成的目光渐渐变得柔和，身边的一切已经坠入无尽的虚空中，在半明半暗的光线里，他无意再将思绪拉回现实，人之将死，最宝贵的，只有回忆。

1991年8月8日，上午7点10分。

一个年轻的制服警察拎着两只大塑料袋，匆匆迈上C市公安局铁东分局门前的台阶。穿过玻璃门，他向值班的同事点了点头，右转，沿着一楼东侧的走廊疾行。此刻已天光大亮，走廊里却光线昏暗，两侧的房门尽数关闭，只有北面尽头的一扇窗户尚可透光。

走廊里一片寂静，只能听到年轻警察的脚步声和塑料袋相互摩擦的簌簌声响。接近东侧尽头的房间，年轻警察感到莫名的寒意，仿佛前面那扇门里正释放出阵阵冷风。

来到门前，他把塑料袋都移到左手，犹豫了一下，抬手敲响了房门。

"谁？"一个不耐烦的声音传了出来。

年轻警察推开门，小心翼翼地探进半个脑袋。过低的室温立刻让他的身上起了一层鸡皮疙瘩，同时，那股令人恐惧的味道直蹿鼻孔。

"马队。"他努力不去看解剖台上那具青白色的尸体，喉咙里变得干燥，"饭来了。"

"先放会议室吧。"马健挥挥手，"我们等会儿再过去。"

年轻警察忙不迭地答应，迅速关上门离去。

马健转过身，双手叉腰，死死地盯着解剖台上的尸体。

墙角的柜式空调机呼呼地转动着，出风口处冒出大团白汽。室内的温度很低，马健的额头上却布满了细密的汗珠，身上的蓝黑条纹短袖衬衫也汗湿了大半。

杜成站在他的对面，双手环抱在胸前，脸色铁青，眉头紧锁。

法医蹲在地上，从尸袋里拎出一条人体小腿，前后端详了一番，放在解剖台上。

"暂时只能拼成这样。"他后退一步，摘下口罩，"操！"

这是一具成年女性尸体，被分割成头颅、躯干、左右双上肢、左大腿及小腿，共八块。断端被临时拼凑在一起，死者的姿势显得怪异，加之右大腿及小腿缺失，看上去并不像一个人。

杜成绕到死者的头部前面，低头仔细观察着。死者蓄长发，散乱，头微右侧，面部肿胀，口半张，双眼微闭合，瞳仁暗淡无光。

"死因是什么？"

"初步判断是机械性窒息。"法医指指头颅的断端，扼痕清晰可辨，"应该是被掐死的。"

杜成看看马健，后者沉默不语，牙关紧咬，脸颊上的肌肉凸起。

"稍后做毒物分析，不过我觉得意义不大。"法医点燃一支烟，"还是他干的。"

"死亡时间呢？"

"8小时以上。"法医戴上手套，"具体时间，验完胃内容物再通知你们。另外……"

他指指解剖台上残缺的女尸。

"找找右腿。这个样子，家属看了会疯的。"

马健长出了一口气，整个人一下子委顿下来："争取吧。你先忙着，有发现立刻通知我们。"

说罢，他向杜成挥挥手："走吧，先吃饭去。"

会议室里门窗大开，清新的空气穿堂而过。尽管有些微微的凉意，但是对刚刚从法医解剖室走出的马健和杜成而言，仿佛从严冬一下子穿越到盛夏。更让人感到稍稍愉悦的，是满屋的食物香气，鼻腔内的尸臭一扫而空。

几个同事正围坐在会议桌前吃早饭，看到他们进来，纷纷起身让座。马健和杜成刚刚坐定，豆浆、包子和茶叶蛋就被推到了面前。

尽管已经饥肠辘辘，马健的胃口却不怎么样。吃了半个包子，喝了几口豆浆之后，他点燃一支烟，环视了一下正在埋头大嚼的同事们，开口问道："情况怎么样了？"

一个穿着布满汗渍的短袖衬衫，头发蓬乱如鸡窝的警察咽下嘴里的包子："尸源查找在进行中，昨天下午来了几拨人，都是近一个月来报人口失踪的，不过都不是。"

他把包子咬在嘴里，翻看着手里的资料，含混不清地说道："最近的一次接警是8月6日，一个纪姓男子称自己妻子一夜未归，我们觉得体貌特征比较像，已经通知他了，估计一会儿就能过来。"

马健点点头，又问道："其他的呢？"

另一个警察回答："现场走访还在进行，不过，目前还没什么有价值的线索。"

马健皱起眉头，弹弹烟灰，想了想："现场勘查那边怎么样？"

"还在检验中。"

"让他们快点儿。"

那个警察应了一声，起身出门。同时，一个女警匆匆而至，径直走到马健面前："马队，一个姓纪的人来认尸。"

马健嗯了一声，转头对杜成说道："成子，你去看看。"

杜成点点头，三口两口吃掉手里的包子，擦擦嘴，起身向门口走去。

马健回过头，看女警还站在面前。

"还有事儿？"

"嗯，局长通知，20分钟后，四楼三会议室，案情分析会。"她顿了一下,似乎很紧张,"副市长和政法委书记都来了。"

马健定定地看了她几秒钟,突然站起身来,拍了拍手掌,大声喊道:"动作都快点儿,20分钟之后开会。"

警察们应了一声,纷纷加快进食速度。先吃完的,已经开始整理材料,准备在会上做汇报。马健连抽两支烟,静静地整理思路,不时在笔记本上记录要点。

准备停当后,马健带着手下走出会议室,沿着走廊向电梯间走去。刚迈出几步,突然听见身后传来一阵撕心裂肺的哭号。

那正是法医解剖室的方向。

马健停住了脚步,头低垂,眼睛微闭,双手紧握成拳。身后的同事们也站住,看着队长微微颤抖的后背。

牙关紧咬的咯吱声清晰可辨。

须臾,马健抬起头,重新迈动脚步,快速向前走去。

分析会一开就是两个多小时,局长、副市长和政法委书记的脸色都不好看。也难怪,从去年11月开始,凶手已经连续强奸、杀害4名女性,整个城市都陷入前所未有的恐慌之中。然而,从警方获取的线索及侦破进展来看,仍是毫无头绪。会议现场的气氛宛如追悼会一样凝重。强压之下,局长在分析会行将结束的时候立下了军令状:20天内破案,否则自动离职去守装备库。

上头表了态,压力却仍在马健他们身上。一散会,马健率领一干人等回了办公室。众人坐在桌前,一时无话。良久,马健缓缓开口:"少华呢?"

有人回答:"在物证检验那边呢。"

马健"嗯"了一声,站起身来:"刚才在会上,大家也听到了,20天,不用我多说,时间很紧迫。"

突然,办公室的门被撞开,一个赤裸上身的男人跟跟跄跄地冲了进来,扑通一声跪倒在地上,磕头如捣蒜。

"你们……警察同志们，"男人的脸上满是汗水和眼泪，"你们一定要抓住他，我爱人她是个好女人，她不应该……"

紧跟着冲进门来的是杜成。他拽起男人，不住地劝慰着："老纪，你快起来，别这样……"

马健也吃了一惊，急忙招呼同事把男人扶起来。男人的额头上见了血，混合着灰尘和汗水，面庞宛若恶鬼。突如其来的巨大悲痛，加之以头撞地，男人的神志已然不清，整个人瘫软得像泥巴一样。四个男警察好不容易才把他架到走廊里，走出去很远，他口中的嘶吼依然清晰可闻。

马健喘着粗气，手指门外："他的衣服呢？"

"盖在尸体上了。"杜成神色黯然，"死者是他妻子。"

马健沉默了一会儿，挥手叫起一个同事："去，等他情绪平稳点儿了，问问死者的情况。"

说罢，他坐在杜成面前，伸出两根手指。

"成子，20天。"

"我听说了。"杜成点点头，叹了口气，"这案子，怎么搞？"

"没头绪。"马健点燃一支烟，"你有什么想法？"

"从他的活动范围入手吧。"杜成拉开自己的办公桌抽屉，取出一沓幻灯片，递给马健。

马健草草浏览一番，发现这是手绘的简易城区地图，每张幻灯片上都有日期标示，几个地方用红色记号笔做了标记。

"这是？"

"这四起案件的抛尸地。"杜成拿起一张标记了"11·9"字样的幻灯片，"这是第一起案件，你瞧，"他指点着那些做了红色记号的地方："松江街与民主路交会处、河湾公园、垃圾焚烧厂、市骨科医院。"

杜成拿起一支黑色记号笔："嫌疑人应该有车，如果先后去这几个地方的话，那么行车路线大致是这几条。"

说罢,他在地图上画了几条曲折的黑线。

马健明白了:"找交叉点。"

"对。"杜成拿起标记为"3·14"的幻灯片,同样在标着红色记号的地方连接了几条黑线,然后把它覆盖在第一张幻灯片上。两张透明的胶片重叠在一起,能看出抛尸地各自分散,但是表明行车路线的黑线却有交叉和重合。

"这主意不错!"马健兴奋起来,起身招呼一名同事,"去,弄一张城区地图来,越大越好。"

几个小时后,一张大大的城区地图悬挂在办公室的墙上,办公桌被挪开,椅子靠墙摆成一排。警察们站在地图前,看着上面标记的十几个红点,分析凶手可能驾车途经的路线。渐渐地,几条曲折的粗黑线出现在地图上。随即,分析思路变为倒推他的起点所在。

又是一番推演后,马健拿着一支黑色签字笔走到地图前。

"现在看起来,凶手最可能藏身的地点在,"他在地图上画了两个大大的圈,"铁东区和秀江区。"

杜成的表情却依旧凝重。虽然看起来调查范围已经大大缩小,然而铁东区和秀江区是本市的两个主城区,人口众多,在这里搜索那个凶手,只是在太平洋和渤海中捞针的区别。

马健倒是显得踌躇满志,在他看来,现在好歹从复杂的案情中理出一条思路,虽然仍不清晰,但总比没有好。正在他布置侦查任务的时候,骆少华从门口走进来,一眼就看到了墙壁上的地图。

"我靠,这是什么?"

马健一看是他,立刻招呼他坐下:"你回来得正好,物证那边有什么发现?"

"有个屁。"骆少华递过几张纸,表情沮丧,"没指纹,塑料袋没商标,产地都查不出来,跟前几起案子一样。"

马健不甘心，又追问道："足迹呢？"

"还在对比。"骆少华从桌上端起一杯水，咕嘟咕嘟喝光，"老邓说希望不大，抛尸地都是人群密集地点，早他妈被破坏了。"

刚刚聚拢过来的警察们无声地散开。骆少华看看墙上的地图，问杜成："你们在搞什么？"

杜成耐着性子，刚解释了几句，就听见桌上的办公电话响了起来。一个女警拿起话筒，说了句"你好"，对方表明来意后，就把话筒递给了杜成。

"嫂子。"

杜成皱皱眉头，接过电话。

"什么事？"

"在工作吗？"妻子的声音怯怯的，"打扰你了吧？"

"快说什么事，忙着呢。"

"对不起是这样，亮亮发烧了，我刚把他从学校接回来，你……"

"发烧了，多少度？"杜成急忙坐直身体，"什么时候的事儿？"

"今天上午，刚量了体温，38.5℃，"妻子显然在竭力克制自己的紧张，"你能回来一趟吗？医生说，如果再烧，就得去医院了。"

"我这边……"杜成犹豫了一下，转头看看马健。马健一脸无奈，不过，还是挥了挥手："回去吧，明天再来。"

杜成举手表示歉意，对听筒里说道："行，我现在就回家。"

"好。"妻子的声音明显快乐起来，"想吃点儿什么？我给你炖只甲鱼吧。"

"随便，不用那么麻烦。"

"嗯，我等你。"

挂断电话，杜成站起来，讪讪地对马健说道："马队，我……"

"没事，回去吧。"马健笑笑，"一个星期没回家了吧，正好回去休息休息，洗个澡，照顾一下孩子。"

第十章 手印

"那对不住了。"

"赶紧滚蛋吧。"马健挥挥手,"等亮亮情况稳定了再来,这儿有兄弟们顶着呢。"

"行。"杜成手忙脚乱地拿衣服,收拾手包,抬脚向门口走去。刚拉开门,就和一个冒冒失失地冲进来的警察撞了个满怀。

"哎哟,对不起杜哥。"那个警察简单地和杜成打个招呼,就面向马健,呼吸急促,"马队,那条右腿,找到了。"

40分钟后,警车驶离主干道,开上一条颠簸不平的土路。马健脸色铁青,一言不发,始终死死地盯着前方。杜成则拿着地图,在"羊联镇下江村"上用红色签字笔做了标记,随后,他看着"177公路""省建筑设计院家属区""红河街163号"几个地点,用黑色签字笔来回勾画着。

车行颠簸,杜成很快就感到头昏眼花,胃里也开始翻腾。他放下笔,望向窗外。虽然只是下午5点左右,天色却阴沉下来。风声呼啸,大朵铅黑色的乌云聚集在天边,隐隐能看到电光闪烁。

他拍拍前座的马健:"要下雨了。"

马健从沉思中回过神来,也看看窗外,骂了一句,喊道:"少华。"

骆少华应了一声,拿起步话机:"通知现场的兄弟,保护一下现场。"

话音未落,豆大的雨滴落下来,噼里啪啦地打在车窗上。

抛尸现场位于下江村水塔东侧,要穿过一大片田地才能抵达此处。车开不进去,警察们把车停在田埂边,深一脚浅一脚地穿过一人多高的玉米地,看到那座水塔时,每个人都已经淋得浑身湿透。

羊联镇派出所的同事在现场外围迎接他们,边走边介绍了案发经过:村里一对青年男女,相约在水塔边幽会,女方先发现了弃置在水塔东侧的黑色塑料袋,当时塑料袋"苍蝇围绕,散发出恶臭"。男方用树枝捅破塑料袋,赫然发现破口处露出一只人脚,遂报警。

先期赶到的同事们已经在现场拉起了警戒线,大概因为暴雨的缘故,围观的群众并不多。不过，现场外围还是留下大量的脚印。马健皱着眉头看着被踩得稀烂的泥地，摆摆手："打通道吧。"

明知意义不大，勘查人员还是在观察现场后，铺好几块木板，引导人员进入。

一名民警始终撑着伞蹲在水塔下，在他的保护下，装有尸块的黑色塑料袋及附近地面仍保持着干燥。拍照固定证据后，警方开始对现场进行勘查。

大雨及村民的踩踏让勘查工作进展得极其艰难，勘查人员把更多的精力放在了那一袋尸块上。那是人体右大腿、右小腿及右脚，已经开始腐烂。马健看着右脚上的银白色细高跟凉鞋，若有所思。

骆少华也凑过来："嚯，第一次在尸体上提取到衣物啊。"

"嗯。"马健转头问杜成，"成子，不回家了？"

杜成背对水塔，正在遥遥观望着那片农田后面的村路，听到马健的问话，随口回答道："不回去了，先忙这边。"

"要不要给家里打个电话？"

"不用。"杜成转过身来，抹了一把脸上的雨水，笑了笑，"她都习惯了。"

"也成。"马健显然希望他能留下来帮忙，"搞完案子，放你几天假。"

"马队，"一个勘查人员突然喊道，"快过来！"

马健急忙奔过去："怎么了？"

"有发现，"勘查人员的声音中有掩饰不住的兴奋，"你瞧。"

他指指黑色塑料袋的底部，在一摊血水中，一簇毛发若隐若现。

"这是什么？"

"暂时不知道。"勘查人员小心翼翼地用镊子把毛发夹出来，仔细观察着，"不过肯定不是人体毛发。"

"赶快提取，"马健捏了捏拳头，"他妈的！这王八蛋终于留下点儿

第十章　手印　107

东西了。"

"不止这个。"勘查人员一脸得意，伸手向身后的同事示意，"金粉和胶带，快点儿。"

他指指塑料袋中部。

"发现指纹了。"

回到局里，提取到的毛发和指纹被紧急送检。马健留了一组人在现场对村民进行走访，杜成则继续对着地图冥思苦想。很快，凶手在当晚的抛尸路线图渐渐清晰。

"红河街163号，省建筑设计院家属区，沿着177公路到羊联镇下江村。"

杜成用红色记号笔在地图上标注了顺序，马健摸着下巴，看着满是标记的地图，沉吟了一会儿，慢慢说道："这么说，凶手最有可能的出发地，还是在铁东区。"

骆少华看看他："先把铁东区当作重点排查范围。"

马健点点头："我看行，成子，你的意见呢？"

"这王八蛋应该独居，而且有车。"杜成想了想，"出租车司机？"

"或者企业、机关的专职司机。"骆少华说道，"个体经营户，都有可能啊。"

"先沿着这个思路查查看。"马健沉吟了一下，"别的事都放一放，一定要尽快抓住他。"

调查任务一一部署下去，各路人马都紧急行动起来。马健找局长简单汇报了一下情况，再回到办公室时，发现只有杜成一个人在。

他坐在那张地图前，手里夹着烟，一副若有所思的模样。

"成子，干吗呢，想家了？"

杜成回过神来，笑笑："没有。"

"给家里打个电话吧。"马健拉过一把椅子，坐在他身前，"问问孩子的情况。"

"不用。"杜成的心思显然不在这件事上,"老马,你说,这王八蛋长什么样?"

"嗯,"马健点烟的动作停下来,"你想到什么了?"

"所有死者的头部左侧都有非致命钝器伤。而且,我刚才看了对纪乾坤的询问笔录,当晚他妻子参加同事聚餐,晚十点半左右散局,回家前曾和纪乾坤通过电话。类似情况在前几起案件中都有发生,死者都是在深夜被劫持。"杜成慢慢说道,"也就是说,死者可能是上了凶手的车之后,被凶手从驾驶座方向出手击昏,带走强奸杀害。"

"那么晚了,还肯上一个陌生人的车,"马健想了想,又看看杜成,"这家伙至少长得不让人讨厌。"

"是啊,他可能谈吐得体,而且还有正当理由和死者搭讪。"杜成看着地图,"比如说问路什么的。"

"受过一定教育,衣着整洁。"马健的眼中闪起光,"看上去让人很信任那种。"

"另外,你有没有发现,"杜成已经完全沉浸在高速的思维运转中,"这家伙越来越自信了。"

"嗯?"

"第一次作案的时候,明显能看出他的分尸手法并不熟练,而且很慌张。"杜成指指地图上的几个红点,"头颅和左大腿放在一起,右大腿和左小腿放在一起。不过,在这起案子里,不仅分尸得心应手,而且尸块的抛弃简直是有条不紊啊。"

马健的脑海里一下子出现这样的画面:凶手蹲在地上,哼着歌,耐心地把切割成块的人体按顺序塞进黑色塑料袋里。

他感到恶心,随之而来的,是愤怒。

"操!"

"但是,有几个地方还是他妈的想不明白啊。"杜成把烟头摁熄在烟灰缸里,"总觉得什么地方不对。"

"你指什么?"

"这王八蛋第一次作案时,连指纹都没留下,袋子里也干干净净的。"杜成重新点燃一支烟,"这次怎么如此大意?"

"毛发和指纹,"马健的怒火更盛,"他认为自己牛逼了吧?"

"这么解释,倒也说得通,"杜成转头面向马健,余光中却看到办公室的门被猛然推开,定睛去看,骆少华捏着几张纸冲了进来。

"头儿,有发现,"他几步奔到马健面前,"是猪毛。"

经过紧急送检,黑色塑料袋里的毛发被鉴定为猪毛。而且,手印检验人员在塑料袋一侧中部发现四枚清晰的左手指纹,其中一枚食指指纹上有横断痕,初步推断该人食指曾受锐器伤。

这个发现让所有人都兴奋不已,特别是那簇猪毛。

"有可能是生猪屠宰或销售人员。"马健立刻做出了判断,"简单地说,屠夫。"

"对得上。"骆少华支持马健的意见,"这样的人往往有个小货车什么的。"

"年龄不大,或者,从事这一行的时间不太长。"杜成想了想,"至少几个月前,他的手法还没那么熟练。"

"对。"马健的双眼发亮,"食指上的伤痕可能就是练手时形成的。"

正在专案组讨论案情之际,又一条线索从留在下江村走访的民警处反馈回来。根据一名村民的回忆,8月7日凌晨三时许,他起身如厕时,曾看到一辆车从家门口疾驰而过,行进方向就是村里的水塔。对于车型,他除了肯定"不是轿车"外,无法再提供有价值的信息,只是确定车体为白色。

时间在飞速流逝,铁东分局的会议室里,每个人都像开足马力的机器一般高速运转着。电话铃声此起彼伏,每张办公桌前都有忙碌的身影。同时,各种思路和剖析在空气中无声地对撞,火花隐现。

不知何时,雨已经停了。

天边渐渐泛起一丝亮色,犯罪嫌疑人的轮廓已经越来越清晰:男性,年龄在25岁—35岁,外貌斯文,谈吐得体,从事生猪屠宰或销售,驾驶白色汽车非轿车,居住地为C市铁东区。

"这下有事做了。"马健俯身凝视着桌上的铁东区地图,"本区屠宰点和农贸市场就那么几个,另外,这小子斯斯文文,还是个屠夫,特征算比较明显了。"

"那就开干吧。"杜成丢掉烟头,拿起外套,"什么时候出发?"

"不急。天亮以后再说,现在去农贸市场没法查。"马健一副胸有成竹的样子,手指着杜成,"你小子现在的任务是回家。"

"快4点了。"杜成看看手表,"算了,不回了,免得吵醒他们娘俩。"

"还是回去瞧瞧。"马健拿起车钥匙,"亮亮不是发烧了吗。"

杜成有些犹豫了,想了想,试探地问道:"那我回家看看?"

"废什么话啊!"马健已经迈开步子,向门口走去,"我送你。"

半小时后,黑色桑塔纳轿车停在杜成家楼下。马健挂好空挡,推推在身边低着头打瞌睡的杜成。后者茫然抬头,揉揉眼睛。

"到了。"

"赶快上去睡觉,孩子没事的话,明天我来接你。"马健把头探出车窗,笑了笑,"弟妹真够意思,没睡呢。"

杜成看看那扇还亮着灯的窗子,也笑了:"这傻娘们,这么晚还熬着。"

马健看着杜成一摇三晃地走进楼道,抬手发动了汽车,向分局的方向疾驰而去。也许是受到杜成那浓浓的睡意的感染,马健很快就觉得眼皮发沉。他勉强睁大眼睛,盯着前方空无一人的街道,然而,在等待一个红灯的路口,他还是伏在方向盘上睡着了。

几分钟的光景，马健却似乎睡了整整一夜，其间还做了一个模糊不清的梦，直到一辆装满渣土的卡车从身边鸣笛驶过，他才惊醒过来。

后怕不已。马健骂了一声，同时发现冷汗已经从脖子上流到了胸口。他脱掉外套，扔在后座上，打开车载收音机，调至最大音量，重新发动汽车。

他没有听到，外套口袋里的BP机，正不断地发出尖锐的鸣叫。

1991年8月8日，星期四，农历六月二十八，立秋，暴雨。

C市居民彭娟和其子杜佳亮因煤气中毒死于家中。经现场勘查，肇事原因是煤气灶上的一锅甲鱼汤，因汤水溢出致炉火熄灭。加之当晚本市出现大风暴雨天气，死者为防雨水进入室内，将门窗紧闭。排除他杀可能。

对于其他C市居民而言，这对母子的死，是晚间新闻中不足5分钟的报道，是闲聊时的谈资，是临睡前关掉煤气阀的警钟。

对杜成而言，通往人间的大门关闭了。

销户口，整理遗物，筹备葬礼，安抚岳父母情绪，接受同事和朋友的慰问。最后，看着一大一小两个人被推进火化炉。

一切似乎漫长得像一个世纪。一切似乎短暂得像眨眼一瞬。

只是，那套曾经拥挤不堪的一室一厅住宅，变得空空荡荡。

20多年后，杜成对那段日子的回忆总是模模糊糊，仿佛自己从里到外都被掏空，眼睛不在了，嘴巴不在了，脑子不在了，心也不在了。任何细节都没有留下来，好像那两个人从未出现过，更无从谈起自何时消失。他从来就是一个人，始终是一个人。

唯一清晰的记忆是，马健在葬礼上抓着他的肩膀，泥塑木雕的杜成茫然地看着他。马健瞪着血红的眼睛，嘶声说道："成子，成子，他妈的，老子抓住他了！"

犯罪嫌疑人许明良，男，24岁，汉族，未婚，C市户籍，家住铁东区四纬路87—311号，个体从业者，在春阳农贸市场632号摊床以贩售生猪为生。

经查，许明良早年丧父，中专学历，在C市职业技术学院毕业后一直在家待业。从1991年1月始，跟随其母在春阳农贸市场贩售生猪。许家有自用白色解放牌小货车一辆，而许明良自1990年6月取得驾驶资格。

经过鉴定，许明良左手指印与"8·7杀人碎尸抛尸"案中所提取到的指印可作同一认定，许明良的左手食指上确有一道锐器切割痕。

许明良到案后，拒不承认自己曾犯有多起杀人案。经过审讯，许犯最终对自己的罪行供认不讳。本案已移送至C市人民检察院，不日将诉至C市中级人民法院。

1991年8月22日，C市中级人民法院，刑事审判庭。

尽管许明良杀人案9点才开庭，但8点刚过，审判庭门口就被围得水泄不通。除了前来采访的媒体，还有很多闻风而来的旁听群众。然而，因为本案涉及强奸犯罪，所以，只有被害人家属及其他少数人员被允许入庭旁听。

上午8点40分，在法警的严格盘查下，旁听人员持证进入法庭。马健和骆少华刚刚落座，就听见法庭的大门沉重地关闭。马健看了看坐在法庭另一侧的被害人家属，几乎每个人脸上都带着极度的愤恨和大仇即将得报的渴望。马健收回视线，余光却瞥到后排座上的一个人。

是杜成。

他瘦了很多，颧骨可怕地凸起，粗硬的胡楂爬满脸颊。如果不是那熟悉的表情和目光，马健几乎认不出他来。

马健起身，沿着长排座椅走到杜成身边。

"你怎么来了，"他上下打量着杜成，"局里不是给你放假了吗？"

杜成看看他，重新扭头望向空无一人的被告人席。

"我得来看看这究竟是个什么样的人。"

9点整，法官入庭，宣布开庭。被告人被押入法庭。

许明良出现在法庭大门口时，身后是一片叫骂及按动快门的声音。在炫目的闪光灯中，身着囚服，戴着手铐和脚镣的许明良被两名法警带入法庭。

几乎是同时，旁听席上爆发出一阵哭喊和骂声，几乎所有的被害人家属都离座而起，扑向低着头蹒跚前行的许明良。尽管负责维持法庭秩序的法警们早有准备，仍然费了好大一番气力才勉强让庭内恢复安静。

马健注意到，整个庭内，除了他和骆少华之外，只有两个人始终没有动。

一个是杜成，另一个是纪乾坤。

庭审过程并不顺利，在检察官宣读起诉书的时候，许明良就开始大声哭号，不停地喊冤。在质证阶段，许明良更是挣脱开两名法警的阻拦，脱掉囚服，声称自己遭到了警方的刑讯逼供。

瘦骨嶙峋的躯体上，遍布大大小小的瘀痕。

主审法官把视线投向马健，后者只是微微扬起下巴，盯着被告席上的许明良，面无表情。

庭审共持续了4个多小时，许明良始终在哭泣，对所有指控矢口否认。然而在场的人都清楚，虽然直接证据很少，但是有了他的口供，在那个时代，定罪毫无阻碍。

当庭没有宣判。书记员宣布休庭后，马健第一个起身离开了法庭。走到门口的时候，马健听到身后传来一阵喧闹。他下意识地回过头，看见一直泥雕木塑般的纪乾坤飞快地翻过座椅，径直跳到过道上。他的动作之快，令在场的法警都来不及反应。

打吧，狠狠地揍他。

马健默默地注视着他，并没有半点儿上前阻拦他的意思。

然而，纪乾坤只是扳过许明良的肩膀，直直地看着他那张满是鼻涕和泪水的脸。

第十一章

杀人犯

魏炯托着腮，无精打采地看着讲台上的"土地奶奶"，感觉自己随时都能睡过去。正在意识恍惚的时候，他忽然感到衣袋里的手机又震动了一下。

魏炯笑笑。不用看，肯定是老纪。

老纪学会了用手机拍照之后，岳筱慧又教他如何使用微信。老头玩得那叫一个High，每天都会接到他发过来的十几张照片。有静物，有景色，还有老纪的自拍。不过，大多数照片的水平都不怎么样，不是没调整好焦距，就是漆黑一团。魏炯不忍拂了老头的兴致，对他鼓励有加，就当陪他玩了。

正想着，魏炯的余光扫到了坐在斜前方的岳筱慧。她正偷偷地冲他摆手，一副忍俊不禁的表情。魏炯扬扬眉毛，不出声地问她："怎么了？"

岳筱慧不回答，指指自己手里的电话。

魏炯打开手机，看到岳筱慧刚刚发来一条微信：快看老纪的微信，哈哈，老头长本事了。

魏炯好奇心起，打开老纪的微信，发现他这次发来的不是照片，而是一段视频。

手机又震动一下,是岳筱慧发来的:用耳机。

魏炯回复了一个"OK",抬头看看"土地奶奶",偷偷地从衣袋里拿出耳机。

这是一段只有二十几秒的视频,老纪当时应该在院子里,拍摄对象是一群在甬路上散步的老人。画面还算稳定,声音也挺清晰。魏炯看了两遍,看不出这段视频有什么特殊之处,就给老纪发送了一个"？"。

老纪很快回复:"怎么样拍得还算清楚吧"。

魏炯暗笑,这老头还是没学会怎么用标点符号。

魏炯:"不错不错,纪导演。"

老纪:"哈哈哈练手之作"。

魏炯正要回复他,就感到同桌推了推他的手臂。魏炯下意识地转头,发现同桌一只手指着讲台,另一只手指着他的耳朵。

魏炯一下子就明白是怎么回事了,急忙伸手拽下耳机。几乎是同时,他听到了"土地奶奶"的声音:"那个男同学,你说说我刚才讲到哪里了。"

下课后,魏炯闷闷不乐地收拾着书包,心想着去网上下载一个书面检查的范文。

"不少于1000字。"

这老太太,够狠。魏炯嘀咕着,起身离开了教室。刚出门,就看到岳筱慧靠在走廊的暖气上,一脸笑容地看着他。

"干吗,幸灾乐祸啊？"

"不能够。"岳筱慧越笑越开心,"我是特别幸灾乐祸。"

魏炯也乐了:"都是老纪害的。"

"别怪人家,你也太笨了。"岳筱慧和他并排向食堂走去,"一点儿反侦查意识都没有。"

"就为了看那个破视频,1000字检查。"

"那个好弄，随便抄一个就成了。"岳筱慧转过身，倒退着走，"大不了我帮你，我有经验。"

"行，你承担连带责任。"魏炯笑道。他心里是不怨恨老纪的。一个行走不便却对世界充满好奇心的老头，对新生事物有着浓厚的兴趣。手机对他而言，是一个新奇的玩具，也是打发时间、排遣寂寞的好办法。他理解老纪，更多的是同情，就像尽力去保护一点即将熄灭的烛火。

"回头教教老纪上网。"魏炯加快脚步，跟上岳筱慧，"他肯定喜欢。"

门开了，一个白发苍苍的老妇探出头来，上下打量着杜成："你找谁？"

"您是杨桂琴吧？"杜成从衣袋里掏出警官证，"我是警察。"

老妇丝毫没有开门的意思，依旧一脸狐疑："你有事吗？"

"许明良是您儿子吧？"杜成笑笑，"案件回访。"

老妇的脸上看不出表情变化，却已经打算关门。杜成向前踏出一步，用鞋尖顶住门板。

"还有，给失独家庭送温暖。"

杜成把手从身后拿出来，一桶大豆油。

老妇看看油桶，又看看杜成，默默地让开身子。

房间不大，室内物品简单、陈旧。一股令人不悦的味道飘浮在空气中。杜成吸吸鼻子，发现这股味道来自墙角的一台巨大的冰柜中。

"政府终于想起我们这种家庭了，"老妇正把油桶拎进厨房，"罪犯家属也送吗？"

"是啊。"杜成随口敷衍道，悄悄地走向墙角。冰柜是老款式，发出巨大的轰鸣声。柜体上布满暗红色的污渍，透过玻璃柜门，能看到里面塞满了猪肠、猪肝之类的下货。有些肉块已经变质，呈现出暗绿色。

"能吃。"老妇回到客厅，看见杜成正在打量冰柜，"煮一煮，没事的。"

第十一章　杀人犯

"您还在卖猪肉？"杜成掏出烟，点燃了一支，暂时驱散鼻腔里的异味。

"早不干了，摊床转给我外甥了。"老妇目不转睛地盯着杜成嘴边的香烟，"卖不掉的就给我送来，我也得活。"

杜成注意到老妇的目光，把烟和打火机都递过去。老妇接在手里，熟练地抽出一支，打火点燃。

"您一个人？"

"一个卖肉的，还生了个杀人犯儿子，谁会要我？"老妇吐出烟圈，看看烟盒，"到底是公家人抽的，好烟。"

两个人站在客厅里，沉默地吸着烟。老妇的白发蓬乱，用橡皮筋随便扎在脑后，上身穿着一件脏得看不出颜色的绒线衣，下身是一条同样黑污发亮的棉裤。她的脸上布满老年斑，眼睛浑浊、冷漠，只有在用力嘬烟头的时候，才能看到一丝心满意足的神色。

"说吧，要回访什么，"老妇点燃第二支烟，缓缓开口，"是明良的事儿吧？"

杜成看看她："对。"

他心里很清楚，这将是最艰难的一次访问，也是最不容回避的一次。尽管会揭开杨桂琴的伤疤，同时可能会面对她最深重的敌意，但是他必须这么做，因为要证明自己是对的，还有一个很大的谜团要解开。

听到他的回答，老妇下意识地看了一眼客厅北侧一扇紧闭的房门，随后转过头面向杜成："人都死了，还有什么可访的。"

杜成在室内环视一圈，问道："坐下聊，可以吗？"

老妇想了想，点点头，走向墙角的一张旧木桌，拉出椅子坐下。

杜成坐在她对面，掏出笔记本和笔放在桌上，手指触及桌面，立刻感到经年累积的灰尘和油垢。

"说说许明良吧，他是个什么样的人？"

老妇一手托腮,一手夹着烟,吞云吐雾,眼光始终盯在某个角落里。片刻后,她低声说道:"我儿子没杀人。"

杜成垂下眼皮,手抚额角,在笔记本上写下"许明良"三个字。

老妇微侧过头,看着黑色签字笔在纸上慢慢勾勒出儿子的名字,突然开口问道:"一个连猪都没杀过的孩子,会去杀人吗?"

"这正是我想知道的事情。"杜成抬起头,直视老妇的眼睛,"我不能保证会为许明良翻案,但是我需要真相。"

"翻案?我没指望这个。"老妇轻笑一声,弹掉长长的烟灰,"人都死了,翻案有什么用呢?我儿子回不来了。我不要补偿,吃什么我都能活。"

一时无话。老妇吸着烟,一手揉搓着蓬乱的白发。渐渐地,她的头越来越低,最后,完全埋首于臂弯中,肩膀开始微微颤抖。

杜成默默地看着她,听那从白发中传出的压抑的抽泣声。

几分钟后,老妇抬起头,擦擦眼睛,又抽出一支烟点燃。

"问吧。"她平静地说道,"你想知道什么?"

小时候的许明良算是个普普通通的孩子,读小学和初中时,既没做过班级干部,也没有劣行和不良记录。他9岁的时候,许父因病去世,生活重担完全落在许母杨桂琴身上,全家的经济收入都来自,在肉联厂工作的杨桂琴。为了减轻家庭负担,许明良在初中毕业后没有考取高中,而是进入本市的职业技术学院,学习厨师专业。1986年,许明良从学院毕业,取得中专学历,但由于慢性筛窦炎导致的嗅敏觉减退,许明良的求职之路屡屡碰壁,只能在饭店里做小工。1988年,许明良干脆从饭店辞职,在家里待业。同年,杨桂琴在肉联厂办理了停薪留职手续,在铁东区春阳农贸市场租赁了一处摊床,开始做个体生意。自此,许明良家里的经济状况大有改观,并于1990年初购置了一辆白色解放牌小货车。在杨桂琴的劝说下,许明良跟随其母一同经营肉摊,并于同年6月取得驾驶资格。

无论在杨桂琴,还是邻居及周围摊贩的眼中,许明良都是一个听话、内向、乐于助人,也挺勤快的小伙子。从业期间,没有与顾客及其他摊贩发生过冲突。被捕时,没有人相信他是犯下多起强奸杀人案的凶手。

这说明不了什么问题。杜成心里想,有相当多的一部分杀人犯,在罪行被揭露之前,和普通人并无二致,甚至更温顺,更有礼貌。

"他有恋爱史吗?"

"什么?"老妇瞪大眼睛看着他。

"就是,有女朋友吗案发前。"

"应该没有,不知道。"老妇想了想,盯着桌面,手指在上面轻轻划动,"那会儿太忙了,去收猪的时候,常常几天都不回家。"

"20多岁了还没有女朋友,这不正常吧。"

"他在技校的时候也许有对象,但是我没听他说起过。"老妇撇撇嘴,"帮我卖肉之后,生活圈子太小了,没机会认识姑娘。"

"那他的性需求怎么解决?"

"我怎么会知道?"老妇苦笑,"我是当妈的,怎么问?"

"异性朋友多吗?"

"别说异性,同性朋友都没几个。"大概是久坐的缘故,老妇开始揉搓肩膀,"那孩子听话,不爱出去玩,收摊了就回家。我知道,他不爱干这个,但是没办法。"

老妇轻叹一声,直起身子:"我曾经想过,攒几年钱,就不让他干这个了,去学点儿别的,再找个姑娘成家。"

"学点儿别的?"

"那叫什么来着,"老妇用手指轻叩额头,"对了,成人高考。考了一次,没考上,后来我还给他请了家教。"

老妇突然意味深长地笑笑:"他最想当警察,从小就想。"

警方当时在许明良家中搜出大量报刊,其中有相当一部分是刑侦探案类的小说或纪实作品。这也成为认定许明良"较强的反侦查能力"的来源。

"您丈夫去世那年,您多大?"

"我想想……35岁。"

杜成默默地看了她几秒钟:"能问您个相对隐私的问题吗?"

老妇愣住了,怔怔地回望着他:"你问吧。"

"在他去世之后,您有没有……"杜成斟酌着词句,"和其他男性……"

老妇转过头,望着窗外:"有过。"

"许明良知道这件事,对吧?"

"嗯。"老妇收回目光,看着地面,"明良上技校第一年,我和那男的……那天孩子突然回家来了。"

"后来呢?"

"他直接回学校了。"老妇笑笑,"我没解释,也没法解释。好在孩子没问过我,我也和那个人断了。"

"那件事之后,他对你的态度有没有什么变化?"

"没有吧。他从小就不爱说话,跟我也没什么聊的。"

杜成点点头,伸手去拿烟盒,发现里面的烟已经所剩无几,想了想,又把手收了回来。

"能去他的房间看看吗?"杜成手指客厅北侧那扇紧闭的房门。

"随便。"老妇起身走到门旁,伸手推开。

房间不大,10平方米左右。左面靠墙摆放着五斗橱和衣柜,右侧窗下是一张单人床,对面是一张书桌。杜成看了看桌上的木质书架,里面整齐地插着几本英语及数学教材。他伸手擦拭了一下桌面,很干净。

"和23年前一样。"老妇倚靠在门框上,"明良爱干净,我每天都擦。"

杜成嗯了一声,转身打量着单人床。普通的蓝色格子床单,已经有些褪色。被子叠得方方正正,放在床头。床边的墙壁上贴着几张海报,有体育明星,也有泳装女郎。

"那个年龄的小伙子都看这个。"老妇捕捉到他的目光,"他是个好孩子。"

杜成没作声,扭头看向窗外。这里是一个老旧小区的最外围,临街,时至下午4点左右,两侧那些色彩暗淡的楼房都恢复了些许生机。楼下是一个小型市场,大量熟食和街头小吃在此贩售,烟气蒸气袅袅。

"过去,"杜成指指楼下,"不是这个样子吧?"

"嗯。二十多年前是热电厂。"老妇伸出双手,比画出一个圆柱体的形状,"我家对面是两个大烟囱。"

"窗外……"

"对,冒起烟来,什么都看不见。"老妇歪着头,盯着窗外铅灰色的天空,"明良常常坐在床边,对着那两个烟囱发呆,也不知道有什么好看的。"

杜成点点头,绕过床尾,拉出椅子,坐在书桌前,静静地看着桌上的一个相框。

那是许明良和家里的厢式小货车的合影。许明良穿着墨绿色半袖衫,蓝色牛仔裤,一手扶在腰间,另一只手把住车门,脸上是既羞涩又兴奋的表情。

这辆厢式小货车就是许明良口供里的杀人分尸现场。他供称,以搭便车为由诱骗被害人上车,趁其不备用铁锤猛击被害人头部,将车开至僻静处后,强奸杀人并分尸。用黑色塑料袋包裹尸块后,行车至本市各处抛散。

说得通。黑色塑料袋与许家的肉摊上所用的相同。厢式货车平时被许明良用来运送猪肉,包裹尸块时混入猪毛也在情理之中。马健当年做出的判断是有道理的。

更何况,那个最致命的直接证据。

"还有什么要问的吗?"老妇抽出烟盒里最后一支烟,然后把烟盒揉作一团,转身扔在客厅的地上。

杜成想了想："你认为你儿子没杀人？"

"对。"

杜成盯着她看了几秒钟："我们在包裹尸块的塑料袋上发现了他的指纹。"

"他是卖猪肉的，"老妇提高了声音，"每天他碰过的塑料袋足有几十个，你们应该去查买过猪肉的人。"

"塑料袋上只有他的指纹。"

"手套，"老妇的情绪终于失控，"凶手不会戴手套吗？"

"一个人在夏天戴着手套来买猪肉，"杜成平静地反问，"你不会觉得奇怪吗？"

老妇被问住了，只能怔怔地看着杜成，半晌，从齿缝里挤出一句话："我儿子没杀人。"

"我相信你说的话。"杜成点点头，"我现在不能对您承诺任何事情，但是我保证，无论真相是怎样的，我都会告诉你的。"

临走的时候，杜成把包里的两盒烟都给老妇留下。老妇默默地接受，然后送他到门外。杜成刚要转身下楼，就听到她在身后叫住了他。

"杜警官。"

老妇手扶着房门，只露出半个身子，面容忽然显得更加苍老。似乎刚刚经过的不是几个小时，而是几十年。

"你，有没有打过他？"

"没有。"杜成脱口而出，"他不是我抓的。"

深深的皱纹中慢慢露出笑容。

"谢谢。"

说罢，老妇转身，轻轻地关上了房门。

第十二章
新世界

骆少华抬起头看看乌云翻滚的天空,骂了一句,随即拆开香烟的包装。

空气闷热又潮湿。骆少华连打三次火才将烟点燃。他吐出一口烟,费劲儿地活动着肩膀,汗湿的制服衬衫已经贴在了后背上。他揪起衬衫衣领,不住地扇动,同时摘下警帽,夹在腋下。

他用手捋了捋头发,立刻感到成绺的汗水已经顺着脖子淌进了衣服里,他把手上的汗在裤子上马马虎虎地擦干,便靠在电线杆上,闷闷地吸烟。

不知道是几点,只知道是最深沉的夜。此刻万籁俱寂,街面上一个行人也没有。即使是夜班的出租车,似乎也在这条路上消失了。骆少华觉得疑惑,他扔掉烟头,四处张望,看着那些沉默着伫立的楼房,黑洞洞的窗口。

没有风。没有声音。他倚靠的这盏孤零零的路灯,仿佛是整个世界唯一的光源。

这是什么地方?骆少华突然意识到,他从何处来到这里,又是怎么来的,完全没有印象了。

他感到莫名的紧张,本能地把手伸向腰间。强光手电、伸缩式警棍、手铐,最后,他摸到了64式手枪的握柄。

这让他略略心安。没什么怕的,我是警察。我要面对的,就是黑夜,以及从黑暗中猛然扑出的怪兽。

骆少华把烟揣进裤袋,重新戴好警帽,抻抻身上的制服,准备继续巡逻。刚刚迈动脚步,他的脑海中又出现了一个问号。

巡逻?

是啊,我在巡逻。可是,我的搭档呢?

骆少华再次举目四望,然而,除了身边的路灯在地面上投射的光晕外,视力可及之处,仍然是浓墨一般的黑暗。

真是个奇怪的晚上。骆少华嘀咕道。不管了,先离开这里再说。

他分别向左右看看,最后决定朝右走。几步之后,他就发现自己已经看不到脚尖了。正在犹豫要不要打开手电,骆少华就听到前方不远处传来一阵奇怪的声响。

"嗵嗵。"

他立刻停下来,屏住呼吸,仔细倾听。

声响来自前方右侧的某栋楼房里,似乎有人在砍砸着某种重物。

"嗵嗵。"

用心分辨的话,那异响中还夹杂着劈裂、折断和撕扯的声音,有人正试图把某样东西从一个更大的物体上分离出来。

骆少华的心跳开始加速,嘴巴也一下子变得很干。他迅速改变了巡逻路线,循着那奇怪的声音走去。

不知道他是谁,但是可以肯定的是,那是锐器切砍肉体的声音。

骆少华打开强光手电,那栋楼房在黑暗中浮现出模糊的轮廓。他盯着前方,加快了脚步。许多东西拂过他的裤脚,撞击他的小腿。也许是荒草,也许是垃圾桶,也许是水泥花坛,他无心去考证,也没时间去弄清楚。

那个人是谁?他在干吗?被砍切的是什么?

距离那栋楼只有十几米的时候，骆少华放缓步伐，眼睛越瞪越大。

那声音消失了。

骆少华开始怀疑自己的耳朵。奇怪的夜晚，奇怪的寂静，奇怪的声音。发生一切都不奇怪。

骆少华抬手擦擦额头上细密的汗珠，顺势用手电筒扫视周围的环境。在强烈的白光下，几棵杨树、绿色罩顶的自行车棚、水泥长凳、公共洗手池、油漆斑驳的木质秋千架——一出现在视野中。

骆少华松了口气。这是个再寻常不过的居民小区，而且看上去风平浪静。

然而，这口气他只松了一半，就硬生生地憋在了喉咙里。

声音再次响起，就在他身后。

撞击声沉闷、有规律。似乎有人拖曳着一个沉重的口袋，正一步步走下楼梯。

骆少华面对那栋楼，双眼急速在四个单元门之间来回扫视。最后，他把视线锁定在4单元。

几乎是同时，一个黑影出现在门口。

"谁？"骆少华大声喝道，把手电光照射过去。

地狱就是这浓稠的黑暗。地狱就是这无语伫立的小楼。地狱就是他。地狱就是他手里拎着的东西。

你恐惧什么，他就是什么。

骆少华发出一声尖厉的啸叫，左手死死地抓住电筒，右手摸向腰间，眼前的黑夜，刹那间铺天盖地。

"少华，少华，快醒醒！"

骆少华猛地睁开眼睛，右手兀自在腰间徒劳地摸索着，足足半分钟后，他才意识到面前俯身望向自己的，是老伴金凤。

是噩梦，又是那个噩梦。

骆少华重重地向后躺倒在床上，大口喘着粗气。金凤披衣下床，拿了一条毛巾，帮他擦去满头满脑的汗水。

擦到脖子的时候，骆少华一把抓住金凤的手腕，她那皱纹横生，已略显松弛的皮肤让骆少华心安许多。金凤没有动，顺从地让他握住，轻轻地摩挲，等到骆少华的呼吸渐渐平稳，她才轻声说道："再睡会儿吧。"

骆少华点点头。金凤关掉台灯，脱衣躺下，片刻，就发出细微的鼾声。待她睡熟，骆少华重新睁开眼睛，一只手在金凤身上轻轻地拍着，侧过头，看窗外的天色一点点亮起来。

6点，闹铃如常响起。骆少华悄悄地爬起来，穿好衣裤后，轻手轻脚地走出卧室。刚走到客厅，就看到女儿骆莹坐在餐桌前。

"起这么早？"骆少华随口问道，径直向厨房走去，"早饭吃鸡蛋面条，行不行？"

"爸，"骆莹抬起一只手拦住他，"跟你聊几句？"

骆少华盯着她看了几秒钟："向阳又找你了？"

向阳是骆莹的前夫，四年前因出轨和骆莹离婚。近半年来，向阳频繁联系骆莹，大有复婚之意。不过，看骆莹的态度，似乎没有这个打算。

"不是。"骆莹示意他坐下，压低声音问道，"爸，你最近在忙什么？"

骆少华拿烟的动作做了一半，顿了顿，抽出一支烟点燃。

"没什么事。"

骆莹看了他一眼，抚弄着面前的杯子："爸，昨天我去洗车，看了看里程表。"

"嗯。"

"在这大半个月里，你开了1000多公里。"

骆少华弹弹烟灰，不作声。

"爸，这么多年，我妈的身体一直不好。你要是觉得烦，或者心里有别人了，尽早说。"骆莹抬起头，直视父亲的眼睛，"我带着我妈过。"

"你说什么呢，"骆少华由惊到气，后来乐了，"你把你爸当什么人了？"

骆莹没有笑："那你到底在做什么？"

骆少华嘴边的笑容也渐渐收敛："你别问了。"

女儿皱起眉头，盯着骆少华，一脸不问清楚不罢休的表情。

他妈的，这孩子的倔强劲儿还真挺像我。

"工作上的事。"骆少华低声说，"有点儿事要查清楚。"

"什么事？"骆莹立刻反问道，"你不是退休了吗？"

女儿不依不饶的样子顿时惹火了骆少华。他刚要发作，就听见卧室的门吱呀一声开了。外孙向春晖揉着眼睛走了出来。

"姥爷。"他先跟骆少华打了个招呼，随即面向骆莹，"妈，早上吃啥？"

骆莹看了看骆少华，一言不发地进厨房准备早餐。骆少华无奈地叹了口气，感到太阳穴在一跳一跳地疼。

全家人吃过早饭，骆莹准备送孩子上学。她把车钥匙拿在手里，站在门厅里看着骆少华。两人对视了几秒钟，骆少华移开目光，颇为恼火地挥了挥手。骆莹白了父亲一眼，带着向春晖出门。

家里只剩下骆少华和金凤。洗好碗筷，收拾完厨房之后，骆少华服侍金凤吃了药，又给她灌上热水袋，在床头放好保温杯和收音机。静静地陪她坐了一会儿，骆少华看金凤已经闭上眼睛，呼吸平稳而悠长，他调低收音机的音量，起身走出卧室。

房子里很静，骆少华在客厅里转了两圈，竟不知道做什么才好。想了想，他从卫生间里拿出工具，开始搞卫生。扫了一遍地，又仔细拖了两遍。擦家具，擦炉灶。给大大小小的花盆浇水。做完这一切，他吸了两支烟，开始琢磨接下来该如何打发时间。

准备午饭吧。骆少华无奈地拍拍手,扫了一眼挂钟,妈的,才9点。

他在干什么?

这个念头一下子跳进骆少华的脑海里。

在出院之后的这段日子里,林国栋的生活还算规律:上午基本待在家里,下午1点左右出门,在市区内闲逛,买一些报纸杂志,傍晚买菜回家,晚上10点左右就寝。偶尔会在晚上去逛逛商场,消费很少。不过,他现在可以很熟练地使用自动售货机、ATM机之类的设备。而且,他的表情和姿态已经放松了很多,相较于刚刚出院时的僵硬和紧张,林国栋现在很像一个赋闲在家、与世无争的温顺老头。

骆少华有时也会怀疑自己的判断:他,真的被"治愈"了吗?

在安康医院里与世隔绝的那些年里,他心里的那头怪兽,难道也被电击器和束缚衣杀死了吗?

骆少华苦笑着摇摇头。在确定他完全无害之前,自己绝对不能放松警惕。

正想着,卧室的门开了,金凤慢慢地走了出来。

"醒了?"骆少华马上站起来,迎过去。短短的几步路,金凤却仿佛耗尽全力一般,刚刚碰到骆少华的胳膊,就一头跌进他怀里。

骆少华要扶她坐下,金凤却张开双臂抱住他,低声说:"别动。"

他乖乖地照做,抱着妻子,一动不动。很快,骆少华就感到金凤额头沁出的汗水已经浸湿了自己的胸口。他抽出一只手,轻轻地在她的头发上抚摸着。金凤显然觉得很舒服,调整了一下头的位置,让脸颊更深地埋进他的怀里,同时发出一声类似呢喃的轻吟。

她心里清楚,抱着自己的这个男人并不完全属于她,而是属于街头,属于黑夜,属于钢铁和鲜血,属于那些失常、扭曲的面孔。在他脱下制服以后的那段日子里,她一度以为终于可以彻底拥有他,直到那个早上。

金凤睁开眼睛,看着沙发背后的那个黑色帆布双肩包。她憎恨它,同时也明白,那是植根于这个男人的一部分。即使他老了,不再追赶和搏斗,乐于应付柴米油盐,然而,在他血液里的某种东西,还是会被轻易唤醒。

金凤扭过头,深吸了一口男人身上的味道。

"有事要做吧?"

良久,才听到男人闷闷地回应:"嗯。"

金凤从男人怀里抬起头,看着他那张写满歉疚的脸,笑了笑。

"去吧。"

半小时后,骆少华爬上绿竹苑22栋4单元的4楼缓台,略略平稳一下急促的呼吸,接着爬完余下的台阶。

走廊里静悄悄的。骆少华轻手轻脚地走到501室的门口,小心地把耳朵贴在门上。脑白金的广告,他正在看电视。

骆少华擦擦已经流到眉毛上的汗水,抬头望向墨绿色防盗门的右上角,那条粘连着门板与门框的透明胶带还在,看来这家伙昨晚没出去。

他稍稍安心,轻手轻脚地下楼。

来到园区里,他看着院子里光秃秃的树和枝叶落尽的花坛,有点儿犯难。没有了桑塔纳车的掩护,想在暗处监视林国栋实在是太难了。骆少华四处望望,只有自行车棚东侧的围挡还能暂时做个藏身之处。

他抬脚走过去,费力地穿过一排自行车,因为心急,跨越一辆童车的时候还被车把戳了一下腹股沟。骆少华一边小声骂着,一边揉着裤裆,他躲到围挡后面,稍稍蹲低了身子。

蓝色塑料围挡的面积不足一平方米,并不能完全隐蔽自己,好在这个地方并不起眼,如果不是特别注意的话,应该不会被发现。

骆少华看着4单元的门口,抽出一支烟点燃。

渐渐地,在赶路与爬楼中升高的体温被寒风席卷殆尽,汗湿的后背开始变得冰凉。骆少华微微发起抖来。他小幅度地跺着脚,取下双肩包,拿出一个保温杯。

一口热乎乎的咖啡下肚，身上顿时暖和了不少。骆少华品咂着嘴里的滋味，一丝笑容浮上嘴角。那是他临走前，金凤给他冲好又塞进包里的。她只是叮嘱他要照顾自己，早点儿回家，别的一概没问。

这女人。

骆少华又向小楼望去，心里生出隐隐的期待：这件事，快点儿结束吧。

只是，怎样才算"结束"呢？

12点5分，林国栋下楼了。

和往常一样，他先把垃圾袋丢进路边的铁桶里，随后向两侧张望一下，整整围巾，抬脚向园区外走去。

等他的身影消失在楼后，骆少华才钻出围挡，磕磕绊绊地穿过成排的自行车，尾随而去。因为在寒风中站立的时间过长，双脚早已又麻又僵，最初的几步，骆少华走得跟跟跄跄。好在林国栋的速度并不快，走出园区后，骆少华轻易就盯上了他。

今天林国栋没有去坐公交车，而是沿着马路一直向西走。骆少华用街边的路牌和行人作为掩护，不远不近地跟在他身后。半小时后，林国栋丝毫没有停步的意思。骆少华开始觉得奇怪：这家伙今天要去哪儿？又走了一刻钟左右，林国栋径直进了地铁二号线的红河街站，骆少华才明白他的意图。

这王八蛋，还挺赶时髦。

C市共有两条地铁线，全部竣工交付使用不过是近三年的事情。这对林国栋而言，无疑是"新鲜事物"之一。

林国栋也的确对地铁充满兴趣。下了扶梯之后，他并没有急于进站，而是细细地打量着自动售票机和安检仪，最后站在地铁线路图前认真地看了许久。选定目的地后，他又回到自动售票机前，研究一番后，买票进站。

看着他消失在闸口后，骆少华在售票窗口买了全程票，悄无声息地跟

第十二章 新世界

了上去。

地铁站内的环境让林国栋更加好奇,他不住地东张西望。电子显示屏、塑料护栏,甚至候车长椅都能让他饶有兴趣地看上半天。列车呼啸而至的时候,他显得有些紧张,最后笨拙地夹在上车的乘客中,登上了地铁。

虽然不是交通高峰期,车厢内仍然很拥挤。骆少华站在下一节车厢的连接处,透过人群的缝隙,静静地看着他。

林国栋则一直看着窗外,偶尔抬头看看车门上方的站点信息。骆少华暗自揣摩着他的目的地,却发现直至终点,林国栋依然没有出站的意思,而是转乘了另一方向的地铁。

要原路返回?骆少华心里纳闷,也跟着他上了车。

两个人相隔十几米,林国栋始终没有向骆少华的方向看一眼,像个最普通的乘客一样,安安静静地坐在椅子上,随着列车的行进轻轻地摇晃着身体。

一路平安无事。林国栋又坐到二号线的起点,再次登上反方向的列车。不过这一次他没有坐完全程,而是在转乘站人民广场站换乘了一号线。

接下来的行程和之前一样,林国栋完完整整地坐完一号线全程,下午3点左右,在医科大学站下车出站。

骆少华已经大致猜出林国栋的想法:他仍然在熟悉这全新的城市生活,努力地拉近自己和这个时代的差距,并试图彻底融入普通的人群中。

而且,林国栋接下来的行程,验证了他的推断。

医科大学毗邻本市最大的电子产品市场。林国栋在这条充满现代科技气息的街上来回走了一圈,最后走进了一座专营各品牌电子产品的商厦。

进入卖场,别说林国栋,即使是骆少华也觉得眼花缭乱。各色台式电脑、笔记本电脑、平板电脑以及软硬件、复印机、扫描仪琳琅满目。无数台显示器里同时播放着音视频,混杂在一起,令人满眼满耳都是炫目的画面和杂乱的声响。

林国栋站在各家商铺前，一时间显得有些手足无措。这个年龄的顾客，也很难引起业务员们的兴趣，只是懒洋洋地向他推荐了几款收音机和随身播放器。这些货品显然不是林国栋的目标，他只是简单看了一下就转身离开。

　　稍稍犹豫后，他径直进了最近的一家电脑专营店。骆少华看看店里的商标，心里暗暗好笑。果真，林国栋浏览了一圈后，就惶惶然地跑了出来，还回头瞧瞧霓虹招牌上那个被咬了一口的苹果，摇了摇头。

　　不过他没有放弃，环视四周后，又进了一家国产电脑专营店。进店后先看价签，感觉可以接受，就耐心地逛了起来。很快，导购员上前为他提供咨询服务。骆少华躲在十几米开外的一面柜台后，佯装在挑选键盘，暗中观察着他的一举一动。

　　在林国栋和导购员的交谈中，主要是对方在问，而林国栋的回答很少。从林国栋笨拙的词句及不断辅助的手势来看，他在向导购员描述自己对产品的要求。而他的要求显然是比较低的，导购员很快就指定了几台电脑供他选择，并向他介绍使用方法。林国栋听得很认真，不住地点头，之后又指着电脑说了几句，似乎在提出某种请求。导购员爽快地答应，启动了其中一台笔记本电脑，操作了一番，林国栋俯身看着显示器，不时询问，还亲自拿起鼠标单击了几下。从他脸上的光影变化来看，某个程序被他启动了。这让他感到非常惊喜和满意，当下就掏出钱包，数出一大沓百元钞票。

　　十几分钟后，林国栋一脸期待地拎着装有笔记本电脑的纸盒走出了商场。他没有去搭乘地铁，而是拦下了一辆出租车，似乎想早点儿回家摆弄这个新"玩具"。

　　下午6点15分，林国栋返回绿竹苑22栋4单元501室，当晚再没有出来。

　　骆少华在楼下监视到晚10点左右，饥饿加疲劳已经让他无法再坚持下去。为了保险起见，他爬上对面那栋楼，从楼道窗户里窥探林国栋家里的情形。在望远镜里,能看到他坐在书桌前,捧着电脑的使用说明书在细细研读。面前的纸盒已经打开,但是电脑尚未取出。林国栋戴着眼镜,读几行说明书,就看看电脑,看上去非常耐心。

还真他妈好学啊。骆少华暗骂一声,放下望远镜。对面那个老头完全是一副无害的样子,这让他心中回家的冲动更加强烈。

今天到此为止吧,那电脑够他玩一阵了。

骆少华慢慢地下楼,感到胃已经饿到发疼。走出楼门,他迫不及待地向园区外走去。刚迈出几步,他就停了下来,咬咬牙,转身向22栋走去。

轻手轻脚地爬上5楼,骆少华扫视四周,确认安全后,他拿出手电筒,一边留神听着铁门内侧的声音,一边踮起脚尖,从门框上撕下那条透明胶带。紧接着,他用嘴咬住电筒,从背包里拿出一卷胶带,撕下一段,在断口处用别针刺出四个小孔。做好记号后,他把它粘在原处,关掉手电筒。

周围陷入一片黑暗。骆少华盯着眼前的铁门,深深地吸了一口气,随即转身下楼。

一门之隔的另一侧,林国栋放下说明书,眼睛里有一丝掩饰不住的兴奋的光。他搓搓手,小心翼翼地把电脑从纸盒里拿出来,轻手轻脚地放在桌面上。随后,其他配件也被一样样从纸盒中取出。

"好,电源线,电源插孔。"林国栋轻轻地念叨着,将电源线和电脑连接好,"然后,插座。"

电脑打开。他拿起鼠标:"b接口。"

第一次插入失败,那个扁平的小金属接头无论如何也插不进电脑里。林国栋不敢硬来,生怕弄坏了这个花了他4000多块的宝贝。想了想,他又仔细看了看鼠标线,掉转了方向,成功。

他打了个响指,心里琢磨着下一个步骤,却发现自己已经忘了。他拍拍脑袋,拿起说明书,查找一番后,按下了电脑上的电源键。

硬件启动,伴随着几不可闻的嗡嗡声。显示器亮起来,悦耳的开机音乐后，一排图标出现在屏幕上。

林国栋兴奋起来，他操起鼠标，将那些罗列于桌面上的快捷方式挨个打开。鼠标清脆的点击声让他心旷神怡。懵懵懂懂地"查看"了这台电脑后，他打开了Word软件。

为了这一刻，他已经复习了一下午汉语拼音。调出拼音输入法，他小心地按动着键盘，足足半分钟后，空白的Word文档中出现了"林国栋"三个字。

他呵呵地笑起来，环顾四周，似乎想找个人分享这成功的喜悦。尽管他很快就意识到自己是孤身一人，然而这三个字无疑给了他莫大的鼓励。接下来的一个小时内，他完完整整地在电脑上敲出了《沁园春·雪》。

时值深夜，林国栋的兴致却丝毫不减，一直在电脑前不停地操作。最后，他看着电脑桌面上IE浏览器的快捷方式，知道要将这台电脑充分利用起来，还有许多事要做。

出院的这段时间里，他从电视机和广播里知道了"互联网"这个词。那是他重返人间的"快捷方式"。打开这扇"S"，全天下就在眼前。

他带着无限爱惜与崇敬的表情看着面前的笔记本电脑，这世界的变化让他折服，让他嫉妒，更让他深深地憧憬。

这世界，多美好。

第十三章

过年

一年中最冷的时候到了。

魏炯以手托腮,静静地看着窗外。刚刚下过一场雪,眼前都是炫目的白。灰褐色的树点缀其间,配以远处颜色暗淡的高楼,仿佛巨大的水墨画一般。

越来越低的气温也意味着另外两件令人愉快的事:春节和寒假。

"距离考试结束还有15分钟,没答完的同学抓紧时间。"

监考老师的提醒暂时将魏炯的思路拉回来,他草草看了看试卷,觉得及格没什么问题,就收拾好文具,交卷走人。

天很冷。魏炯缩着脖子走回宿舍,发现大部分舍友都开始整理行装了。期末考试已经结束,家住外地的同学们个个归心似箭。来自本市的魏炯不急着回家,就帮忙打包行李和书刊。忙活到中午,舍友们走了个一干二净,空荡的宿舍里只剩他一个人。

晃到别的宿舍,情况都差不多,还没走的基本都是准备考研的同学。平日里热闹无比的男生宿舍楼变得非常安静。魏炯转了一圈,觉得无聊,决定下午就回家。

他的行李不多，除了几件待洗的衣物，就是几本打算留在假期看完的书，魏炯看看手表，恰好是午饭时间，就背着包去了食堂。

食堂里同样人迹寥寥，大多数餐桌都空着。魏炯打好饭，端着餐盘来到就餐区，一眼就看到了正在吃麻辣烫的岳筱慧。她也看见了他，挥手示意魏炯过来坐。

"上午考得怎么样？"岳筱慧夹起一颗鱼丸，笑嘻嘻地问道，"看你挺早就交卷了。"

"马马虎虎，及格估计没问题。"魏炯把背包放在旁边的座位上，"你呢？"

"差不多。"岳筱慧看看他的背包，"怎么，要回家了？"

"嗯，下午回去。"魏炯喝了口汤，"太咸了。你什么时候走？"

"不急，反正我家就在本市。"在那一瞬间，岳筱慧突然变得意兴阑珊，随即又眉开眼笑起来，"下午找小豆子玩去。"

魏炯先是愣了一下，很快就想起了那只美国短毛猫。

"社会实践课都结束了，你还去救助站啊。对了，它的皮肤病怎么样了？"

"有好转。"岳筱慧看着魏炯，笑了笑，"还说我呢，你不是也一样。"

说到这里，魏炯忽然想起了老纪。算起来，有一个多星期没去看他了，也不知这老头怎么样了。

现在，老纪已经能很熟练地使用微信了，还时不时地发来几张照片或者视频。魏炯教他关注了几个关于时政、历史及法律的微信公众号，老头玩得不亦乐乎，还无师自通地学会了发朋友圈。在魏炯忙于期末考试的这段时间里，老纪自得其乐，看上去倒也不寂寞。然而，魏炯一旦闲下来，难免还是会惦念他。所以，吃过午饭后，他陪着岳筱慧走到公交车站，看她坐车离去，想了想，先去买了一条健牌烟，然后上了去养老院的公交车。

一路颠簸，到养老院的时候已经是下午两点。这原本是老人们午休的时间，院子里却很热闹。几棵树之间拉上了绳子，护工们正在往上挂红色的灯笼。另外一些护工在清扫院子、贴福字。不时有老人被搀扶出院子，送上停在门口的各色车辆。看他们的表情，个个喜气洋洋，颇有些期盼的意味。另一些老人则抄手缩脖，挤在屋檐下，默默地看着那些被接走的老人，神色或羡慕或嫉妒。

老纪在房间里，坐在窗前向外张望着。听到魏炯的敲门声，他回过头来，没有格外惊喜的表情，眼睛里却闪出一丝光。

"你来了。"

"嗯。"魏炯把烟放在桌子上，走到窗前，"您看什么呢？"

老纪笑笑，冲窗外努努嘴："喏。"

一个头发花白的女人，全身都被严严实实地裹在毛毯里，被人用轮椅推着登上门口的一辆越野车。关闭车门的瞬间，女人的脸露了出来。

魏炯认得她，是那个秦姓老太太。

"这是？"

"家人接她回去。"老纪淡淡地说道，"今天是腊月二十三，小年。"

"哦。"魏炯想起院子里的红灯笼和福字，"她不再回来了吗？"

"那样就好了。"老纪的脸色有些阴沉，"过完春节，她还会被送回来的。"

魏炯无语。短暂的团聚后，还要回到这个寂寞的地方，对那些老人而言，不知是幸还是不幸。

老纪目送那辆越野车开远，转身面向魏炯："你怎么来了，放假了吗？"

没等魏炯回答，他就看到了桌上的健牌烟，顿时大喜。

"你可真是救星。"老纪迫不及待地摇动轮椅，直奔小木桌而去，

"两天前就断粮了，憋死我了。"

拆开，点燃，深吸两口。老纪的脸上露出心满意足的表情。他招呼魏炯坐下，同时伸手在衣袋里摸出钱包。

"拿着。"他递过200块现金，"另外50块算车费。"

"我坐公交来的。"魏炯坚持要找给他50块钱，"我们都约好了，老纪你不能违约。"

"行。"老纪没有推托，痛快地收下，"怎么，你那小女朋友没来？"

"那是我同学，"魏炯的脸腾地红了，"你可别乱说。"

"小姑娘看着很不错嘛。"老纪挤挤眼睛，"你可以考虑考虑。"

"得得得。"魏炯急忙岔开话题，"手机用得怎么样，还不错吧？"

"很好用啊，大开眼界。"老纪拿出手机，"对了，今天收到一条短信，我没看明白，正好你帮我瞧瞧。"

魏炯一看，不觉失笑。这是运营商发来的网络流量提醒信息，内容显示老纪这个手机号码的移动数据流量已经不足2KB了。这也难怪，老纪整天用手机上网，流量消耗当然快。

他耐心地向老纪解释了一番，又替他购买了新的流量包。老纪琢磨了一下，表示很不服气。

"这么说来，不管我这个月用不用光这些什么来着……"

"流量。"

"对，流量月底都清零？"

"是啊。"

"这不讲道理嘛。"

"哈哈，是啊。"魏炯也笑，"听说那几大运营商要改变收费政策。您要是觉得不方便，下次我帮您弄个随身WiFi。"

这个词又把老纪弄蒙了，搞清楚之后，当即就表示要弄一个。

"到时欢迎你们来我老纪这里蹭网。"

两人正聊着，张海生拎着几个塑料袋撞了进来。

"他妈的，累死我了。"张海生看见魏炯，冷着脸点了点头，随即转身问老纪："东西给你放哪儿？"

老纪指指墙角。张海生一边归置东西一边絮叨："这屋里放不了几天啊，太热，要不给你挂窗台外面吧，留着慢慢吃。"

说着，他从衣袋里掏出一张纸条，上面是歪歪扭扭的字迹，看上去像一份账单。

"你还得给我7块钱。"他把纸条递给老纪，"快过年了，涨价，那些钱不够。"

老纪接过纸条，看也没看就揉作一团，扔进床边的纸篓里，直接掏出10块钱递给张海生。

张海生的脸上见了笑容，利落地把钱揣进衣袋："你们聊，我忙去了。"

说罢，他就拉开门走了出去。

魏炯看看那些塑料袋，里面装的大多是冻鸡、冻鱼之类的食物。

"你这是要……"

"快过年了，备点儿年货。"老纪乐呵呵地说道，"一个人也得过个好年。"

"养老院里不准备年夜饭吗？"

"嗐，那饭菜，不提也罢。"老纪摆摆手，"手艺都不如我。"

魏炯听着，心下不免黯然。一个人做年夜饭，又一个人孤零零地吃完，恐怕没有比这个更凄凉的事情了。

"没什么啊。"老纪看懂了他的神色，笑了笑，"这二十多年，我都习惯了。"

魏炯正想安慰他，就听见衣袋里的手机响了。是妈妈打来的，问他什么时候回家。魏炯不想过多刺激老纪，匆匆说了几句就把电话挂断了。

老纪倒没有在意，仍是一脸笑意。

"你妈妈等着急了吧？"老纪拍拍膝盖，"时候不早了，你小子快回家吧，给你父母带个好。"

"嗯。"魏炯有些尴尬地起身，拎起背包，"老纪你多照顾自己，除夕的时候给你拜年。"

"发微信就行，甭惦记我，老纪我能干着呢。"他脸上的笑容犹在，苦涩的味道却越来越浓，"你好好陪父母，一家人，最重要的就是团团圆圆、整整齐齐。"

一大早，杜成就被敲门声惊醒。披衣下床，揉着眼睛开门，结果呼啦一下子涌进一大堆人。为首的是段洪庆，身后是张震梁、高亮和几个刑警队的小伙子。个个手提肩扛，每个人都不空手。

杜成还在发愣，段洪庆已经推开他，吆喝着安排大家归置东西。一时间，鱼肉油蛋，米面青菜，足足摆了半客厅。

杜成总算回过神来："干吗？你们他妈的要在我家开超市啊？"

"你少叽叽歪歪的。"段洪庆小心翼翼地绕过一袋水果，递给他一支烟，"春节福利。"

杜成心知肚明，按照惯例，逢年过节，局里顶多发桶豆油或者10斤鸡蛋。这两年明令严禁国家机关以各种名义发放福利，去年春节连个挂历都没发。这满屋子东西，估计是段洪庆和张震梁他们自掏腰包的结果。

"多余。"心里虽热，嘴上还是挺硬，"我一个人，能吃多少喝多少？"

段洪庆嘿嘿笑，没搭理他。

"师父，这个放哪儿？"张震梁从厨房里捧出一条大鱼，"冰箱里放不下。"

"阳台。"杜成挽起袖子向厨房走去，"放窗户下面。"

烧水，泡茶。招呼同事们坐下休息。

一杯热茶下肚，段洪庆打量着杜成："气色看着还不错，最近忙什么了？"

"东跑西颠。"杜成言辞含混，"没干什么正事。"

段洪庆盯着他看了几秒钟："没听话，是吧？"

"听啊。"杜成嬉皮笑脸，"按时服药，好好吃饭，早睡早起。"

段洪庆的脸色阴沉下来，他扫视了一下仍在喝茶、抽烟的同事们，转身凑到杜成耳边，低声说道："你他妈让我省点儿心，行不行？"

杜成看着他，脸上的笑容一点点褪去："老段，你知道我是什么样的人。"

段洪庆皱起眉毛，似乎觉得杜成不可理喻："二十多年了，何苦呢？查清了又怎么样，死的人回不来，活着的人还要受罪。"

"是啊，死的人回不来。"杜成直视着段洪庆的眼睛，"但我不怕受罪，反正是要死的人。真正怕受罪的人他们活该。"

段洪庆移开目光，紧紧地闭了一下眼睛，再睁开时，开口说道："去三亚吧，气候宜人，空气也好。你老哥一个，到哪里都一样。费用你甭担心，局里……"

"段局，"始终默不作声的张震梁突然开口了，"我师父想干吗就让他干吗吧。"

段洪庆诧异地抬起头。不仅是他，在场的所有人都觉得惊讶：一贯以踏实肯干、听指挥闻名的张震梁，还是第一次公然顶撞领导。

于是大家都静下来。片刻，段洪庆先站起身来，清清嗓子："行，老杜，你好好休息。还有什么需要的，只管开口。"说罢，就抬脚向门口走去。

同事们七嘴八舌地告辞，都尾随段洪庆而去。张震梁在出门时，低声对杜成说道："师父，您保重身体。那个案子，我也在查，年后咱爷俩碰一碰。"说罢,他在杜成肩膀上按了按,转身下楼。

送走客人,杜成关好门,慢慢踱到客厅,看着地上的年货,笑了笑。

"过年。"他喃喃自语道,"是啊,过年了。"

他拎起一只大塑料袋,打开一看,是切成小块的排骨,心中突然萌生了好好做顿饭的念头。

杜成径直走向厨房,路过五斗柜时,他停下脚步,看着那个相框,大声说道:"嘿!咱们,过年了!"

对中国人而言,所有的节日里,最为重要的就是春节。尽管年味儿越来越淡,但是在春节里探亲访友却是不可缺少的。然而,对那些无亲可探、无友可访的人而言,春节只是无数个孤单的日子里,最孤单的一个而已。

1月31日,农历年三十,除夕。

腊月二十八以后,骆莹开始放假。从那天开始,她用明示或者暗示的方式警告父亲:不许再频繁出门。骆少华很恼火,又苦于无法跟她解释,只能乖乖听话。最开心的是金凤,尽管行动不便,但这样的节日还是要由她来操持。于是,金凤每天开出清单,骆莹去采购,骆少华当司机。

他很不甘心,却有隐隐的轻松感。相对于日复一日的跟踪而言,采购的活儿简直轻松无比。骆少华心里清楚,自己只是在强撑而已,就算动用公安机关的资源和人力,对一个人的长期监控都是非常艰难的事情,更何况他现在只是一个普通的老百姓。他的坚持,多半源于对林国栋的恐惧以及对未来的一无所知。然而,在他身心俱疲之时,脑子里的一个声音却越来越大:"他应该改过了吧?看看他,完全是一个温顺的小老头儿啊。"

特别是在林国栋采购了电脑之后的第三天,这家伙在家里安装了宽带上网,自此几乎足不出户,除了购物和简单的体育锻炼,每天都宅在家里上网。

骆少华在望远镜里看到他坐在电脑前全神贯注的样子,第一反应是愤怒:王八蛋,你凭什么可以享受科技带来的便利快捷,凭什么活得像一个普普普通通的人，凭什么在这么短的时间内就拉平了这二十多年的距离？

第二反应居然是松了一口气。

他在竭力融入新的生活，他在努力感受这世界的美好，他在重新了解曾经错过的一切。

他不想被再次剥夺。他不想死。

那么，怪兽会长眠不醒吧？

骆少华决定给自己放个假，并暗自说服自己可以放个假。

除夕夜。下午4点多的时候，骆少华一家开始吃年夜饭。这个所谓"一家"是打了折扣的。向阳一大早就把向春晖接到了父母家过年。这让骆莹很不开心，明明酒量不行，还是和骆少华喝了半斤白酒。结果，一顿饭没吃完，骆莹就吐得不省人事。骆少华一边大骂前女婿的不近情理，一边帮骆莹清理，安排她休息。

好好的年夜饭弄成了这样，骆少华的心里堵得厉害。金凤倒是不动声色，脸上始终带着恬淡的微笑。一到8点，她就坐在电视机前看春节联欢晚会，还不时笑出声来。

骆少华知道她的心思，也明白金凤正在尽一个女人最大的努力维持这个家在除夕之夜的宁静与欢乐。他唯一能做的，就是陪着她，老老实实地看电视。

然而，无论是歌舞，还是相声、小品，都不能让他的心踏踏实实地沉静下来。剥好的花生丢进垃圾桶，骆少华噙着半片花生壳，怔怔地看着沈腾在纠结"扶不扶"。

金凤已经乐得前仰后合，看看身边沉默的老伴，笑容渐渐止住。她把烟和打火机推过去，低声说道："去，抽支烟吧。"

骆少华一时没反应过来，醒过神来的时候，心里半是歉疚半是感激。

来到阳台上，眼前是如浩瀚星辰般的万家灯火。这是一年中最热闹的夜晚，也是最似人间的世界。骆少华点燃一支烟，静静地看着蓝色的烟雾融入窗外更为浓烈的烟火气中。他莫名其妙地感到满足与慵懒，仿佛已是天地间的君王。

我活着，能感到血液在体内奔涌。我有一个完整的家。虽然老伴身体不好，但每天早上都能摸到她热乎乎的手。虽然女儿离婚，但她没有被失败的婚姻击倒。可爱的外孙淘气了点儿，但在一天天长大。

我不会孤独地生活在空荡荡的房子里，不会一个人迎接新年的来临，不会一遍遍刷新着网页，咽下简单的饭菜。不会无人祝福、也得不到别人的祝福。

骆少华熄掉烟头，脑海里的一个问号越来越清晰。

他，在干什么？

魏炯捧着手机，给岳筱慧发了一条拜年的微信。在她的头像下面，就是老纪的。他发出的上一条微信，还是7天前。

据说，今天养老院会组织留院的老人们聚餐，农历新年钟声敲响的时候，还会有饺子吃。不过，依老纪的个性，是绝不会凑这个热闹的。此时此刻的他，多半会一个人独自坐在房间里，慢慢地吃掉自己亲手做的年夜饭。

想到这里，魏炯觉得有点儿难过。面前摆满茶几的零食、水果和饮料，让他隐隐生出一丝不安。

夜里11点刚过，父母就开始准备包饺子。和面、拌馅儿，忙碌之余，还不忘扔给魏炯一套新内衣，让他赶紧换上。

魏炯看看老妈一身大红的衬衣衬裤，暗自好笑："妈你还挺好色的。"

"本命年嘛，"老妈双手沾满白面，笑着说道，"图个吉利。"

"本命年，48岁。"

"你个臭小子，连你妈多大岁数都不知道，"老妈操起擀面杖，作势要揍他，"哼哼，还不算老吧！"

魏炯笑嘻嘻地躲进卧室，换上新衣服，脑子里却走了神。

第十三章 过年

没记错的话，老纪今年60岁了，也是本命年。

转眼就到了午夜，热气腾腾的饺子出了锅。按照传统，魏炯和老爸下楼放鞭炮，迎财神。再上楼的时候，恰好赶上新年钟声敲响。窗外的爆竹声也愈加猛烈，无数焰火在空中绽放，整个城市亮如白昼。春节，达到了最高潮。

魏炯一家围坐在饭桌前，边吃饺子边彼此祝福。父母健康长寿，儿子学业有成。老妈还加了一句：找个女朋友回来看看。魏炯红着脸抗议，不过最后还是欣然收下了一个大红包。

吃过饺子，春节联欢晚会也快到了尾声。凌晨1点，爆竹声渐渐平息下来。老爸老妈开始打哈欠，准备进卧室休息。魏炯却开始谋划另一件事。

等父母睡下，他悄悄地穿好衣服，偷拿了老爸两盒烟，又装了满满一盒饺子，出了门。

空气寒冽，却并不清新。硝烟味刺鼻，浓重的烟气还没有散去。魏炯踏着满地的鞭炮与焰火的碎屑，脚步匆匆，直奔附近的一家24小时营业的便利店而去。

女营业员对深夜购物的顾客并不觉得稀奇，只是他购买的货品让人有点儿惊讶。看着这个小伙子在货架上挑挑拣拣，最后拿了一套红色的男式衬衣衬裤和袜子。女孩子撇撇嘴，心说这小子忒不长心，估计是把老爸的本命年给忘了。

路上行人稀少，还在营运的出租车也不多。魏炯足足走出1公里才打到车。上车之后，他心里的兴奋劲儿仍没有消退。几次拿出手机，最后都放了回去。他还没有给老纪发微信拜年，就是打算给他一个惊喜。

在这个最孤独的夜。

到敬老院时已是凌晨两点。魏炯下了车，看看灯火通明的院子，心说老纪你可千万别睡下。

推推门，纹丝不动。魏炯看看两米多高的铁门和院墙，琢磨了一下，还是放弃了翻墙入院的想法，硬着头皮去敲门。

等了快10分钟，才看见保安员一摇三晃地从值班室出来。

"谁啊，大半夜的。"

手电光直直地照射在魏炯的脸上，他下意识地用手挡住光线，闷闷地回了句："我。"

"你是谁啊，"保安员显然很不高兴，"这么晚了，干吗啊？"

魏炯抬起手中的保温饭盒："送饺子，给我大爷。"

"哦。"保安员的怨气丝毫不见减少，"早干吗了，这都几点了？明天再来吧。"

"别啊，师父。"魏炯急了，"我大老远来的，再说……"

他突然想起衣袋里的烟，急忙掏出一盒递过去："您行个方便，大过年的。"

保安员看看烟盒上的"中华"二字，犹豫了一下，语气缓和了一下。

"等会儿。"

说罢，他转身走回值班室，从墙上摘下钥匙，又返回铁门前。

"你们啊，平时多来看看老人。"保安员打开门锁，"这会儿整什么景儿，敬老院又不缺饺子。"

"谢了啊师傅。"魏炯侧身从保安员身边挤过，把烟塞进对方衣袋的同时，闻到了一股强烈的酒气。

"送完饺子就出来啊，别太晚。"

魏炯嗯嗯地敷衍着，快步向小楼走去。

穿过一楼正厅，魏炯看到食堂里还亮着灯。一台液晶电视机摆在餐桌正中，几个老人坐在长椅上，没精打采地看着戏曲节目。一个护工靠在不锈钢餐车边，正在打瞌睡。

魏炯没有停留，转身向长廊的尽头走去。

从门底透出的光来看，老纪还没有睡。魏炯推推门，没锁。几乎是一瞬间，大团的烟气涌了出来。

室内烟雾缭绕，视力可及之处都是灰蒙蒙的一片。在小木桌前，老纪一手拿着筷子，一手捏着香烟，愣愣地看着他。

足足五秒钟后，老纪才喊出声来："你，你怎么来了？"

魏炯没说话，屏住呼吸，疾步奔到窗前，打开了窗户。干冷的空气涌进来，搅动着满屋烟雾，顿时清爽了不少。

"你抽了多少烟啊？"魏炯伸出双手在身边挥动着，"不要命了你？"

老纪只是呵呵笑着，似乎激动得不知道该说什么。他摇动轮椅，凑到魏炯身边，上下端详着他，几次想伸出手去拉他，又缩回手来。

在他和魏炯相识的这段日子里，老纪还是第一次这样手足无措。

魏炯被烟气呛得直淌眼泪，好不容易看清了眼前的事物，首先映入眼帘的，是老纪那张写满惊喜的脸。

"嘿，甭看了啊。"魏炯被看得有些不好意思，"在吃饭？"

"嗯，"老纪如梦初醒，"是啊是啊，你吃了没有？"

他急忙指指小木桌："来来来，一起吃。"

老纪的年夜饭很丰盛，清炖鸡、红烧鱼、猪肉炖粉条、蒜薹炒肉、酸菜炖大骨，还有凉拌菜。只是每样菜都已经彻底凉透，而且几乎没怎么动过。

魏炯的心里很不是滋味，可以想象老纪是如何用了大半天的时间做好了一桌菜，却在举国欢庆的时候，举着筷子，一支接一支地吸烟。

老纪误会了魏炯的神情，一拍脑门："你看我，都凉了，怎么吃？"

他摇动轮椅向门口走去："食堂应该还有人，我让他们把菜热一下。很快就好。"

魏炯一把抓住轮椅的扶手："不用了，老纪，我给你带了饺子，咱们吃这个。"

"饺子？"老纪一脸惊讶，"好好好。"

魏炯打开保温饭盒，揭开盒盖，把冒着热气的饺子捧到他面前。

"尝尝，我妈的手艺。"

老纪早已拿好了筷子，迫不及待地夹起一个塞进嘴里。

"味道怎么样？"

"嗯，"老纪大口吃着饺子，油汁顺着嘴角淌下来，"好吃好吃！"

"嘿，您慢点儿。"魏炯笑着说道，起身去拿餐巾纸。再转身的时候，他愣住了。

老纪背对着自己，低着头，双手捧着保温饭盒，肩膀在微微地抽动。

他在哭。

在这寂静的夜，在无数人带着祝福进入梦乡的时刻，在新年的第一缕阳光到来之前，一个孤独的老人，在无声地哭泣。

顽强、乐观如老纪，终于被一盒热腾腾的饺子卸掉了全部盔甲。

等他稍稍平静下来，魏炯才把一只手按在他的肩膀上，同时从背后递过一张餐巾纸。

老纪抖了一下，迅速接过那张纸，在脸上胡乱地擦拭着。

"哎呀，你看我，吃了一脸，哈哈哈。"老纪的声音中还有一丝哭腔，"太好吃了，谢谢你妈妈啊。"

魏炯绕到他身前，故意不去看他，慢腾腾地在背包里翻找着，片刻之后，开口问道："老纪，你今年多大了？"

"嗯，"老纪的神色已经恢复如常，想了想，"六十了。"

"还好我没记错。"魏炯把那套新内衣和袜子拿出来，扔进他怀里，"快穿上，图个吉利。"

"你这小子，"老纪眼睛一亮，拿过内衣仔细端详着，嘴里喃喃自语："是啊，六十本命年了。"

魏炯催促道："来，穿上。"

老纪欣然从命，费力地脱掉毛衣和衬衫，套上新衬衣。做完这些，他已经气喘吁吁。魏炯上前帮他脱掉裤子，两条枯瘦、苍白的腿露了出来。

第十三章 过年　　149

老纪最初还有些难为情，可是他很快就面色坦然，任由魏炯帮他换好新衬裤。

几分钟后，老纪从头到脚都被崭新的大红色包裹着，舒舒服服地坐在轮椅上，笑呵呵地看着魏炯。

魏炯累得满头是汗，心情却很愉快。眼前的老纪红光满面，似乎这小小的房间都亮堂了不少。

老纪心满意足地伸展着双臂："真舒坦啊！看，我像不像一个红包？"

两个人都哈哈大笑起来，笑着笑着，老纪突然打了一个喷嚏，整个人也抖了一下。

魏炯这才意识到窗户还开着，大股寒风正席卷进来。他拍了一下脑门，急忙跑过去把窗户关上。

"没冻着吧，老纪？"

老纪却吸吸鼻子，似乎对室外的空气颇为向往。

"嘿，小子。"老纪冲他挤挤眼睛，"推我出去走走。"

走廊里依旧灯火通明，却安静了许多。魏炯推着老纪走过食堂，发现电视机已经关闭，长凳上空空荡荡。

来到院子里，四下寂静无声，整个养老院都坠入沉睡中。两个人似乎也无心交谈，在红砖甬路上一圈圈地走。

半夜里起了风，空气中的硝烟味已经被吹散。虽然冷，但是让人觉得很舒服。老纪大口呼吸着，双眼微闭，一脸享受的样子。

他们所在之处，除了门口投射而出的灯光外，皆是一片黑暗。魏炯不得不睁大眼睛，小心翼翼地走着，生怕摔着老纪。老纪倒是不以为意，尽管闭着眼睛，还是能在某些地方准确地提醒魏炯。

"靠左一点儿，对喽。"

"前面有块砖松了，别绊着。"

魏炯最初还惊讶于老纪的记忆力，随即他就意识到，这二十几年中，老纪所有的活动空间就在这个院子里,估计甬道上每一块红砖的形状他都了然于胸了。

想到这里,他恰好把老纪推到院子门口。看着铁门外安静的街道以及依旧明亮的路灯,魏炯的心中突然萌生出一种难以遏制的冲动。

他把轮椅停在铁门前,俯身对老纪轻声说道:"你等我一会儿。"

说罢,魏炯就悄无声息地向值班室走去。

值班室里已经熄了灯,刚走到门口,魏炯就听到里面如雷的鼾声。他拉拉门,虚掩,手上暗自用力,很快,一个可容一人经过的缝隙出现在面前。

满屋酒气。魏炯侧身挤入,感到心脏已经快跳出来。借助窗外照射进来的微光,魏炯看见值班员和衣躺在小床上,双脚垂及地面,早已睡熟。魏炯悄悄地摸向墙边,轻手轻脚地从架子上取下一串钥匙。细微的哗啦声让他屏气凝神,再不敢有所动作。几秒钟后,见值班员毫无醒转的迹象,魏炯把钥匙捏在手心,慢慢地原路退出。

出了值班室,魏炯才敢松一口气。他迎着老纪惊讶的目光,快步走到门前,打开铁锁,推着老纪走出院子。

来到街面上,老纪一下子变得非常紧张,全身绷直,双手死死地抓着轮椅扶手。走出100多米后,他才渐渐放松下来,开始四处张望。

在空无一人的街道上,两个人依次走过小超市、早点铺、理发店、移动通信营业厅、肉店。经过一所小学的时候,老纪让魏炯放慢速度,对着关闭的校门看了很久,还特意过去摸了摸门牌。

"原来那些孩子的声音来自这里啊。"

他越来越兴奋,像一个刚睁开眼睛的婴儿似的,对眼前的一切都充满好奇。即使那些商铺和店面都门窗紧闭,仍然让老纪欣喜无比,不时发出低低的笑声。

"没想到。"老纪看着被路灯照亮的街道,"没想到我还能出来。"

走到这条街的中段,前方不远处就是一条横向的外环马路,不时有车辆闪着大灯疾驶而过。老纪看着那更为明亮的所在,手指前方:"去那里。"

魏炯照做,脚下暗自用力,轮椅飞快地转起来。

老纪紧紧地抓住轮椅扶手,上身稍稍前倾,口中不断吐出白汽。

"快点儿,"老纪的声音越来越高,"再快点。"

汗水已经从魏炯的额头上沁出来。他咬着牙,用力向前推动着轮椅。

前进的速度越来越快。老纪的喉咙里发出一种奇怪的声响,上半身已经完全直立起来。最后,那声响变成了沉闷的低吼。

"跑!"老纪突然变得语气凶狠,不容辩驳,"跑起来!"

魏炯似乎已经失去了思考的能力。老纪的话音刚落,他就毫不犹豫地迈开步子,奔跑起来。

轮椅在街道上剧烈地颠簸着。魏炯的耳边是呼啸的风声,眼前是晃动的灯光,剧烈的喘息和老纪的低吼混杂在一起,撕开了寂静的夜空。

一台轮椅,两个疯子一样的人,终于冲到了这条街的尽头。

因为速度太快,一直到外环马路的中央,魏炯才勉强把轮椅停下来。老纪似乎还沉浸在飞奔的快感中,依旧挺直上身,死死地盯着前方。

魏炯的嘴边已是白汽成团,成绺的汗水从额头上流下来。他看看由远及近的车灯,犹豫了一下,慢慢地拉着轮椅,退回到路边。

把老纪放到安全的位置之后,魏炯双手扶着膝盖,弯腰大喘,感到手臂和双腿都酸痛无比。等他调匀气息,费力地站起身来,才发现老纪已经失去了刚才亢奋的姿态,整个人委顿在轮椅里。

"老纪。"

"嗯。"

"你没事吧?"

"哦,没事。"老纪缓缓转头,似乎也气力全无,"就这样,挺好的。"

魏炯想了想,觉得还是不打扰他为好。于是,他站在老纪身后,默默地看着眼前的马路。

在路灯的照耀下，一个擦汗的年轻人，一个面无表情的老人，构成了这个大年初一最奇怪的街景。夜归的人从他们身边飞驰而过，彼此会有一瞬间的凝望。对过客而言，那只是让人疑惑的几秒钟。对老纪而言，那是早已陌生的人间。

第23辆车消失在远处。老纪缓缓开口："我们，回去吧。"

归途一路无话。午夜狂奔让两个人都筋疲力尽。老纪也不再对街边的种种充满兴趣，他低着头，似乎在打盹，可是偶尔传来的叹息声让魏炯意识到，他还醒着，并且心情欠佳。

大起之后势必是大落。极度兴奋的代价就是无尽的空虚，更何况，老纪终究要回到那囚笼般的小院子里。

魏炯则在担心一时冲动之后，该怎样跟那个值班员交代。眼看距离养老院越来越近，他开始在心里暗自祈祷值班员还在沉睡中。

刚刚走过小超市，就看到了养老院里的灯火。令人奇怪的是，院子里不再寂静一片，而是有了隐隐的喧闹声，而那灯火也忽明忽暗，还夹杂着噼里啪啦的炸响声。

魏炯越发觉得疑惑，不由得加快了脚步。刚走到养老院门口，眼前的一幕就让他惊呆了。

三层小楼的大多数窗户都打开了，老人们把头探出窗外，看着院子里正在燃放的一堆焰火。哄笑声、叫好声不绝于耳。

一个穿着白色羽绒服的女孩绕着焰火堆，咯咯笑着躲避值班员。她手里的两根烟花正迸射着耀眼的火花。

值班员已经气急败坏："你是哪儿的，怎么进来的？"

魏炯扶着轮椅，和老纪目瞪口呆地看着不停追逐的两个人。

女孩恰好转到门前，一头黑发披散在肩膀上。

她停了下来。

"魏炯，老纪。"岳筱慧的笑脸被烟花映得火红一片，"新年快乐！"

第十四章

证伪

半杯茶下肚,杜成就看见张震梁拎着一个大纸袋走了进来。他挥了挥手,四处张望的张震梁看到了他,快步走过来。

"师父过年好。"张震梁拉开椅子坐下,"怎么选这么个地方?"

"大年初四。"杜成给他倒上茶水,"有个地儿能开张就不错了。"

"也是。"张震梁笑,把大纸袋推过去。

杜成打开纸袋,里面是装订好的案卷材料。他大致翻了翻,全部是关于1990年系列强奸杀人碎尸案的。相较于自己掌握的资料,张震梁提供的这份更详细些。除了公安卷宗外,检察院的起诉材料和法院的庭审记录、一二审判决书都有。

"你都看了?"

"嗯。"张震梁剥开一粒开心果丢进嘴里,"断断续续的,有空就查查。"

杜成点燃一支烟,看着昔日的徒弟:"什么看法?"

"说实话?"

"废话。"

"你们当年搞的这案子，"张震梁撇撇嘴，"如果按照现在的标准，就是胡来。"

其实许明良被专案组高度怀疑，并非毫无道理。首先，从许明良的居住地来看，符合杜成根据抛尸路线所框定的大致范围。而且，他的职业及驾驶的白色货车也和专案组的推测基本一致。至于他的反侦查能力，也在从他家搜出的各种有关刑侦的文学及纪实作品中得以验证。

其次，从许明良自身的特征来看，出身于单亲家庭，学习成绩一般，个性孤僻，朋友不多，青年时曾遭遇挫折。因生活压力，母亲对其较为疏忽，母子间缺乏必要的交流和沟通，这可能导致他对他人缺乏怜悯和同情心。可能无恋爱史，究其原因，不能排除是难以与其他女性建立正常联系的缘故。有性需求，并曾目睹母亲与其他男性偷情，可能会产生憎恨女性的心理。从犯罪心理学的角度来看，这样的人犯下强奸、杀人的罪行并不奇怪。

最后，在包裹尸块的塑料袋上发现了许明良的指纹。这是最直接，也是最重要的证据。检察院批准逮捕、起诉以及法院判决其有罪的依据，也是围绕着这一证据展开的。

"嗯，这种怀疑当然是有依据的。"张震梁并不否认这一点，"换作是我，也会先把这家伙抓起来，审一审再说。不过……"

"不过什么？"

"直接证据太少了。说穿了，除了指纹，你们什么都没有，比如体液。"

"每一起杀人案都没提取到，凶手用了保险套。"

"但是保险套也没在他家里发现啊。"

"这个好解释，作案后丢弃。"

"这个不好解释。"张震梁敲敲桌子，"一个懂得清理尸体、使用保险套、擦去指纹的人，会在包裹尸块时犯下那样的错误？"

"作案后心慌意乱，可以理解啊。"

"问题是，他那时候已经不慌了。"张震梁直起身子，"杀了4个人，他的分尸手法已经越来越熟练，包裹尸块也是有条不紊。另外，他还费劲儿去抛尸，你不觉得奇怪吗？"

"有什么奇怪？"

"这家伙是屠户啊。"张震梁看看四周，压低了声音，"如果我是他，犯不着去抛尸。"

"你会怎么做？"杜成盯着他问道。

"咱们都清楚，人体尸块和猪肉太他妈像了。搞试验，不都是用猪吗。"张震梁低声说道，"先处理掉头颅和手脚比方说蒸煮后切碎，其余部分慢慢处理呗。这家伙的方便条件太多了。抛尸，风险大，还费劲，根本不至于。"

"这么说，你觉得不是他？"

"那倒不是。只是觉得不能绝对肯定是他。"张震梁把杜成面前的茶杯续满水，"按现在的标准来说，就是没达到排除合理怀疑的程度。"

杜成嗯了一声，似笑非笑地看着他。

张震梁喝了口茶水，看着杜成，忽然醒悟过来。

"师父，你，你玩我？"

杜成哈哈地笑出声来。

"你个老东西，你心里早就有数了对不对？"

张震梁对案件的分析，基本在杜成的考虑范围内。几十年的刑警生涯，让他对犯罪有一种近乎直觉般的本能反应。真正的凶手并不是许明良，这是他的第一判断。验证这个判断的最好办法，就是从各种角度来试图推翻它，所以他找张震梁来聊案子。如果不能否定这个思路，那就意味着自己的方向是正确的。

接下来要做的，就是从法律上证实这个结论。

或者，找出真正的凶手。

"其实，当年也不能全怪你们。"张震梁也点燃一支烟，"证据规则和现在不一样，而且还限期破案。"

"这不是借口。"杜成低下头，"那是一条人命。"

张震梁沉默了一会儿："师父，"

"嗯。"

"你为什么一定要把这个案子查清？"

杜成定定地看了张震梁几秒钟："震梁，我的时间不多了。"

"我知道。"张震梁端正地坐好，"所以我才这么问。万一来不及了呢？"

杜成笑笑："我没想过这个。"

"师父，"张震梁的吐字很艰难，"剩下的时间，你干点儿什么都行啊。只要你想做的，我们都可以尽量帮你实现。"

"哈哈，我现在就想查这个案子。"

"嗯。"张震梁移开目光，盯着桌面，"要不这样，你歇着，我来查。如果，你来不及了，我保证，一定查清真相。"

"家祭无忘告乃翁？"杜成隔着桌子拍拍张震梁，"别逗了。这是我的事儿，这案子对你的意义和对我的意义是不同的。"

"能有多不同？"

"这么说吧。"杜成直视着张震梁的眼睛，"我余下的每一分、每一秒，都是为了这件事。"

张震梁回望着杜成，脸上的表情渐渐凝重。良久，他突然没头没脑地问了一句："师父，1992年11月，你在哪里？"

"嗯？"杜成被问得一愣，"我想想。"

1992年初，许明良被执行死刑。从一审宣判到许明良被枪决，始终有一个人在为他奔走鸣冤。然而，在严密得如同机械般的司法机关面前，个人的力量实在是微不足道,即使他是这机械中的一个零件。

这个人,就是杜成。

他坚持认为那是错案。为此,杜成与曾亲如兄弟的马健等人反目成仇。局里更不能接受这件被上级高度称赞的铁案有任何纰漏。在反复权衡之下,杜成被调离原岗位,去了本省内一个较偏远的县城,1993年才被调回。

"当时我在F市。"杜成想了想,"怎么了?"

张震梁从随身的皮包里拿出一个档案袋,递给杜成。

"我没猜错。"张震梁一脸肃穆,"既然你一定要做,那么,你该看看这个。"

"你他妈还跟我藏了私货。"杜成笑骂道。然而,他看到张震梁的表情,意识到这并不是个玩笑。

档案袋里仍然是刑事案件卷宗。杜成翻看了前几张,脸色突然大变,手上翻动的速度越来越快。

"震梁,"杜成合上卷宗,死死地盯着徒弟,手已然开始发抖,"这,这是什么?"

林国栋捧起方便面的纸桶,喝下了最后一口面汤,心满意足地咂咂嘴。

这玩意儿的确省事,也好吃,比过去的速食面强多了。

他起身离开桌子,走进厨房,把面桶扔进垃圾桶里,倒了一杯凉白开,还顺便看了看正在充电的手机。

那是他的新"玩具",可惜把玩了半天就没电了。不过这不要紧,在手机充满电之前,他还有许多有趣的事情可做。

林国栋重新回到电脑前,继续浏览一个网页。那是某门户网站制作的一个关于食品安全的专题。林国栋边看边嘀咕,不时扭头看看厨房。

他刚刚吃掉的那桶某品牌方便面,因被质疑使用地沟油,也在网页上所列的食品黑名单中。

林国栋骂了一句脏话。看来这新世界也并非事事美好。

他调整了一下坐姿，继续浏览网页，无意中，他看到了前几期专题的链接。鼠标在链接上缓缓移动，最后，停在了其中一个上。

《他就在你隔壁——中国连环杀手档案》。

林国栋的脸上浮现出奇怪的表情，似乎既期待又倨傲，仿佛一个尖子生在查看成绩单。他腾出一只手，抽出一支烟点燃，然后才按下鼠标。

咔嗒。

显示器的亮度骤然降低，一个色彩暗淡的页面打开。

龙治民，陕西人，自1983年起，以雇工及提供住宿为名，将48人诱骗至家中杀害。

王强，辽宁人，自1995年起犯下多起抢劫、强奸、杀人案，受害者至少45人。

杨新海，河南人，自2000年起，在多地流窜作案，共杀死67人。

黄勇，河南人，自2001年起，将17名青少年诱骗至家中，借助压面条机改装而成的"智能木马"予以杀害。

林国栋逐字浏览着，耐心地看到页面底端。然而，他一直等待的那个名字并没有出现。这让他有些惊讶，更有些失望。

67人。45人。17人。最少的也杀了7个人。

林国栋苦笑着摇摇头。是啊，和他们比，小巫见大巫。

他关掉页面，尽力舒展着酸痛的腰背，扭头望向窗外。

正月里，即使是深夜，节日的气氛仍然浓厚。爆竹声时时传来，偶尔还能看见绚烂的烟花在或远或近的地方绽放开来。

近十天来，绿竹苑小区里就没有安静过。这是个老旧居民区，住户鲜有年轻人。平日里冷冷清清，只能看到挂着拐杖，眼神浑浊、冷漠的老人们在院子里走来走去。唯有春节，这个应该团聚的节日，才能让散居在各地的子女们回到这里。

林国栋打开窗户,看着楼下一辆徐徐开走的黑色轿车。那是刚刚结束探亲的一家人。例行公事,酒足饭饱,说过"妈你注意身体,有空我就来看你"之类的客套话之后,欣然离去。

老太太始终站在楼下,直到再也看不见那辆黑色轿车的尾灯。

所谓"有空",大概就是一年之后吧。

林国栋笑笑。

在他身后,是这个空荡荡的家,没有家人,没有责任。无须言不由衷的寒暄,少了柴米油盐的烦恼。

只有我自己。只为我自己。

这多么好。

一阵冷风灌进室内,却并不令人生厌,相反还颇为愉悦,其中混杂着肉香。

林国栋低头看看,楼下的小气窗也开着,大股的蒸汽正从中翻涌而出,还有隐隐的喧闹声传来。

又是一场尚未结束的家宴。

林国栋关上窗户,垂手站在卧室里。然而那股肉香竟没有飘散,依旧在室内浮浮沉沉。

他吸吸鼻子,这味道触动了他记忆中的某个开关。

那孩子,叫什么来着?

林国栋背着手,在狭窄的房间里踱来踱去。渐渐地,那张脸在脑海中慢慢清晰。

圆脸,有些微胖。总是羞涩的表情,紧张时会出汗。习惯性地揉鼻子。喜欢侧着身,坐在床边,弓着背默诵书本。

他回到电脑前,熟练地打开搜索引擎,键入三个字。

瞬间,几万条搜索结果出现在页面上。他草草浏览了前几条,不是那孩子。

想了想,林国栋又键入一个关键词:C市。

搜索结果大大减少,然而,仍然看不到他最期待的信息。

林国栋盯着显示器,双手交叉握在一起。渐渐用力,骨节咔咔作响。

他清楚自己在找什么,仿佛一个就要失去记忆的老人在深夜里打开记载往昔的日记。这让他觉得有些畏缩,然而,更多的是兴奋。

是啊,回忆。除了这个,我还剩下什么呢?

林国栋重新摸向键盘,敲出最后一个关键词。

杀人犯。

回忆可以是一条河,一片绿草地,一只垃圾桶,一座水塔,一个狭窄的卫生间,一把锯子,一柄菜刀。

23年前的往事在林国栋的眼前徐徐展开。那些触感和气味,清晰地存在于他的指尖之上,萦绕于身边的空气中。他打开一个又一个页面,静静地看着那些惊心动魄的文字,感到血液在全身奔涌不息。

那些夜晚。那些快感和战栗。那些恐惧与兴奋。

不知不觉间,他已经大汗淋漓。

关掉最后一个网页,林国栋疲惫地靠在椅子上,抬手擦掉已经流到鼻尖的汗水。他看看四周,最后把目光定格在那张单人床上。

是她。

他站起身来,慢慢地走到客厅,盯着米色格子布艺沙发,那里曾摆着一架黑色牛皮沙发。

是她。

他低下头,看着颜色褪尽、油漆斑驳的地板。

是她。

随即,他转过身,走到门厅里的一张大理石台面的餐桌旁,伸手抚摸那冰冷、光滑的桌面。

第十四章 证伪　　161

是她。

全身又燥热起来。林国栋感到一股火正由里到外燃烧起来，滚烫的液体从毛孔里沁出，烧得皮肤噼啪作响。

他低下头，闭上眼睛，缓缓地呼吸，竭力让沸腾的大脑冷却下来。

几分钟后，林国栋长长地吐出一口气，揪起已经汗湿的衬衫，擦了擦额头。他抬脚走到卫生间，打算用冷水洗洗脸。然而，当他跨入门口的一瞬间，脑子里又轰的一声炸开了。

乳白色瓷砖地面，泛黄的塑料浴帘，黄铜把手的淋浴喷头，以及那扑面而来的甜腥味道。

是她们。

林国栋已经完全不受大脑的控制，他飞快地脱掉全身的衣服，伸手握住早已坚硬无比的下体，快速动作起来。

顶点来临的时候，林国栋的双腿剧烈地颤抖着，最后完全瘫软，背靠着墙壁，滑坐在地面上。

一声嘶哑的低吼之后，他终于失去了力气，侧身躺倒在卫生间里。

良久，林国栋悠悠转醒。睁开眼睛的瞬间，恰好一滴汗水从睫毛上滑落。眼前的一切被奇妙地放大，包括不远处那摊黏稠的液体。

滚烫的脸贴在冰冷的瓷砖地面上，林国栋静静地躺着，感到下体已经黏作一团，贴在大腿内侧。

脑子一片空白。等到身体完全冷却下来，他艰难地爬起，慢慢地穿好衣服，弓着腰走出了卫生间。

跌坐在电脑前，林国栋一直在发呆。高潮的余韵之后，就是长时间的空虚和恐惧。他清楚地意识到，身体里的某个部分正在被唤醒。他难以抗拒那种诱惑，又深深地感到懊悔。

不，不要了。不要回去。

然而，那黑色的花，正在心底悄悄地生长。

林国栋摇摇头,他随手从桌子上拿起一根铅笔,反手握住,让笔尖顶在手腕上,暗自用力。

笔尖嵌入皮肤。

刺痛感让他稍稍清醒。林国栋的另一只手握住鼠标,想随便看点儿什么来分散注意力。一瞥之下,一则标题跳进他的视线。

那是上次搜索后,尚未浏览的一个网页:真凶仍逍遥法外,凶案再现。

这是某个网络论坛中的帖子。林国栋打开页面,心想又是个怎样胡编乱造的故事呢?

然而,只看了两三行,他的眼睛就瞪大了,随即全身紧绷。

那支铅笔,"咔吧"一声被折断了。

第十五章

同谋

魏炯把最后一块黄油饼干丢进嘴里,一边咀嚼,一边马马虎虎地扫掉胸前的饼干渣。他已经像这样躺了一上午,在小小的罪恶感中惬意地享受着春节的余韵。

一本厚厚的司法考试习题集躺在他身边。那是他特意从学校背回来,打算在假期做完的。然而,根据以往的经验,在寒假结束后,这本书还会被原封不动地背回去。

魏炯舒舒服服地翻了个身,一边看着手机,一边安慰自己:明天吧,明天一定好好学习。

门忽然被推开,妈妈闯进来,一眼就看到了床单上的饼干渣。

"你是猪啊?"妈妈气冲冲地打开衣柜,揪出一条床单甩过来,"赶紧换上。"

魏炯急忙爬起来,赔着笑脸换床单,刚刚拆下旧床单,就看见自己的手机屏幕亮了一下。

他随手拿起来,一边抖开新床单,一边查看刚刚收到的一条微信消息。

是老纪发来的。魏炯笑笑。除夕夜的一场狂欢后,他和岳筱慧都遭到养老院的一顿狠批,那个值班员甚至扬言要报警。好在老纪极力斡旋,最后才不了了之。不过老人们却度过了一个很难忘的春节。魏炯和岳筱慧被"押出"院长办公室的时候,一个老太太偷偷地向岳筱慧的衣袋里塞了一大把牛奶糖。

自那天以后,老纪倒是安静了许多。算算日子,这还是几天来老纪第一次发消息给他。

然而,魏炯打开那条信息后,就揪着床单的一角,愣在了原地。

那是一段视频。时长二十几秒,场景是一条走廊,看上去非常熟悉。魏炯稍加辨认,就意识到那是养老院三楼。

画面里有两个男人,其中一个看上去60岁左右的年纪,秃顶。魏炯记得在养老院里见过这个人,但是不知道他是哪个房间的。

另一个人,是张海生。

从视频的内容来看,两个人正在交谈,而且所谈之事颇为诡秘。因为他们都在不断地向四处张望。张海生始终夹着烟,歪着头,一副懒洋洋的样子。秃顶男人则似乎有求于他,脸上一直是谄媚的表情。

在视频的最后,秃顶男人按着张海生的肩膀,向他衣袋里塞了某样东西。张海生推托了几下,不过看得出他只是做做样子,最后佯作无奈地点头应允。秃顶男人面露喜色,又和他交谈了几句之后匆匆离开。张海生也转身向走廊的另一侧走去,边走边从衣袋里拿出刚才的东西,从点数的动作来看,那应该是几张钞票。

视频到此为止。

魏炯感到很奇怪,他完全不知道这段视频的意义何在,难道那个秃顶男人也拜托张海生从外面购入养老院的"违禁品"?

正想着,老纪又发了一条微信过来:"收到了吗"。

魏炯回复:"收到了。"

想了想,他又追问道:"这是什么?"

第十五章 同谋

然而，这几个字还没输入完毕，老纪的下一条信息又出现在屏幕上："马上来养老院帮我，快点"。

5分钟后，魏炯已经坐上了驶往养老院的出租车。他给老纪打了个电话，刚刚接通就被对方挂断。再试，还是一样的结果。

他出什么事了？

魏炯有些着急，老纪显然是遇到了某种紧急状况，否则他不会让自己马上去养老院。可是，仅仅凭借那段视频，魏炯完全搞不清究竟发生了什么。

他只能一遍遍地催促出租车司机加快速度。经过一半路程后，老纪又发了一段视频给他。

这次的视频更短，只有十几秒。画面中只剩下张海生一个人。他仍然在那条走廊里，先是四下张望一番，随即伸手推开某一扇门，进门的一瞬间，他的另一只手从衣袋里拿出一个小纸包。几秒钟后，他从房间内退出，关好房门，手指在衣服上擦了擦。

看过几遍之后，魏炯反而安静下来。通过这两段视频，他已经理出一点儿头绪。

老纪显然在记录某件事情。此外，他现在是安全的，至少还能把视频通过微信发给自己。

而且，这件事和张海生有关。

半小时后，出租车终于抵达目的地。魏炯付清车费，下车向养老院跑去。刚走到门口，他就看见平日里紧闭的大铁门已经敞开了，两辆还在闪耀警灯的警车停在院子里。一个老人被两名制服警察夹在中间，正低头迈进车里。

魏炯看看那张死灰般的脸，认得他就是视频中出现过的秃顶男人。

院子里挤满了看热闹的老人。魏炯一眼就看到了老纪，他坐在轮椅上，静静地倚靠在门旁，注视着眼前的一片乱局。

魏炯挥了挥手，老纪看了看他，没有说话，而是转身摇动轮椅，向小楼内走去。

魏炯不明就里,只能抬脚跟上。刚走进小楼,就看见两个警察抬着一个担架从楼上下来。担架上的人盖着白色棉被,只露出无力摇晃的头部,似乎仍在昏睡中。看着那灰白色的头发,魏炯猛地想起,这是那个秦姓老妇。

警察粗鲁地命令他让路。魏炯老老实实地照做,在和担架擦身而过的时候,他又闻到了那种混合着香油的怪异味道。

魏炯来不及多想,快步追赶已经走远的老纪。

老纪径直回了房间。魏炯也随他进入,一进门,才发现房间里还有一个人,张海生。

见他们进来,张海生颇为紧张地站起身。

"老纪,你……"

老纪没理他,把轮椅摇到窗下,拿起烟,点燃了一支。随即,他上下打量了张海生一番,面无表情地问道:"有事?"

"哦,没什么事。"张海生重新坐回床边,想了想,又站起来,"院长让我来问问,是你报的警?"

"对。"老纪转过头,面向魏炯,"别愣着,找地方坐啊。"

魏炯应了一声,拉过椅子,坐在小木桌前。

张海生站在他们中间,看看老纪,又看看魏炯,脸上的表情既焦虑又尴尬。

"你说你管那个闲事干吗?"张海生半弓着腰,留意着老纪的表情,"警察都来了。"

"闲事?"老纪弹弹烟灰,盯着张海生的眼睛,"老张,那是犯罪,强奸罪。"

张海生抖了一下,脸色越加惨白:"那老田说了什么没有?"

"不知道。"老纪把烟头摁熄在铁皮罐头盒里,"他什么都不用说。"

"嗯?"张海生挑起眉毛,"啥意思?"

"他进老秦房间的过程我都用手机拍下来了。"老纪饶有兴味地看着张海生,"而且他还留下了精液,证据确凿,他说不说都没有意义。"

"你都拍下来了?"房间里并不热,张海生却开始流汗了,嗫嚅了半天,他向老纪挤出一个笑脸,"让我看看呗。"

"手机交给警察了。"老纪垂下眼皮,"不在我这儿。"

"哦。"张海生抬手擦擦额头,哆哆嗦嗦地从衣袋里拿出烟,连打了几次火都没点燃。老纪意味深长地看着他,既不说话,也不帮忙。

"会不会是你多心了?"张海生终于点燃了烟,狠狠地吸了一口,"没准老田和老秦是自愿的呢?"

"老秦被下药了。"

"安眠药?"张海生立刻反驳道,"她每天都吃啊。"

"她服用的是过量安眠药。"老纪笑了笑,"而且我知道是谁干的。"

烟从张海生嘴边啪嗒一声掉在地上。他目瞪口呆地看着老纪,脸色由白转绿,嘴唇也哆嗦起来。

"老纪你别开玩笑,这你也拍到了?"

"魏炯,"老纪始终盯着张海生,脸上带着似有若无的笑,"给他看看。"

"嗯?"魏炯愣了一下,随即就意识到老纪指的是他发给自己的两段视频。他急忙把手机拿出来,找到和老纪的微信对话框,打开视频。

看到画面的一瞬间,张海生做出了一个动作,似乎要扑过来抢走手机。老纪察觉到他的意图,立刻出言喝止:"你就站在原地看!"

张海生不敢再有动作,弓腰弯背,站着看完两段视频,脸上已经汗如雨下。等魏炯收起手机,他像刚挨了一记闷棍似的,再也站不住了。

张海生颓然跌坐在床上,双手捂脸,全身都剧烈地颤抖起来。

魏炯尴尬地看看老纪,不知道该如何是好。老纪却依旧是一副安之若素的样子,又点燃了一支烟,慢慢地吸起来。

良久,张海生慢慢地抬起头来,死死地盯着老纪,眼中满是绝望和怨恨。

"纪乾坤，"他站起身来，冲老纪声嘶力竭地吼道，"我操你妈！"

老纪吐出一口烟，不动声色地看着他。

"你他妈为什么要整我？"张海生已经彻底失去理智，疯狂地四下踅摸着，"你不让我活，你他妈也别想好，"

他操起桌上的一个墨水瓶，向老纪扑去。

魏炯大惊，本能地起身阻拦他。可是，老纪随后的一句话，让两个人都愣在了原地。

"这两段视频，我没交给警察。"

良久，张海生先醒过神来。

"你，"他的手里还举着那个墨水瓶，整个人却松弛下来，"你要干什么？"

老纪把十指并拢，撑在眼前，双肘靠在轮椅的扶手上，眼盯着张海生。

"我会告诉你的，不过现在不是时候。"老纪向门口努努嘴，"有人来了。"

话音未落，院长就推开门，怒气冲冲地闯了进来。

看到三个人在房间里，院长先是一愣，随即就不客气地问道："你们这是干吗？"

不等他们回答，院长就径直对老纪说道："老纪，咱们谈谈。"说罢，他就向张海生挥挥手："你先出去。"

张海生把墨水瓶放回原处，看了老纪一眼，眼神复杂，随后就一言不发地拉开门走了出去。

院长气咻咻地叉腰站在原地，看了看魏炯，劈头问道："你又是谁？"

"我的朋友。"老纪平静地回答。

"你也出去。"院长不耐烦地向魏炯挥挥手。魏炯站起身，刚要走，就被老纪用手势制止。

第十五章 同谋 169

"他就在这儿。"老纪的声音不高,却带着不容辩驳的坚决,"你有话就说吧。"

院长的脸涨得青紫,憋了半响,从牙缝里吐出几个字:"老纪,你挺有本事啊。"

老纪笑了笑:"谢谢。"

"你他妈不能先跟我打声招呼吗?"院长被老纪的笑容彻底激怒,径直冲到他面前,几乎要和他的额头顶在一起,"非要直接报警吗?现在院里一团糟,两边都他妈找我要人。"

"院长,"老纪略抬起头,直视着对方的眼睛,"人家子女把老人送到这里,是为了颐养天年,不是来被王八蛋糟蹋的。"

院长一时语塞,怔怔地看着老纪,最后狠狠地点了点头。

"是啊,我们这里管理不善,容不下你这尊大神。"他让开身子,向门口指了指,"你走吧。"

"我哪儿也不去。"老纪向轮椅里缩了缩身子,换了个舒服的姿势,"我就在这儿住着。"

"我是院长。"院长又向前逼近一步,"这里我说了算。"

"你可以试试看。"老纪慢条斯理地掸掉毛毯上的灰尘,"养老院里有黑幕,举报人被打击报复。明早各大媒体的头条都会是这个。"

院长的表情瞬间僵住,良久,他直起身子,用手指点着老纪的鼻子。

"行。"他的整张面孔都揪在一起,露出一口不甚整齐的牙齿,"你真行。"

说罢,院长就转身走出房间,狠狠地摔上了门。

老纪缓缓地吐出一口气,转身面向魏炯,却看见后者正站在距离自己一米开外的地方,眉头紧锁,若有所思地看着他。

"老纪,"魏炯盯着他,一字一顿地低声问道,"你到底想干什么?"

老纪笑了笑,反问道:"吓着你了?"

他拿起烟盒，把轮椅挪到有阳光的地方，盯着房间的角落，又点燃一支烟。

"你刚才在门口看见的那个人，姓田，叫田有光。"老纪的半张脸都被烟气遮挡，看上去心事重重，"他是个鳏夫，大概两年前被送到这里的。老骚棍一个，没事就围着院里的老太太，动手动脚，占便宜。"

老纪从鼻子里哼了一声，嘴角是一丝轻蔑的笑。

"大概三个月前吧，我发现他和张海生突然打得火热。"老纪转过身，面向魏炯，表情凝重，"老田是个一毛不拔的铁公鸡，张海生是个无利不起早的主儿，他们俩怎么凑一起去了？我觉得奇怪，就留意了一下。结果，被我发现了他们的秘密。"

"他们合伙，去……"

"对。"老纪撇撇嘴，"老秦过去是个舞蹈教师，气质好，长得也不错，得了阿尔茨海默病，就是老年痴呆，之后就被家人送到这里了。"

他伸出一只手，五指张开。

"一次50块。"老纪向魏炯晃晃那只手，"张海生收了钱，就给老秦下加倍的安眠药，方便老田欺负她。这王八蛋为了舒服，每次还带着香油。"

魏炯终于明白秦姓老妇身上的怪异味道从何而来，想到香油的用途，不禁胃里一阵翻腾。

"老秦很可怜，被下了药，无知无觉地就被糟蹋了。"老纪叹了口气，"不过，我觉得她心里是明白的，但是她说不清楚。"

他把烟头用力摁熄："春节前，老秦的家人接她回家，老太太欢天喜地的，乐得像个孩子。可是初六她就被送回来了，儿子临走时，老太太那眼神……唉。"

可以想见。经历了短暂的天伦之乐，又要面对寂寞的独处时光。

更何况，还要忍受无休止的侮辱和强奸。

然而，魏炯心中的疑团却越来越大。

第十五章　同谋

"老纪,"魏炯沉默了半晌,终于开口问道,"你是懂法的,对吧?"

老纪似乎对魏炯的问题并不意外,点点头:"嗯。"

"那你心里很清楚,张海生和老田,是共犯,对吧?"

"对。"

"那你为什么不把那两段视频交给警察?"魏炯盯着老纪的眼睛,"为了钱就欺负一个无意识的老人,张海生比老田还要可恶。"

"我之所以把那两段视频发给你,就是不想让警察看到。"老纪深深地看了魏炯一眼,"我没有可以信任的人,除了你。"

"你没回答我的问题。"

"说来话长。"老纪忽然长叹一声。他弯下身子,把脸埋在双手之中。片刻,他抬起头,双眼中尽是悲伤与愁苦。

"孩子,你有耐心听吗?"

"你说。"魏炯拉过椅子坐下,静静地看着老纪。

"我以前跟你提起过我妻子去世的事,对吧?"老纪把身子缩在轮椅里,双眼始终盯着膝盖上的毛毯。

"嗯。"

"说起来,那是20世纪了。"老纪笑笑,"1990年到1991年你多大?"

"我还没出生。"魏炯想了想,"我是1992年出生的。"

"呵呵,那你一定不会知道了。"老纪的双眼无神,"那时候,C市连续发生了4起强奸杀人案。"

"啊?"魏炯睁大了眼睛,"你的意思是?"

"对。"老纪垂下头,"我妻子,就是第四个被害人。"

魏炯惊讶得半天说不出话来,最后,讷讷说道:"老纪,对不起。"

"嗐,没什么。"老纪摇摇头,"都过去二十多年了。"

他伸手拍拍魏炯的膝盖,脸上挤出了一个似笑非笑的古怪表情,仿佛在安慰对方,眼中却泛起了泪光。

魏炯不忍心再看他，低下了头。

"1991年8月5日，她去参加一个同事的婚礼答谢宴。"老纪抬眼望向窗外，似乎在自言自语，"下午5点多出门，穿着蓝白碎花连衣裙，新买的高跟鞋，还搽了香水，蝴蝶夫人，是我托朋友从日本带回来的。结果，她一整晚都没回来。"

"后来呢？"

"我报了警。她的朋友说，晚上10点多散局之后，她就走了。可是，我在所有能想到的地方都找了个遍，还是不见她的踪影。直到7号一大早，我接到了警察的电话。"

魏炯说不出话，怔怔地看着他。

"她被强奸之后，掐死，尸体被切成10块，扔在这个城市的各个角落里。"老纪的眼神渐渐散开来，声音变得机械，毫无感情色彩，仿佛在叙述一件与自己完全无关的事情，"我看到她的时候，整条右腿还没找到。"

魏炯却再难自已，他跳起来，抓住老纪的肩膀，嘶声问道："案子破了吗？凶手抓到没有？"

老纪的身子随着魏炯的动作摇来晃去，他转过头，看着魏炯的眼睛，表情虚弱无力。

"抓到了，我旁听了审判，他被判了死刑立即执行。"

魏炯一下子松弛下来，他向后跌坐在椅子上，胸脯一起一伏。

老纪的脸上却没有大仇得报的畅快，相反，他的神色更加悲伤。

"不过，警察抓错人了，他不是凶手。"

室内一片静默。

魏炯张口结舌地看着老纪，半晌才挤出几个字："你说什么？"

"警察抓到的人叫许明良，是个肉贩。"老纪惨然一笑，"有他的指纹，也有口供，什么都对得上，但是，凶手不是他。"

"为什么这么说？"魏炯回过神来，立刻追问道，"他不是承认了吗？"

"不是他,肯定不是他。我见过他的眼睛。那里面只有绝望和恐惧,没有黑暗,也没有邪恶,什么都没有?"老纪的眼神变得凌厉,"如果他杀了我妻子,那么在他身上一定会有某种气息,我妻子的气息,但是我找不到,完全找不到。"

魏炯一时无语,想了想,试探地问道:"老纪,会不会是你……"

"不会。"老纪不等他说完就断然否定,"我和她生活了12年,已经熟悉彼此到像一个人一样,如果是他带走了她,我一定能感受到。"

说罢,老纪顿了顿,声音变得嘶哑、艰难:"她叫冯楠,不爱说话,但是很爱笑。我们一直在努力要一个孩子。被杀的时候,她只有34岁。"

再次静默。

两个人一言不发地坐着,片刻,魏炯看看横跨在床头的书架,先打破了沉默。

"所以这么多年来,你一直没放下这件事。"

"放不下,换作你也一样。"老纪的面色悲戚,"我时常想,我妻子被杀的时候,是不是怕得要死,疼得要命?她会不会哀求凶手放过她?临死前的一瞬间,会不会在心里默念我的名字,渴望我去救她?"

"别说了。"魏炯的眼泪终于夺眶而出。

"我要知道这些。我要看看杀死我妻子的究竟是一个什么样的人。我要亲口问问他,怎么可以把别人的女儿、母亲、妻子玩弄后,又像拆卸一个玩具一样把她们切成几块?"

"你一直在调查这件案子?"

"对,直到我遇到车祸。"

魏炯沉默了一会儿,想了想,慢慢地问道:"老纪,你为什么要对我说这些?"

"因为你给了我希望。"老纪看着他,"在你出现之前,我以为我只能一辈子困在这里,与世隔绝,带着仇恨和不甘心死去。"

"希望？"

"对。你把我心里的那堆灰烬点燃了。"老纪直起身子，眼睛里突然出现鹰隼般的神色，"你让我觉得，我还有机会找到那个凶手。"

"可是，"魏炯仍然感到疑惑，"这和张海生有什么关系？"

"我需要一个可以无条件地供我驱使的人。"老纪的嘴角浮现出一丝微笑，"这里相当于一个牢笼，但是我得出去。除了张海生，没人能帮我。"

魏炯不说话，依旧盯着他。

"我知道这样并不道德，特别是，对老秦不公平。"老纪知道魏炯的心思，语气逐渐加重，"我向你保证，这件事查清之后，我会第一时间把张海生参与强奸的证据交给警察。不过，无论从能力还是人品上，我都不能完全信任张海生。"

话说到这里，老纪不再开口，而是充满期待地看着魏炯。

魏炯心乱如麻。他很清楚老纪的意图：除了张海生，老纪还需要一个人帮助他调查当年的杀人案。

这个人就是魏炯。

于情于理，魏炯都觉得自己应该帮助老纪。只是，眼前的这个老人让他觉得陌生。曾经那个悠闲自在、与世无争、温和又幽默的老头，如今竟像一只蓄势待发的猎鹰。特别是他利用张海生时的狠辣，几乎让魏炯以为，之前认识的老纪是另一个人。

然而

他想到那个叫冯楠的女人，想到那少了一条腿的残缺尸身，想到那个女人死去的夜晚。

想到这个被困在囚笼里23年的老人。

想到那个仍然逍遥法外的凶手。

魏炯转过身，看着老纪，一字一顿地说道：

"好吧。"

第十六章

幽灵

"10·28"杀人碎尸抛尸案现场分析

简要案情

1992年10月28日7时25分许,东江街与延边路交会处以东200米处中心绿化带,发现用黑色塑料袋包装的人体右大腿,编为1号,下同。10月28日上午8时30分许,在城建花园正门以东150米处附近的草丛,发现用黑色塑料袋包装的女性躯干2号。同日10时50分许,在南京北街和四通桥交会处的垃圾桶路东,发现用黑色塑料袋包装的头颅3号及被分成四块的左右双上肢4号。同日下午15时20分许,在南运河河道内发现用黑色塑料袋包装的人体左大腿5号。10月29日9时10分许,北湖公园的人工湖内发现用黑色塑料袋包装的人体右小腿6号及左小腿7号。

现场勘验情况

黑色塑料袋提手交叉,呈十字形系紧,并用透明胶带封扎。袋内除少量血水外,无其他内容物。塑料袋上无印刷字样。在塑料袋及透明胶带上没有提取到指纹。

死亡原因

根据检验,死者系因扼颈导致的机械性窒息死亡。

致伤物

根据法医检验,各尸块断端处创缘不整齐,创壁有多处皮瓣,创腔内未见组织间桥,部分裂创可见拖刀痕,未见生活反应,符合用锐器切割及死后分尸。

杜成回头看看取下这本卷宗的铁质档案架,那上面都是尚未侦查终结的案卷资料,换句话来说,这些案子没有被侦破。

杜成放下牛皮纸封面的卷宗,伸手去拿烟盒。沾满灰尘的手指和光可鉴人的桌面摩擦在一起,发出轻微的簌簌声。

他在身上胡乱地擦擦手,抽出一支烟点燃。年轻的档案室女管理员咳嗽了一声,起身离座,打开窗户。

冷风倒灌进来,摆在桌上的案卷被吹得哗啦作响。女管理员的身体哆嗦了一下。杜成见状,急忙熄掉烟,连连道歉后退出了档案室。

来到走廊里,杜成想了想,抬脚去了刑警大队办公室。

张震梁正坐在办公桌前吃方便面,见杜成进来,忙不迭地起身打招呼:"师父你什么时候来的,吃了吗?"

"没有。"杜成把挎包扔在桌子上,"给我泡一包。"

"哪能让你吃这个。"张震梁拿起外套,"走,咱爷俩出去吃点儿好的。"

"不用不用。"杜成一屁股坐在椅子上,又把那支烟点燃,"方便面就行,找你聊聊。"

10分钟之后,一老一少两个男人坐在桌前,头碰头,大口吞咽着滚烫的面条。吃完之后,张震梁收拾面桶,杜成从包里拿出药瓶,取出药片和水吞下。

张震梁默默地看着他，又倒了一杯热水放在杜成面前。

"来局里查档案了？"

"嗯。"杜成把案卷放在两人之间的桌子上，"你怎么发现这个案子的？"

"你一直觉得当年抓错了人，我就在想，如果凶手真的没有落网，那么，他也许会再次犯案。"张震梁指指卷宗，"结果我就发现了这个。"

杜成看着他："你有什么想法？"

"你少来，这次我不会上当了。"张震梁向后靠坐在椅子上，"你先说。"

杜成笑笑："这案子和1990年的系列强奸杀人案，的确很像。"

强奸。扼颈。锐器分尸。十字形系紧的黑色塑料袋，透明胶带封扎。四处抛散尸块。没有提取到指纹或其他痕迹。

这活脱脱就是1990年系列强奸杀人案的手法。然而，杜成的心里仍然有问号。

"像？"张震梁敲敲卷宗，"岂止是像，这他妈就是那个凶手干的。"

杜成没作声，点燃了一支烟，若有所思地看着卷宗的封皮。

"要是你觉得可以，我这就向局里申请重新侦查。"张震梁压低声音，"我不在乎得罪谁，段局也未必反对，毕竟老家伙们都退休了，就算丢脸，也不是丢他的脸。"

杜成摇摇头："还是有疑点。"

"疑点？"

"第一，如果你是凶手，已经有了替罪羊，你会不会冒险再次犯案？"

"这家伙是疯子啊，"张震梁瞪大了眼睛，"风声过了，他控制不了自己，再次下手，这很正常啊。"

"如果你的推断正确，那么为什么此后20年，C市再没有类似的案件发生？"杜成伸出两根手指，"这是第二个疑点。"

张震梁语塞，愣愣地看着杜成，半晌，挤出几个字："有没有第三个？"

"有。"杜成翻开卷宗，指向某一页，"你看这里。"

张震梁下意识地看过去，嘴里念出声来："断端创缘不整齐，创壁有多处皮瓣。"

"这说明什么？"

张震梁没回答，点燃了一支烟，表情变得凝重。

"分尸手法不熟练。"

"这就是第三个疑点。"杜成合上卷宗，"23年前，凶手第四次作案之后，尸块的创缘整齐，创壁光滑。这王八蛋已经对分尸得心应手了，难道手艺还会退步不成？"

张震梁想了想，突然哆嗦了一下。

"师父，"他抬起头，脸色已经开始发白，"你的意思是？"

杜成向后靠坐在椅子上，意味深长地看着张震梁。

骆少华踏踏实实地在家里陪着妻女过完了整个春节假期，这让他和骆莹之间的关系大有改善。女儿不再格外留意他的去向，在假期结束的正月初八早上，骆莹甚至把车钥匙还给了他。

骆少华正在给外孙向春晖剥鸡蛋皮，看到扔在餐桌上的车钥匙，抬头看了看骆莹。

"你今天不开车？"

"不开，没地儿停。"骆莹垂着眼皮，"你要是出门的话，就开吧。"

说罢，她就拎起提包，走到门厅换鞋。刚刚出门，又折返回来，把一份报纸扔在鞋柜上。

"爸，今天的报纸。"

骆少华应了一声，放下剥了一半的鸡蛋，起身走到鞋柜旁，翻开报纸看起来。"

骆莹看他专注的样子,感到既疑惑又好笑,嗔怪道:"这老头,还挺关心国家大事。"

骆少华没理她。骆莹冲他撇撇嘴,关门上班。

站着看完头版,骆少华又翻至本地新闻,浏览一遍后,确信没有自己想要的信息,他把报纸折好,返回餐桌旁。

这是他最近养成的习惯,每天早晨的第一件事就是去查看早报是否投递到家门口。骆莹觉得奇怪,问过几次,都被他含糊其辞地敷衍过去。金凤一直不动声色,只是在骆少华看报的时候留意着他的脸色。

早餐之后,骆少华洗好碗筷,服侍金凤吃了药,又赶外孙去写寒假作业。他看了一会儿电视,在客厅里转悠了几圈,最后到阳台上去吸烟。

空气清冷,虽然仍残留着鞭炮燃放后的淡淡硝烟味,但是,春节的气息已经消失了。在短暂的狂欢后,这个城市又恢复了忙碌、焦虑的本相。生活重新亮出冷漠的面孔,如同这寒冷的气候一样。春暖花开,仍是遥不可及的一件事。

楼下的马路在经历了几天的沉寂后,再次热闹起来,甚至更加拥堵不堪。骆少华看着那一排缓缓移动的汽车,耳边是此起彼伏的鸣笛声,他感到越来越烦躁。

他关上窗户,打算返回客厅,一转身,却看到金凤正倚在门框上,看着自己。

骆少华吃了一惊:"你怎么出来了?风这么大,着凉了怎么办?"他快步上前,拥住金凤的肩膀,把她带回客厅。

扶她坐在沙发上,骆少华要回卧室取毛毯,却被金凤拉住了。

"少华,"金凤看看北卧室紧闭的门,确保外孙不会听到,"我们谈谈吧。"

骆少华的身体一下子僵住了,几秒钟后,还是顺从地坐在了她的对面。

夫妻相对而坐，一时间竟无话，最后，还是金凤打破了沉默。

"咱俩过了有37年了吧？"

"嗯，1977年结婚。"

"是啊，骆莹36岁了。"金凤笑笑，"晖晖都11岁了。"

"眼看就12岁了。"骆少华不由得也笑，扭头看看北卧室，"过完4月。"

"嗯。这么多年，你工作忙，但是，一直悉心照料我们娘俩。"金凤伸出手去，在骆少华的膝盖上轻轻地摩挲着，"我身体不好，拖累了你。"

"两口子，说这些干吗？"

"其实，我知道你心里有事。别担心，我和骆莹能照顾好自己，也能带好晖晖。我已经拖累了你这么多年。"

"你说什么呢？"骆少华猛地抬起头，意识到金凤话里有话，"你误会了。"

"是你误会了。"金凤的面色平静，"我了解你，你前段时间忙的肯定不是什么乱七八糟的事。"

突然，金凤的嘴角浮现出一丝俏皮的笑。

"你个邋邋遢遢的老头子，除了我，还有谁能看上你？"

骆少华愣了一下，随即就哈哈大笑，跳起来，作势要打人，结果只是在金凤的脸上轻轻地拍了拍。

金凤笑着躲避。三十几年的老夫妻闹作一团，引得向春晖从卧室里探出头来。

"姥姥、姥爷，你们干吗呢？"

"没事，我们闹着玩呢。"骆少华虎起脸，却挡不住一脸的笑意，"赶紧写作业去，否则小心你妈回来收拾你。"

向春晖吐吐舌头，缩回卧室。

骆少华转身冲金凤笑道："你个老太太，没个正形儿。看，让外孙子

第十六章 幽灵　　　　181

笑话了吧。"

金凤笑而不语，面色却渐渐庄重起来。

"你正在做的事儿，能跟我说说吗？"

骆少华的笑容一下子收敛，片刻，摇摇头："不能，至少现在不能。"

金凤似乎对这个答案早有准备，脸上丝毫看不出失望的表情："这件事，对你很重要吗？"

"重要。"骆少华想了想，又加了一句，"非常重要。"

"有危险吗？"

"没有。"骆少华笑笑，"你忘了我是干什么的了？"

"嗯，我知道了。"金凤坐直身体，双手拄在腿上，长长地吐出一口气，"去吧。"

骆少华抬起头："嗯？"

"去吧。对你重要的事情就去做，否则你心里不会安生。"金凤拿过车钥匙，递到骆少华手里，"我会跟骆莹解释，你放心，晖晖我来带，没问题的。"

骆少华握着车钥匙，怔怔地看着妻子，半晌，讷讷说道："这件事了结之后，我会告诉你的。"

"嗯。"金凤的脸上依旧是平静的笑，"我等着。"

在这段日子里，C市风平浪静，除了因为饮酒过量或者暴饮暴食被送医的倒霉蛋之外，就是被鞭炮炸伤的几个孩子。没有人被谋杀。魔鬼也在过年。

骆少华只能通过报纸来了解这几天来的C市，最令他关注的案件没有发生，多少让他感到一些安慰。因此，在走进绿竹苑小区的时候，他的脚步不像往日那般沉重，甚至还显得悠闲自在。

走到22栋楼前，他抬头向4单元501室的窗口看看。因为是白天，没法确定室内是否有人。骆少华想了想，转身向对面的楼房走去。

爬到6楼,骆少华站在楼道里,拿出望远镜向林国栋家里窥视着。室内的陈设还是老样子,只是凌乱了一些。笔记本电脑放在书桌上,呈闭合的状态。骆少华左右移动着望远镜,看不出室内有人活动的迹象。

他出门了。

骆少华放下望远镜,眉头紧蹙,刚才还略显轻松的心情已经消失了大半。无论如何,这家伙不在自己的监控范围内,仍是让人不够安心的。

他靠在墙壁上,点燃了一支烟。从林国栋近期的活动规律来看,他应该仅仅是去买菜而已。那么,他在一小时内就会返回。不过,骆少华不知道他何时出门的,所以,现在能做的就是等待。

吸烟。在楼道里小范围地活动身体。偶尔喝一口保温杯里的热水。每隔20分钟就用望远镜看看林国栋家里的动静。听到楼下有人声传来,骆少华也会躲在窗户后面,小心地窥视一番。然而,足足一个半小时过去了,林国栋家里仍旧是一片寂静。

骆少华开始怀疑自己的判断:这王八蛋难道睡着了?或者死在了家里?

那可太他妈好了。骆少华不无恶意地想到。他活动着早已酸麻不已的双腿,想了想,决定去对面探个虚实。

骆少华戴好羽绒服的帽子,又用围巾扎紧,只把鼻子和眼睛露在外面。他背起挎包,悄无声息地下楼,慢慢地穿过楼间的空地,四处张望了一下,快步闪进22栋4单元的楼道里。

三步并作两步地爬上5楼,骆少华已经感到微微的气喘。他在缓台上站了一会儿,待心跳稍微平稳后,小心翼翼地走近501室的铁门,掀开帽子,把耳朵贴在门上,屏住呼吸。

室内一片寂静,半点儿声响都没有。骆少华直起身子,默默地看着面前的铁门。想了想,他决定冒一个险,抬手在门上轻轻地敲了几下。

几乎是同时,骆少华半转过身子,做好了迅速跑下楼去的准备。然而,几秒钟过去,室内仍然毫无反应。

第十六章 幽灵

骆少华长出一口气，林国栋确实不在家。不过，这口气很快就在他喉咙里憋住。

在他心中，突然涌起了一股不可遏制的冲动：在门的那边，是怎样的？林国栋在过着什么样的生活？

骆少华意识到，除了那扇小小的窗户里的景象，他对林国栋的日常几乎一无所知。他吃什么，睡在哪里，看什么样的书，浏览过哪些网站，在那些漫漫长夜里，他是安然熟睡，还是辗转难眠？

答案就在铁门的里面。

骆少华的呼吸急促起来。如果能了解这一切，也许就可以对他做一个最可靠的判断。二十多年的禁闭，究竟把林国栋驯化成一个温顺的老人，还是仅仅让他藏起獠牙和利爪？

如果证明是前者，那么一切都可以结束了。

骆少华再也按捺不住，从肩膀上摘下背包，蹲在地上打开来，从一个小小的金属盒子里取出两根铁丝。

他四处看看，麻利地把两根铁丝插入锁孔中。然而，仅仅捅了几下，他就听到楼下传来一阵不疾不徐的脚步声。

骆少华停下动作，留意倾听着。很快，脚步声越来越近，看来并不是4楼以下的住户。他暗骂一声，把铁丝捏在手里，拎起背包，打算先离开再说。

保险起见，骆少华决定下楼，否则来人住在6楼的话，自己就非常可疑了。刚刚走下半层，就看见一个拎着大塑料袋的男人，正哼着歌，一步步走上来。

刹那间，骆少华的大脑一片空白。

林国栋穿着一件灰色的羽绒服，黑色灯芯绒长裤，棉皮鞋，在楼道里和骆少华擦肩而过。他似乎抬起头看了骆少华一眼，又似乎没有。

他嘴里哼唱的不成调的小曲没有中断，夹杂在塑料袋的哗啦声响中，瞬间就灌满了骆少华的耳朵。

这23年来，两个人第一次如此近距离地接触。骆少华甚至能感到对方的肩膀传来的力度。穿过衣物，那股力量带着弥散的黑气和甜腥的味道，仿佛还带有黏稠的质感，清晰地拉拽着骆少华的身体。

不足半秒钟，之后，两个人台阶上交错而过，一个向上，一个向下。骆少华目不斜视，全身僵直地走到4楼，听到头顶传来抖动钥匙的声音。他竭力保持着机械的行走姿势，直至面前出现了楼道外的空地，忽然就全身瘫软下来。

"就是他。"骆少华咬牙切齿地对自己说道，感到嘴里已经干得沙沙作响，"不会错。"

等到腿不再发抖之后，他几乎用一种逃跑的姿态冲进了对面的那栋楼。快步来到6楼的监视点，骆少华气喘吁吁地拿出望远镜，动也不动地看着林国栋的家。

林国栋神色如常，行为也如常。挂好衣物，泡茶，坐在电脑前，吸烟，打开电脑。与平时稍有不同的是，他带回的塑料袋里似乎并不是日常用品，而是一大摞打印纸，看上去似乎是某种文稿。

林国栋把文稿放在电脑旁，先是研读一番，随即就在键盘上飞快地敲击着。偶尔，他会停下来，翻开旁边一本厚厚的英汉字典，查阅后，继续重复同样的动作。

窥视了半个多小时后，骆少华意识到，林国栋在翻译文件。也就是说，他找到工作了。

林国栋的表现似乎说明了两件事：其一，他并没有发现骆少华的跟踪，至少没有在楼道里认出对方；其二，他已经适应并习惯了现在的生活，而且开始谋求维持这种生活。

这些迹象表明，林国栋现在只是一个想平静地度过余生的老人。

然而，骆少华已经不能相信自己的判断了。刚才在楼道里的遭遇给了他过分强烈的刺激，他无从辨别自己究竟是沉浸在往昔的记忆中难以自拔,还是他仍然保有对犯罪气息的敏锐嗅觉。无论如何,骆少华都决定要继续对林国栋监视下去。因为,任何侥幸和误判,都可能让悲剧再次发生。

于是,骆少华在22栋楼对面的监视点里守到夕阳西下,直至骆莹打电话问他什么时候回家。此时,林国栋已经吃过了简单的晚饭,在这段时间里,他除了倒茶、如厕之外,几乎一直守在电脑前,全神贯注地翻译那份文件。也许是精神高度紧张的缘故,骆少华的体力已经到了极限。此外,他也不想让骆莹再次对他产生过分的猜疑,于是,再三考虑后,骆少华决定结束今天的监视。

对面楼道里那个暗影终于消失,望远镜片的反光也看不见了。林国栋缓缓侧过头来,望着那扇黑洞洞的窗户。空无一人。

他站起身来,迅速走到厨房。透过那扇小小的气窗,可以看到小区外的一条马路。他躲在置物架后,注视着骆少华一摇三晃地从小区中走出,坐上路边一辆深蓝色的桑塔纳轿车,发动,离开。暗红色的尾灯一路飘摇,最后彻底融入夜色中。

林国栋忽然开始大口喘息,紧绷了整整一个下午的神经终于放松下来。他靠在置物架上,胸口剧烈地上下起伏。片刻之后,他擦擦额头上沁出的细密汗水,蹒跚着走回房间。

室内灯光柔和,空气中飘浮着一股方便面的味道。那是他刚刚吃下去的晚餐。想起自己吃面时一本正经、假装若无其事的样子,林国栋暗暗觉得好笑。随后,就是深深的怨恨。

他重新坐在电脑前,怔怔地看着显示器上的文档,杂乱无章的字符排列其中,既有英文,也有中文。

"whatthefuck"

"王八蛋王八蛋"

"你要逼我到什么时候"

这就是林国栋在电脑上"工作"了一个下午和一个晚上的结果，他竭力保持面色平和，动作舒缓，却完全无法集中注意力去翻译这份文稿。在胸中喷薄而出的怨毒都化作一个个凶狠的词句，被他敲击在这份文档上。

他叹了口气，未保存就关闭了这个页面，重新开启一个新的空白文档。

这是他出院后获得的第一份工作。在上午的面试中，那家翻译公司的老板曾反复打量着头发斑白、衣着寒酸的他，眼睛里写满了嘲讽与质疑。名牌大学的本科学历还是有用的，尽管只换来"先译一份试试，明天上午10点前交给我"的试用合同。

看来今晚要熬夜了，否则完不成工作。薪水虽然很低，但是林国栋需要这份工作。不仅是为了维持现有的生活，更重要的是，他需要知道那个人是谁。

在1992年10月27日晚上，那个游荡在C市夜色中的幽灵，是谁。

林国栋揉揉眼睛，打起精神，捻起一张文稿，一字一句地读下去。

那是一家小企业的竞标书，充斥着华而不实的词句和空洞乏味的服务承诺。他竭力把那些方块字转换成英文单词，直到一个完整的句子呈现在脑海中。突然，他操起手边厚厚的英汉词典，狠狠地向玻璃窗上掷去。

随着"哗啦"一声脆响，玻璃窗上出现几条纵横交错的裂缝，最后，碎成几片。

冷风立刻倒灌进来，灰色的厚布窗帘被卷起。在飞舞的灰色中间，林国栋看见自己的脸倒映在破碎的玻璃窗中，面容扭曲，目眦欲裂。

第十七章

黄昏中的女孩

岳筱慧坐在床边，摆弄着手机，手指在屏幕上飞快地点动着。

"老纪，你这随身WiFi的网速不错嘛。就是名字太逗了，60岁的老纪头，哈哈。"

"还凑合，你玩吧。"纪乾坤心不在焉地敷衍道，注意力仍然集中在面前厚厚一摞资料上。

魏炯在网上搜索了大量有关当年连环杀人案的资料，下载之后打印出来，装订成册，以方便老纪查阅。

现在有了张海生的帮助，魏炯在敬老院里来去自如。尽管张海生常常面色不善，但是对纪乾坤的要求，他都乖乖地照做。个中缘由，只有魏炯知道。

这已经是他第二次带资料给老纪了。老纪看得很认真，不时用红色签字笔在资料上标注，偶尔停下来，和魏炯讨论几句。

"有些资料不翔实。"纪乾坤看看埋头玩手机的岳筱慧，压低了声音，"可能是网民的主观推测，甚至是胡思乱想。"

"是的，我筛选了一部分，太过离谱的就直接排除了。"魏炯忽然有些尴尬地笑笑,"你不用这样,岳筱慧知道我们的事儿。"

"哦?"纪乾坤吃惊地扬起眉毛,"你告诉她了?"

"是啊。"魏炯难为情地搔搔脑袋,"我去学校图书馆找案例汇编的时候碰到她了,你知道我不会说谎的。"

"原来如此。"老纪撇撇嘴,"我还奇怪呢,你怎么把她带来了。"

"别躲在一旁说我坏话啊。"岳筱慧冷不丁开口,眼睛却始终盯着手机的屏幕,"我可听着呢。"

纪乾坤和魏炯都笑起来。

"哪敢。"纪乾坤笑眯眯地摘下眼镜,"多个人就多份力量。"

"她挺能干的。"魏炯指指那摞资料,"有不少东西是她找到的。"

"那就谢喽。"纪乾坤转向岳筱慧,"那么,筱慧同学有什么高见?"

岳筱慧放下手机,脸上难得地出现了严肃的神色。

"老纪,你真的认为当年抓错人了?"

纪乾坤看了她几秒钟,确定岳筱慧不是在说笑,点了点头:"是的。"

"嗯。"岳筱慧也点点头,"那么,你确定凶手还在人世吗?"

纪乾坤愣住了,先是看看魏炯,后者也用同样疑惑的目光回望着他。想了想,老纪说道:"我看过不少有关连环杀手的书,国内和国外的都有。这种人犯案的年龄,大概都在40岁之前,按这个推算,凶手现在应该也就是60岁左右的人,不至于死掉吧?"

"好,我们假定凶手还在人世。"岳筱慧再次抛出一个问题,"那么,你确定他还生活在本市吗?"

纪乾坤一时语塞,脸色也变得很难看。

"23个省,5个自治区,4个直辖市,县市无数。"岳筱慧摊开双手,"我们怎么找到一个人?"

室内陷入一片寂静。魏炯连连向岳筱慧使眼色,示意她不要过分刺激纪乾坤。然而,女孩看也不看他,始终把视线落在纪乾坤的脸上。良久,

第十七章 黄昏中的女孩

老纪轻轻地笑了一下,缓缓开口说道:"这么说,我在做一件完全不可能成功的事情。"

"我不是那个意思,老纪。"岳筱慧上身前倾,把手放在他的膝盖上,"我只是觉得,除了知道凶手是个男性之外,其实我们对他一无所知。"

老纪想了想,艰难地承认:"是的。"

"那么,你有没有想过,他为什么会杀死那些女人,包括你的妻子?"

老纪已经完全被岳筱慧的思路吸引住:"你的意思是?"

"她们身上一定有一些特别吸引凶手的东西。"岳筱慧的眼睛突然变得炯炯有神,"如果我们知道了这些,也许就能反推出凶手是个什么样的人。"

"你是说,"魏炯插嘴道,"共同的特质?"

"对。"岳筱慧把手机屏幕转向他们,"我也搜集了一些连环杀手的资料,比方说杰瑞·布鲁多斯,他选择的被害人,多数是穿着漂亮鞋子的女性;再比如泰德·邦迪,他比较偏爱长发、穿牛仔裤或者短裤的女性。"

魏炯转身看看纪乾坤,犹豫了一下,开口问道:"老纪?"

纪乾坤的身体抖动了一下,眼神变得迷离:"我妻子是长发,出事那天穿着蓝白碎花连衣裙,银色高跟鞋。"

岳筱慧把视线转向魏炯,示意他把纪乾坤膝盖上的资料册递过来。魏炯照做。岳筱慧拆下资料册上的燕尾夹,翻动一番之后,挑出冯楠被害一案的资料,然后把其他的部分分成三份。

"分工合作吧。"她把其中两份递给纪乾坤和魏炯,"我们来看看,这些可怜的女人究竟有哪些共同点。"

三起案件的资料,三人各看一份,岳筱慧还准备了笔记本,以便随时记录。然而,研究了半天,笔记本上只有几行字:

女性,27岁—35岁。

身形姣好。

在夜间失踪。

一时间，大家都有点儿泄气，看着字迹寥寥的笔记本不说话。纪乾坤想了想，又加了一句：独自一人时遇袭。

岳筱慧凑过来看，又抬头望向纪乾坤。

"我参加过庭审。根据警方的推断，他选择的都是在夜间独自行走的女性。"老纪躲开岳筱慧的视线，手指哆嗦着点燃一支烟，"将被害人骗上车后，被钝器击打头部，然后带走强奸、杀掉。"

魏炯轻叹一声，把手放在纪乾坤的肩膀上，拍了拍。

岳筱慧垂下眼皮，在笔记本上写下：会开车。

"看起来，警方掌握的资料要更多，更全面。"岳筱慧合上笔记本，"能弄来就好了。"

"那谈何容易。"老纪摇摇头，"何况都过了这么多年。"

"想想办法呗。"岳筱慧的语气轻描淡写，"陈年旧案，没准更容易些。"

正说着，岳筱慧的手机响起来。她拿起来接听。对方似乎处在一个嘈杂的环境中，言辞急切。岳筱慧只是简单地"嗯""啊"回应着，表情却渐渐变得凝重。

最后，她说了一句"在哪里？嗯，我知道了"，就挂断了电话。

岳筱慧转身面对纪乾坤，神色歉然："对不起，老纪，我有点儿事，得先走了。"

"没关系。"老纪急忙欠欠身，"你忙你的。你肯来帮忙，我已经很感激了。"

"另外，"岳筱慧指指魏炯，"他得跟我一起走。"

坐在出租车上，岳筱慧只是说了一句"对不起，要请你帮我一个忙"，就不再开口了，始终托着腮，看着车窗外出神。

魏炯看着她映在车窗上的倒影，心中充满疑惑，却不敢贸然开口询问。

其实，此行的目的地是哪里，以及"帮个忙"的具体内容是什么，魏炯并不十分关心。让他好奇的是岳筱慧对系列杀人案出乎意料的热心。他始终忘不掉的是，在图书馆那条空空荡荡的走廊里，当他吞吞吐吐地说出老纪委托之事时，岳筱慧眼中放射出的光芒。魏炯早就知道她不是个简单的女孩。然而，岳筱慧在这件事上的表现，已经不能用觉得刺激和好玩来解释了。

"嗯，我帮你们一起查吧。"说罢，她就飞快地跑回阅览室，在一排排书架上仔细浏览着。

魏炯还记得她当时的样子。不由分说，干脆又坚决。

想到这里，魏炯又看看岳筱慧。女孩似乎在想什么事情，表情既幽怨又厌倦。这把魏炯的思绪暂时拉回到现实中，让他开始暗暗担心，因为岳筱慧让他帮的那个忙，显然不是什么令人愉快的事情。

出租车很快驶入市区，大概半小时后，停在了永安路上的一家饭店门口。岳筱慧付清车费，示意魏炯跟她走。

饭店门脸不大，主营川菜。从店面的装潢档次来看，属于中低端消费场所。岳筱慧走在前面，穿过几乎客满的大厅，径直走向包厢。一个中年男子等在某个包厢门口，看见岳筱慧，急忙迎上来。

"哎呀，筱慧，你可算来了。"

岳筱慧只是点点头，从他身边经过，推门而入。

包厢里还有6个人，清一色的男性，年龄都在50岁上下。一个身穿驼色毛衣的男人背对着门口，正在大声嚷嚷着，一只手不停地拍打着桌子。其余5个男人挤坐在圆桌的另一侧，脸上都是既无奈又厌烦的表情。

魏炯一进门，就闻到了扑鼻的酒气，同时脚下传来一阵异响。他低头看看，包厢的地面上已经是一片狼藉，摔碎的杯子和菜盘混杂在剩菜里，似乎有人把一整盘红烧大肠扔在了地上。

岳筱慧皱着眉头走向大声叫嚷的男人，拍拍他的肩膀："爸，走吧。"

男人却猛地一挥手，重重地打在岳筱慧的身上。

"你别管，我要跟他们几个好好说道说道。"

对面的中年男人中站起了一个："哎，老岳，别跟孩子动手啊。"

"没事没事。"岳筱慧一边揉着痛处，一边向对面的男人们赔起笑脸，"我爸的衣服呢？"

很快，一件黑色羽绒服被扔了过来。岳筱慧把羽绒服披在男人身上，转身对魏炯低声说道："来，帮我扶着他。"

魏炯照做。绕到男人身前，他第一次看清了对方的脸，消瘦、胡须短硬、皱纹横生，还有长期酗酒导致的病态的潮红。

不知是酒气上涌，还是大声叫嚷耗费了过多的体力，男人闭上眼睛，靠在椅子上不停地喘息。魏炯费了好大的力气才把他扶起来，勉强向包厢外拖去。

在他俩身后，岳筱慧连连向男人们道歉。最后，在那个中年男人的陪伴下，走出了饭店。

一路上，中年男人不停地抱怨着：

"这不是过完年了嘛，我们老哥几个想聚聚。你也知道你爸，喝了酒就跟变个人似的，所以，就没叫他。谁知道他自己找来了，进门就喝，喝了就骂，骂完又砸。"

岳筱慧"嗯啊"地应付着，费力地搀扶着父亲的手臂。走到马路边，中年男人说了句"好好照顾你爸吧"就回去了。岳筱慧和魏炯扶着软泥一般的男人，挥手招呼出租车。

有几辆出租车先后停靠过来，一看见烂醉的男人，都拒载而去。最后，岳筱慧让魏炯扶着男人躲在一棵树后，自己返回马路边打车。很快，一辆出租车停过来，岳筱慧拉开车门，半个身子坐进驾驶室里，这才挥手叫魏炯带着男人过来。

出租车司机已经来不及溜走，因此，一路上始终板着脸，并反复申明如果男人吐在车里，就要加付车费。为了尽快拉完这趟倒霉的活儿，司机把车开得飞快。然而，在急驶急停及高速转弯中，男人终于控制不住，吐得一塌糊涂。

终于到了目的地，魏炯拖着已经不省人事的男人迈出充满酸臭气息的出租车。司机一边大声叫骂，一边开窗通风，最后多要了50块车费后，才愤愤然离去。

岳筱慧家住在4楼。这段距离，对搀扶着一个醉鬼的岳筱慧和魏炯而言，是一段漫长且艰难的路程。好不容易把他弄到4楼，进门，安置在沙发上，魏炯已经累得浑身酸软，大汗淋漓。

岳筱慧也是气喘吁吁。她让魏炯歇一歇，自己走进厨房烧起了开水。然后，半壶开水用来沏茶，半壶开水用来热毛巾，给父亲擦去满头满脸的呕吐物。

她的动作麻利，面色平和，似乎对照顾醉酒的父亲早已习以为常。不知道岳筱慧用了多久，才能把这件令人生厌的事做得无比熟稔。魏炯觉得有些心酸，却不知能帮她做些什么，只好默默地看着她。

岳筱慧察觉到他的注视，转过头，满脸歉意地笑笑。魏炯急忙移开目光，打量着这间屋子。

两室一厅，面积不大，家具和摆设的物件也不甚时髦，看得出，都是用了很久的东西。不过，室内还算干净整洁，从细节处也能感到年轻女孩生活在此的痕迹。比如，餐桌上的小小花瓶、哆啦A梦造型的闹钟和维尼熊图案的抱枕。

岳筱慧已经把父亲清理干净，脱下他身上的脏衣脏裤，又喂他喝了半杯茶水后，给他盖好毛毯。男人很快鼾声如雷地睡去。女孩则起身进了卧室。

5分钟后，她换了一身家居打扮出来，头发在脑后扎成了马尾辫。在她脚边，一只灰色的猫悄无声息地出现。

"让它陪你玩吧。"岳筱慧笑嘻嘻地说道。随即，她抱起父亲的脏衣服,钻进了卫生间。很快,哗哗的水声传了出来。

猫慢慢地走到魏炯的身前,抬起头,充满好奇地打量着他,瞳仁里闪着蓝幽幽的光。

魏炯俯下身子,伸出一只手去逗弄它。猫先是警惕地向后退避一步,随后又小心翼翼地嗅嗅他的手指。似乎是察觉到他无害后,猫把小小的脑袋顶过来,在他的手掌里慢慢地摩挲着,眼睛半闭半合。

魏炯冲卫生间问道:"它叫什么?"

水声暂时停止。

"小豆子。"说罢,水声再起。

"哦,你叫小豆子。"魏炯感到掌心里是一团柔软的毛发,酥麻、微痒、令人慵懒又舒适,"小豆子你好。"

猫似乎听懂了魏炯的话,停止了在他手里的磨蹭,端端正正地坐好,全神贯注地看了他一会儿,尾巴摆动了几下,纵身跳上他的膝盖。

带肉垫的小爪子踩在腿上,感觉很奇妙。猫在魏炯的怀里转了几个圈,选了个合适的位置,伸伸懒腰,舒舒服服地趴了下来。

几乎是本能一般,在猫伏在腿上的瞬间,魏炯就伸出手,轻轻地在它的后背上抚摸着。小家伙显然很享受,很快就睡着了。

卫生间的门开了,岳筱慧高高地挽着袖子,甩着双手上的水珠走了出来。

"嘿!小豆子还挺喜欢你的。"

"嘘。"魏炯做了一个噤声的手势,低声问道,"动物救助站那只?"

"嗯。"岳筱慧坐在魏炯的对面,也伸出手去抚摸小豆子。猫更加惬意,打起了呼噜。

"偷出来的,嘿嘿。"女孩冲魏炯挤挤眼睛,"这小家伙也离不开我。"

"你可真行。"魏炯笑。

第十七章 黄昏中的女孩

"它有皮肤病，救助站的人不用心治。"岳筱慧轻抚着小猫的脑门，"我带回来半个月就治好了。"

沙发上的男人忽然发出一串模糊不清的叫喊。魏炯被吓了一跳。怀里的小猫也抬起了脑袋，岳筱慧却头也不回，一脸淡然。

男人翻了个身，咂咂嘴，继续沉沉睡去。

"没事。"岳筱慧冲魏炯笑笑，"每次喝多了都要闹一阵的。"

"哦，你妈妈呢？"魏炯四下张望着，"没在家？"

"呵呵，她去世了。"

魏炯愣住，抚摸小猫的动作也停了下来，半晌，才讷讷地说道："对不起。"

"没关系呀。"岳筱慧的表情轻松，"我不到一岁的时候妈妈就走了，所以对她没什么印象，也谈不上多悲痛。"

她站起来："你饿了吧，我去做饭。"

"不用那么麻烦。"魏炯小心翼翼地从膝盖上抱起猫，"我也该回去了。"

"你就老老实实地坐着吧。"岳筱慧不由分说地按住他的肩膀，"一会儿就好。今天你帮了我的忙，犒劳犒劳你。"

厨房里叮叮当当。从魏炯所坐的位置，恰好能看到正在忙活的岳筱慧。女孩动作麻利地从冰箱里取出各类食材，解冻、削皮、分拣、冲洗。她神情专注，脸庞因为劳作而微微泛红，渐渐地，鼻尖上也沁出了细密的汗水。一缕头发从额头上垂下来，不时被她掖向耳后。然后，又随着她的动作垂落在腮边。偶尔，她会转过头，冲客厅里闲坐的魏炯笑笑。每到此刻，一直注视着女孩的魏炯就会慌乱地移开视线，假装抚摸着膝盖上的小猫。

十几分钟后，越来越浓重的香味从厨房里传出。小豆子吸吸鼻子，睁开了眼睛。它在魏炯怀里伸了个大大的懒腰，轻快地跳下，竖起尾巴向厨房跑去。

岳筱慧正在切一根香肠,见它跑过来,笑眯眯地对它说道:"你醒了,小馋猫。"

她捏起一片香肠,蹲下身子,喂到小猫的嘴边。小猫嗅了嗅,张口叼住,开开心心地吃起来。

魏炯拍拍身上的猫毛,想了想,也起身向厨房走去。

"有什么可以帮忙的?"魏炯靠在厨房的门边,看着摆满灶台的各种半成品,"不会吧,你做了这么多?"

"小意思。"岳筱慧轻描淡写,"你出去吧,这里乱糟糟的。"

说着,她拎起一条拍上面粉的黄花鱼,让它顺着锅沿滑入热油中。"刺啦"一声,青色的油烟冒起。

岳筱慧熟练地用木铲给鱼翻了个面,转身看看依旧站在门旁的魏炯。

"实在想帮忙,就剥几瓣蒜吧。"

男孩老老实实地照做,蹲在垃圾桶旁剥蒜。女孩站在燃气灶前,手中的木铲翻飞,不时把各种调料放进滚热的铁锅里。两人都默不作声,静静地听着排烟机发出的轰鸣。一只猫在他们的腿间钻来钻去,仰着头,兴奋地吸着鼻子。客厅里熟睡的男人又翻了个身,咕哝了几句,继续睡去。

晚餐很快就摆上桌。红烧黄花鱼、清炒西蓝花、可乐鸡翅、香肠松花蛋拼盘,还有冬瓜排骨汤。

"要不要喝酒?"岳筱慧一边摆碗筷一边问道。

"不用了。"

"嗯,那就喝这个。"岳筱慧从冰箱旁的纸箱里拿出两罐雪碧,"家里的酒倒是不少,不过我不喜欢。"

魏炯看看身后的沙发:"要不要把叔叔叫起来?"

"不用。"岳筱慧拉开汽水罐,放在魏炯面前,"给他留好了,等他睡醒了再吃。"

饭菜入口，岳筱慧就很少说话，只是偶尔逗弄一下在脚边缠绕的小猫。魏炯还是第一次和女孩子单独吃饭，不知道该说些什么，只好埋头大嚼。好在岳筱慧的手艺不错，魏炯吃得酣畅淋漓，不知不觉间，一碗饭已经见了底。看到他如此捧场，岳筱慧抿着嘴直笑，起身又给他添了一碗饭。

天色渐渐暗下来。房间里，除了餐桌上方的一盏吊灯外，再无其他光亮。魏炯不时看看黑暗中的沙发，男人只剩下一个模糊的轮廓，丝毫没有醒转的迹象，这让他略略放心。

"在担心该如何介绍自己吗？"岳筱慧看出了他的心思，"实话实说呗，我同学。"

"那倒是。"魏炯有些尴尬，"不过，叔叔大概不希望我掺和进来吧"

"没事。"岳筱慧夹了一只鸡翅递给他，"就算他醒过来，也不会记得刚才的事。"

魏炯哦了一声，继续埋头扒饭。几秒钟后，他忽然意识到岳筱慧一直在看着自己，下意识地抬起头，正好遇到女孩的目光。

"哎，我说，"岳筱慧满眼笑意，"你是怕被我爸误会成我的男朋友吧？"

魏炯含着一口饭，脸腾地红了。

吃过晚饭，岳筱慧撤下碗筷，拿进厨房清洗。魏炯觉得干坐着喝茶很不好意思，也跟进去帮忙。一个刷洗碗碟，一个用毛巾擦干。在两个人的配合之下，厨房很快就焕然一新。岳筱慧又把所有的抹布和擦碗布洗干净，晾在阳台上。魏炯去卫生间方便，出来之后，看到岳筱慧还站在阳台上。

他走过去，站在女孩身边。

"在看什么？"

岳筱慧向前努努嘴："喏。"

在遥远的城市边缘，太阳正缓缓消失在地平线以下。半边天空都被染成了绚烂的血红色，向下则依次变淡，橘红、亮金、浅黄，直至楼宇与街道的一片灰黑。

在彻底坠入黑暗之前，这个城市在挣扎着展示白日里的多彩与繁华。

岳筱慧静静地看着夕阳，光滑的脸颊被镀上一层淡淡的金色，每一根汗毛都几近透明。她的瞳仁里有两点燃烧的火光，其余的部分则深邃如海洋。

良久，她轻轻地吐出一口气，伸手在置物架上摸索着，很快，从花盆后拿出一盒中南海烟。

在魏炯诧异的目光中，岳筱慧抽出一支烟，熟练地点燃，深深地吸了一口。

打火机燃起的瞬间，她眼睛里那两点火光变成了跳动的火苗，随即，全然消失。

太阳沉没。黑色的海洋漫起无声的波涛。

"他过去不是这样的。"岳筱慧身上有隐隐的水汽，声音缥缈又空洞，仿佛从很远的地方传来似的，"我还记得，当我躺在婴儿床里的时候，他和妈妈会轮流来逗我。有时候，是他一个人来。年轻的脸，圆润，光滑，还有手指捏在我脸上的感觉。有一天，两个人都没来。"

魏炯无语，静静地看着夜色中的女孩，以及她嘴边忽明忽暗的香烟。

猫悄无声息地跑过来，贴在岳筱慧的腿边，缠绕着。

"我躺了一天。饿、冷、害怕。"岳筱慧低下头，用脚背轻轻地抚弄着猫的肚子，"我什么都做不了，只能哭，或者睡觉。很晚的时候，他回来了，一个人。"

猫舒服地蜷起身子，趴在女孩的脚上。

"你妈妈……"

"其实，我常常觉得这些都是我的幻觉。"岳筱慧轻轻地笑了笑，

第十七章 黄昏中的女孩

"我那时还不到一岁,不可能记得这些的。但是,我清楚地知道,从那天开始,一切都不一样了。"

她把烟叼在嘴里,双手伸到脑后,解开已经松散的马尾辫,又重新扎好。

"出现在婴儿床上空的,只有他一个人的脸。越来越瘦,越来越粗糙,越来越焦虑。"女孩把烟吐向深蓝色的夜空,"他没再找任何女人,但是,他没法照顾好我们两个人的生活。所以,从很小的时候,我就学会了自己做饭、打扫卫生、梳头发。"

岳筱慧转向魏炯,表情平静:"第一次来月经,也是我自己处理好的。"

魏炯觉得有些尴尬,但是女孩的眼睛清澈又明亮,他不能移开自己的目光。

"后来,他开始酗酒,非常非常凶的那种。你能想象么,一个初中女生,在街上挨家寻找不知道醉倒在哪里的父亲。"

岳筱慧的大半个身子都隐藏在阴影中,唯有一双眼睛闪闪发亮。

"找到了,还要想办法把他带回家。"岳筱慧的声音轻柔,还带着些许调笑,"我甚至给他洗过澡,在他醉得不省人事的时候。"

魏炯想了想,轻声问道:"你恨他吗?"

"不。"岳筱慧清晰地吐出这个字,"一个男人面对失去和悲痛时,却无能为力,所以他只能这样。"

醉酒的父亲。熟睡的父亲。在无知无觉中享受片刻宁静的父亲。

"我比他幸运得多,毕竟,我对妈妈没有什么深刻的印象。可是,他不一样。"

女孩从阴影中慢慢走出,纤细的身形和白皙的面孔一一浮现。紧接着,一只挽起衣袖的手臂伸了过来。

"谢谢你。"岳筱慧的目光宛若月光般柔和,"谢谢你今天能帮助我。"

魏炯也伸出手去，握住那只光滑冰凉的手。然后，不知道是谁更用力一些，等他回过神来的时候，岳筱慧的额头已经轻轻地伏在了他的胸口上。

魏炯的鼻子里是隐隐的发香，下巴上是长发掠过的麻痒，耳边是那梦呓般的声音："谢谢你。"

第十八章

世界的同一边

第二个凶手。

1990年，系列强奸杀人碎尸案案发。

1991年，无辜的许明良被错当作凶手，并被判以死刑。真正的凶手不知所终。

1992年，又一名女性被用相似的手法杀死后碎尸、抛尸。然而，杜成认为，这并不是同一人所为。

换句话来说，出现了第二个凶手。

此后，他也销声匿迹，C市再也发生没有类似的案件。

那么，第二个凶手的动机到底是什么？

"模仿。"张震梁把烟头摁熄在烟灰缸里，"国外有过这种先例。"

他拿起桌面上的一沓资料，翻了翻，打开其中一页："比方说这家伙，1989年，美国的埃里韦托·埃迪·赛达，他用自制手枪或者匕首杀人，并在下手前给警方和媒体写信，信里面都是些乱七八糟的符号。"

"他模仿的是，"杜成皱起眉头，"十二宫杀手。"

"是啊。"张震梁撇撇嘴，"这王八蛋自己也供称，杀人是为了向

'十二宫杀手'致敬。"

杜成暗暗骂了一句。的确，当年的连环杀人案闹得满城风雨，媒体争相报道，坊间也有各种不靠谱的猜想。即使在许明良"伏法"后，针对他的传言仍然不绝于耳。媒体的大肆渲染，确实可能会刺激某些潜在的不安定分子产生模仿的冲动，进而去体验杀人、碎尸带来的犯罪快感。

不过，杜成想了想，开口问道："受害人有几个？"

"三个。"

杜成点点头，受害人的数量符合模仿的规律。埃迪·赛达既然要向"十二宫杀手"致敬，那么在作案之初就应该具备连续杀人的意图。然而，C市的这个模仿者，为什么只作案一次就收手呢？

"我也想过这个问题。"张震梁显然已经猜出杜成的心思，"强奸、杀人、分尸，对大多数人来说，不是一件容易办到的事情。凶手大概有模仿的冲动，但是作案后发现自己模仿的能力不够，你也注意到了，他是在非常慌乱的情况下完成犯罪的。所以，就没有下次了。"

杜成没作声，这件事的复杂程度已经超过了他的想象。本来只是追查一件旧案，现在变成了两件。接下来的问题是，凶手背后似乎再有凶手。

而这两个人之间的关系，真的仅仅是模仿那么简单吗？

他把两起案件的卷宗分别摆在桌面上，不住地来回扫视着。这个动作被张震梁看在眼里，后者犹豫了一下，伸手把两份卷宗摞在了一起。

"师父，"张震梁慢慢地说道，"你说，后面这起案件，为什么没有破获？"

"多方面原因吧。"杜成叹了口气，"你也知道，咱们搞案子，特别是命案，都是从动机入手，然后围绕被害人的社会关系开始排查。"

他指指卷宗："这种案件的被害人很可能是随机选择的，无动机杀人，自然不好查。"

"就没别的吗？"

"嗯?"杜成抬起头,恰好遇到张震梁意味深长的目光,他立刻意识到徒弟把两本卷宗放在一起的意图。

"我们对案件的所有分析,都是建立在一个假设的前提之下的。"张震梁斟酌着词句,"1990年的系列杀人案,真凶并未落网,而1992年杀人案的凶手,是对前一个凶手的模仿。"

杜成看着张震梁:"你继续说。"

"我得承认,师父你分析得都很有道理。"张震梁回望着杜成,"但是会不会有这样一种可能,我们的对手其实就是同一个人。"

"同一个人?"

"对。"张震梁突然笑笑,"这就是1992年杀人案没有被破获的另一个原因。"

杜成眯起眼睛:"你的意思是?"

张震梁指指摆在上面的那份卷宗:"师父,你最好看看这起案件的办案人。"

林国栋看看玻璃门上的"三和翻译公司"的字样,推门而入。

说是公司,其实只有一间小小的办公室。室内堆满了尚未开封的打印纸和成摞的文稿,本就狭窄的房间内显得更加逼仄。靠窗的墙边摆着四台电脑,三男一女,共四名打字员在埋头忙活着。一个穿着蓝色毛衣、灰色羽绒马甲的胖子坐在桌前按动着计算器,见林国栋进来,抬起头询问道:"你是?"

林国栋记得他姓姜,上次对自己进行面试的就是他,忙堆起笑脸:"姜经理,姜总,我是来送稿子的。"

"哦,你姓什么来着?"姜总停下手里的工作,"对了,姓林,J大外语系毕业那个,是吧?"

"对,对。"林国栋连连点头,他凑到桌边,从手里的塑料袋里取出一叠打印纸,"我翻译好了,您瞧瞧。"

姜总左手拿原文,右手拿译文,仔细对照着检阅,脸上看不出什么表情。林国栋微弓着背,垂手站在桌边,面色谦恭又平和。

几分钟后,姜总放下文稿,清清嗓子:"不错,老毕业生,功底还是有的。"

林国栋直起腰身,微微点头,神色颇为自得。

"姜总过奖了。"

"行,那咱就签合同吧。"姜总低头在抽屉里翻找着,"不用坐班,也没有五险一金啥的,有活儿就给你打电话。至于酬劳嘛,千字150块,行价。小陈,小陈……"

"来了来了。"

一个穿着米色毛衣的女孩走进来,边走边甩着手上的水珠:"去卫生间了。姜总你找我?"

姜总指指林国栋:"给他出一份空白合同。"

"纸质的没有了。"女孩坐在门口的一张桌子旁边,"打印一份吧。"

"行,顺便把酬劳给他结了。"说罢,姜总就继续埋头算账。

林国栋对女孩点点头:"麻烦您了,陈小姐。"

"没事。您叫我陈晓就行。"女孩对他友善地笑笑,面向电脑显示器,飞快地按动着鼠标。几分钟后,桌面上的打印机运转起来,很快吐出几页纸。陈晓捻起合同书,递给林国栋。

"您贵姓?"

"我姓林。"

"哦,林老师,您先看看合同。"陈晓指指桌旁的一把椅子,"我把酬劳给您结了。"

林国栋顺从地坐下,注意力却不在眼前的白纸黑字上。

虽然此时仍是寒冬,室内却并不冷。一台摆在屋角的电取暖器正在缓

第十八章 世界的同一边　　205

缓摇摆着。每次转到门口的方向，会有一阵暖风徐徐吹来。陈晓桌上的纸张随之轻轻翕动。

林国栋跷起腿，调整了一下坐姿，吸吸鼻子。

合同书只有区区两页，足足5分钟过去了，林国栋连第一页都没有看完。渐渐地，他的呼吸越来越急促，额头上也见了汗。

正在填写记账凭证的陈晓无意中抬头，瞥见了林国栋泛红的脸颊。

"是不是太热了？"陈晓停下笔，"您把外套脱了吧。"

"嗯，没事，没事。"林国栋似乎被吓了一跳，抻了抻外套的下摆，遮住两腿之间，"不热的，不热。"

"那，合同您看完了吗？"

"哦，看完了，看完了。"林国栋急忙把合同书递还给陈晓，"没问题。"

陈晓笑笑，没有伸手去接，相反，递给林国栋一支笔。

"那您就签字吧，对了，把您的手机号码也写在合同里，方便我们联系您。"

"好的，好的。"林国栋慌慌张张地签好名字，写下手机号码，因为用力过猛，笔尖把纸面都划破了。

陈晓接过合同，浏览一遍："行，没问题了。喏，这是您上次的酬劳。"说罢，她递给林国栋一个信封。

林国栋接过，立刻感到手心里的汗水浸湿了信封。

姜总抬起头："完事了？"

陈晓回应道："嗯，合同签完了。"

姜总哦了一声，在桌面上翻找着，很快抽出四份用透明文件夹装订好的文稿。

"三份企划书，一篇论文。"姜总把文件夹递给林国栋，"一个星期内译完，没问题吧？"

"没问题。"林国栋把文件夹小心地放进手提袋里,"那,我先告辞了。"

"行,有什么事就打电话。"

林国栋点头告别,转身向门口走去,路过陈晓身边的时候,停下了脚步。

"再见,陈晓。"

"您慢走。"女孩从电脑后抬起头,冲林国栋莞尔一笑。

林国栋来到走廊里,径直走向电梯,按动向下键。等电梯的时候,他忍不住又回头望去。

在那扇玻璃门后,陈晓正在低头工作,短发被电取暖器的热风微微吹起,宛若一朵香气蒸腾的花。

"实习?"电话里,孟老师的声音颇为犹疑,"你不是刚刚大三么,现在就实习,早了点吧?"

"是这样,孟老师,我今年想参加司法考试,所以,想了解一些司法实务方面的知识。"

"那也用不着去高院吧?"

"我是这样想的,高院会有一些审结的重大或者疑难案件,比较有代表性。"

"想学实务,看卷宗有用吗?还不如去旁听几次审判。"

"那倒是。"魏炯快速翻看着手里的笔记本,上面是岳筱慧的字迹,"不过,看卷宗里的庭审笔录,学习效率高一些,旁听审判的机会不太多,也未必能遇到典型案件。"

他几乎逐字逐句读完这段话之后,就屏气凝神地等待着孟老师的回应。

"嗯,也有点儿道理。你小子还挺好学的,难得。"孟老师想了想,"这样吧,你明天上午来我办公室,我给你开个介绍信。我有个同学在高

第十八章 世界的同一边

院，你直接找他就行。"

魏炯急忙道谢后，如释重负地挂断了电话。

"你可真行。"他把笔记本递还给岳筱慧，"你编的这些词还真让孟老师相信了。"

"那当然。"岳筱慧颇为得意地把笔记本揣进书包里，"老孟最喜欢上进的学生，法学院都知道。"

她为这通电话做了周密细致的准备。双方的对话内容基本都在岳筱慧的预测范围内，对孟老师的所有质疑都编排了近乎完美的托词。为了稳妥起见，她甚至把双方可能进行的对话都写在了笔记本上，魏炯几乎是拿着台词本打完了这通电话。

"一定要这样吗？"魏炯想到接下来的任务，不由得紧张起来。

"必须得这样。"岳筱慧的语气非常坚决，"不了解案件的全部细节，我们什么都做不了。"

她的样子，和面对老纪的反对时如出一辙。

短短的几天内，魏炯看到了一个和印象中完全不同的岳筱慧。那个热情、开朗，有些大大咧咧的女孩披上了坚硬的盔甲。这盔甲是由她骨子里的顽强、聪慧，甚至是狡黠打造而成的。

独自照顾父亲的岳筱慧。

在厨房里麻利地做饭的岳筱慧。

吸烟的岳筱慧。

她的思维之缜密、行动之果决远远超出了魏炯的想象。同时，在不知不觉中，岳筱慧在她、老纪和魏炯三人之间，渐渐变成了非常重要的角色。

以至于在阳台上短暂的相互依偎，让魏炯常常以为只是幻觉而已。

更为微妙的是，两个人似乎心有默契一般，对那场夕阳绝口不提。

第二天上午9点半，魏炯站在本省高级人民法院的门前，捏着那一纸薄薄的介绍信,望着眼前这座高大巍峨的建筑,忍不住发起抖来。

"你别那么尿行不行啊"岳筱慧的语气颇为轻松,"大大方方地走进去。我在外面等你。"

靠,又不是你去。

魏炯在心里嘀咕了一句,深吸一口气,战战兢兢地沿着大理石台阶向上走去。

走到深红色的铜质大门前,魏炯算是领会到了国家司法机关的威严。不知是因为疲累还是紧张,迈上三十几级台阶后,他已经气喘吁吁,腿也软得要命。魏炯一边擦汗,一边向左右看看,总觉得门前的两座石狮在死死地盯着自己。

同时,他也引起了门旁保安的注意。魏炯避开对方充满警惕的目光,摸出了手机。

5分钟后,一个身材高大的男子从大厅尽头匆匆而至,四处扫视一圈后,看到了站在门口的魏炯。

"你是老孟的学生吧?"

"是的。"魏炯急忙点头致意,"刘庭长好。"

"不用那么客气,从老孟那里论,你叫我师叔就行。"刘庭长转身对保安说道:"来找我的还用登记吗?"

保安的脸上堆起笑容,连连摆手:"不用了,不用了。"

刘庭长径直把魏炯带向电梯间,边走边说着一些闲话,内容不外乎"老孟怎么样""这小子还游泳么"之类。两人乘坐电梯直达5楼,刘庭长要走了介绍信,帮魏炯办理好借阅手续后,把他带到了高级人民法院档案室门口。

刘庭长先进门,把借阅手续递给坐在门口的年轻男管理员,后者草草浏览一番,盖章后把手续收好。

"进来吧。"

第十八章 世界的同一边

见他挥手示意，魏炯急忙跟进了档案室。刘庭长安排他坐在两排档案架之间的一张桌子后面，自己来到档案架前，挑拣一番后，取下两个暗红色封皮的文件夹。

"这是最近审结的两起案件，都是做出死刑判决的。一个是故意杀人案，一个是贩卖毒品案。"刘庭长翻开其中一本卷宗，在目录上指点着，"你看，一审判决书、上诉书、答辩状、一审案情综合报告、阅卷笔录，你重点看看审判庭审判笔录，对你准备司法考试有帮助。"

魏炯连连答应。

刘庭长看看手表："行，你先看着，我还有工作要做，有什么事再找我。对了，你不吸烟吧？"

"哦，"魏炯急忙摇头，"不，不吸烟。"

"这里不许吸烟的。"刘庭长笑笑，"还不错，老孟没教你这个。"说罢，他就拍拍魏炯的肩膀，起身离去。

魏炯坐在桌旁，装模作样地翻看着卷宗，不时抬头偷瞄一下管理员，见他正在全神贯注地玩着手机，就转头打量着档案室。

档案室呈长方形，沿墙摆着几排长长的铁质档案架，用硬纸文件夹装订好的卷宗整齐地排列其上。每个档案架上都贴着索引卡片，应该是对卷宗予以分类的标识。

魏炯的心跳突然加快，因为他要找的那本卷宗，就在这些档案架上。

根据人民法院诉讼档案保管期限的规定，对于故意杀人案的诉讼档案应该永久保管。所以，许明良杀人案的卷宗肯定可以在这里找到。问题是，怎么找？

一般来说，可以将卷宗分为刑事、民事及经济类案件进行归档。首先要确定的是，这几排档案架中，哪一个才是专门存放刑事案件卷宗的。

魏炯看看手里的卷宗，他还记得刘庭长取下它的那排档案架。看起来，靠自己右手边的这排铁架上就是刑事案件卷宗，至少也是其中之一。

他略略放心，继续低头假装翻看卷宗。现在只能耐心等待，否则立刻起身去翻找会令人怀疑。

档案室里很静，除了管理员按动手机的声音之外，还能听到档案架另一侧传来细微的翻阅纸张的哗啦声，想来并不是只有自己一个人来查阅卷宗。魏炯暗自计划着接下来的行动，同时掐算着时间。大概20分钟之后，他合上手里的卷宗，起身离座。

抬脚走向档案架的一瞬间，魏炯的余光捕捉到了管理员的动作——他抬起头，看向自己这边。

魏炯没有转头，强作镇定，一步步走到档案架前，把手里的卷宗插回原来的位置，同时迅速扫了一眼档案架上的索引卡片：2010—2013年度刑。

看起来，这一排档案架的确是用来归档刑事卷宗，并且是按案件审结年度的顺序来排列的。他向档案架后排看去，那里应该是2010年以前审结的案件。

魏炯硬着头皮向后走去，清晰地感觉到管理员的目光就落在自己的后背上。走到下一个铁架前，他抬头看看索引卡片：2005—2009年度刑。

看来自己估计得没错。魏炯信心大增，正要继续向前查找，忽然听到管理员在背后喝道："那位同志，你要干吗？"

"嗯？"魏炯吓了一跳，慌忙回身，"我，我想看看别的。"

"刘庭长给你哪本，你就看哪本。"管理员盯着魏炯，语气颇为严厉，"不能随便查阅。"

"哦，我知道了。"魏炯快步走回自己的座位，落座前向管理员微微鞠躬，"对不起。"

管理员点点头，继续低头摆弄手机。

魏炯翻开桌上仅存的一本卷宗，佯装查阅，感到心脏还在怦怦地跳个不停。

管理员就在眼前，而且并不像表面上那样漫不经心，自己的一举一动都在他的监视下,怎么可能拿到卷宗呢?

魏炯心生退意,巴不得立刻逃出这间档案室。然而,一想到在楼下苦等的岳筱慧以及盼着他们带着资料归来的老纪,又犹豫起来。

正在左右为难的时候,安静的档案室里突然响起一阵悦耳的音乐声。魏炯下意识地抬起头,看到管理员正盯着手机屏幕,旋即在屏幕上滑动了一下,把手机贴向耳边。

"喂?"

尽管他尽力压低声音,然而双方的通话依旧在安静的档案室里清晰可辨。从管理员的语调和表情来看,对方应该是一个和他关系亲密的女性。不知是为了保持档案室里的秩序,还是两个人聊到了私密的话题,管理员抬眼看了看魏炯,起身走出了档案室。

魏炯最初还觉得好笑,可是他很快意识到,机会来了。

他立刻起身,夹着卷宗向身后的档案架快步走去,边走边紧张地筹划着:从卷宗陈列的规律来看,一个架子上大概可以归置4年左右的卷宗,那么许明良杀人案的卷宗至少要排到5个档案架之后。他必须要抓紧时间。

冲过两排档案架之间的时候,他的余光瞥到一个男子坐在另一列桌前,正在翻动着卷宗,想来刚才的哗啦声就来自他。匆忙之中,魏炯只看到了男子花白的头发、臃肿的体形和身上灰黑相间的羽绒服。

他无意也来不及对男子给予过多关注,只是期待对方过后不要揭发自己的行为。

走到第五个档案架前,魏炯抬头看看索引卡片:1994—1999年度刑。他心中一喜,疾步冲到第六个档案架前,果真,1989—1993年度刑。

他扑到铁架前,先从最上一列抽出一本卷宗,直接看向案名。

"安佳荣故意伤害致死案。"

魏炯把卷宗匆匆塞回,又在相隔几本的位置抽出另一本。

"白晓勇绑架杀人案。"

他立刻意识到，在这个档案架上，卷宗是按照汉语拼音的顺序排列的。这就意味着，许明良杀人案的卷宗，一定在最下面一列。

魏炯立刻蹲下身子，在底层铁架上翻找着。当他抽出第四本卷宗的时候，看到封皮上赫然写着"许明良强奸杀人案"。

他在心底欢呼一声，迅速把手里的卷宗插进去，夹着这本卷宗，快步向回走。

距离桌子还有几米的时候，魏炯隐隐听到走廊里传来了管理员的声音："行，那就晚上见。"

他不敢怠慢，几乎是跑完了余下几步，在管理员的脚踏入档案室的同时，魏炯坐在了椅子上。

尽管低着头，魏炯仍然能感到管理员朝自己的方向看了一眼。为了不让他看出异状，魏炯屏住了本已非常急促的呼吸，竭力让自己的身体平稳下来。

管理员似乎也并未察觉，盯着他看了几秒钟之后，重新坐在桌前，拿起一本杂志翻看起来。

魏炯放下心来，悄悄地呼出一口气，随后，佯装整理头发，小心地擦去额头上的汗水。

面前的这本卷宗更加陈旧和厚重，纸张已经开始泛黄、变脆，上面覆盖着一层厚厚的灰尘。刚刚翻动几页，细小的尘埃就飞扬起来。魏炯不得不放慢速度，并把书包拉过来，小心地挡在卷宗前面。

查看目录后，魏炯跳过前面的部分，直接翻到公安卷。

接警记录、现场草图、访问笔录、现场勘查记录、照片、尸体检验报告……

一段段惊心动魄的文字，一张张血腥不堪的图片。

魏炯渐渐觉得胸口发闷，喉咙里仿佛堵着一块石头，吐不出，咽不下。最后，当他看到一张照片里被拼接成形的女性碎尸时，终于忍不住干呕

第十八章 世界的同一边

起来。

他立刻捂住嘴巴，同时小心地看看管理员。后者大概对此早已见怪不怪，只是投来充满嘲讽的一瞥，就低下头继续看杂志了。

魏炯勉强吞下满口的酸水，左手在胸口上来回捋着，呼吸渐渐平稳后，他偷偷地拿出手机，打开照相模式，在桌子下关掉闪光灯和快门声音。

随即，他一手扶额，拿着手机的另一只手躲在书包后面，对着面前的卷宗连连按动快门。

一边拍照，一边还要留神管理员，所以，足足花了半个多小时，魏炯才把这本卷宗里需要的内容拍完。然而，翻到卷宗末尾，魏炯发现仍是公安卷，而且仅仅是两起杀人案的内容。

他想了想，把卷宗合上，才发现封皮上的"许明良强奸杀人案"后面还有两个字"卷一"。

魏炯在心里暗骂一声，下意识地回头望望身后那排铁架。看起来，要想了解本案全貌，还得去拿至少一本卷宗。

然而，他现在能做的唯一一件事，就是等待。

于是，魏炯耐着性子重新翻看了一遍手里的卷宗，边看边暗自祈祷那个女人能再给管理员打一遍电话。

也许因为本案是轰动一时的大案，公安机关制作的那部分卷宗非常细致。看着看着，魏炯竟然入了神，眼前也仿佛徐徐展开了一幅幅画面。

深夜，接近零度的气温，一辆行驶于黑暗中的白色小货车。松江街，民主路，河湾公园，垃圾焚烧厂，骨科医院。小货车走走停停，每次停靠在路边，都会有一个或者数个黑色塑料袋被抛出车外。那些塑料袋饱满鼓胀，散发着血腥气。就这样，一个曾经美丽健壮的女人被抛散在这个城市的各个角落里。那同样残缺不全的灵魂自此游荡在黑夜中，无声地哭诉着自己的冤屈。

一种混合着恐惧和愤恨的情绪渐渐弥漫在魏炯的胸腔内，他的眉头慢慢紧蹙，双手也捏成了拳头。

这是一个什么样的人，仅仅为了满足邪恶的欲望就掳走那些无辜的女人，在她们毫无防备的情况之下玷污她们的身体，剥夺她们的生命，并把那些美好的身体肢解成一块块碎肉？

他终于开始理解老纪，理解他为什么在二十几年后仍然对当年的惨案耿耿于怀。

的确，身为局外人的他都会被这灭绝人性的罪行激怒，更何况是切身体会丧妻之痛的老纪。

必须要找到这个畜生，必须要让他为当年所做的一切付出代价！

即使这惩罚迟到了23年！

魏炯被复仇的冲动激荡得不能自已，耳边忽然传来一阵响动。他下意识地抬起头，刚好看到管理员起身离座，手里还拿着一只空空的茶杯。

不知道开水间离档案室有多远，但这无疑是一个宝贵的机会。不管怎么样，也得冒一冒险。

管理员的身影一消失在门口，魏炯就一跃而起，抓着那本卷宗直奔第六个档案架。他跑到档案架前，单膝跪地，把手里的卷宗塞回原来的位置，抓起旁边那本。

拽不动。

手上传来奇怪的感觉，仿佛卷宗的另一侧有一股与之抗衡的力量。

同时，档案架的对面传来"咦"的一声。

惊诧之下，魏炯已经来不及多想，手上再次用力，而对面的那股力量一下子消失了他手里拽着那本卷宗，收力不及，向后跌倒在地上。

他的上半身撞到身后的档案架上，顿时感到铁架摇晃起来。魏炯一惊，急忙转身，想扶住档案架。刚刚伸出手去，就被噼里啪啦掉下的卷宗砸了个正着。

紧接着，大团灰尘随着落下的卷宗飞扬起来。在一片尘雾中，魏炯看

第十八章 世界的同一边　　215

见那个头发花白的男人从面前的档案架后转出来,一脸惊讶地看着自己。

在那一瞬间,魏炯突然意识到,他见过这个男人。

"你们在干什么?"

一声又惊又怒的喊叫从门口传来,正在对视的两人循声望去,看见管理员捧着热气腾腾的茶杯,正目瞪口呆地看着一片狼藉的档案架,以及一躺一站的他们。

"哦,没事。"男人先反应过来,指指档案架顶端,"我让这小伙子帮我拿上面那份卷宗,他没站稳,结果就这样了。"

说罢,他向魏炯伸出手去,脸上还带着意味深长的笑。

"快起来吧。"

岳筱慧惊讶地看着灰头土脸的魏炯,还有他身后那个头发花白、穿着灰黑色羽绒服的男人,整个人看起来委顿不堪的魏炯,似乎是被男人押送出来一般。

她定定神,没有理会一直向她使眼色的魏炯,把喝了一半的咖啡丢到身边的垃圾桶里,整整衣服,挺起胸膛。魏炯和男人走到她面前,不等他们开口,岳筱慧就说道:"不关他的事儿,是我让他去的。"

男人一愣,魏炯脸上则是一副哭笑不得的表情。随即,男人大笑起来。

"偷拍刑事卷宗,你们的胆子可不小。"男人拍拍魏炯的肩膀,"不过,你的同伙不错,挺够意思的。"

说罢,他就自顾自向前走去,留下一头雾水的岳筱慧站在原地。魏炯跟在他身后,同时挥手示意岳筱慧也跟上。

男人一直走到高级法院的停车场,找到一辆老式帕拉丁SUV,打开车门,示意魏炯和岳筱慧坐在后排,随即,自己上车,发动,驶离高级法院。

很快,越野车融入了城市的车水马龙中。男人专心驾驶,始终一言不发。车渐行渐远,岳筱慧也慢慢回过神来,转头用探询的目光望向魏炯,嘴里无声地问道:"他是谁?"

魏炯看看驾驶座上沉默的男人，小声对岳筱慧说道："警察，我们见过他的，在老纪的房子里。"

岳筱慧小小地"啊"了一声，看了看后视镜里面只倒映出男人的半张脸，不过这已经足够让她回忆起那个下午。的确，他是查验老纪的房证及租赁协议的警察之一。

"怎么回事？"

魏炯有些尴尬地撇撇嘴，把半小时前的事情一五一十地告诉了岳筱慧。

在档案室里，他和那个老警察隔着铁架同时抓住了那份卷宗。对方先松了手，魏炯跌了一跤不说，还几乎撞翻了身后的档案架。混乱的场面被管理员看了个正着，好在老警察编出个理由为他开脱。不过管理员已经对魏炯前来阅卷的真实意图产生了怀疑，魏炯也不敢在此多作停留，敷衍了几句就匆匆离开。不料，在等电梯的时候，他被随后赶来的老警察拽进了安全通道。

"我们见过。"老警察靠在安全通道的铁门上，抽出一支烟点燃，"在纪乾坤的房子里，还记得吧？"

因为偷拿卷宗的把柄就在他手里，魏炯觉得有些心虚。眼见已经没法隐瞒，只能老老实实地点头承认。

"纪乾坤让你来的？"

"不是啊。"魏炯急忙否认，"我在准备司法考试，来学习的。"

老警察笑笑，显然并不相信他说的话。

"你上次说纪乾坤在养老院，是吧？"老警察吸了一口烟，"带我去找他。"

"真的和他无关。"

"你要拿的是许明良杀人案的卷二，目标明确。"老警察打断了他的话，眼神突然变得非常犀利，"纪乾坤的妻子是许明良杀人案的被害人之一，你敢说不是他指使你来的？"

第十八章　世界的同一边　　　　　　217

说罢，他扔下烟头，用脚踩熄，推开安全通道的门，语气不容辩驳："走吧。"

岳筱慧听罢，沉默了一会儿，突然大声说道："老纪没指使我们，我们是自愿帮他的。"

魏炯吓了一跳，随即意识到她是说给那个老警察听的。可是，对方并没有回应，而是反问了一句："风前街小学旁边那个枫叶养老院，是吧？"

魏炯和岳筱慧都没有回答。老警察也不再追问，继续一言不发地开车。

40分钟后，越野车开到养老院门口。老警察停车，熄火，拉开后车门，耐心地等待着磨磨蹭蹭的魏炯和岳筱慧下车，两前一后，走进了养老院。

一路上，魏炯都在反复衡量自己偷阅卷宗的行为是否属于非法获取国家秘密的行为，想来想去，都觉得算不上。那么即使带着老警察去养老院，也不会过分连累老纪。所以，他就不再反抗，进了小楼之后，径直沿着走廊奔向老纪的房间。

纪乾坤和往常一样，坐在窗下读书。看他们进来，急忙摇动轮椅转过身来，开口问道："怎么样？"

这句话说了一半，纪乾坤就看到了他们身后的老警察，顿时愣住了。

魏炯和岳筱慧对视了一下，不知道该如何开口解释。正在犹疑的时候，纪乾坤却先开口了。

"我认识你。"纪乾坤的表情迅速变得平静，"你叫杜成，是个警察。"

杜成略点点头，目光落在纪乾坤身下的轮椅上。

"你的腿怎么了？"

"车祸。"纪乾坤的回答非常简练，"两条腿都废了。"

杜成哦了一声，开始四处打量纪乾坤的房间。最后，他的视线在床头的书架上停留了很久。

"在这里住多久了？"

"18年。"纪乾坤忽然笑笑，"你老了。"

杜成盯着他看了几秒钟，也笑了："你也一样。"

室内紧张的气氛一下子缓和起来。纪乾坤招呼魏炯烧水泡茶，还拿出烟来递给杜成。于是，两个老人相对而坐，边吸烟边扯些不着边际的闲话，寒暄过后，就静静地听着呜呜作响的电水壶。

水烧开，茶泡好。四个人各自捧着茶杯，或坐或立，彼此怀着不同的心思。魏炯惦记着手机里保存的卷宗图片。岳筱慧则对纪乾坤和杜成的关系充满好奇，不停地打量着他们。

一杯茶喝完，纪乾坤先开口了："杜警官，你们几个怎么凑到一起了？"

杜成笑了一下，指指魏炯："你问他吧。"

魏炯的脸腾地红了，不得不把在档案馆里的事情又叙述了一遍。纪乾坤听完，神色稍显凝重，略略沉吟一下之后，正色对杜成说道："杜警官，是我让这两个孩子去的。偷阅卷宗的事和他们无关。"

杜成摆摆手，似乎对这件事并不在意："这事不归我管。不过，"他把上半身凑向纪乾坤，眯起眼睛盯着对方的脸："你为什么要去看23年前的卷宗？"

"那还用问吗？"纪乾坤毫不退缩地回望着杜成，"你们当年抓错人了。杀死我妻子的凶手，至今仍逍遥法外。"

杜成的脸上看不出表情，始终盯着纪乾坤："所以呢？"

"我要抓住他。"纪乾坤的目光炯炯有神，"就这么简单。"

杜成坐直身体，点燃一支烟，视线从纪乾坤的脸移到腿上："放不下？"

"从没放下过。"纪乾坤笑笑，"你不是也一样，否则，你又为什么和魏炯去看同一本卷宗呢？"

杜成一愣，随即也大笑起来。

"是啊。"他盯着自己的膝盖，边笑边摇头，"放不下。"

"说起来，我还要感谢你。"纪乾坤的语气颇为诚恳，"我听说，当年你为了翻案，得罪了不少同事，最后还被下放到一个偏远的县城里。"

"嗐，那属于正常的工作调动。"杜成摆摆手，"不值一提。"

"不一样的。"纪乾坤感慨道，"我是亲人被害。你呢，查了二十多年还不肯罢手，只是出于职责所在。"

"老纪，我没那么伟大。"杜成打断了他的话，神色平静，"我得了癌症。"

一瞬间，室内安静无比。

"我当了三十多年警察，这是唯一一件没有了结的案子。"杜成垂下眼皮，语气轻缓，"我的时间大概不多了。"他耸耸肩，笑笑："所以，我不想带着遗憾走。"

纪乾坤怔怔地看着他，半晌，低声问道："我，我能帮你什么？"

"这话应该我问你吧，"杜成笑着反问，他回头看看魏炯和岳筱慧，"你们查到了什么？"

"毫无进展。"纪乾坤的脸色暗淡下来，"否则这两个孩子也不会冒着那么大的风险去偷阅卷宗。"

"他们够厉害了。"杜成指指魏炯的衣袋，"他应该拍了不少。"

魏炯的表情尴尬，冲纪乾坤点了点头。

纪乾坤的眼睛一下子亮了起来，看得出，如果不是因为杜成在场，恐怕他会立刻要求魏炯把手机拿出来。

"不过，他只看了卷一。"杜成想了想，似乎在内心进行权衡，最后，他从身后拿出自己的挎包。

"看这个吧。"杜成从挎包里拿出厚厚的几本卷宗，递给纪乾坤，"这是全部。"

纪乾坤只翻看了几页，双手就颤抖起来，似乎对这份惊喜难以置信。

"这……"

"没什么。"杜成看着纪乾坤，又把视线转向魏炯和岳筱慧，"在这件事上，我们是站在同一边的。"

第十九章

黄雀

林国栋最近的生活非常有规律。

在近一周的持续跟踪中,骆少华逐渐确定了这样一个事实:林国栋的确找到了工作,并且跟他的老本行有关系。

每隔两三天,林国栋会去早市购买一些食品或者生活用品,然后几乎就足不出户了。在每天的大部分时间里,他都会端正地坐在电脑前,认认真真地翻译着某种文稿。这一点,从他时常需要查阅英汉词典可以得到验证。偶尔起身离座,不是去卫生间,就是去给茶杯里添加开水。中午他会短暂地休息一会儿,吃个午饭,并且小睡半小时左右。骆少华曾偷偷地查验过他扔在门口的垃圾袋,没发现什么异常。

这天早上,骆少华天不亮就起身了。因为从昨天的跟踪结果来看,林国栋已经不在电脑前长时间地敲打,而是以浏览居多,偶尔会思索一阵,键入几个字符。骆少华意识到,他大概已经完成了工作,正在进行最后的校对和修改。那么,今天大概就是他交稿的日期。所以,他要早点儿出发,以确保可以在林国栋出门前跟上他,最终搞清他供职的地点。

骆少华边穿衣服边感慨,在没退休之前,确定林国栋的去向简直是易如反掌。可惜现在不同了，诸多手段和职务上的便利条件都不能采用，只能用跟踪这种最笨的办法了。

时间还早，街边的早点摊还没有开始经营。骆少华在前一天晚上已经熬好了粥，再热几个包子，准备两个小菜就行了。他走到厨房，打开电饭锅的再加热功能，又从冰箱里取出凉包子，放进笼屉里，将蒸锅里倒上水，端到煤气灶上。

切开两只咸蛋，骆少华又择好一把菠菜，准备用水焯一下。等待水开的工夫，他回到客厅，想抽支烟提提神，却看到骆莹穿着睡衣坐在餐桌前。

"起这么早，"骆少华拿起烟盒，转头看了看墙壁上的挂钟，"这才几点啊？"

骆莹的手里转动着一只水杯，眼眶发青，看上去似乎一夜都没睡好。

"爸，你坐下。"骆莹指指对面的椅子，"我有点儿事想跟你商量。"

骆少华的心里一沉，以为女儿又要为自己的早出晚归大放厥词。其实，春节后，金凤曾找骆莹谈了一次，算是替骆少华解释了一下，同时告诫她不要干涉父亲的活动。骆莹尽管心里半信半疑，但是之后的确不再过问骆少华的行踪。那么，一大早，骆莹要找自己谈什么呢？

骆少华心里画着问号，顺从地拉开椅子坐下。骆莹给他倒了一杯水，又拿过烟灰缸放在他面前。

"什么事？"

"爸，是这样，"骆莹吞吞吐吐地说道，"向阳又来找我了，他想跟我复婚。"

"哦，"骆少华拿着打火机的手停在半空，须臾，点燃了嘴边的烟，"你是什么想法？"

"我不知道。"骆莹显得心慌意乱，"他说和那个女的断了，会改，再也不会犯了。爸，你说这男人能改吗？"

改？尿床能改，说脏话能改，偷东西能改，甚至吸毒都能改。但是，有些事，能改吗？

骆少华一下子想起林国栋，他能改吗？经过22年的囚禁，他能在黑夜降临时，以平静的心态面对纸醉金迷的世界吗？

林国栋是否还有再犯的可能，是这几个月来让骆少华最纠结的事情。当跟踪成为一种习惯，当监视变为一种常态，当绿竹苑小区14栋6楼的监视点成为他最熟悉的地点，骆少华开始忘记了自己的初衷。似乎这个人、这件事，已经构成了他的全部生活重心。日复一日的监控，开始变得机械为之，甚至成为一种本能的反应。骆少华似乎是为此而生，余下的生命也以此为归宿。

他说不清自己究竟想证明林国栋仍然心存恶念，还是已然脱胎换骨。

"爸。"

女儿的呼唤打断了骆少华的思绪。为了掩饰自己的走神，他把烟凑到嘴边吸了一口，不料烟灰已经燃成了长长的一根，稍加震动，就落在了桌面上。

"还是以观后效吧。"骆少华把烟灰拂去，"怎么，他约你了？"

"嗯，今晚吃个饭。"骆莹的表情犹豫，"爸，你说我去不去？"

"你觉得呢？"骆少华摁熄烟头，"这件事，我和你妈都不能替你做主，还得看你自己的想法。"

骆莹唉了一声，上半身趴在桌子上，手伸过来，盖在父亲的手上。

"爸，我咋办啊。"

一股暖意和强烈的保护欲涌上骆少华的心头，这个30多岁的女人，似乎瞬间又回到了少女时代，正在向父亲倾诉考试成绩不佳的烦恼，或者征询该报考哪所大学。

"见见也无妨。"骆少华想了想，开口说道，"就算离婚了，也未必要反目成仇，聊聊孩子也行。至于要不要复婚，还得看向阳的诚意和表现。"

"嗯。"骆莹的脸埋在臂弯里，声音低沉，"晖晖长大了，家庭不完整，对孩子也不是好事。"

她忽然抬起头来，眼中闪过一丝夹杂着怨气和期待的神情："哼，我得考验考验他。说复婚就复婚，美得他。"

骆少华在心里轻叹一声。女儿终究还是不能彻底放下那个男人。

"那就去吧。"骆少华拍拍她的手，"穿漂亮点，让那小子看看，你离开他一样活得很好。"

选择已定，骆莹轻快地答应了一声，又问道："爸，那你说我穿什么好？"

"问你妈吧。"见女儿不再烦恼，骆少华的心情也大好，"我可没法给你提供参考意见。"

骆莹去主卧室找金凤，骆少华回到厨房焯菠菜。把早饭准备停当之后，他看看手表，换好了外出的衣服，拎起背包，推开主卧室的门。

娘俩正在叽叽喳喳地讨论骆莹今晚的穿戴，女儿正在试穿一件米色的V领羊绒衫，床上还放着一件咖色的羊皮大衣。见父亲进来，骆莹急忙把黑色的胸罩肩带塞进衣服里。

"爸，我穿这件好看吗？"

"好看，好看。"骆少华把视线投向老伴，"我出去了，你记得吃药。"

"嗯，放心。"金凤正在打量着骆莹，"你注意点儿安全。"

骆少华应了一声，转身出门。

和骆莹的谈话让他耽误了一些时间，开到一半路程的时候，骆少华就彻底陷入交通早高峰的拥堵中。尽管他在车流中不断地闪转腾挪，却始终无法突破包围圈，最终只能放弃，一点点挪向目的地。

好不容易赶到了绿竹苑小区，骆少华锁好车，一路小跑着进入园区。现在已经接近上午9点，他已经对可以跟踪林国栋不抱希望。果真，当他来到22栋4单元501室门口的时候，清楚地看到防盗门与门框连接处的透明胶带已经被揭开了。

看来林国栋已经出门了。只不过，骆少华在心里还保有一些小小的期待，万一他只是去早市买菜呢？

为稳妥起见，骆少华迅速退出22栋楼，走向对面的14栋楼，回到那个让他无比熟悉的地方，6楼缓台处的监视点。

一切按部就班，熟稔得好像在自家厨房做饭一般：摘下挎包，塞进右手边的酸菜缸后面。然后弯下身，从左侧角落的空花盆里拿出两块砖头，垫在窗台下，这样既方便观察对面楼的5层，又不至于让双脚长时间地站在冰冷的水泥地面上。取出望远镜，拿出用食品袋装好的包子，放在楼道中的暖气管上。这地方既可以给食物保温，也不引人注目，万一有人上楼或者下楼，骆少华随时可以收起望远镜，迅速离开。

准备就绪后，骆少华向林国栋的房间望去。窗帘拉开，床上的卧具也叠得整整齐齐。小书桌上的笔记本电脑呈闭合状态，平时摆在一旁的文稿也不见了。看来林国栋去交稿的可能性很大。骆少华看看手表，早市在9点半左右就散市，如果林国栋在10点前还不回来，基本就可以肯定他已经离家去供职的翻译公司了。

骆少华放下望远镜，稍感沮丧。不过这几个月来的跟踪，让他学会了一件事，那就是耐心地等待。他伸手取下暖气管道上的食品袋，里面有6个肉包子，还散发着微微的热气。骆少华取出两个，靠在一辆自行车上，慢慢地吃起来。

吃过早饭，他从背包里取出保温杯，喝了两口热水。胃里烧灼的饥饿感已经缓解，身上也暖和过来。骆少华点燃一支烟，打开笔记本，记下自己今天开始监视的时间和林国栋的情况。翻翻以往的记录，近一个月来，林国栋外出的情况明显减少，似乎外界的事物已经不能引起他的兴趣。看起来，他已经完全适应了恢复自由后的生活。这个过程所用的时间比骆少华预想的要少得多。而且，林国栋开始找工作，并且对这份工作颇为用

第十九章　黄雀

心，似乎并不打算再度自我毁灭，也许这家伙真的打算平静地度过余生。

骆少华想起了骆莹提出的问题：他能改吗？

女婿向阳的想法大概是多数男人内心的一种渴望：蠢蠢欲动，又放不下祥和稳定的家庭生活。最好的状态就是在外扮演风流倜傥的花花公子，回家后摇身一变，化身为称职的丈夫和父亲。然而，随着年龄的增长，特别是当精力和财力都难以为继的时候，他也许会发现所谓千娇百媚都不过尔尔，卧榻旁熟悉的呼吸和清晨的一杯温水才是弥足珍贵的。

但是，林国栋不一样。

毕竟，他做过的事情，是绝大多数男人想都不曾想过的。

胡乱琢磨了一阵，骆少华看看手表，已经10点10分了。他重新拿起望远镜，向林国栋的房间望去。室内一切如故，林国栋依旧不见踪影。看起来，他的确去交稿了。

骆少华看看酸菜缸后的背包，想了想，把背包拽出来，起身下楼。

重新回到22栋4单元501室的门口，骆少华先留神观察了一下四周的动静，确定安全后，他摘下背包，取出一个小铁盒，挑拣一番后，取出两根细长的铁丝。

他把铁丝插入锁孔，轻轻地拨动着，眼睛半闭，仔细感受着手上的触觉，十几秒钟后，他睁开眼睛，用铁丝用力钩动，"咔嗒"一声后，门开了。

骆少华松了一口气，心中既慰藉，也有小小的得意，退休了，手艺并没有丢。

他迅速收好工具，拎起背包，闪进了室内。

抬眼望向客厅的瞬间，骆少华感到一阵窒息感袭上心头。23年前的情景，仿佛在眼前徐徐展开。

他的身体晃了一下，不得不扶住门框才勉强站定。

冷静。冷静。

不知道林国栋何时会返回,现在不是感慨的时候,要抓紧时间才行。骆少华反复告诫着自己,从背包里取出手套和脚套,穿戴完毕后,从客厅开始巡查。

门口曾摆放着一个木质枣红色鞋架,现在被一个宜家的铁质鞋架取代,上面只有一双棉布拖鞋,看起来林国栋最近并没有访客。客厅靠西侧的墙壁是一架米色格子布艺沙发,咖啡色的沙发巾已经很陈旧。骆少华对这条沙发巾还有印象,只不过它覆盖的曾是一张黑色牛皮沙发。

地板没有换,已经颜色褪尽,油漆斑驳,踩上去吱嘎作响。保持原样的还有客厅一角的大理石台面餐桌。桌上空无一物。骆少华走到卧室门旁的五斗柜前,拉开抽屉一一查看,除了日常的生活用品外,没有特殊的东西。他抬起头,看看五斗柜上的一个相框,里面是一个白发苍苍的老妇,笑容既勉强又尴尬。他还记得这张脸,记得那苦苦哀求的表情和揪住自己衣角的手。

想一想,她应该已经去世十多年了。

客厅的东北角是卫生间,折叠门呈半开状态。骆少华侧着身子,勉强挤了进去,留意不要改动门被开启的角度。

卫生间里还有微微的潮气,洗面盆里尚有水渍残留,台面上整齐地摆放着牙杯和香皂盒。骆少华扫视一圈,把视线投向窗下的老式不锈钢浴缸。

他抿起嘴,走过去,静静地凝望着暗淡无光的浴缸内壁。它曾经亮洁如新,也曾经血水满溢。骆少华清晰地记得那些蓝紫色荧光的形态,流注状、喷溅状。王八蛋。骆少华暗暗骂道,他怎么可能还在这个地方平静地洗脸、刷牙?

四处查看一番,并无异状。骆少华从原路退出卫生间,走到北侧的卧室门口,推推门,被锁住了。他弯下腰,从侧面仔细看了看门把手,一层薄薄的灰尘依稀可见。林国栋犹豫了一下,决定放弃开锁查看。这是林国栋父母的卧室，而且很久没有被开启过，应该没有什么勘查价值。

他转向南侧的卧室，发现房门虚掩着，轻轻推开，一股难以名状的气息扑面而来。

那是人的体味、隔夜的食物以及洗漱品的混合味道。然而，骆少华闻到的远远不止这些。

铁锈、泥土、初冬的水草、盛夏的暴雨……

骆少华长长地呼出一口气，定定神，开始打量室内的一切。

房间不大，但是摆放的物品很少，除了一张单人床外，就是衣柜和一套桌椅，倒也显得宽敞。所有的家具都是陈旧的样式，和23年前并无二致，连枕巾和被罩也是过时的面料和花色。室内唯一带有现代气息的就是书桌上的电脑和打印机。

骆少华俯下身子，发现鼠标的表面已经被磨得发亮，看来这家伙对电脑的利用率相当高。他想了想，抬手翻开笔记本电脑，按下了电源键。

电脑无声地运转起来，很快，S的启动音乐响起，X操作系统的蓝天绿地桌面也显现出来。骆少华松了口气，看来林国栋还不知道如何设置开机密码，否则又要费一番功夫。

他检查了一下硬盘里的文件，没什么发现，随即又打开IE浏览器，查看历史记录。林国栋在最近几日登录的多为新闻、在线翻译和专业词汇查询方面的网站。骆少华耐着性子，逐日查看下去，发现他在春节期间浏览过的网站最多，看来上网是他在那几天里唯一的娱乐消遣。

骆少华很想知道这些网站的内容，可是他立刻放弃了这个想法，一来，此刻尚不知林国栋什么时候会回来，时间并不充裕；二来，林国栋今天早上曾使用过电脑，即使自己清除了今天的浏览记录，万一这家伙懂得查看历史记录，难免会露出马脚。想了想，他拿出手机，拍下了其中几天的浏览记录页面，留待以后慢慢查看。

关掉电脑，又把鼠标摆回原来的位置后，骆少华看看手表，决定撤离。他退出卧室，关好房门，径直向门口走去。刚碰到把手，他突然听到一门之隔的走廊里传来一阵脚步声，门镜里透出的光线也瞬间变暗。

骆少华急忙闪到一边，背靠在门上，留神倾听着外面的动静。几乎是同时，脚步声也消失了。

骆少华屏住呼吸，大脑开始飞速转动。

林国栋回来了？倘若如此，正面冲突就不可避免。是开诚布公，还是夺路而逃？后者大概要更靠谱，因为一旦林国栋知道骆少华私自潜入自己的家，闹将起来，场面恐怕就不好收拾。

看来唯一的选择就是等他进门后，一击将其放倒，趁乱脱身离开。骆少华打定主意，抬手将毛衣领子拉高，遮住口鼻，同时从挎包里掏出伸缩警棍，摆好架势，静待林国栋进来。

然而，几秒钟后，骆少华预想中的抖动钥匙及拧动门锁的声音并没有出现。相反，门外只是传来抖动塑料袋的细微声响，脚步声再起，越来越轻，最后消失了。

骆少华心下疑惑，却不敢妄动，依旧保持着原来的姿势，竭力捕捉着门外的任何一丝响动。足足半分钟后，走廊里还是一片寂静。他再也无法保持耐心，决定冒险在门镜里窥望一下。

匆匆一瞥，楼道已经尽收眼底空无一人。

骆少华松了口气，看来刚才那只是下楼的居民而已。他轻轻地打开门锁，先探出头去左右看看，确定安全后，迅速闪身而出。

快步走出22栋楼4单元，骆少华低下头，穿过楼间的空地，直奔对面的14栋楼，回到6楼的监视点后，他才靠在墙壁上，大口喘息起来。

尽管只是虚惊一场，但是，因为情绪紧张和快速行动，骆少华觉得疲惫至极，他足足休息了半个小时之后才恢复过来。

这次的入室"搜查"一无所获，更无法使骆少华对林国栋的评估有任何促进作用。骆少华能做的，只能是继续等待和监视。然而，这一等，就

第十九章 黄雀

是华灯初上,夜色渐深。晚上9点之后,林国栋家的窗口仍是漆黑一团。

他的晚归,与近期的行动规律明显不符。骆少华不知道他的去向,更无从查证。再等下去也不是办法,骆少华只能就此作罢。稍稍活动下僵硬的四肢后,他悄无声息地下楼,开车回家。

一进家门,骆少华惦记着去查看林国栋浏览过的网站,径直走向骆莹的卧室。一推门,先看到正在写作业的外孙向春晖。他随口问了一句:"你妈呢?"

"没回来啊。"向春晖放下笔,"姥姥说我妈晚上有饭局。"

"嗯。"骆少华这才想起骆莹今晚和向阳的约会,他看看手表,已经快10点了。

"她打电话回来了吗?"

"没有。"向春晖噘起嘴,"我还等着她给我的试卷签字呢。"

骆少华皱起眉头。骆莹的社会关系比较简单,很少外出,即使临时有应酬,也会早早回家。今晚虽说和向阳见面,但是也不至于这么晚还不回来。正想着,金凤推门而入,一脸焦急的表情。

"我刚想给你打电话。"金凤捏着手机,"骆莹还没回来。"

"我知道。"骆少华急忙扶金凤坐下,"给她打电话了吗?"

"打了好几遍了。"金凤晃晃手机,"这孩子始终不接。"

骆少华心下更加疑惑,嘴上却安慰金凤:"你别担心,没准他们吃完了饭,一起去看个电影也说不定。"

"嗯,那倒是。"金凤的表情稍有缓和,起身去给骆少华准备晚饭。骆少华无心去开电脑,躲进卧室里,拨打向阳的电话。

铃声足足响了十几遍后,前女婿才接听:"喂,爸。"

"你和骆莹在一起吗?"骆少华劈头就问,"她怎么还没回家?"

"嗯?"向阳的声音听起来比他还惊讶,"不会吧,7点多我们就分开了。"

"那么早？"骆少华一惊，又追问道，"你没送她回来？到底怎么回事？"

"我们……怎么说呢，聊得不太愉快。"向阳的语气颇为尴尬，"骆莹那个脾气，您是知道的，自己就走了。"

骆少华打断了他的话："你们约在哪里？"

"华府大厦4楼的一家日本料理店。爸，其实我……"

骆少华没有继续听下去，直接挂断了电话。

华府大厦距离这里不足5公里，就算是步行，骆莹也应该早就到家了。看来，这孩子和向阳谈崩了，心绪烦躁之下，也许又找个地方去喝闷酒了。

他想来想去，还是觉得不放心，又拨打了骆莹的电话。这次等待的时间更长，骆少华正要挂断重拨的时候，电话突然接通了。

骆少华的心一松："莹莹，在哪儿呢？"

奇怪的是，骆莹并没有回应。听筒中传来一阵呼呼的风声，似乎身处一个空旷的室外场所。

"莹莹，"骆少华把手机贴近耳朵，"你在哪儿？"

听筒中依旧只有风声，渐渐地，骆少华分辨出其中还有一个人缓慢而平静的呼吸。正要开口发问，耳边突然传来一声轻笑。

"呵呵。"随即，一个低沉的男声响起，"骆警官，你好。"

骆少华握住电话的手哆嗦了一下，心脏仿佛被人狠狠地攥住了，愣了几秒钟后，才失声问道："你是谁？"

"你知道我是谁。"男人的语气不紧不慢，"要找你女儿是吗？"

"莹莹在哪里？"骆少华噌地站了起来，厉声问道，"你对她做什么了？"

"她现在恐怕不能接你的电话。"男人又笑了一下，"你真的想知道我对她做了什么？"

"我警告你，"骆少华的声音颤抖起来，手机被他捏得咯吱作响，"你如果敢伤害我女儿……"

第十九章　黄雀

"我的手在她的胸上，30多岁的女人，保养得还不错。"男人似乎并不在意骆少华的威胁，依旧自顾自地说着，"黑色的内衣。嗯，是我喜欢的类型，很性感。"

"你别碰她！"骆少华终于吼起来，"否则我杀了你！"

听筒另一边骤然陷入寂静。几秒钟之后，男人的声音再起，语气变得冰冷："20分钟后，地铁2号线，春阳路站，往世纪城方向，一个人来。"

说罢，男人就挂断了电话。

骆少华大骂一声，再拨打时，女儿的手机已经关机了。

他不敢再耽搁时间，起身向门外冲去，刚拉开房门，就和金凤撞了个满怀。

"怎么了？"金凤吃惊地看着目眦尽裂的骆少华，"我刚才听见你大喊大叫的。"

骆少华推开金凤，只说了句"在家等我"就冲出了家门。

此刻已经接近夜里10点半，马路上的车辆不多。然而，骆少华仍然觉得自己的速度不够快。他坐在驾驶室里，握着方向盘的手已经骨节毕现，冲所有排在他前面的车狂摁喇叭，至于红灯，早已不在他的眼中。

女儿，我的女儿。

一路狂奔，开到春阳路站地铁口的时候，距离对方指定的时间还有5分钟。骆少华锁好车，拎起背包冲进地铁站。跑到地铁线路示意图前，他草草浏览一番：2号线是横跨本市南北的一条地铁线。南边终点站为C市医学院，北边终点站为世纪城。骆少华没有耽搁，径直跑向售票口，不顾身后乘客的叫骂，插队买了一张从本站至世纪城终点站的车票。

拿到车票后，骆少华跑向站台，边跑边看手表。还有3分钟。时间虽短，但是足以让这个老刑警整理思路。

本站距离世纪城终点站还有7站的距离，途经房地产大厦、劳动公园、市政府广场、四会街、南湖、大西路电子市场和永清农贸批发中心。对方约自己到这里，不太可能同时把骆莹带过来，而是会指示他登上地铁，前往指定站点。

他的意图是什么，骆莹为什么会落到他的手里，骆少华已经并不关心，现在最要紧的就是知道骆莹所处的地点。她和对方多待一分钟，就会增加一分钟的风险。而这个风险，是骆少华想都不敢想的，他太了解对方的手段和决绝的程度。

因为接听骆莹的手机的人，是林国栋。

跑过通道，冲下扶梯，骆少华来到了春阳路地铁站的站台上。正在等车的乘客们惊讶地看着这个头发花白、气喘吁吁的老人。骆少华扫视一圈，没有看到林国栋的影子。抬头看看电子指示牌，距离下一班地铁进站还有一分钟。

骆少华一边喘息，一边拨打骆莹的手机——依旧是关机。

他暗骂一声，靠在站台的立柱上，不断地打量着身边的人群。地铁将在午夜停运，前来搭乘的，多是些加班或者约会之后的青年男女。南终点站地处市郊，北终点站则是居民区相对集中的地方。因此，骆少华身处的这一侧站台，比对面要热闹得多。特别是列车将至，在站台上很快就聚集了一大群乘客。

骆少华身处人流中，情绪愈加急躁。眼看约定的时间已经到了，自己的手机仍旧毫无动静。

女儿在哪里，她还活着吗？

不远处隐约传来轰隆的声音，随即，站台也微微颤动起来。乘客们开始陆续向塑料围挡前会集，下一班地铁即将进站了。

很快，白色车厢的地铁呼啸而至。停靠在站台上之后，塑料围挡上的电控门打开，大批乘客从车上走下，等待上车的乘客在站台上等待，偶有心急的，已经逆流而上，钻进了车厢。

骆少华被熙攘的人群冲击得站立不稳，目光却始终在两边的车门上来

第十九章 黄雀

回巡视。然而，依旧不见林国栋或者骆莹的踪影。他再次低头查看手机，既没有来电也没有短消息。

这王八蛋想干吗？

难道就让我在站台上傻等？

站台上铃声响起，车厢关闭，塑料围挡上的电控门也缓缓合拢。本班地铁离站。骆少华站在原地，无助地看着列车在自己面前慢慢开动，心里既焦急又疑惑。随着速度的提升，车窗里的无数张面孔飞速掠去，渐渐化作一个个拖曳而去的光斑。

最后一节车厢在他眼前一闪而过。骆少华孤零零地留在了站台上，在他的余光中，却突然出现了一个人。

他下意识地抬起头，看见对面站台上，一个瘦削的身影正从候车椅上缓缓站起。

骆少华张大了嘴巴，双眼圆睁，看着林国栋慢慢地走向站台边缘，隔着塑料围挡，双手插在衣袋里，冲自己露出一个意味深长的笑。

他为什么会出现在那里？骆莹又身在何处？女儿是死是活？林国栋究竟想干吗？

无数个问号在一瞬间涌入骆少华的脑海，他的思维已经中断，几乎如本能般冲向对面。然而，在他和林国栋之间，还隔着两组铁轨和一人多高的塑料围挡。

"我女儿呢？"骆少华扑在塑料围挡上，连连拍打着，声嘶力竭地吼道，"她在哪里？"

林国栋没有回答，依旧看着状如疯癫的骆少华，一脸揶揄的笑容。

这就是无能为力。

掌握女儿生死的人就在几米开外，而他却不能前进哪怕一厘米。

黑暗的隧道里，隐约的轰隆声再次响起，一道灯光出现在拐角处，由远及近，越来越明显的气流开始在站台上翻涌。

骆少华已经察觉不到这些,他现在唯一能做的,就是死死地盯着对面的林国栋,毫无意义地吼叫着。

突然,林国栋抬起右手,将食指竖在唇边,向他做了一个噤声的手势。

骆少华一下子停下来,上半身依旧俯在塑料围挡上,紧盯着对方的一举一动。

林国栋的左手从衣袋里抽出,抬起,"啪"的一声拍在面前的塑料围挡上。

一个血红的手印出现在围挡上。

血。鲜红色的血。不断滴落、流淌的血。

骆少华的脑袋里轰的一声,最后一丝尚存的理智也随之消失。

骆莹!

他用尽全力向塑料围挡撞去。一下,两下。围挡摇晃起来,最终变形。电控门上沿分开一指宽的缝隙。骆少华从挎包里抽出伸缩式警棍,甩开,插入电控门的缝隙里,用力撬压着。

"你干什么?"

伴随着一声又惊又怒的吼叫,两个地铁安全员冲了过来。

骆少华什么都听不到,眼前只有渐渐分开的电控门和对面那个还在不断向下流淌的血手印。

骆莹,我的女儿!

忽然,眼前的一切发生了扭转,电控门和血手印通通向右转了九十度,骆少华被扑倒在地上。

两个人的重量压在身上,骆少华一时动弹不得。然而,多年训练造就的身手,加之被林国栋激发的狂怒让他很快就爬起来,迅速放倒了两名地铁安全员。再次起身望向对面的站台时,林国栋的身影只是闪了一下,就被飞驰而过的地铁车厢挡住了。

开往南终点站的地铁进站了。

第十九章 黄雀　　235

骆少华更加焦急。车厢内走出大量乘客,对面的站台上刹那间就人流涌动。他竭力在人群中寻找林国栋的身影,却始终一无所获。

此时,两个被打倒的安全员都龇牙咧嘴地站了起来,其中一个盯着骆少华跃跃欲试,另一个已经在用无线电呼叫保安员。

骆少华咬咬牙,拎起背包向扶梯跑去。

刚才的一番激斗反而让他冷静下来。仅靠他自己,显然已经没法救出女儿。所有的顾虑在骆莹的性命面前都一文不值。

那鲜血,究竟是不是骆莹的?

骆少华不敢再想,边跑边摸出手机,拨打了一个号码。

几秒钟后,杜成的声音从听筒里传出:"老骆。"

"成子,你在哪里?"

"家里。"听上去,杜成对他的来电颇为意外,"有事吗?"

"马上给我定位一个手机号码,要快。"骆少华已经冲进了对面的站台,环视一圈,站台上空无一人,他暗骂一声,向杜成报出一串电话号码,"有消息立刻通知我。"

杜成犹豫了一下,但是很快做出答复:"好的,我这就给震梁打电话。"

骆少华挂断电话,转身向出口跑去。还没跑到出站闸机,就看到几个保安员正围拢过来,试图拦住他。

"闪开!"骆少华大吼一声。也许是被他脸上凶狠的表情吓到,更是慑于他来势汹汹的气势,保安员们都有所畏缩。趁他们犹豫的工夫,骆少华从闸机上一跃而过,径直跑向站外。

来到街上,骆少华迅速向四周扫视,马路上只有零星几个行人,车辆也很少。可是,林国栋依旧不见踪影。他顾不得喘口气,随即向自己的车跑去。

刚刚发动汽车,杜成就打来了电话。

"老骆,找到了,在八一公园附近,而且位置不变。"

"知道了。"骆少华一手举着电话,一手急转方向盘,脚下猛踩油门。

"老骆,那是骆莹的手机号。"杜成的声音也颇为急切,"她怎么了?"

"见面再说。"骆少华没有时间跟他解释,"你带几个人过去,拜托了!"

"好,我这就出发。"听筒里传来脚步声,"你开着手机,保持联络。"

骆少华应了一声,绕过一辆出租车,向八一公园飞驰而去。

八一公园位于城南,距离春阳街地铁站7公里左右的路程。骆少华驾车一路狂奔,不到5分钟就开到公园门口。刚停好车,就看见一辆帕拉丁SUV疾驰而来。杜成从车上跳下,朝骆少华跑过来。

"震梁他们已经到了。"杜成的脸上满是亮晶晶的汗水,"正在公园里搜索。"

算起来,骆少华和杜成已经有几年没见了,甚至连话都没有说过。再次见面,杜成却不问缘由就出手相助。关键时刻,还是老伙计们靠得住。

骆少华没有时间多感慨,拍拍杜成的肩膀,道了句谢谢后,就跑进了公园。

骆莹的手机虽然已经关机,但是仍可以通过技术手段确定它的大概位置。那么,可能性就有三个,一是手机还在林国栋身上,二是在骆莹身上,三是已经被林国栋丢弃在别的地方。第一种可能性基本可以排除,因为手机被定位后,位置没有改变。林国栋不可能留在原地等骆少华找上门来。所以,后两种可能性是比较大的。骆少华更倾向于第二种可能性,因为从林国栋刚才和骆少华通话的情况来看,似乎他身处一个空旷的户外场所。八一公园的确符合这个特点。而且,骆莹也很可能就在公园里,因为如果她在公园外,应该很快被人发现。张震梁他们显然也想到了这一点,所以首先选择在公园内搜索。

只是,骆莹即使被找到,还会活着吗?

骆少华不敢再多想,打开强光手电,在漆黑一片的公园里寻找着。此

第十九章 黄雀

刻已近午夜，公园里人迹寥寥。为稳妥起见，骆少华从门口找起，连假山后和树下都不放过。然而，时间一分一秒地过去，除了发现几对正在隐蔽处亲热的男女外，丝毫不见骆莹的踪迹。骆少华越来越焦急，现在的气温是零下15℃左右，而且女儿很可能受了伤，她还能坚持多久呢？

正想着，面前出现一道快速移动的手电光，还伴随着急促的脚步声。骆少华用电筒照去，看见杜成正快速跑过来。

"怎么样？"

"这边没有。"手电光下，杜成的脸色很不好看，"老骆，我去左边找，你去右边。"

骆少华应了一声，快速向旁边的岔路走去。他绕过一座雕塑，特意照了照雕塑背后，没有。

跑过一座木桥，看看桥下，没有。

钻进一片灌木丛，没有。

从时间和搜索人力分布来看，大半个公园已经被搜过了，还是不见女儿。骆少华的脚步越来越沉重，眼前也渐渐迷离一片。终于，他再也跑不动了，本想扶住一棵树歇口气，双腿却彻底软了下去。

他一屁股坐在树下，立刻感到了身下的坚硬和冰冷。然而，更冷的是他的心。愈发浓重的绝望袭上心头，骆莹也许不在这个公园里，抑或她已经被害了。

骆少华觉得鼻子发堵，胸口也闷得厉害。终于他抬起头，冲着漆黑一片的公园，哭出了声。

"莹莹，你在哪里？"骆少华像一个恐惧的孩子，茫然无助，"快点儿出来，爸爸……"

那些沉默的树木、假山和水池并不回应，无声地看着这个哭泣的父亲。

忽然，骆少华听到衣袋里的手机响了起来。他急忙擦擦眼泪，掏出手机一看，是杜成。

"喂?"

"老骆,孩子找到了。"杜成的声音非常急促,伴随着喘息声,似乎还在奔跑,"在喷泉旁边的长椅上,还有个男的。"

距离喷泉还有十几米的时候,骆少华就看到几个男人围在一张长椅旁,手电光笼罩在一个垂着头的女人身上。旁边是一个双手抱头,呈蹲坐状的男人。

骆少华快步跑过去,径直扑向长椅上的女人,急不可待地扳起她的头没错,正是骆莹。

同时,他感到一股湿热的气息喷在手上,还带着浓浓的酒味儿。

骆少华一下子失去了全身的力气。她还活着。

骆莹身上盖着一件蓝色羽绒服,上半身随着父亲的动作无力地摇晃着。骆少华突然想起那个血手印,急忙拉开羽绒服,想查看她是否受了外伤。

"我刚才简单看了一下,没事。"张震梁走过来,他只穿着一件毛衣,正抱着肩膀打哆嗦,"不过人还昏迷着。看上去,好像是喝多了。"

骆少华不放心,还是上下查看了一番。的确,骆莹衣着完整,全身都没有血迹。他站起来,看看站着的几个男人,除了杜成和张震梁之外,其余几个都是刑警队的小伙子。

"那个男的呢?"

"喏。"张震梁向蹲坐的男人扬扬下巴,"找到骆莹的时候,这王八蛋正在她身上摸摸搜搜的。"

骆少华用手电筒照向他。男人的头发又脏又乱,穿着一件看不出底色的破棉袄,似乎是个流浪汉。

骆少华上前揪起他的头发,男人仰起脸,哎哟哎哟地叫唤起来。

不是林国栋。

尽管如此,一股怒气仍然从骆少华的心底泛起。他抬脚向男人踹去,后者跌坐在地上,一边躲避,一边大声惨号。

第十九章 黄雀

"行了。"始终默不作声的杜成拉住骆少华,"先送骆莹去医院吧。"

市第四人民医院的走廊里,杜成、张震梁、骆少华三人等待着骆莹的消息,或坐或立,各怀心事。

当年,因为杜成坚持认定许明良不是凶手,并多次要求重查此案,最终导致他和马健、骆少华等人反目。即使杜成在被下派至其他城市后重新调回,三人也已经形同陌路。特别是在马健和骆少华相继退休后,杜成和他们几乎断了联系。今晚骆少华突然找自己帮忙,让杜成感到非常意外。

对此,骆少华同样解释不清。他只是觉得,在那个时刻,没有人会比杜成更能理解骆莹的危险处境,即使林国栋的存在是个永远不能向杜成道出的秘密。

因此,他始终垂着头,回避着杜成探询的眼神。

一个医生从某个病室走出,一边翻看手里的诊疗记录,一边匆匆向他们走来。

"谁是骆莹的家属?"

骆少华急忙站起:"我是。她怎么样?"

"没什么大事,轻度酒精中毒。"医生合上诊疗记录,"先输液,观察一下,没事就可以出院了。"

骆少华向医生连连道谢,脸上的表情如释重负。

杜成看看他,开口问道:"老骆,莹莹是怎么回事?"

"和向阳见面没谈好,一个人喝闷酒去了。"骆少华勉强笑笑,"辛苦大家了。你怎么样,脸色蜡黄蜡黄的,身体不舒服?"

杜成知道他想岔开话题,只是简单作答:"病了,没关系。"

张震梁走过来,看看杜成的脸色,推着他往外走:"师父,你回去休息,我陪老骆。"

"不用。"杜成轻轻地推开张震梁,"我和老骆谈谈。"

"哦。"张震梁转头看了看骆少华,起身走到远处的长椅上坐下。

杜成坐在骆少华身边，想了想，低声说道："老骆，我们都是干刑侦几十年的人。有些话，不必披着藏着。莹莹到底出了什么事？"

"真的是喝多了，不接电话，所以我着急了。"骆少华躲开他的目光，"刚才医生的话你不是都听到了。"

"二十多年前吧，莹莹上初中，期末考试没考好，不敢回家，去同学家睡了两天。"杜成观察着他的神色，"那时你都没像今晚这么着急。刚才听你的语气，我还以为莹莹被绑架了。"

骆少华的身体抖了一下："成子，咱们老了，经不起折腾了。孩子有点儿闪失，就能要了我的命。"

"我看你挺经得起折腾。"杜成踢踢骆少华脚下的挎包，"如果骆莹仅仅是不接电话，你至于带着警棍和望远镜吗？"

骆少华下意识地低头，看见挎包的袋口敞开着，警棍的握柄和望远镜露出一角。

其实，他很难说清自己为什么会找杜成来帮忙。在意识到骆莹可能被害的时候，骆少华第一时间想到的就是杜成。也许在他的潜意识里，只有这个苦苦追踪了真凶二十几年的老朋友才能真正地体会到林国栋有多么危险。然而，此时此刻，对于事情的来龙去脉，他不能解释，也没法解释。他很清楚，任何理由和借口都瞒不过杜成。但是他不能让这件事暴露，否则他会在接到林国栋的电话后，第一时间就向老伙计们求助。

林国栋一旦曝光，所有人都将面临灭顶之灾。他敢劫持骆莹，并威胁自己，就是认定骆少华只敢一个人前来。

骆少华一直以为自己是捕蝉的螳螂，没想到林国栋才是真正的黄雀。

"你到底在做什么？"杜成盯着骆少华，继续发问，"这件事和骆莹有什么关系？"

骆少华的心里已是一片冰凉。他叹了口气，转身面对杜成，眼神空洞。

"没有。什么事都没有。"

第二十章

香水

张海生后退几步,调整了一下书写白板的位置,又走上前去,把最后几根钉子敲进墙里。

"这样行不行?"

"行,就这样吧。"纪乾坤给魏炯面前的杯子里添满开水,又吩咐道,"把横杆也装好。"

张海生阴沉着脸,看看纪乾坤,一言不发地俯身拿起一根不锈钢毛巾杆,拆去外包装后,架在白板的上方开始安装。

装完一侧后,他粗声粗气地对坐在床上的岳筱慧说道:"你,弄好没有?"

"马上。"岳筱慧咬断线头,把一面缝好的白布递给张海生。

张海生把白布穿进毛巾杆里,安装好另一侧,拉动几次,把锤子扔进工具箱里。

"装完了。"

"嗯,你先出去吧。"纪乾坤整理着手里的一大沓照片,看也不看他,"有事我会再叫你。"

张海生叮叮咣咣地收好工具箱，抬脚走了出去，回手把门摔得山响。

岳筱慧目送他出门，转头对魏炯吐吐舌头。

魏炯无奈地笑笑。岳筱慧并不知道纪乾坤何以能对张海生如此颐指气使，个中缘由，也不便对她说明。

纪乾坤摇动轮椅，招呼他们："来，把照片贴到白板上。"

两个人动手，纪乾坤来指挥。很快，半张白板就被密集的照片所覆盖。小小的宿舍，看起来竟像公安局的会议室一般。

照片共分成四列，都是现场及尸检图片，按照四起杀人案的时间顺序排列。魏炯看了一会儿，回头问纪乾坤："要不要把现场示意图也贴上去？"

纪乾坤没有立刻回答他，而是怔怔地看着第四列现场照片。妻子冯楠的尸体被拼在一起，姿势怪异地躺在不锈钢解剖台上。

魏炯和岳筱慧对望了一下，默默地看着纪乾坤。

老人回过神来，意识到自己的失态，急忙笑笑，抬手指向白板。

"这样多好，直观。"

话音未落，杜成推门进来，看到三人围在墙边，盯着贴满照片的白板，也吃了一惊。

"这是干吗？"

"呵，你来得正好。"纪乾坤招呼他坐下，"怎么样，不错吧？"

"挺像回事的。"杜成打量着白板，"是你的主意？"

"嗯，方便观看分析。而且，"纪乾坤摇动轮椅，走到墙边，揪起白布的一角，拉过去盖住白板。

"平时还可以遮住，不至于吓到别人。""你考虑得还挺全面。"杜成笑了，"有什么发现吗？"

三个人互相看看，都没有开口。

杜成提供的资料，仅仅是让纪乾坤等人了解了案件的全貌而已。至于从中提取出线索或者思路，仍是他们力不能及的，更多的只是猜想和毫无

第二十章　香水　　　243

依据的推测。

"杜警官,"纪乾坤想了想,开口说道,"我们之所以能够站在一边,是因为我们都相信许明良不是凶手,对吧?"

"对。"杜成直接承认,"否则我不会这么多年还放不下这个案子。"

"嗯,那我们的出发点是一致的。"纪乾坤点点头,"但是,我们的进度显然不一样。而且,你应该比我们走得更远。"

"那倒未必。"杜成指指白板,"案发时间距今已经有20多年,我走访了一些当年的相关人员,但是获取的信息未必准确。可能是记忆错误,也可能是自己的主观臆测。"

"那么,你现在调查的重点是什么?"

杜成看了纪乾坤几秒钟:"你先说说你的。"

纪乾坤笑了:"你还不能完全信任我,是吧?"

"对。"杜成毫无隐瞒自己的观点的意图,"因为我不确定你能给我什么帮助。"

"我是被害人的丈夫。"纪乾坤的语气一下子变得犀利,"我有权利知道真相。"

"你不需要知道真相。"杜成同样针锋相对,"我只要把结论告诉你就行。"

"那你为什么把卷宗交给我?"

"因为除了我,你是唯一一个想找出凶手的人。"杜成加重了语气,"唯一一个。所以你也许能向我提供我不知道的信息。"

纪乾坤挑起眉毛:"嗯?"

"大多数人会对这场悲剧选择遗忘,我走访过的当事人都是,包括许明良的母亲在内。"杜成直视着纪乾坤的眼睛,"但你不是,你没有选择继续生活下去,而是留在23年前的记忆里。也许这对你很残忍,但是我需要你这么做。因为只有如此,我才能挖掘出我要的东西。"

纪乾坤怔怔地看着他，一时间说不出话来。

"所以，我觉得，你的选择是对的。"忽然，岳筱慧开口了，"我不妨直接告诉你，我们之前一直在讨论的是，凶手为什么会选择那些女人下手。"

"嗯，这的确是一个思路。"杜成转向岳筱慧，上下打量了她一番，"结论呢？"

岳筱慧看看魏炯。后者挠挠脑袋，颇为尴尬地开口："没结论。"

杜成撇撇嘴，脸上倒也没有失望的表情。

"的确，我们找不到规律。"纪乾坤指指白板，"第一个被害人叫张岚，33岁，案发时穿着黑色呢子大衣，玫红色高领毛衣，蓝色牛仔裤，短皮靴，黑色长卷发；第二个被害人叫李丽华，27岁，案发时穿着深蓝色棉外套，黑色毛衣，黑色裤子，棕色皮靴，黑色短发；第三个被害人叫黄玉，29岁，案发时穿着红色短袖T恤衫，黑色短裤，白色运动鞋，棕色长直发。"杜成接着说下去，显然对所有被害人的情况都了然于心，"第四个被害人叫冯楠，蓝白碎花连衣裙，银灰色高跟鞋，黑色长卷发。"

"共同点是都身材姣好，且都在深夜独行时被害。"魏炯也凑过来，"不过，除此之外，她们在穿着、外貌等方面都毫无相似之处。"

"他在深夜里开着车闲逛，应该会遇到不少晚归的单身女人。"纪乾坤低下头，声音黯然，"我不知道他为什么会选择我妻子。"

"这也是我一直在想的问题。"杜成上前拍拍纪乾坤的肩膀，"案发时间横跨冬、春、夏季。被害人的身高不等，发长发色也不同，究竟是什么刺激了他？"

"性欲？"魏炯插了一句，同时有些难为情地看看岳筱慧，"欲望难耐时就外出寻找猎物，然后选择随机的目标？"

"没那么简单。"杜成摇摇头，"这家伙的经济条件应该不会太差，如果仅仅是为了发泄兽欲，站街女有的是。"

第二十章 香水

他走到白板前，指指其中几张照片："强奸，肯定与性有关。杀人并分尸，固然有灭口之意，但是能看出他对被害人发自内心的恨意。对某种女性，他既想占有，又有深深的仇恨。"

一直默不作声的岳筱慧忽然开口问道："杜警官，当年侦办这起案件的警察们，都是男性吧？"

"嗯，"杜成对她的问题颇感意外，"是啊，怎么？"

"怪不得。"岳筱慧笑了笑，"你们都忽略了一点，女人除了外在的衣着、相貌、头发之外，还有一种看不见的东西，同样可以刺激男人。"

三人都愣住了，随即同时发问："什么？"

岳筱慧指指自己的衣服："气味。"

杜成最先反应过来："香水。"

"对。"岳筱慧点点头，"我查过一些资料，女士香水对某些男人来说，就是催情剂。也许就是某种特殊的气味，刺激了他的冲动。"

杜成立刻把头转向纪乾坤，后者稍一思索就给出了肯定的答复："没错，冯楠那天出门的时候，的确搽了香水——蝴蝶夫人。"

香水。杜成的大脑快速运转起来，和第一个被害人张岚的丈夫对谈的情景在眼前浮现出来：温建良夹着烟，眼睛始终盯着窗外，语速缓慢："黑色呢子大衣，玫红色高领毛衣，牛仔裤，短皮靴，浑身香喷喷的。我当时还取笑她。"

他快步走向小木桌，拿起厚厚的卷宗，快速翻找着。

第一起案件中，被害人张岚去参加同学聚会，返家途中被害。

第二起案件中，被害人李丽华逛街归来，因购买昂贵首饰而与丈夫争执，负气出走后被害。

第三起案件中，被害人黄玉是夜跑时被害。

第四起案件中，被害人冯楠参加同事的婚礼答谢宴，返家途中被害。

那么，冯楠和张岚可能在吃饭时饮酒；黄玉夜跑时会大量出汗。体温升高会让香水的味道更加明显。至于李丽华，可能在商场购物时同时购买了香水，或者曾经试用过。

会不会她们都用了同一款香水？

黄玉和李丽华的情况还需要进一步核实。不过，倘若这个推断是成立的，那么，几乎就可以得出一个结论。

"我还需要查查看。"杜成沉吟着转过身来，目光炯炯地看着纪乾坤，"如果刺激凶手的来源真的是香水，那么许明良肯定是被冤枉的。"

纪乾坤紧张地回望着他："为什么？"

"许明良有慢性筛窦炎导致的嗅敏觉减退。"杜成的语气越加兴奋，"死者身上搽的是香水还是花露水，对他而言是没有意义的。"

"看吧，"纪乾坤激动地拍了一下轮椅，"我没的说错。"

"你别急着得意。"杜成摆摆手，"我还得搞清楚黄玉和李丽华用不用香水，以及是什么牌子。不过，"——他指指岳筱慧："这小姑娘挺厉害。"

"谢谢。"岳筱慧莞尔一笑，目光却变得咄咄逼人，"现在，该您了。"

"哦？"杜成一愣，随即意识到她在问的是自己的调查重点，"我关注的是那个指纹。"

"第四起案件中的？"魏炯问道。

"嗯。"杜成指指第四列照片，"凶手在前三次作案的过程中，没有留下任何痕迹物证。我们在抛尸现场和包裹尸块的塑料袋上什么都没提取到。不过，在第四起案件中，他露出了破绽。"

纪乾坤立刻接道："猪毛和指纹。"

"对。"杜成点点头，"塑料袋上有许明良的指纹，而且他又是卖猪肉的，所以警方才确信他就是凶手。"

"凶手也许是他的顾客之一呢？"纪乾坤说道，"你们的推断，未

第二十章　香水　　247

必……"

"塑料袋上只有他一个人的指纹。"杜成伸出一只手,"案发时正是盛夏,如果你看到一个戴着手套来买肉的人,不会觉得奇怪吗?"

"嗯,那倒是。"纪乾坤老老实实地承认。

"而且,在尸袋里还发现一只鞋子。"杜成皱起眉头,"这是我们唯一一次发现被害人的衣物。我想不通的是,那样一个耐心细致的人,分尸手法越来越熟练,作案心态越来越冷静,为什么会犯下如此愚蠢的错误"

"分尸时遇到了某些突发情况。"岳筱慧插嘴道,"所以他慌张了。"

"有可能。"杜成摸摸下巴,"但是同样解释不了指纹的事情。"

"未必。"魏炯沉吟着,慢慢说道,"如果他不是许明良的顾客呢"

"嗯?你的意思是?"

"现在的情况是这样。"魏炯边想边说,"我们认为许明良不是凶手,但是抛尸的塑料袋上有他的指纹,这说明他接触过这个袋子,是吧?"

"是这样。"杜成看着他,"你继续说。"

"许明良拿着一个装着猪肉的袋子,交给某人,而对方并没有接触或者说没有赤手接触到这个袋子。"魏炯做出一个递过去的手势,"那么有没有这种可能:不是卖,而是送?"

杜成皱起眉头,纪乾坤和岳筱慧也是一头雾水的样子。

"我没懂你的意思。"

"嗐,"魏炯说不清楚,干脆表演起来,"比方说,许明良拿着袋子,到了某人家,进门,说某某我给你送点儿猪肉,放下之后,聊几句就告辞。之后对方是否戴着手套拿起袋子,他完全不知道啊。"

魏炯的表演既滑稽又好笑,几个人都忍俊不禁。杜成也被逗乐了,不过,一个念头突然闪电般地出现在他的脑海中,似乎某个记忆被魏炯的推测挖掘出来。然而,这种感觉稍纵即逝,他想抓住它的时候,偏偏又消失得无影无踪。

杜成集中精神，想找回那个溜走的念头，忽然，听到自己衣袋里的手机响了起来。

他拿出手机一看，是高亮，急忙接听。

"老杜，你找我办的那件事，有消息了。"

三个人看着杜成接听电话，看他的表情从惊讶、疑惑又变得若有所思。他并没有和对方有过多的交谈，只是嗯啊地回应，最后问了一句："在哪里"就挂断了电话。

"抱歉了，各位。"杜成站起身来，拎起背包，"我得先离开一下。"

林国栋坐在陈晓的对面，看女孩用细长的手指点数着一沓钞票。她的手光滑、白皙，淡蓝色的血管清晰可见。

林国栋调整了一下坐姿，轻轻地呼出一口气。

陈晓注意到林国栋的眼神，笑了笑。

"放心吧，林老师，不会错。"她把钞票递到林国栋手里，"您点一点。"

"哦，不用了。"林国栋有些尴尬，马马虎虎地把钱塞进衣袋里。

陈晓在桌子上翻找了一番，拿出一个牛皮纸档案袋，递给林国栋。

"三篇论文、两个广告文案。10天，怎么样？"

"嗯，我先瞧瞧。"林国栋抽出文稿看了看，"这是一篇经济学论文啊，有不少专业词汇要查。"

"那就两个星期吧。"

"行，问题不大。"

陈晓站起来，开始穿外套，整理提包，收拾停当之后，发现林国栋还坐在原处，翻看着手里的文稿。

"林老师，我去吃午饭。"陈晓试探着问道，"您要不一起？"

"嗯？"林国栋回过神来，急忙收起文稿，"好啊。"

陈晓感到有些意外，不过话已出口，再收回也来不及。想了想，吃顿饭而已，没什么大不了。

二人一前一后走出办公室。陈晓锁好门，径直走向电梯间。等电梯的工夫，两个人有一搭没一搭地扯些闲话，林国栋看上去有点儿紧张，腰板挺得笔直，始终目不转睛地看着液晶面板上不断变化的数字。

陈晓的心中暗暗好笑，想不到这老先生还挺纯情。

很快，电梯来到他们所在的楼层。轿厢里人很多，基本都是赶着去吃午饭的人。两个人挤进去。陈晓站在门口，林国栋站在她身后。

电梯下行。陈晓琢磨着去吃碗馄饨还是麻辣烫，突然感到脖子后面有气流轻轻拂动，仿佛有人在她身后沉重地喘息。

她皱皱眉头，下意识地向前移动了半步。同时，她听到一种几乎无法察觉的声响。

既像叹息，又像呻吟。

5分钟后，林国栋和陈晓站在楼下的一条小巷里。街道两边林立着各色招牌，都是一些价格相对便宜的小饭馆。

"馄饨、麻辣烫还是牛肉面？"陈晓回头征求林国栋的意见，"我请您。"

"别啊，哪有女士请客的道理？"林国栋左右扫视着，"吃点儿好的吧，你来选。"

"那多不好意思。"

"别客气。"林国栋拍拍衣袋，"这不是刚发了工资嘛。"

最后，两人商定去吃斑鱼火锅。进到店里，选了个靠窗的位置，陈晓脱了外套，露出里面穿着的鹅黄色毛衣。

林国栋坐在她对面，上下打量了她几眼，挥手叫服务员送菜单过来。

"你来点吧。"林国栋把菜单递给陈晓，"挑你爱吃的。"

"那就让您破费了。"陈晓把握着分寸，选了几样价格适中的菜品，特意给林国栋点了一瓶啤酒。

酒菜很快就上齐，两人吃喝起来。热腾腾的火锅在他们中间冒着大团蒸汽，女孩的脸上见了汗，两颊也变得红红的。

"味道真不错。"陈晓揪起毛衣领子扇着风，"就是怕吃得一身味儿，待会儿我得出去走走，吹吹风。"

林国栋却吃得很少，小口呷着啤酒，鼻翼轻轻地翕动着。

"林老师，您注册个电子邮箱吧。"陈晓夹起一块鱼片，"以后在网上传稿子，省得您来回跑了。"

"没事。岁数大了，就当锻炼身体了。"

"嘿，您可不老。"陈晓专心对付眼前的食物，"现在您这种大叔范儿正流行呢。"

"哈哈，真的假的？"林国栋笑起来，"很热吗，要不要来杯啤酒？"

"行。"陈晓爽快地把杯子递过去，却突然发现林国栋握着酒瓶的手上缠着纱布，"哎哟，您这是怎么了，受伤了？"

"没事。"林国栋把陈晓的杯子倒满酒，又看看自己的手心，"抓一只螳螂，不小心弄的。"

"螳螂？"陈晓感到既疑惑又好笑，"这个季节，哪有螳螂？"

林国栋看着女孩瞪得圆圆的眼睛和红润的脸庞，深深地吸了一口气，眯起眼睛，笑着说道："是啊，螳螂。"

第二十一章
真相

马健走进茶楼,向前台服务员询问了几句,随后就被带往二楼尽头的一间包厢里。一进门,就看到骆少华蜷缩在沙发里,呆呆地盯着眼前的茶杯。

"少华,这么急着找我,什么事?"马健脱下外套,坐在骆少华对面,刚细细打量对方,他就愣住了,"我靠,你这是怎么了?"

骆少华头发蓬乱,眼眶发青,双眼布满血丝,脸上的线条如刀削般深刻,活脱脱一个瘾君子的形象。

"你小子,该不会他妈的吸粉了吧?"

"你扯哪儿去了,"骆少华惨然一笑,"老马,你最近怎么样,挺好的?"

"还行。"马健的气色不错,头发略长了些,整齐地梳向脑后,他拍拍肚子,"就是胖了,天天闲着嘛。"

骆少华扫了他一眼,起身在他的茶杯里倒满茶水。

"要不要来点儿吃的?"

"不用,刚吃过。"马健端详着骆少华,"你上次半夜打电话给我,我就觉得奇怪。说吧，找我什么事？"

骆少华长叹一声，向后跌坐在沙发上，用手捂住脸。

"说啊，"马健看他颓唐的样子，心里颇不耐烦，"你怎么还是这么婆婆妈妈的？"

骆少华沉默了一会儿，似乎不知该如何开口。

"你说不说？"马健有些恼火，作势要起身穿衣，"不说我走了。"

"老马，"骆少华终于鼓起了勇气，"还记得许明良的案子吗？"

"当然记得。"马健起身的动作做了一半就停住了，他半扭着身子，怔怔地看着骆少华，眉头渐渐皱起，"你怎么突然想起说这个？"

"当年，我们都觉得这是个铁案，只有杜成认为我们抓错了人。"骆少华点燃了一支烟，垂着脑袋，额头几乎要碰到膝盖，"其实，他是对的。"

马健依旧保持着刚才的姿势，双眼死死地盯着骆少华，半晌，他才从牙缝中挤出几个字："你说什么？"

"凶手另有其人。"骆少华抬起头，脸上是混合着恐惧和绝望的神情，"而且，他回来了。"

"谁是凶手？你怎么知道的？"马健再也按捺不住，抬手揪住骆少华的衣领，"他回来了？你什么意思？"

骆少华的身体随着马健的动作无力地摇晃着，脸上挤出一个比哭还难看的笑容。

"这，说来话长。"

1992年10月28日。

时值深秋，清晨的时候，气温接近零度。天色已然大亮，草叶上的霜冻却没有褪去。骆少华盯着泛白的绿化带中的黑色塑料袋，心中的石块越来越大，越来越重。

这是东江街和延边路交会的路口，已经被警方用警戒线彻底封锁。由于道路变窄，出现了暂时的交通拥堵。缓慢经过此地的车辆都好奇地打开车窗，远远地向这边张望着，试图透过那群忙碌的警察看清绿化带中究竟发生了什么。

现场勘查正在进行中。中心现场里，勘查人员一寸寸地搜索着地面。一个法医蹲在地上，面色凝重地盯着黑色塑料袋。在绿化带外缘，一个环卫工人正在紧张地对两个警察描述他发现尸块的经过。

相机的闪光灯不断亮起。勘查人员清晰而简短的指令与回应不停地传进骆少华的耳朵里，他咂咂发干的嘴巴，小心地踩着通道踏板，走进中心现场。

塑料袋在一丛灌木中，旁边的草地有滑蹭痕，看上去，应该是被人从道路左侧扔进去的。塑料袋的表面被灌木枝刮破，露出一块青白色的人体皮肤。据报案人讲，他当时不知道那是什么，凑近了一看，皮肤上的一颗黑痣让他意识到那是人体。

骆少华看着袋口上缠绕的黄色胶带，下意识地抬起头，恰好遇到马健阴沉的目光。

拍照固定证据完毕。法医用镊子小心翼翼地打开胶带，提取后，他拉开袋口，从塑料袋里捧出一截人体残肢。仔细查看一番，他转头对马健说道："右大腿。"

马健没有说话，示意勘查人员检查塑料袋。后者捏住塑料袋的提手，用勘查灯对内部来回扫视了几遍，又将袋子举起，在自然光下反复观察，最后，对马健摇了摇头。

"初步看，没留下手印。我回去再仔细查查。"

马健沉默了几秒钟，低声说道："先提取吧。"

这时，一个年轻的制服警察匆匆跑了过来，径直冲到马健面前："马队，城建花园正门，又发现一个黑色塑料袋。"

他咽了口唾沫："好像是躯干。"

马健紧紧地闭了一下眼睛，旋即睁开，转身冲骆少华挥挥手："走吧。"

被害人梁庆芸，女，29岁，生前系本市第一百货大楼的售货员，1992年10月27日晚九时许下班后失踪，次日凌晨，死者的右大腿在东江街和延边路交会的路口处被发现，随即，其余尸块在本市各地区陆续被找到。死者生前被性侵，死因为机械性窒息。尸块均由黑色塑料袋包裹，袋口缠绕着黄色胶带。现场没有发现死者的衣物，也没有提取到手印或者足迹。

"10·28强奸杀人碎尸案"的案情分析会足足开了一下午。散会后，马健又被叫到局长办公室，闭门密谈。

半小时后，马健一脸阴沉地走出来。在门口等候多时的骆少华急忙迎上去。

"马队，怎么样？"

"暂时封锁消息，拒绝媒体的采访要求。"

"就这些？"

"什么叫就这些？"马健的表情颇不耐烦，起身朝办公室方向走去，"你还想要什么？"

"是他干的？"

"不是。"马健否定得斩钉截铁，目不斜视，大步向前走着。

"怎么不是？"骆少华急了，一把拽住马健，"那手法一模一样啊。"

"不是。"马健甩开骆少华的手，继续向前走，"那王八蛋已经被枪毙了。"

"马健，"骆少华快步追上他，"我们在自欺欺人！"

马健突然停下脚步，低下头，双眼紧闭，两颊的肌肉在突突跳动，似乎在竭力控制自己的情绪。

"马队，"骆少华看看四周，低声说道，"也许杜成说得对，我们真的抓错……"

"没有！"马健骤然大吼一声，转身揪住骆少华的衣领，把他牢牢地按在墙壁上，"我们没抓错人，就是许明良！"

"那你怎么解释这个案子？"骆少华拼命撕扯着，脸憋得通红，"强奸后杀人、机械性窒息、黑色塑料袋、黄胶带……"

几个路过的警察闻声向这边望来，露出或好奇或疑惑的神色。

马健看看他们，松开手，站在原地，不住地喘着粗气。

"是模仿犯罪。"马健的声音中还带着急促的呼吸，"许明良的案子被媒体渲染得太离谱了，难免有人会效仿，所以这次要封锁消息。"

骆少华伸手抚平被弄皱的衣领，死死地盯着马健，胸口剧烈地起伏着。

"所以，我们得尽快抓住他。"马健叉着腰，看着地面，既像是说给骆少华听，又像是自言自语。

冷不防地，他又扑过来，伸手揪住骆少华刚刚抚平的衣领。

"你听到没有？我们要抓住他，尽快！"马健的眼神仿佛一只狂暴的野兽，牙齿咬得咯吱作响，"抓住他，就知道我们错没错了。"

同样的黑色塑料袋。指纹。白色厢式小货车。车厢里的血迹。许明良的口供。

这些就是警方向检察院移送的主要证据。如果仔细推敲的话，黑色塑料袋乃家用常见之物；车厢里的血迹经过清洗，并且和猪血混合在一起，虽然证明其存在，但由于受到污染，已经没有勘验价值；至于许明良的口供，骆少华很清楚那是用什么样的手段获取的。

想来想去，除了那个指纹之外，其他的证据都不能直接将凶手指向许明良。

那么，许明良的指纹为什么会出现在包裹尸块的塑料袋上？

两种可能：第一，凶手就是许明良；第二，凶手是和许明良有接触的人，其中，曾购买过许明良猪肉的人嫌疑最大。

许明良所在的春阳农贸市场毗邻一片很大的居民区，可能购买过他的猪肉的人数以千计。逐一排查所需时间难以估量，而马健等人只有区区20天的时间。

所以，马健选择了第一种可能，而第二种可能性，在骆少华的心中，越来越大。

杨桂琴没有出摊，站在摊床后面的是一个二十多岁的年轻人，正在奋力劈开一扇排骨。骆少华走上前去，问道："杨桂琴呢？"

"她没来。"年轻人放下菜刀，"现在这个摊床归我了。"

"她怎么了？"

"病了快一年了。"年轻人好奇地打量着骆少华，"你是哪个饭店的？以后买肉就找我吧，一样的。"

骆少华没作声，掏出警官证在他面前晃了晃。

"你是警察啊。"年轻人垂下眼皮，重新拎起菜刀，"我哥的事儿不是都完了吗？"

"许明良是你哥？"骆少华又问道，"你是谁？"

"我是杨桂琴的外甥。"年轻人显然对骆少华充满敌意，劈砍排骨的动作也骤然加重。

骆少华看看被他砍得七扭八歪的排骨，转身离开。

15分钟后，骆少华把车停在许明良家楼下。刚熄火，就看到杨桂琴摇摇晃晃地从楼道里走出来。

一年没见，杨桂琴几乎瘦脱了相。原本夹杂着几根银丝的头发现在已经变得花白，脸上的皱纹纵横交错，整个人看上去老了十几岁。虽然还没进入冬季，杨桂琴却已经穿上了厚厚的羽绒服，帽子和围巾也一应俱全，一副弱不禁风的样子。

她的手里拎着一个布包，里面不知道塞了什么东西，不过对她而言显然是过于沉重了，以至于她不得不走几步就把布包放在地上，歇口气才能继续向前。

第二十一章 真相

她的目标是一个公交站。此刻,一辆公交车缓缓停靠在站台上,几个乘客下车后,公交车关闭车门,准备驶离。杨桂琴有些急了,奋力拎起布包,想快步去追赶公交车,不料身体失去了平衡,重重地摔倒在地上。

骆少华急忙跑过去扶起她。杨桂琴颇为感激地抬起头,一看是他,脸上的笑容瞬间就凝固了。

"是你?"她甩开骆少华的手,"人也死了,钱也赔了,你还来找我干什么?"

骆少华无语,拎起地上的布包,发现里面是几本书。

"你这是干吗去?"

"不用你管。"杨桂琴夺过布包,转身就走。然而只走出几步,又气喘连连。骆少华见状,快步追上去,一手拿过布包,一手搀住她的胳膊。

"我送你吧。"他带着杨桂琴走向路边,"你这个样子,恐怕走到半路就得趴下。"

杨桂琴还在挣扎。骆少华不由分说,一直把她拽到车里。关上车门,替她系好安全带后,杨桂琴才放弃了反抗,一脸不情愿地坐在副驾驶座上。

"你要去哪里?"骆少华发动汽车,扭头问道。

"我儿子的老师家。"杨桂琴目视前方,语气冷淡,"他有几本书落在我家了,我整理明良的遗物时发现的。"

骆少华看看那个鼓鼓囊囊的布袋:"这么重,你一个人怎么拎得动?"

"再重也得还给人家,"老妇扭头看向窗外,"我们家不欠别人东西。"

杀人偿命,欠债还钱。四名被害人家属同时提出了刑事附带民事诉讼,赔偿金达十几万。杨桂琴拿出了全部积蓄,变卖了小货车,才勉强还清。

骆少华看看她一脸倔强的样子,心中暗暗叹了口气,踩下了油门。

目的地距离许明良家不远,同在铁东区之内。骆少华一边开车,一边瞄着杨桂琴。老妇始终一言不发,双手紧紧地握在一起,瘦削的脸藏在帽子和围巾后,看不到她的表情。

"许明良平时和什么人接触比较多？"

杨桂琴没有回答。

"经常去肉摊买肉的人，你能记得多少？"

老妇转头看看他，又扭过脸去。

"你问这个干吗？"

这次轮到骆少华无言以对了。想了想，他又问道："你的外甥，就是接手肉摊的那个人，和许明良的感情怎么样？"

"你去找我外甥了？"杨桂琴突然爆发，"明良已经偿命了，你们还想怎么样？株连九族吗？"

骆少华不再发问，专心开车。经营肉摊的年轻人的确有替表哥继续报复社会的动机和可能，但是，即使骆少华不了解他和许明良的关系如何，仍然觉得这种可能性微乎其微。从年轻人劈砍排骨的手法来看，完成分尸对他而言太难了。另外，也是更为重要的一点，在他的眼睛里，骆少华看不到那种深不见底的邪恶。

10分钟后，两个人来到绿竹苑小区。这里是绿竹味精厂的家属区，住户自然多是工厂的员工。骆少华正在揣摩这个所谓"老师"的身份，老妇已经拉开车门下车，头也不回地向前走。

骆少华急忙也跳下车，追上杨桂琴，不由分说就夺过她手上沉重的布包。杨桂琴大概已经领教了骆少华的固执，倒也没有过多纠缠，只是跟在他身后慢慢地走。

在她的指示下，骆少华走到22栋4单元楼下，杨桂琴还在几十米开外一步步地挪过来。说实话，这个装满书的布包分量不轻。别说是年老体衰的杨桂琴，骆少华拎着它都觉得吃力。他想把布包放在地上，缓一缓酸麻的手，又怕弄脏了布包，惹得杨桂琴不高兴。左右瞧瞧，楼下停着一辆白色东风牌皮卡车。骆少华把布包放进车厢里，斜靠在车身上，等杨桂琴走过来。

皮卡车的驾驶座突然开了门，一个中年男人探出头来，皱着眉头看向

第二十一章 真相　　259

骆少华。

"暂时放一下。"骆少华指指杨桂琴,"等等这老太太。"

中年男人"哦"了一声,缩回头去。

好不容易等到杨桂琴走到楼下,得知她要去5楼之后,骆少华又从车厢里取回布包,大步向楼上走去。

501室的铁门紧锁。骆少华在门上敲了几下,却毫无回应。他扭头看看正艰难地爬上来的杨桂琴:"家里没人。"

"有人。"杨桂琴已经气喘吁吁,满脸都是汗水,"我来之前打电话了。"

她挪到门前,抬手敲门,边敲边说:"赵师父,我是明良的妈妈。"

门忽然开了,一个老妇露出半个身子,神色颇为警惕。

"桂琴,快进来。"老妇看到杨桂琴身后的骆少华,愣了一下,"这位是?"

"送我来的。"杨桂琴显然已经没有多余力气解释,转身指示骆少华,"帮我拎进来吧。"

进入室内,老妇的情绪显然放松了许多。她挽着杨桂琴坐在沙发上,忙活着帮她挂衣服、倒热水。

"桂琴啊,你也真是的。"老妇坐在杨桂琴的身边,握着她的手,"几本书嘛,何必还特意送过来,我让国栋去取不就得了。"

"林老师那么忙,怎么好意思麻烦他。"杨桂琴虚弱地笑笑,"再说,都在我那儿放了一年多了,也不知道耽没耽误林老师的工作。"

"没事,不耽误的。"

"你也别怪我。"杨桂琴的眼泪流下来,声音也开始颤抖,"我不敢看明良的东西,脑子里全是这孩子。所以,拖了一年多才整理他的遗物。"

老妇急忙揽住她的肩头,连声安慰着。

骆少华站在客厅里,默默地听着。从她们的交谈中,渐渐弄清了杨桂琴此行的目的。许明良并不甘心做一个肉贩,曾于两年前参加了成人高考,却因为英语基础太差而名落孙山。这家伙倒没有气馁,打算好好复习一年,重新再考。杨桂琴挺支持儿子的想法,还找来旧同事的儿子,就是那个所谓的"林老师"来给许明良做家教。她来这里,就是为了归还当时林老师借给儿子的几本参考书。

两个老太太的聊天重点自然是杨桂琴这一年多来的生活。说到伤心处,杨桂琴又是泪水涟涟。老妇起身去拿毛巾,这才发现骆少华还站在门口。

"哎呀,我都忘记问了。"老妇急忙招呼他,"您是?"

骆少华不知道该怎样自我介绍。杨桂琴先开了口:"你先走吧,待会儿我自己回家。"

"我等你吧。"骆少华看看手表,"马上就晚高峰了,公交车上会很挤。"

"你走吧,"杨桂琴陡然提高了音量,"你还想查什么?要不要查查林老师?"

老妇站在原地,看看杨桂琴,又看看骆少华,既疑惑又不知所措。

骆少华觉得有些尴尬,只能低声说句好吧,就转身开门出去。刚探出身子,就和门外的一个人撞了个满怀。

"老赵啊老赵,你果真在家啊。"

一个中年男人怒气冲冲地推开骆少华,径直闯了进来。

老妇的神色一下子变得愠怒:"你怎么又来了?"

"我不来怎么办?"中年男人抖着手里的几张票据,"这100多块的油钱让我自己掏腰包?"

骆少华认出了他,正是楼下那辆白色皮卡车的司机。

"我跟你说了多少次了。"老妇已经顾不上身后的杨桂琴,"谁能证明那是国栋用的油啊?"

"我还能骗你不成?你儿子开的是哪辆车我会不知道?车就在楼下,不信让国栋来看看。"中年男人急了,"好歹国栋也是个大学生,怎么还能耍赖呢？"

"你别嚷嚷，"老妇显然不想让左邻右舍听到他们的争执，"要说就进来说。"

说罢，她就抬手推上了铁门。

骆少华站在走廊里，苦笑着摇摇头，心说这都什么乱七八糟的。隔着铁门，他仍然能听到老妇和中年男人在大声对吵，而且越来越激烈。看起来，杨桂琴应该很快就会告辞。骆少华决定还是到楼下去等她。

他点燃一支烟，衔在嘴里，转身下楼。然而，他的脚步越来越慢，最后，停在了二楼的缓台上。

他发现自己正在脑子里回想老妇和杨桂琴及中年男人的对话，似乎有什么信息触动了他的神经。

渐渐地，几件看似无关的事情越来越清晰。

林老师很可能叫林国栋，是许明良的家教。

白色皮卡车。

林国栋曾开过这辆白色皮卡车。

骆少华回头看看楼上，随即，他加快脚步冲下楼去。

白色皮卡车还停在楼下。骆少华绕着车身转了一圈。东风牌，车龄不长，车体上覆盖着一层灰尘，似乎闲置了很久。最后，他站在车头前，凝视着眼前这辆平凡无奇的皮卡车。

警方在下江村的抛尸现场进行调查走访时，曾获得这样一条线索：一名村民在案发前一天晚上，在现场附近看到过一辆"不是轿车"的白色汽车。警方也据此认定许明良的白色厢式小货车就是他抛尸时使用的交通工具。

那么，如果那个村民看到的是一辆白色皮卡车呢？

骆少华的心脏剧烈地跳动起来。他绕到车尾，抓住车厢上的护栏，试图跳上车去。刚要发力，就听到耳边传来一声喊叫："你干吗？"

骆少华回过头，看见那个中年男人一脸狐疑地看着自己。

他转过身，从衣袋里掏出警官证，举到男人面前。

"我是警察。"

"哦，"中年男人歪着头看看警官证，又看看骆少华，"你认识林国栋？"

"不认识。"骆少华指指501室的窗口，"你和他怎么回事？"

"那正好，您给评评理。"中年男人意识到骆少华不会偏私，立刻激动起来，"您说这叫什么事儿？"

中年男人叫刘柱，是味精厂汽车班的维修员，和林国栋之母有些交情。两年前，林国栋想学开车，其母就找到刘柱，请求他借辆车给林国栋。刘柱碍于情面，就把一辆闲置的皮卡车借给林国栋练手。车辆损耗从表面上看不出来，里程表也可以做做手脚。所以，这两年来，林国栋先后借了十几次车，加之每次都会给刘柱一些好处，双方相安无事。然而，汽油的消耗却是无法掩盖的事实。几个月前，味精厂对车辆使用情况进行统计，林国栋用了100多块钱的汽油，无法报账，刘柱只能自掏腰包先堵上这个窟窿。回头向林国栋之母讨要时，她却不认账，非要他拿出是林国栋用了这些汽油的证据。

"我跟你说，这小子每次用车我都有记录。"刘柱一脸不达目的誓不罢休的表情，"再说，除了他，那辆车两年都没用过。不是他用的油还能是谁？他想抵赖？"

"等等，"骆少华打断了他的话，双眼放出光来，"你刚才说，这辆车两年都没用过，除了林国栋？"

"是啊。所以……哎，你这是？"

骆少华已经翻身跃上后车厢，四肢着地，仔细地查看着车厢内部。

倘若刘柱所言属实，那么这辆两年没有用过的车上应该留下些许蛛丝马迹，如果骆少华的猜想成立的话。

然而，他把整个车厢都检查了一遍，连最细微的缝隙都没有放过，依旧没有发现任何血迹或者毛发之类的东西。

骆少华跳下车，径直向刘柱伸出手去："钥匙。"

刘柱有些莫名其妙，不过还是老老实实地掏出车钥匙递给他。

车门一打开，骆少华就坐上副驾驶座，前后查看起来。

根据警方对犯罪过程的还原，凶手在将被害人骗上车后，会趁其不备用钝器击打头部，致其丧失反抗能力后再带往某地强奸杀害。如果被害人头部形成了开放性创口，那么车内也许会留下血迹。

一番查看后，在右侧挡风玻璃附近、地面、车门、座椅及头枕上都没有发现任何痕迹。

骆少华倒没觉得奇怪。凶手是一个细心且谨慎的人，作案后肯定会对驾驶室内进行检查，甚至是清洗。但是，真的会一点儿痕迹都不留下来吗？

他起身挪到驾驶座上，转过头，凝视着空无一人的副驾驶座。渐渐地，一个模糊的影子出现在眼前。

一个长发、面目不清的女人抓着提包，默默地坐在副驾驶座上。

骆少华举起右手，虚握成拳，在女人的头部挥动了一下。

看不见的锤子划破空气。那个模糊的影子却动起来。长发仿佛融入水中的墨迹一般飞舞开来，许多墨点四溅，落在挡风玻璃、车门及座椅上，很快就消失不见了。

骆少华把视线投向前挡风玻璃附近。一个墨点黏附在右侧遮阳板上方。这黏稠的液体滴下来，落在遮阳板背面。随即，一只无形的手擦去了遮阳板上方的墨点……骆少华看着那块遮阳板，慢慢地伸出手去，把它翻了下来。

在遮阳板右下方，一个黑褐色的小圆点清晰可见。

骆少华的呼吸急促起来，他把遮阳板拆下来，小心翼翼地揣进怀里。车窗外，刘柱看着他的一举一动，脸上的疑惑更甚。

"我说警察同志，你把这个拆走了，我怎么交代啊？"

"你先找一个换上，去买一个也行，回头找我报销。"骆少华指指自己的胸口，"我用过之后就还你。"

"林国栋他……"刘柱惶恐起来，"我不管啊，这小子无论犯了什么事儿，油钱都得给我，哎！"

他忽然大叫起来，手指着小区入口的方向："说来就来了！"

骆少华扭头望去，看见一个30岁左右、身穿黑色风衣的男子，提着一只棕色皮包走了过来。

刘柱跑过去，一把揪住男子的手臂，表情激动地吼起来。

男子似乎对刘柱的突然出现感到非常意外。他甩动着手臂，试图挣脱刘柱的纠缠，同时，把目光投向那辆白色皮卡车。

骆少华和男子的视线撞在了一起。

男子的脸忽然就变得惨白，整个人似乎颤抖了一下。他不再挣扎，转身对刘柱低声说道："刘叔，你别嚷，跟我上楼拿钱吧。"

刘柱自然是满口答应，抢在男子前面走进楼道里。男子安静地尾随其后，迈进楼门的瞬间，他又向骆少华望去。

那双眼睛里，满是怨毒和恐惧。

随即，他就消失在门后。

骆少华却颤抖起来，甚至感到自己的牙齿在嘚嘚作响。他跳下车，站在原地茫然四顾，大脑一片空白。直到他的视线扫过小区门口的一家小卖店，看到那个"公共电话"的招牌之后，骆少华才回过神来。

他快步向小卖店跑去，登上几节水泥台阶，操起话筒，按动铁东分局的电话号码。然而，还剩一个数字的时候，他的手停了下来。

骆少华转身看看22栋4单元501室的窗口，放下了话筒。

林国栋，男，1961年出生，未婚，大学文化，系本市103中学的英语教师。家住铁东区绿竹苑小区22栋4单元501室，父母都是绿竹味精厂的职工，其父于4年前病逝。林国栋从1990年年底开始担任许明良的家庭教师，主要帮他辅导英语课程。无不良记录及前科劣迹。

刘柱向骆少华提供了一份林国栋的用车记录。自1990年7月始，林国栋共借走车辆17次，每次都是那台东风牌白色皮卡车，用车时间为一到两天不等。在这份用车记录里，骆少华提取出了几个日期：1990年11月7日；1991年3月13日；1991年6月22日；1991年8月5日。

而系列强奸杀人案的案发时间分别为1990年11月9日、1991年3月14日、6月23日和8月7日。

也就是说，每一起案发的前一天或者两天，林国栋都会开着这辆白色皮卡车在城市里游荡。

骆少华把这份用车记录锁在抽屉里，起身向法医室走去。

法医老郑正在摆弄一台新仪器。看样子他对这玩意儿的兴趣很大，骆少华走进来他都没发现。

"老郑，那份化验报告出来了没有？"

"出来了，在桌子上。"老郑指指自己的办公桌，低头继续工作，"少华，要不要看看这个？"

骆少华没心思陪他聊，随口敷衍一句就拿起化验报告，直接看结论。

在遮阳板上提取到的血迹，血型为B型。

"什么案子啊？"老郑已经把仪器安装完毕，"你搞得神神秘秘的。"

"故意伤害。"骆少华把化验报告揣进衣袋里，勉强笑笑，"亲戚的事儿。"

"哦，现在只能验血型，以后咱们可就牛X了。"老郑也不追问，指指身后的仪器，"可以验DNA，是谁留下的血迹咱都能搞清楚。要不要拿你这个案子试试？"

"嗯？"骆少华顿时来了兴致，"真的可以吗？"

"那当然。"老郑坐在DNA分析仪前，"让你们队里出个委托函。"

骆少华的脸色一变："这么麻烦那就算了。"

他向老郑道谢后，转身离开了法医室。

回到办公室，马健正在召集队员集合，看到骆少华进来，急忙招呼他："少华，去领装备，准备出发。"

"什么情况？"骆少华看看身边匆匆跑动的同事们，"有案子。"

"贩毒。"马健拍拍他的肩膀，"三省联合行动，看咱们的了。"

"哦。"骆少华紧绷的神经松弛下来，"我不去了，身体不太舒服。"

马健大为惊诧，低声说道："这是公安部督办的案子，有机会立功的，你不去？"

"嗯，不去了。"骆少华拍拍马健的肩膀，"你们当心点儿。"

马健皱起眉头看了他几秒钟，最后说了句"去医院看看"，就匆匆跑了出去。

刚才还喧闹无比的办公室里一下子安静了许多。骆少华一个人坐在办公桌前，拿出那份化验报告，又从头至尾细细研读了一遍。随即，他点燃一支烟，默默地吸着。

真相，仿佛一场即将开演的戏剧，其内容和细节就隐藏在厚厚的幕布后面。而那两扇幕布，正在骆少华的眼前徐徐拉开。

男主角的脸越来越清晰。林国栋的作案嫌疑在急剧上升。

他是和许明良有直接接触的人；外表斯文、谈吐优雅的中学教师，很容易让被害人失去警惕，并登上那辆车；案发之前，他都会驾驶那辆白色皮卡车；在皮卡车的副驾驶遮阳板上发现了滴落血。

更何况，"3·14"强奸杀人碎尸案的被害人李丽华就是B型血。

如果这一切都是巧合，那未免也巧合得太离谱了吧？

他忘不了林国栋在楼门前的最后一瞥，那种张皇失措、且恨且惧的眼神。

骆少华看看手表，摁熄烟头，拎起背包。

只需再做一件事，就能知道这到底是不是巧合。

第二十一章　真相

骆少华站在绿竹苑小区22栋4单元501室的门厅里，收好开锁工具后，环视了这套两室一厅的房子。

林国栋正在学校上班，其母也在味精厂，现在是下午4点半，留给他的时间并不多。骆少华迅速探查了两间卧室和客厅，特别是南侧卧室，从物品摆放来看，应该是林国栋的。室内陈设简单，除了床和衣柜之外，就是一张书桌。书架上大多是英文书，还有几本小说。其中一本包着书皮的书引起了骆少华的兴趣，打开来，是一本人体解剖学。

骆少华皱起眉头，转身看了看林国栋的单人床。随即，他挪开摆放整齐的卧具，仔细查看了床单，却没有发现任何痕迹。地面上铺着尚新的水曲柳地板。骆少华趴在地上，脸贴着地面，从床头一直查看到门口，甚至连地板的缝隙都没有放过，依旧一无所获。

这不奇怪，如果林国栋是凶手，且在卧室里对那些女人性侵的话，她们多半还活着，即使有开放性创口，也未必会流太多的血。

分尸的现场，应该是另一个地方。

骆少华爬起来，径直向卫生间走去。

卫生间处于北侧，无窗木门，面积不超过5平方米。东侧墙壁上有一面镜子，下方是洗手盆和浴柜。骆少华打开柜子，里面都是些寻常的家居用品，例如卫生纸、洁厕剂之类的。他拎起一袋洗衣粉，发现里面还剩余一半左右。他关好柜门，发现柜子下似乎还放着什么东西。伸手去拿，很快就摸到了一个铁质物体，拽出来一看，是一个工具箱。

扣锁结构很简单，骆少华没费什么力气就打开了，里面整齐地码放着螺丝刀、钳子、锤子、扳手等工具。稍显不寻常的是一把手锯。骆少华拎起手锯，上下端详着。锯齿锋利，有几处磨损严重，并有缺口，看上去使用得还算频繁，不过表面尚属光滑，似乎被清洗过。骆少华把手锯凑到鼻子前闻了闻，除了铁锈味之外，没有特殊的味道。他想了想，把锤子也拎出来，连同手锯一起放在地面上。

卫生间北侧的墙上是一扇窗户，装有百叶窗。下面是一只不锈钢浴缸，表面光亮如新，无水渍残留。

骆少华站在浴缸前，上下打量着。这是一个单人浴缸，一个人躺进去刚刚好。如果用来分尸，再合适不过。

他用手撑住浴缸的边沿，探身进去，试图在浴缸内发现些许痕迹，同样一无所获。浴缸附近的瓷砖墙壁也被擦洗一新，半点儿可疑的痕迹都没有。

看来只能用最后的办法了。

骆少华起身拉上百叶窗，又返回门口，关紧木门。卫生间内顿时一片漆黑，室内摆放的物品也只能显出一个模糊的轮廓。他打开背包，取出口罩戴上，又从中拎出一个喷壶，开始在墙壁、浴缸、地面及那把手锯和锤子上均匀地喷洒起来。

鲁米诺溶液的气味升腾起来。喷洒完毕，室内的湿度大大增加。骆少华觉得有些憋闷，他放下喷壶，转身走到门前，拉开一条缝隙透了透气。

呼吸稍稍顺畅后，他重新戴好口罩，关好卫生间的门，转身瞬间，他的眼睛就瞪大了。

刚才还是一片漆黑的室内，此刻已经遍布蓝紫色的荧光。在墙壁上、浴缸内、地面上，宛若一朵朵色彩诡异的花朵，在暗夜里悄然绽放。

只是，这花朵并不是规则的片状，而是形态各异的喷溅状、滴落状、流柱状、擦蹭状、片泊状……

同时，这花朵也并没有散发出沁人心脾的芬芳，骆少华闻到的，只是越来越浓重的甜腥味。

他弯腰拎起那把手锯，在锯齿端，蓝紫色的荧光仿佛在嘲笑他一般，闪闪发亮。

骆少华的身体摇晃了一下，他倒退两步，倚靠在门上，大口喘息起来。

这就是真相。

第二十一章　真相

眼前蓝紫色的荧光中出现了一个模糊的身影。一丝不挂的男人身体。他蹲在浴缸里，拎起一条女人的腿，把手锯按在膝关节上，来回拉动。

骆少华突然想笑。他妈的，太讽刺了。连环强奸杀人碎尸案，就这样破了。在不能对他人道明的场合下，在宛若做贼的情形中，用完全不符合法定程序的手段，就这样破了。

如果当时能多一点儿时间，多一点儿耐心，多搜集一些线索，多排查一些嫌疑对象……

许明良就不会绝望地倒在刑场上。

突然，客厅里传来扭动门锁的声音。

骆少华的第一反应并不是恐惧或者寻找地方躲避，相反，一股前所未有的狂怒冲上他的脑门。

他就在门外！恶魔就在门外！

骆少华想也不想就拉开门，冲了出去。

正在门厅里换鞋的林国栋弯着腰，一手拎着自己的皮鞋，抬起头，看着这个戴着口罩、双眼通红的人。

时间仿佛凝固了。

夕阳西下，深秋的天空呈现出越发深沉的暮色，烟气正在这个城市的各个角落里升腾起来，一盏盏灯被点亮，成群的乌鸦在窗外鸣叫着飞过。

在这间昏暗的客厅里，两个男人，一个直立，一个弯腰，默默地对视着。

不知过了多久，时间之河重新奔涌。

骆少华一手拉下口罩，另一只手探向腰间。

林国栋还保持着原来的姿势，看着骆少华的脸露出来。

其实，即使他不这么做，林国栋也知道站在卫生间门口的人是谁。他同样知道，这个男人在门的另一侧发现了什么。

林国栋知道，早晚会有这样一天的。

当笃笃的敲门声响起的时候，林国栋刚刚把那个女人的尸体抬到浴缸里。突如其来的访客把他吓得魂飞魄散。但是他很快就镇定下来，母亲昨天刚去那个老头家里，应该没么快回来，再说，母亲有家里的钥匙，不必敲门。

果真，许明良的声音在门外响起："林老师，您在家吗？"

全身上下只有一副手套、几乎一丝不挂的林国栋悄无声息地穿过客厅，小心地伏在门边，倾听着门外的动静。许明良敲过几次门后，就不再说话。一阵窸窸窣窣的声音后，就听到他的脚步声在楼道里渐渐消失了。

看来他已经离开，并且留了东西在门口。

林国栋凑到了门镜前，走廊里已经空无一人。他把门打开了一条缝，先看了看门口的地面一个鼓鼓囊囊的黑色塑料袋摆在门旁。

林国栋探出手去，把塑料袋拎进来，迅速锁好房门。

塑料袋颇为沉重，大概又是许明良送来的猪肉。打开一看，果真是劈砍成小块的排骨。

林国栋挺喜欢这个孩子的。他虽然性格内向，不善言辞，但是很有礼貌，也愿意和自己说一些心里话。补课费每个月都按时付，还时常送些猪肉过来表达谢意。更重要的是，他们有着相似的经历：父亲早亡，母亲都各自另有了意中人。

只是，许明良的妈妈还知道回避孩子，而他的母亲，几乎和那个男人公开住在一起。

林国栋不愿再想下去，时间也不允许。他把塑料袋拎到厨房，取出排骨，泡在水盆里，把黑色塑料袋揉作一团，随手扔在垃圾桶旁边，留作备用垃圾袋。

现在已经接近下午7点半，要在午夜前处理好那个女人。

他拉拉塑料手套，快步向卫生间走去。虽然自己的手法已经越来越熟练，不过，要把一个人分解成便于携带和抛散的几块，还是需要一些

第二十一章 真相 271

时间的。

好在这个过程是令人愉快的。

只有那个味道能让他欲望升腾；只有强行进入能让他感到征服与占有；只有那些女人的脖颈在他的紧扼下变得绵软才能让他体会到复仇的快意。而这一切，都在对她们进行拆解时达到情绪上的顶峰。

你是我的。我可以掌控你的身体、你的恐惧，甚至你的生死。

你再也伤害不了我，而我，可以把你变成我要的形状。

晓瑾，你不知道我有多爱你。

晓瑾，你不知道我有多恨你。

晚上10点左右，林国栋的工作基本完成。这个女人的大部分肢体已经被装进黑色塑料袋，并且用黄色胶带牢牢封好了。留在浴缸里的，只有分割成三块的右大腿、小腿及右脚。那只银白色高跟凉鞋比较麻烦，虽然它让那个女人看起来更加高挑，从而引发他更为强烈的欲望。然而，由于女人的奋力挣扎和踢打，搭扣被扭坏了，加之女人的脚已经开始肿胀，脱下来非常困难。

手锯和菜刀都不好操作，看来得用剪刀才行。林国栋想着，伸手去拿黑色塑料袋，却发现手边已经空无一物。

好吧。他无奈地站起身。长时间的蹲坐让他的双腿有些酸麻，被血水沾染的皮肤有紧绷感。他抬脚向厨房走去，想拿新的塑料袋和剪刀回来。

刚走到卫生间门口，林国栋就听到门外传来抖动钥匙的声音。

母亲回来了。

他几乎全裸，满身血迹，卫生间里还有装着尸块的塑料袋以及一条女人的腿。林国栋来不及多想，冲到厨房门口，抓起地上的黑色塑料袋，转身跑了回去。

在他关上卫生间门的瞬间，门被推开了。

"国栋，你睡了吗？"

林国栋拧开水龙头，一边疯狂地抓起那三截残肢塞进塑料袋里，一边竭力压抑着颤抖的声音。

"妈，你回来了？我在洗澡。"

"哦。"客厅里传来脱鞋及放置挎包的声音，"我回来取点儿衣服。你唐叔叔病了，我去照顾他几天。"

"嗯，我知道了。"林国栋嘴里应付着，撕开黄色胶带，在塑料袋的袋口上快速缠绕着。包裹完毕后，他拎起塑料袋，扔进浴缸里，又把工具箱踢进浴柜下面。

随即，他关掉水龙头，跳进浴缸，哗啦一声拉上浴帘，打开淋浴花洒。冰冷的水喷洒出来，打在黑色的塑料袋上，发出噼里啪啦的声响。林国栋弯下腰，在冷水的冲刷中，奋力把那堆黑色塑料袋推到浴缸的一角。

水温开始升高，骆少华站在花洒下，快速冲刷着身上的血迹。淡红色的水流在他脚边慢慢汇聚，最后，打着旋涡，消失在下水口里。

这时，卫生间的门被敲响了，母亲的声音传了进来。

"你洗好了没有？"

"还没有。"

"那你拉上浴帘。我进来拿点儿东西。"

林国栋拉开浴帘，又重新拉好："好了。"

门开，踢踢踏踏的脚步声在卫生间里响起。

"我的洗头膏，哦，在这里。"拉动浴柜的声音，"咦，这是什么味儿？"

"明良送来半扇排骨，我剁成小块了。"

林国栋瑟缩在浴缸的角落里，在这面薄薄的浴帘两侧，是他的母亲和一个被切成几块的女人。

母亲倒没有察觉出异常："哦，那我拿走了行吗？给你唐叔叔炖点儿汤喝。"

第二十一章 真相

"行。"林国栋用手扶住墙壁才能勉强站直,"我放在厨房里了。"

母亲应了一声,转身走出了卫生间。几分钟后,她的声音再次出现在客厅里。

"我走了啊,有空我就回来给你做做饭。"

"好。"

穿鞋及外套的声音。随即,关门的声音传来。

林国栋留意倾听着客厅的动静。确认母亲已经离开后,他的双腿一软,坐在温热的水流中,大口喘息起来。

今晚连续出现的两次意外,让他的心中产生了强烈的不安全感。许明良和母亲的先后到访,似乎让这套两室一厅的房子、他可以随心所欲的自由王国变得危机四伏。对这样的入侵者,他不能选择撕咬和驱赶。因为他不是一头捍卫领土的饿狼,而是一只无害的绵羊。

至少在生活中的绝大部分时间里,他都不得不扮演这样一个角色。

因此,林国栋现在唯一能做的,就是尽快处理掉那堆黑色塑料袋,那些可能让他暴露出獠牙和利爪的东西。

然而,一个越来越强烈的预感出现在他的心头。早晚有一天,他会将那身灰色的皮毛暴露在阳光之下,冲所有人龇出森森的白牙。

特别是当他得知许明良被捕的时候,意识到他错拿了许明良拎来的黑色塑料袋,他就知道,那一天已经不远了。

即使在一年之后的今天。

骆少华拔出手枪,咔嚓一声扳下击锤,直指林国栋的额头。

杀了他吧。只需扣动一下食指。

杀了他吧。他在这里夺走了5个女人的生命,让她们的尸体抛在这个城市的各个角落里。

杀了他吧。他让一个无辜的年轻人倒在刑场上,至死都不能洗刷杀人犯的罪名。

杀了他吧。他让自己和其他同事将蒙受终身的耻辱和牢狱之灾。

然而，不能。

林国栋死死地盯着指向自己的枪口，能够清晰地感觉到面前这个警察身上正散发出一阵强似一阵的杀意。空中仿佛有一团黑气，缠绕着，翻滚着，迅速向自己袭来。

他会杀死我，用最简单直接又冷酷无比的方式。

这样也好。不必经受逮捕与漫长的羁押。不必忍受如待宰羔羊般的审判。不用吐露心中的秘密。不用在某个凌晨，跪在冰冷的土地上，听到脑后清晰的拉动枪栓的声音。

杀了我吧。

林国栋保持着弯腰曲背的姿势，闭上眼睛。

可是，林国栋等待的那声枪响并没有出现。相反，他的耳边传来急促的脚步声，同时感到脸上有气流掠过。

还没来得及反应，他的头部就遭到重重一击。

骆少华一拳将林国栋打倒，随即，在他身上狠狠地踹起来。

林国栋蜷起身体，本能地用手臂护住头脸。在承受着雨点般的痛殴的时候，他突然意识到两件事：这个警察是秘密潜入他家的。

而且，只有他一个人。

这顿暴打足足持续了两分钟。剧烈的动作加上愤怒的情绪，骆少华很快就感到筋疲力尽。尽管如此，他仍然余恨未消，停下来喘息了一阵，又狠狠地补了两脚。

林国栋趴在地上，既不躲避，也不喊叫，只是一言不发地忍受着他的殴打。

骆少华重新举起枪，喘着粗气吼道："站起来，跟我走。"

林国栋已经鼻青脸肿，嘴角和鼻孔都在冒着血。他透过手臂的缝隙看

第二十一章 真相 275

看骆少华，意识到对方暂时不会殴打自己之后，他放下胳膊，慢慢地爬坐起来，一边擦着脸上的血，一边低声说道："你不能抓我。"

林国栋的语气激怒了骆少华，他又是当胸一脚踹去："你说什么？"

林国栋向后仰面摔倒，手捂胸口，剧烈地咳嗽起来。

"我为什么不能抓你？"骆少华踩住他的身体，"你说，为什么？"

"你违反了程序，"林国栋拼命摇晃着骆少华的脚，声嘶力竭地喊道，"你非法入宅，一个人取证，这在法律上是不算数的。"

"王八蛋，你以为你躲得过去？"骆少华加大了脚上的力度，"我这就回去申请搜查令。我们现在有DNA技术，那些血迹，很快就知道是谁的。"

"好啊，"林国栋瞪大了眼睛吼道，"你去啊，我不会逃跑，我就在这里等你。"

突然，他的身体放松下来，平躺在地面上，嘎嘎地笑出了声。

"我知道我该死。"林国栋眯起眼睛盯着骆少华，"我还知道，不是我一个人进监狱。"

骆少华愣住了。

的确，如林国栋所说，将他逮捕归案，固然可以为死者申冤，为许明良平反，但骆少华等人将会付出巨大的代价。一件所谓的"铁案"将被翻转，荣誉被剥夺，局里上下会为此蒙羞。更重要的是，他很清楚马健是如何获得许明良的口供的，一旦事情败露，他们承受的不仅仅是纪律处分，更可能是刑事责任的追究。

从惩恶扬善的人民警察，变成可悲可耻的阶下之囚。

林国栋看出了他的犹豫，眼中放出光来。他勉强撑起半个身子，按住骆少华的膝盖。

"我认识你，你姓骆，对吧？"林国栋的言辞恳切，"我在报纸上见过你的照片，戴着大红花那个。"

骆少华痛苦地闭上眼睛。林国栋说的是专案组集体立功受奖的仪式。

"闭嘴。"

林国栋一边观察他的脸色，一边轻轻地把他的脚从自己的胸口挪到地面上，翻身坐起，跪爬在骆少华的面前。

"你放过我，就当今天的事情没发生过，好不好？"林国栋仰头看着骆少华，眼神中既有哀求，也有威胁，"这样我们大家都安全，不是吗？"

"你想都别想！"骆少华失神的目光重新聚焦。他低下头，死死地盯着林国栋，"你杀了5个人，你以为就这样算了？"

林国栋一愣，随即就意识到他把许明良也算在了被害人里。

"可是我已经改了，真的改了，"林国栋抱住骆少华的腿，"你相信我，我不会再杀人，真的不会了"

"滚开！"

骆少华抬脚踹开他，自己也失去了平衡，靠在鞋柜上，不住地喘着粗气。

不能相信他，绝对不能，几天前被杀害的那个女人还躺在停尸间里。但是，被追究错案、解职，甚至入狱，让满载荣誉的英雄们从此背负一生的耻辱这个代价，付得起吗？

可怕的沉默，横亘在两个各怀心事的人中间。

一个跪爬在地上，忐忑地等待着宣判，心中既有希望也有绝望。

一个倚靠在鞋柜上，在伸张正义与平安落地之间艰难地选择着。这是两条截然相反的路，各自指向不同的结局。难道，真的没有第三条路可选吗？

上警校的时候，刑法老师就说过，刑罚，是一种剥夺性的痛苦。剥夺资格、剥夺财产、剥夺自由，直至剥夺生命。

剥夺生命，真的比剥夺自由还要痛苦吗？

他需要一个可以说服自己的理由。

骆少华的头渐渐抬起来，目视前方，牙关紧咬。

第三条路，找到了。

第二十一章　真相

"我给你两个选择。"

林国栋一下子直起身体,满眼期待地看着骆少华。

骆少华没有急于开口,而是点燃一支烟,深深地吸了几口之后,看看急不可耐的林国栋。

"第一,我现在就抓你回去,会有什么结果,你自己清楚。"骆少华捏紧了拳头,声音中带有不可动摇的决绝,"我们办错了案子,抓错了人,我们认。但是我向你保证,你绝对活不到我们入狱的那一天。"

林国栋顿时面如死灰,整个人几乎要瘫软下来:"第,第二个呢?"

"第二,我送你去精神病院,一辈子都不许出来。"骆少华用手掐灭烟头,"我不会相信你,只有把你和这个社会永远隔绝,才能保证你不再杀人。"

林国栋愣住了。他万万没想到这个警察会想出这样一个"两全其美"的办法。虽然可以保住性命,但是这也意味着自己的余生将在病房里度过,这和坐牢有什么区别?

"死,还是活,你自己选。"

林国栋死死地盯着骆少华,眼中的怨毒越来越浓重。这个警察太阴险了。这种办法,既让自己平安无事,又让对方付出了惨痛的代价。他不敢想象将会在精神病院里遭遇怎样的生活,但那势必是漫长又痛苦的。这样的生,岂止不如死?

但是,他还有选择吗?

突然,铁门被打开了,林国栋的母亲提着菜篮,一边收起钥匙,一边跨进门来。刚迈进门厅,就看到对峙的两个人。

"哎,你不是那个……"她指着骆少华,大为惊诧。随即,她就看到了满脸是灰尘和血迹的儿子。

"我的天啊,国栋,你这是怎么了?"

老妇急忙放下手中的菜篮,伸手去搀扶林国栋。后者却把视线投向了翻倒在地上的菜篮。

猪肉、芹菜、粉皮和鸡蛋。

林国栋陡然暴起,手脚并用地爬过去,抓起那条生猪肉,塞进嘴里大嚼起来。

"老天爷!国栋,你干什么?"老妇又惊又怕,伸手去抢他嘴里的猪肉,却被林国栋一口咬在了手背上,顿时冒出血来。

"儿子,你这是怎么了?"老妇顾不得手痛,抓住已经状如疯癫的林国栋,"你说句话啊,我是妈妈啊!"

林国栋一把推开母亲,又扑到菜篮前,拿起一个生鸡蛋塞进嘴里。

伴随着咬碎蛋壳的咯吱声,黄白相间的蛋液从他嘴角流淌下来。

活着,只要活着。

林国栋伏在地上,宛若一只饥饿的野兽,抬头冲着目瞪口呆的母亲和一脸阴沉的骆少华,呵呵地怪笑起来。

骆少华停止讲述,之后的好长一段时间内,马健都没有说话。他只是怔怔地看着骆少华,直到燃尽的烟烧疼了他的手指。

马健扔掉烟蒂,重新点燃了一支,吸了几口,低声问道:"所以,这二十多年来……"

"对。"骆少华盯着眼前的茶杯,"你还记得市安康医院的朱医生吧?"

"记得,以前帮我们做过司法精神病鉴定。"

"我委托他看管林国栋。大概4年前吧,朱医生退休了,一个姓曹的医生接管了林国栋。每个月,我会去检查他的情况。"骆少华咧咧嘴,"他表现得还算不错,偶尔有过激行为,都被收拾得服服帖帖。"

"那不是挺好?"马健的脸色稍微缓和了一些,"就让他在里面待着吧。"

"这就是我来找你的原因。"骆少华抬起头,眼神中透露出无边的恐

第二十一章 真相　　279

惧,"他出来了。"

马健顿时瞪大了眼睛。

在之后的几分钟里,骆少华讲述了自己在林国栋出院后对他的跟踪与监视。马健的情绪从疑惑到惊愕,再到愤怒。特别是听到骆莹被劫持的事情后,他再也按捺不住,操起茶杯就砸在了地上。

骆少华理解马健的愤怒。骆莹清醒后,曾回忆了当晚的事发经过。向阳在和她对谈的时候,那个女人又打来了电话,要求和他复合。向阳对她暧昧的态度惹火了骆莹。拂袖而去后,她随便找了个酒吧独自喝闷酒,至于醉酒之后的事情,她就完全记不得了。

至于前因后果,骆少华比谁都清楚。当天,他在林国栋家里入室查看的时候,曾听到门外有动静。现在想起来,那就是林国栋。不用说,林国栋早就发现了自己的跟踪与监视。而且林国栋肯定也反过来把自己及家人的情况弄得一清二楚。时隔二十多年后,骆少华再次开锁入室,彻底激怒了林国栋。他尾随并劫持了骆莹,却没有伤害她。在地铁站里割伤自己,留下了一个血手印,就是为了向骆少华发出一个警告。

我已重获自由,任何人、任何事都阻止不了我。

更让骆少华恐惧的是,林国栋之所以敢于反击,就是认准了他不敢将当年的事情公之于众。那么,他接下来可能要做的,会是什么呢?

服务员进来把碎杯子清理走,马健却依旧余怒未消,坐在沙发上喘了一阵粗气之后,他又把矛头指向了骆少华。

"你当年为什么不把这件事告诉我?"

"我是为你好。"骆少华苦笑,"你知道了又能怎么样?多一个人知道,就多一个人徇私枉法罪,我自己担着吧。"

"那你现在为什么要告诉我?"马健并不领情,重重地敲着桌子,"徇私枉法罪的追诉时效就是15年,早他妈过去了,你怕什么?"

"难道我们就他妈眼睁睁地看着?"骆少华也火了,"他还会杀人的。"

最后一句话反而让马健安静了下来,他看了看骆少华,低声问道:"你确定吗?"

"确定。"

骆少华打开随身携带的皮包,从里面拿出几张纸递给马健。

"林国栋买了电脑,我查过他的浏览记录。"骆少华指指那几张纸,"这几个网站,他登录得特别频繁。"

马健翻看着,发现是一些网页的打印版。看起来,这些网站主要提供视频及图片,内容是清一色的强奸、杀人及碎尸现场。

马健皱起眉头,把打印纸扔在茶桌上:"这他妈是什么?"

"国外的一些网站,专为那些心理变态的家伙提供刺激的。"骆少华哼了一声,"别小看这王八蛋,出来几个月,连'翻墙'都学会了。"

马健沉默不语,盯着眼前的茶杯出神。良久,他长叹一声:"他妈的,我原以为退了休,可以消停几年了。"

"马局,我不是有意为难你。"骆少华低下头,语调低沉,"我是真的不知道该怎么办了。"

又是沉默。少时,马健端起茶杯一饮而尽,起身去拿外套。

"你别管了,我来想办法。"

"马局。"骆少华急忙起身阻止他,马健却是一副决心已下的样子。

"就这样吧。"说罢,他就穿好外套,拉开包间的门走了出去。

茶楼对面的马路边上,一辆老式帕拉丁越野车紧闭着车窗。在它的斜前方,马健正快步穿过马路,跳上一辆本田CRV,驾车离去。几分钟后,一脸失魂落魄的骆少华也从茶楼中走出,在路边站了一会儿,拦下一辆出租车,朝着相反的方向离开。

帕拉丁越野车的车窗缓缓落下,杜成的脸露了出来,表情凝重,若有所思。

第二十一章　真相

第二十二章

蝴蝶夫人

卓悦购物中心一楼,岳筱慧在法国娇兰的柜台前,指指一个玻璃瓶子,转身对魏炯说:"就是这个。"

魏炯打量着这个造型华贵的小玻璃瓶,以及盛装其中的淡黄色液体。随即,他在口中费劲地默读着瓶身上的字母:"MITSOUKO,这是蝴蝶夫人的意思?"

"是啊。"岳筱慧扑哧一笑,"难道你认为会是Ada Butterfy?"

魏炯不好意思地搔搔头:"我可不懂这个。"

岳筱慧颇为自得:"这里面的学问可大了。"说罢,她拿过香水瓶,打开盖子,凑过去闻了闻。

"嗯,还真是挺古典的味道。"

导购小姐凑上来:"这的确是娇兰的经典款香水,前调是佛手柑、柠檬、橘皮,还有桃香。中调是花香,包括玫瑰、茉莉。"

魏炯听得一头雾水,岳筱慧倒是频频点头,最后还在手腕上搽了一点儿,凑到魏炯的面前。

"怎么样，好闻吗？"

女孩那白皙的手腕突然出现在眼前，魏炯本能地向后一躲，鼻子里还是飘进了一些若有似无的果香。

"桃子？"

"嗅觉很灵敏嘛。"岳筱慧又笑，转身对导购小姐说，"替我包起来吧。"

1487元。魏炯想掏钱包，却被岳筱慧坚决地制止。付款的时候，魏炯觉得非常尴尬，似乎自己是个陪着女朋友前来购物，却一毛不拔的吝啬男友。岳筱慧却不以为意，拎着装有香水瓶的小纸袋，悠然自得地在前面走着。

"还不回去吗？"

"不啊。"岳筱慧从衣袋里拿出一张纸，冲魏炯晃晃，"还有好几种香水要试试呢。"

杜成对其余三名死者的家属进行了走访，重点调查她们生前是否有搽香水的习惯。果不其然，三名死者在案发当天都曾经或者可能搽过香水。只不过，除了死者张岚的丈夫温建良准确地说出其妻也使用"蝴蝶夫人"香水之外，其他两名死者的家属都表示记不清楚，只是提出了一个大致的范围。岳筱慧和魏炯今天的任务，就是在这份品牌名单中，找出是否有和"蝴蝶夫人"气味相似的香水。

虽然在名单上列举的香水品牌都可以在这个商场中找到，然而，有几款香水已经停产，无从对比和分辨。岳筱慧想了想，请导购小姐介绍与这几款香水成分类似的产品。很快，岳筱慧挑出了其中一款，搽在另一只手腕上，让魏炯也帮忙辨别一下。

整个化妆品区都香气浓郁，魏炯早就被熏得晕头转向。在他的鼻子里，这些香水基本都是一个味道。岳筱慧见他帮不上忙，索性就赶他到旁边等着。反复试了几次之后，这款香水也被她排除掉。魏炯好奇地问及原因,被她一句轻描淡写的"中调不对"就打发掉了。

又连续试了几个品牌,魏炯看着岳筱慧熟稔的动作和专注的神态,心想这个任务还真得女孩子来完成。不过这样也好,自己乐得清闲,只要老老实实地跟在后面就行。

最终,岳筱慧选定了某品牌的一款香水。付款后,她把香水瓶小心地放在纸袋里,示意魏炯离开。

"确定是这个吗?"

"没错,琥珀香调。"岳筱慧指指那张名单,第三个被害人黄玉的家属给出的品牌清单中,这款香水赫然在列。

回程的公交车上,岳筱慧很少开口,只是反复端详着这两个香水瓶,又在两个手腕上分别搽了两种香水。快到养老院的时候,她突然亮出两只手,让魏炯再闻一次。魏炯鼻腔内的香气早就一扫而空,这次再试,真的辨别出两款香水的相似味道。

神秘,忧郁。好像一个站在海边,身披轻纱的年轻女子。

"这是两款香水的后调。"岳筱慧的神色有些疲累,笑容淡然,"被害人都是在搽了香水一段时间后遇到凶手的,所以,我觉得最后的香气才是刺激凶手的源头。"

"那,也不用都买回来吧。"魏炯终于提出了一直萦绕在心头的疑问,"老纪并没有让我们这么做啊。"

"我自有用处。"岳筱慧眼望窗外,漫不经心地答道。

杜成和纪乾坤都在房间里,正在研究桌面上的一沓资料,见他们进来,齐齐地把视线投射过去。

"怎么样?"

"当然有发现。"岳筱慧扬扬手里的纸袋,"有一款香水和蝴蝶夫人很相似,可能是黄玉用过的。"

"这么说,至少有三个被害人都曾经在案发当天搽过香水。"纪乾坤显得很兴奋,"李丽华在被害当晚去过商场,很可能也买了香水,至少试用过。"

杜成也来了兴致,从纸袋里拿出两个香水瓶,打开瓶盖,凑过去闻闻,随即就连打了两个喷嚏。

岳筱慧被逗乐了。她抢过杜成手中的香水瓶,扬起手臂。随着"嗞嗞"两声轻响,一阵细如牛毛的薄雾在空中缓缓落下。众人瞬间就被升腾而起的香气包围了。

没有人说话,似乎都在细细品味这弥漫在周身的味道。片刻,杜成吸吸鼻子,开口说道:"挺好闻的啊,真他妈搞不清楚为什么会有人因为这个去杀人。"

魏炯看看纪乾坤。老人一动不动地坐在轮椅上,双手握住不锈钢扶手,头微低,眼半垂,仿佛沉浸在某种记忆中难以自拔。三个人互相看看,都不再开口,静静地看着纪乾坤。

半响,纪乾坤终于回过神来。他深吸一口气,抬起头,看看其余三人,有些不好意思地笑了。

"是这个味道,没错。"纪乾坤伸手去拿钱包,"筱慧,花了多少钱,我给你报销。"

"不用了,我买来自己搽的。"岳筱慧摆摆手,"你们刚才在聊什么?"

"我又去拜会了一次杨桂琴,就是许明良的妈妈。"杜成指指桌上的资料,"她给了我一份名单,上面是和许明良交往比较密切的人。换句话来说,就是他可能送猪肉给对方的人。"

杜成向魏炯扬扬下巴:"按照你的推测。"

魏炯的脸一下子变得通红:"我就是随口一说。"

"你的思路很好啊。"杜成笑了笑,"如果能排除其他可能性,即使再匪夷所思,也是最后的真相。"

第二十二章 蝴蝶夫人

他转向纪乾坤："这两个孩子都挺能干的。"

"是啊。"纪乾坤看着魏炯和岳筱慧，目光柔和，"我很幸运。"

魏炯越发不好意思。岳筱慧的注意力则一直在那沓资料上。

"人不太多嘛。"

"嗯，许明良生前的人际关系比较简单。"杜成也转向小木桌，"我对这个名单筛选了一下，有两个已经亡故，都是因为年龄，自然死亡。案发时他们都是接近60岁的人了，基本可以排除。"

"其他人呢？"岳筱慧盯着杜成，神情专注。

"我们还算走运吧。"杜成拿起名单，看着上面勾画的笔迹，"其中一个已经迁居到其他城市，可以找朋友帮忙查查。另外几个，仍在本市居住。"

"嗯，那我们什么时候开始调查？"

"立刻吧。从年龄小的开始查。"杜成突然想到了什么，看了看岳筱慧，"你比老纪还积极啊。"

"哦，"岳筱慧立刻坐直了身体，"我们要开学了嘛。"

"你们俩别耽误上课。"纪乾坤插嘴道，"那我就太过意不去了。"

"没事。反正就七八个人需要调查，不会花太长时间的。"岳筱慧甩甩头发，"是吧，杜警官？"

杜成只是看看她，没有说话。

"你家收拾得挺干净嘛。"陈晓脱下外套，随手放在沙发上，"就是房子老了点儿。"

"一个人住，无所谓了。"林国栋也脱掉棉服，扔在陈晓的衣服上，"你随便参观。想喝点儿什么？"

"茶吧。"陈晓捂住绯红的脸颊，冲他笑笑，"正好散散酒气。"

林国栋应了一声，起身去厨房烧水，又取出两个干净的杯子，放好茶叶。这是他们的第三次约会。在刚才的午饭中，他和陈晓都喝了些啤酒。此刻，膀胱胀得厉害。等水开的工夫，他去了趟卫生间。方便之后，他站在洗手盆前，拧开水龙头，哗哗地冲洗着双手。忽然，他扭头看了看气窗下的不锈钢浴缸，顿时感到身上燥热起来。

几分钟后，林国栋捧着两杯热茶从厨房里走出来，陈晓却不在客厅里。他吸吸鼻子，径直走向自己的卧室。果真，陈晓坐在书桌前，正翻看着一本书。

见他进来，陈晓放下书，说道："这就是林老师每天工作的地方喽？"

"是啊，条件很简陋。"林国栋把茶杯递给陈晓。女孩道了谢，小口喝起来。林国栋端着茶杯，慢慢踱到窗台前，向楼下张望着。

今天的气温比往日要稍高些，大地回春的迹象已经愈加明显。窗台上还有些半融化状态的积雪，在午后的阳光下微微冒起水汽。林国栋看看小区外的街角，马路上空空荡荡的。他又把视线转向对面的14栋楼。尽管从6楼缓台的窗口望进去是一片昏暗，但可以肯定的是，那里空无一人。

自从那天向骆少华发出警告之后，这个该死的跟踪者就再也没有出现过。贴在自家门楣上的透明胶条早已经失去了黏性，在某个清晨悄然脱落。自己割伤的手掌开始慢慢愈合，而林国栋的心，正在回暖的天气中，慢慢地苏醒过来。

身后突然传来"叮"的一声。他回过头，看见陈晓已经坐在自己的床上，正从裤袋里掏出手机，查看一下之后，表情淡漠地把手机甩在床上。

"男朋友？"

"嗯，例行问候。"

"他还要在北京工作多久？"

"不知道。"陈晓并不看他，伸直双腿，两只脚踝交叉，"搞得跟网恋似的。"

林国栋笑笑，边喝茶边打量着她。

第二十二章　蝴蝶夫人　　287

女孩今天穿了件黑色高领毛衣，深蓝色牛仔裤。上身凹凸有致，双腿笔直修长。脸上因为饮酒而形成的红晕尚未消退，加之热茶下肚，面庞上水汽盈动。

林国栋慢慢地走过去，和女孩并肩坐在床上。在两个人的体重之下，床垫凹陷下去，陈晓的身体靠过来，半倚在林国栋的身上。然而，她并没有躲开或者调整坐姿，任由自己的手臂紧贴着林国栋。

两个人都不说话，各自捧着茶杯，小口啜着。女孩用左手按在床上，看着面前的墙壁，目不斜视，手臂偶尔抬到嘴边，将茶水徐徐送入口中。林国栋则不停地翕动着鼻子，似乎想把女孩周身的空气都吸进去。

茶香芬芳，入口后初时苦涩，品咂后又有回甘。林国栋却越喝越渴，仿佛鼻子里不是女孩身上的香气，而是一团烈火，瞬间就将茶水蒸发得一干二净。他悄悄地挪动了一下身体，拄在床上的右手向女孩慢慢移过去。

漫长的几秒钟之后，他的指尖碰到了温软滑腻的另一根手指。他的呼吸一下子急促起来，心跳也开始加快。他佯装喝茶，小心翼翼地用余光瞟了陈晓一眼。

女孩并没有表现出异常，仍然看着面前空空如也的墙壁，气息纹丝不乱。林国栋略略放下心来，细细品味着年轻女人的手指。片刻之后，他显然并不满足这小小的接触，再次挪动手指，试图让它们攀爬上女孩那光滑的手背。

稍一动作，陈晓立刻抽回左手，起身把茶杯放在书桌上，看也不看林国栋："林老师，我得走了。您的稿子呢？"

"哦，"林国栋有些慌乱，急忙站起来，"就在桌子上。"说罢，他在成堆的文稿中翻找着，最后抽出几张，稍稍整理了一下。递给陈晓的时候，他已经平静下来，表情也恢复如初。

陈晓也是面色平和，垂着眼睛接过文稿："我回去给姜总看一下，没问题的话，再通知您来领酬劳。"

林国栋连称好的。陈晓笑笑，转身向客厅走去，穿好外套后，她向林国栋告辞。

"谢谢您的午饭，还有茶。"女孩站在打开的门旁，扶着门框，冲林国栋露出一个意味深长的笑，步履轻盈地下楼。

林国栋目送她消失在楼道的拐角处，回身关好了房门。站在一片寂静的客厅里，他回味着女孩手指的触觉，轻轻地笑了笑，又摇了摇头，起身走向沙发，拿起了自己的外衣。

经过几十分钟的接触，林国栋的外衣上已经沾染了陈晓的香气。他躺在沙发上，把外衣盖在身上，嗅着那若有似无的味道，解开裤子，把手伸向自己的下体。

第二十三章

岳筱慧的秘密

C市公安局铁东分局，三楼走廊的尽头。

"你他妈不是吧，"高亮看着杜成，吃惊地瞪大了眼睛，"给领导上手段？"

"你嚷嚷个屁，"张震梁一把将高亮拽进楼梯间，"又他妈不是让你定位他，查个通话记录而已。"

"上次查老骆的通话记录，已经算是违反纪律了。还来？"高亮一脸不满，"马健退休前好歹是个分局副局长，这么干不太好吧。"

"小高，你知不知道我在查什么案子？"杜成问他。

"多少知道一点儿。"高亮看看张震梁，又看看杜成，"二十多年前的一个案子，跟马健有关。"

"我还不确定。所以需要你帮忙。"杜成拍拍高亮的肩膀，"这案子对我很重要。我能不能闭上眼睛安心地走，就看这案子能不能破了。"

"靠，你这老家伙。"高亮嘴里嘀咕着，情绪上却有所松动。

"亮子，张哥平时对你怎么样？"张震梁递给他一支烟，"没开口求过你吧？"

"行了行了。"高亮点燃烟,挥挥手,"真他妈服了你俩了。等我消息吧。别说是我干的啊。"

杜成和张震梁连连点头。高亮瞪了他们一眼,转身离开了楼梯间。

见他走远,张震梁低声问道:"师父,你真的觉得骆少华和马健……"

"嗯,他们可能很早就知道抓错人了。"杜成点点头,"还是你小子提醒我的啊。"

的确,张震梁提示他注意1992年"10·28"强奸杀人碎尸案的办案民警,正是马健和骆少华。他的言外之意,就是此案之所以没有侦破,是因为一旦真凶落网,很可能证明此前的系列杀人案都是此人所为。其直接后果就是,板上钉钉的许明良案乃是错案。这是一个所有人都承担不起的结果,所以,不如就将此案束之高阁。

当然,这种推断是建立在从始至终只有一个凶手的前提之下。对此,杜成仍持有保留意见。在他看来,1992年的"10·28"杀人案存有太多的疑点,很难和之前的系列强奸杀人案串并在一起。更何况,他也不能相信当年的两个老朋友会因为不敢承担责任就放任凶手逍遥法外。不过,杜成坚持要对骆少华和马健进行调查,是有别的原因的。

"我就是一个猜测。"张震梁摆摆手,"后来我又查了一下,当时全局都在搞一个毒品案子,无暇分身也说不定。"

"调查到这个阶段,所有的可能性都不能放过。"杜成靠在墙壁上,尽力舒展着正在疼痛的腹部,"骆少华那天晚上找我,我觉得很奇怪。紧接着他又和马健见面,聊了很久,而且绝对不是老友叙旧那么简单,那就更奇怪了。"

"你觉得和当年的案子有关?"

"我不知道。但是骆少华当时肯定在做一件不能让我们知道的事情。"

"我也注意到了,他包里有望远镜,好像在监视什么人。"张震梁点点头,"而且还是个危险的家伙,否则他不会带着伸缩警棍。"

"是啊。再说,他认识的旧同事应该不少,为什么要找我呢?"杜成皱起眉头,"我们俩几乎都断交了。"

"难道是为了对付前女婿?"

"不至于。"杜成乐了,又牵动腹部一阵疼痛,"老骆要收拾向阳,还用得着咱们帮忙?"

张震梁也觉得自己的猜想站不住脚,嘿嘿笑了起来。随即,他就发现杜成的脸色越来越差。

"师父,觉得不舒服?"张震梁上前扶住杜成,"去我办公室歇会儿吧。"

"不用。"杜成勉强冲他笑笑,"还有事要办呢。"

"你歇着吧,我替你跑一趟。"

"你忙你的吧,在局里帮我盯着点儿高亮那边就行。"杜成的表情颇为无奈,"今天的事你帮不了我,我得先去接两个小家伙。"

半小时后,杜成在西安桥下的一个公交站接到了魏炯,又驱车前往岳筱慧家。一路上,他通过后视镜看着坐在后排座上、一脸拘谨的魏炯,心中暗暗好笑。

在着手准备调查杨桂琴提供的名单上的人的时候,岳筱慧就提出要参加。杜成一口回绝,认为这两个孩子根本帮不上忙,还不如留在纪乾坤身边找找线索。孰料岳筱慧拿出了香水,还冲他摆了摆。

"杜警官,你要是喷这个东西,会很奇怪吧?"

杜成立刻知道了她的意图:如果凶手当年是因为香水的刺激而杀人,那么即使二十多年后再闻到那个味道,他仍然会有反应。因为嗅觉记忆是人类所有记忆中留存时间最长的一种。倘若在访问时伴有香水的气味,也许凶手会露出马脚。

带上岳筱慧和香水,没准真能起到出奇制胜的效果。于是,杜成考虑了一下,同意岳筱慧参加访问。不过,带着一个年轻姑娘去查案,他还是觉得别扭，索性就让魏炯也一起去。

到了约定的集合地点，岳筱慧却没来。魏炯打了两遍电话催促她，又等了十几分钟，岳筱慧才慢悠悠地赶到。

上车之后，岳筱慧说了一句"抱歉让你们久等了"就不再说话，神态非常消沉，和几天前那个兴奋的样子相比，简直判若两人。

杜成看着后视镜，吸吸鼻子，开口问道："香水带了没有？"

岳筱慧的视线始终投向窗外，闷闷地答了一句："带了。"

"你现在就搽上吧。"杜成抬手发动汽车，驶上马路，"不是说后调最可能刺激凶手吗？我们大概需要20分钟才能到。"

"其实，也未必是香水吧。"岳筱慧突然忸怩起来，"也许我猜错了呢。"

魏炯转过头，吃惊地看着岳筱慧："你这是怎么了？"

岳筱慧看也不看他："没事。"

杜成没作声，沉默地开车。半晌，他低声说道："搽上吧，就当是改善一下访问气氛了。"

岳筱慧既没有表示同意也没有表示反对。不过，又开出几百米后，她还是从背包里拿出香水瓶，在身上喷了几下。

浓郁的香气顿时在车厢内弥漫开来。

第一个访问对象是原春阳路工商所的一名工作人员。23年前，正是他负责管理春阳农贸市场。根据杨桂琴的说法，为了多得到一些照顾，或者说少惹一些麻烦，许明良经常会送他一些猪肉。如果魏炯的推断是成立的，那么他有可能拿到带有许明良指纹的塑料袋。

不过，对他的访问没有用太长时间。这个工作人员还没有退休，并且升为某个部门的领导。从见到他的那一刻起，连魏炯都觉得他不是凶手。在这个男人身上嗅不到任何危险的气息，只有多年混迹于行政机关所积攒下来的油滑与精明。而且，他对周身香气扑鼻的岳筱慧并没有给予格外的关注。

杜成显然也对这个人没有过多的兴趣,只是简单地提了几个问题。特别是得知他在2002年才考取了驾照之后,就直接结束了访谈,起身告辞。

第二个访问对象是杨桂琴的外甥。王旭,男,46岁,离异,独子,随母亲生活,现在与一名外地女子同居。从外围调查的情况来看,王旭和许明良是表兄弟关系,自幼就关系密切。1990年初,许明良去考取驾照时,就是和王旭同行。在许明良归案前,王旭一直在同一农贸市场里以卖鱼为业。因两人平素交好,时常会以鱼肉互赠。系列强奸杀人碎尸案发后,杨桂琴无心再经营肉摊,就把摊位转给了王旭。

在王旭身上,既有疑点,也有排除的可能。一来,王旭经常接受许明良馈赠的猪肉,他使用的黑色塑料袋上,可能留存许明良的指纹;同时,他平时抓鱼、杀鱼以及剖鱼的时候,都会戴着手套,符合魏炯的推断。但是,从另一个方面来看,当时王旭的工作技能应该仅限于分解鱼类,肢解人体恐怕就力有不逮。

因此,最好的办法还是能和他进行当面对谈。

王旭对杜成的到访颇不耐烦。在杜成表明了身份之后,他叼着烟卷,把切成小块的猪肉塞进绞肉机里,瞥了杜成一眼:"你不是已经找过我二姨了吗,还来找我干吗?"

"没什么,聊聊你哥的事儿。"杜成四处看了看,从肉摊下拽出一把椅子,坐了上去。

王旭揪起污渍斑斑的皮质围裙,草草地擦了擦手,从胸前的口袋里拿出一盒烟,又抽出一支点燃。

他斜靠在肉摊上,居高临下地看着杜成:"人都死了二十多年了,还有什么可聊的。"

杜成半仰着头,打量着王旭:"你和你哥长得挺像的。"

"表兄弟,有什么奇怪的?"王旭从鼻子里哼了一声,"小时候,我们俩一起出去，都以为我们是双胞胎。"

"嗯。"杜成点点头，"许明良要是活到现在，大概就是你这个样子。"

"不可能。"王旭苦笑着摇头，"别看我哥当时就是个卖肉的，比我有追求多了。"

他看看杜成，又看看魏炯和岳筱慧，大概以为他们也是警察，表情变得阴沉。

"如果不是你们抓了他，我哥现在没准比你的官还大。"

杜成记得杨桂琴曾经说过，许明良参加成人高考的目的，就是想圆心中的一个梦想。

"他想当个警察，是吧？"

"对。"王旭狠狠地吸了两口烟，丢掉烟蒂，"那会儿他出摊的时候还在看书，还请了家教。这样的人也会杀人？不知道你们怎么想的。"

杜成不动声色地看着他："这些年，你过得怎么样？"

"什么怎么样？就这样呗。"王旭绕回摊床后，操起一把尖刀，剔掉一块肉上的皮，"一个卖肉的，还能怎么样？"

"离婚了？"

"嗯，5年前。"

"为什么离婚？"

"她看不上我。"王旭面无表情地把猪皮甩在摊床上，"嫌我没文化，没钱。"

"现在和你同居的女人是个河北人，"杜成四处张望着，"卖调料的，也在这个市场里吗？"

再回过头来，他发现王旭拎着尖刀，目不转睛地盯着自己。

"你在调查我？"

杜成笑笑，又问道："你们相处得怎么样？"

王旭没有回答，而是把刀尖戳进案板里，双手拄着刀柄，表情很复杂。

第二十三章　岳筱慧的秘密　　295

"你怀疑是我？"

杜成也点燃一支烟，深吸一口，透过烟雾看着他："你还没回答我的问题。"

"挺好，不信你去问她，就在216号。"王旭向农贸大厅的西北角努努嘴，又转头盯着杜成，"你们觉得抓错人了？"

杜成回望着他，不置可否。

"操！这么多年了，你们终于搞明白了。"王旭拔出刀，重重地摔在案板上，"好好查，随便查，查我也无所谓。我哥死得冤，给他平反那天，记得告诉我二姨，我请你喝酒。"

杜成笑了一下："好。"

从春阳农贸市场出来，已经快下午一点了。杜成带着魏炯和岳筱慧去了一家牛肉面馆。吃饭的时候，魏炯问道："杜警官，你觉得王旭有嫌疑吗？"

"我觉得不是他。"杜成吃得很少，面碗里剩了一大半，"他的反应不像。"

魏炯点点头："我也这么想，如果他是凶手，应该巴不得许明良为他顶罪。得知你要重查这个案件的时候，我觉得他挺高兴的。"

"是啊。"杜成从挎包里取出药片，就水吞下，又拿起一张面巾纸，擦拭着满脸的汗水。魏炯和岳筱慧不约而同地停下筷子，默默地看着他。

杜成注意到他们的目光，觉得有些尴尬，就拿出那沓资料。

"再说，味儿也不对。"

"嗯。"魏炯看看岳筱慧，"他好像不太在意筱慧。"

岳筱慧垂着眼皮，没有作声。

"我说的不是这个。"杜成翻看着资料，"王旭当时是卖鱼的，肯定会满身鱼腥气，外貌也不像许明良那样整洁。这副样子，怎么在深夜博得那些女性的信任，骗她们上车？和我们对嫌疑人的刻画不符。"

"这么说,王旭也可以排除了?"

"嗯。"杜成的脸色很不好,虽然经过反复擦拭,蜡黄的脸上仍在不停地滚落汗珠,"不过,他刚才提到一个人,我倒是很感兴趣。"

"谁"岳筱慧抬起头来。

"那个家教。"杜成忽然不说话了,伸手按在腹部,浑身颤抖起来。

魏炯急忙站起来,伸手去扶杜成。

"没事,没事。"杜成的上半身几乎都伏在桌面上,手指着自己的挎包,"药,蓝色瓶那个。"

岳筱慧打开他的挎包,取出药瓶,又倒出一片递给他。杜成塞进嘴里,伸手接过魏炯递来的矿泉水瓶,浅浅地喝了一口。

岳筱慧看着手里的药瓶,低声问道:"你吃的是止痛药。"

"嗯。"杜成抬起满是汗水的脸,勉强笑笑,"你们俩谁会开车?"

魏炯和岳筱慧对视了一下,都摇了摇头。

"那就得等我一会儿了。"杜成依旧直不起腰来,"别急,药效应该很快就能上来。"

"杜警官,你先回去吧。"魏炯忍不住说道,"改天再查。"

"小子,我没那么多时间。"杜成无力地摆摆手,"再说,老纪在等着我们的消息呢。"

三个人围坐在一张餐桌前。一对年轻男女坐在一侧,默默地看着对面这个头发花白的老人。他伏在桌面上,垂着头,一手捏成拳头,在自己的肝部用力按压,另一只手在大腿上痉挛般揉捏着,似乎想转移那一阵又一阵袭来的疼痛。

魏炯看得心里难受,又不知该如何帮杜成缓解症状。他看看岳筱慧,发现女孩怔怔地看着正在挣扎的杜成,一手捂着嘴,眼眶中已经盈满泪水。

究竟是什么,可以让一个生命垂危的人如此坚持?

足足20分钟后,杜成终于抬起头来,尽管脸上依旧冷汗涔涔,但是面色已经好多了。

"抱歉,吓着你们了吧?"杜成长长地呼出一口气,伸出一只手,"水。"

魏炯手忙脚乱地倒了一杯温水递给他。杜成接过来,一饮而尽。

"好多了。"他擦擦脸上的汗,又拿起那沓资料,"去看看那个家教吧,正好这里离103中学也不远。他叫什么来着?"

杜成在资料里翻找着,最后抽出一张纸。

"哦,林国栋。"

市103中学在春节后不久就开学了。尚在寒假中的魏炯和岳筱慧走在教学楼中,倾听着一扇扇窗户中传来的读书声,既怀念又有些幸灾乐祸。

三人直接去了人事处,要求见见林国栋老师。人事处长却一副爱莫能助的表情。

"这个真没办法。"他双手一摊,"林老师早就辞职了。"

"辞职了?"杜成很吃惊,"什么时候的事儿?"

"我想想啊。"人事处长想了想,"22年前,对,1992年的11月份,那会儿我刚参加工作不久。"

"1992年?"杜成皱皱眉头,"他为什么辞职?"

"据说是疯了。"人事处长撇撇嘴,"我们都觉得奇怪,好好的一个人,前一天还正常上班呢,第二天就疯了。"

"他的档案还在吗?"

"个人档案被他妈妈取走了,就是老太太帮他办理辞职的。据说林老师当时已经不认人了,在安康医院治疗,好像现在还没出院。"人事处长看看杜成,"有些个人履历表什么的应该还在,你……"

"我想看看。"杜成立刻答道,"谢谢了。"

人事处长显然在后悔自己的多嘴,很不情愿地起身去了档案室。半小时后,他抖着几张沾满灰尘的纸回到办公室。

"喏,就找到这些。"

纸张年代久远，已经泛黄、变脆，分别是调入证明、个人履历表、教师资格证复印件和后备干部登记表。杜成小心翼翼地翻看着，渐渐地梳理出林国栋的个人情况。

林国栋，男，1961年出生，大学文化，毕业于C市师范大学外国语学院英语系。教学水平不错，与同事关系尚可。在校任职期间获得过一次先进教师称号，没有被处分的记录。

个人履历表上还贴着一张彩色证件照，虽然颜色有所消退，但是仍然可以看出林国栋当年是可以归入"英俊"的范畴的。标准的三七开分头，面庞消瘦，脸部线条分明，前额宽阔，双眼炯炯有神，胡子也刮得干干净净。只是他的眉头略皱，加之嘴角微微上扬，整个人看上去颇有些戾气。

"从林国栋的入职时间来看，他1989年才到103中学任教。"杜成看着调入证明，"那会儿他已经28岁了，应该毕业很久了，之前也是做老师吗？"

"对。"人事处长指指纸面上一处模糊的字样，"他是从45中学调过来的。当时，学校是把他当作人才引进的，因为45中是市重点。不知道林国栋怎么甘愿在我们这个普通的中学当老师。不过，他干了3年就辞职了。"

"他结婚了吗？"

"没有，也不知道是离婚了，还是始终单身。"人事处长耸耸肩膀，"当时不少女老师想帮他介绍对象，都被他回绝了。"

杜成点点头，把这些资料复印后，装进了挎包。

人事处长送他们出去的时候，试探地问道："林老师现在怎么样，是不是出了什么事？"

杜成没有回答，道谢后就带着魏炯和岳筱慧出了校门。来到车旁，他示意两个年轻人上车，语气中透出些许兴奋："去45中学。"

和预料中一样，45中学几乎没有人认识林国栋。费了一番周折后，才找到他当年的一位旧同事，一位退休后返聘的汤姓女教师。

汤老师是在课堂上被叫出来的,见面的时候,双手还满是粉笔灰。杜成表明来意后,她略一思索就表示还记得林国栋。

"林老师嘛,瘦瘦的,不太爱说话,人挺精神的。"她好奇地打量着杜成,"他怎么了?"

"具体情况还有待了解。"杜成抽出香烟,想了想,又放了回去,"不过,据说他疯了。"

令杜成深感意外的是,汤老师对此并没有表现出过分的惊讶,而是非常惋惜的样子。

"唉,我就知道。"汤老师叹息一声,摇摇头,"他呀,还是迈不过那道坎。"

"您这话是什么意思?"杜成立刻追问道,"那道坎是什么?"

最初,汤老师还有些犹豫,似乎并不想谈论别人的隐私。然而,经不住杜成的一再坚持,只得将这件尘封已久的往事细细道来。

1988年夏天,当时林国栋已经在45中学工作了4年。那一年,学校又分来了几个刚毕业的大学生。其中,一个来自北师大英语系的女孩子非常引人注目。她叫潘晓瑾,人长得漂亮,气质好,穿衣打扮也很有品位。一入校,就引来了不少追求者,林国栋就是其中一个。林国栋时年27岁,在当时已经属于大龄未婚男青年。虽然有不少人帮他介绍对象,但是据说他的眼光很高,所以一直单身。潘晓瑾的出现,让这个心高气傲的小伙子动了情。由于追求者众多,潘晓瑾不堪其扰,公开声明自己已经,在美国留学的男朋友了。其他追求者们纷纷知难而退,偃旗息鼓,唯有林国栋一直紧追不舍。而且,潘晓瑾似乎对林国栋的攻势并不反感,两个人经常在一起讨论文学、音乐,偶尔还一起去看电影、逛公园。对此,其他同事并不感到奇怪,毕竟一个是青年才俊、业务骨干,另一个风华正茂、气质相貌俱佳。虽然潘晓瑾已经名花有主,但是远隔重洋毕竟敌不过朝夕相处。就在大家都以为这一对眷侣即将公开关系的时候,当年秋季的一个深夜,披头散发、衣衫不整的潘晓瑾跑到校保卫处,称林国栋试图在女教师宿舍里强奸她。事关重大,保卫干事们不敢怠慢,跟着潘晓瑾回到宿舍,发现林国栋只穿着内衣,正坐在潘晓瑾的床上发愣。众人觉得事有蹊跷,尽管潘晓瑾坚持要把林国栋扭送至公安机关,保卫处还是把林国栋关了一宿,等天亮后由校领导处理此事。

校领导犯了难,此事一旦公开,不仅学校颜面扫地,被寄予厚望的林国栋也将身陷囹圄。偏偏林国栋对此事一言不发,既不辩解,也拒绝描述当晚的情形。再三考虑后,校方决定先做做潘晓瑾的思想工作。经过一番劝说后,潘晓瑾大概是顾及自己的名誉,也可能是念及两人之间的情分,最终勉强同意不再追究。林国栋被停课一个月,扣除全年奖金,取消评优资格,并被责令在内部进行深刻检讨。一夜之间,他从一个前途无量的优秀教师,变成了一个人人鄙夷的强奸未遂犯。不少女老师甚至回避和他单独相处。1988年底,潘晓瑾辞职,飞去美国和男朋友完婚。林国栋也在寒假之后提出调离申请。最终,在1989年春季从市重点中学45中学调至普通的103中学任教。

听罢汤老师的讲述,杜成沉默了一会儿,开口问道:"你现在和潘晓瑾还有联系吗?"

"她出国后就再没联系过。"汤老师撇撇嘴,"林国栋就是太心急了,想早点儿确定关系。其实小潘挺好的,跟大家相处得也不错,临出国的时候,把自己的一些香水啊、化妆品什么的都送给我们了。"

"香水?"杜成打断了她的话,"你还记得是什么牌子吗?"

"记得啊,她送了我半瓶,挺贵的呢。"汤老师眨眨眼睛,"叫蝴蝶夫人。"

回到车上,杜成没有急于离开,而是坐在驾驶座上整理着思路。林国栋同样是与许明良有接触的人,而且,他是一名中学教师,面貌英俊,谈吐斯文,容易得到女性的信任和好感,符合警方当年对嫌疑人的刻画。至于林国栋和潘晓瑾之间的恩怨纠缠,虽然目前难以确定其中的细节,但是至少可以联想到一种可能,那就是对某一类女性有既倾慕又憎恨的心态,渴望占有,又恨之入骨。

这类女性的共同标签,就是潘晓瑾曾经用过的"蝴蝶夫人"香水。

魏炯看看杜成的脸色,试探着问道:"杜警官,你觉得这个林国栋……"

"嗯。"杜成想了想,"从目前来看,他的嫌疑最大。"

"那我们还等什么啊?"岳筱慧突然开口,"去精神病院吧。"

魏炯惊讶地看着岳筱慧。整整一天,她都是一副闷闷不乐、意志消沉的样子。没想到在午饭后,她的那股兴奋劲儿又回来了。特别是从45中学出来之后,岳筱慧变得情绪高涨,简直是跃跃欲试。

"不。"杜成抬手发动汽车,"今天太晚了,明天再去。"

"现在就去吧。"岳筱慧看看手机上的时间,"才5点多,我把路线都规划好了,也就40分钟左右的车程。"

她把手机导航的页面给杜成看。可是杜成连瞧都不瞧一眼,直截了当地拒绝:"不行,我先送你们回家。"

帕拉丁SUV驶出45中学的停车场,不锈钢电动折叠门在身后徐徐关闭。

"再说,精神病院这种地方,不是你们该去的。"

一路上,岳筱慧都噘着嘴,一脸不高兴的样子。魏炯不知道该怎样安慰她,也只好默不作声。杜成的注意力显然不在他俩身上,每逢停车的时候,他都会把手机拿出来查看,似乎在等什么消息。

开到岳筱慧家的小区门口,杜成停下车,转身说道:"关于林国栋的事,先不要告诉老纪。毕竟我们现在只是怀疑他,还没有充足的证据。懂了吗?"

魏炯点点头。岳筱慧则一直看着窗外。

杜成看了看岳筱慧:"一起吃个晚饭?"

"不用了。"岳筱慧显然还在赌气，跳下车后，却不走，望着魏炯。

"行。"杜成也不再坚持，示意魏炯关上车门。这时，岳筱慧突然说道："等等。"

她指指魏炯："我想跟他说几句话。"

"哦，"杜成有些莫名其妙，扭头看看魏炯。男孩也是一头雾水的表情。不过，他没有迟疑，顺从地下车，对杜成说道："那你先走吧，我自己回家就行。"

这两个小兔崽子，又要搞什么鬼？杜成心里嘀咕着，点点头："好吧，有消息我会联系你们。"

刚要踩下油门，岳筱慧又哎了一声。

杜成下意识地望向她，看见岳筱慧表情复杂地看着自己，似乎还在生他的气，又充满关切。

"杜警官，你……"岳筱慧咬着嘴唇，眉头微蹙，"你回去一定要好好休息。"

杜成看了她几秒钟，笑了笑："好，你放心。"

魏炯和岳筱慧并肩走进小区里。女孩始终默不作声，魏炯也不好开口。一路无话。走到岳筱慧家楼下的时候，魏炯以为他们要直接上楼，不料岳筱慧却拐了个弯，向小区里的一个广场走去。

广场旁边有一家社区超市，岳筱慧走进去，买了两杯热奶茶，结账的时候，又加了一包5毫克焦油含量的中南海。

岳筱慧把其中一杯奶茶递给魏炯，自顾自向前走去。魏炯摸不着头脑，只能捧着烫手的奶茶，老老实实地跟在她后面。

走到广场南侧的一条长廊里，岳筱慧坐在木质长凳上，一言不发地喝奶茶，目光漫无目的地在广场上扫视着。魏炯坐在她身边，不知道该如何发问。以他对岳筱慧的了解，现在最好的态度就是无声地陪伴。

喝了半杯奶茶，岳筱慧拆开烟，抽出一支点燃。此刻，天色已渐渐暗下来,广场上偶有居民经过,个个脚步匆匆,没有人去留意这对沉默的男女。越来越浓重的夜色中,岳筱慧的侧影慢慢变得模糊,只有嘴边忽明忽暗的亮点变得分外醒目。

"今天,"岳筱慧熄掉烟头,长长地呼出一口气,"你是不是觉得我很奇怪?"

"说老实话,有一点儿。"魏炯看看她,"你的情绪时起时落的,怎么了?"

岳筱慧笑笑,低头摆弄着奶茶杯上的吸管:"你知不知道我为什么要帮老纪查这个案子?"

魏炯不说话了,这也是他一直想知道的事情。岳筱慧对纪乾坤的关心和帮助,大概出于对这个充满个性的老人的好奇,以及她骨子里的善良和同情心。但是,自从得知纪乾坤委托魏炯帮他调查系列杀人碎尸案以后,岳筱慧的态度已经可以用狂热来形容。有的时候,魏炯甚至觉得她比纪乾坤还渴望抓到那个凶手。这一点,已经不能简单地解释为"觉得刺激"或者"好玩"了。

"我上次跟你说过,我妈妈在我很小的时候就去世了。"岳筱慧盯着越来越昏暗的广场,"那是在1992年的10月27日,当时我妈妈在市第一百货大楼当售货员,每晚9点才下班。那天晚上,她没回家。"

魏炯惊讶地瞪大眼睛:"她……"

"第二天一早,她的尸体在全市各处被发现。"岳筱慧缓缓转过身来,看着魏炯,在黑暗中,她的双眼闪闪发亮,"各处,一丝不挂。"

她伸出两只手,将食指交叉:"10块。她被切成了10块装在用黄色胶带扎好的黑色塑料袋里。"

魏炯的脑子里轰的一下炸开了。深夜失踪,强奸,杀人后碎尸,黑色塑料袋,黄色胶带。

"我那时候还不到一岁,完全不记得这些事。我爸爸一直对我说,妈妈是病死的。"岳筱慧重新面对广场，声音仿佛从深深的水底传上来一般，"我初二那年，一个亲戚送醉酒的爸爸回来，无意中说起我妈妈的死，我才知道妈妈是被人杀害的。"

"等等。"魏炯跳起来，打断了岳筱慧的话，"你的意思是？"

"对。也许是女性的直觉吧，我第一次见到老纪，就觉得他和我之间有某种联系。"岳筱慧又点起一支烟，"所以，当你在图书馆告诉我老纪委托你的事的时候，我一下子就知道那种联系是什么了。"

"可是，在那起系列杀人案里，老纪的妻子是第四个，也就是最后一个被害人。"魏炯在快速回忆着，"案发于1991年8月7日。你妈妈在1992年10月27日被害，难道？"

"嗯。实际上，我比你更早知道那起系列杀人案。"岳筱慧弹弹烟灰，轻轻地笑了笑，"你能想象吗？一个初中二年级的女生，背着Hello Kitty的书包，坐在市图书馆里翻阅十几年前的报纸，查找当年的连环奸杀碎尸案。"

"所以，你很早就知道许明良不是凶手？"

"对。1991年他就被枪决了，我妈妈肯定不是他杀的。"岳筱慧垂下眼皮，"我妈妈的案子始终没破。所以，直到昨天晚上，我始终相信，杀害我妈妈和老纪妻子的，是同一个人。现在你知道我为什么帮助老纪查案了吧？"

魏炯点点头，随即就意识到岳筱慧话里有话。

"'直到昨天晚上'是什么意思？"

"那款香水。我始终觉得，刺激凶手的动机之一就是蝴蝶夫人。"岳筱慧叹了口气，望向远处的一栋楼。魏炯顺着她的目光看去，认得那就是岳筱慧家所在的那栋楼，属于她家的窗口黑洞洞的。

"可是，昨天晚上我问了我爸爸。因为他对香水过敏，所以，我妈妈一直不搽香水，夏天的时候，连花露水都不用。"

"事实证明你的推测没错啊。"魏炯皱起眉头,"至少有三个被害人都用了蝴蝶夫人或者气味相似的香水。林国栋是目前最大的嫌疑对象,当年搞得他身败名裂的那个女人也用蝴蝶夫人。不至于巧合到这个程度吧?"

"嗯。我绝对相信,杀害老纪的妻子和另外三个女人的凶手就是林国栋。"岳筱慧看看魏炯,"但是,这也意味着另外一种可能。"

的确,"蝴蝶夫人"香水在本案中频繁出现,应该并非偶然。如果凶手真的在香水的刺激下强奸杀人,那么林国栋极有可能就是凶手。然而,在这一前提下,即使林国栋是在1992年11月之后才发了疯,并进入精神病院治疗,仍然意味着另一件事:以相同手法杀死岳筱慧妈妈的,另有其人。

"所以,我今天一度觉得自己的判断是错误的,甚至认为我们根本就走错了方向,都想打退堂鼓了。"岳筱慧轻轻地呼出一口气,"直到在林国栋那条线索中,又出现了蝴蝶夫人,我才重新燃起了希望。虽然……"

"虽然林国栋可能并不是杀死你妈妈的凶手,"魏炯替她说下去,"对吗?"

"对。"岳筱慧低下头,笑了笑,"林国栋究竟是不是我的杀母仇人,要看在精神病院的调查情况,毕竟他是在我妈妈被害后才发疯的。但是,我觉得可能性不大。"

她转过身,拍了拍魏炯的手:"不过,无论如何,我会一直查下去的。"

"为什么?"

"因为杜成。"岳筱慧脸上的笑容渐渐收敛,"你也明白,他已经放弃治疗了,只是靠止痛药撑着。"

魏炯想起那个蓝色的小药瓶,点了点头。

"一个快死的人,用那点儿残余的生命,还要坚持查明真相。"岳筱慧目视前方,"我不知道他是为了什么。但是,他让我觉得,总有些事情,虽然与我们无关,仍然值得去做。你说呢?"

魏炯没有说话,只是静静地和她并排而坐,看着前方那一排楼群。此刻,暮色已笼罩在天地间,越来越多的灯火在楼体上亮起。在两个年轻人面前,一幅错落有致的辉煌图景正在徐徐展开。喧闹声、问候声不绝于耳。浓重的烟气和饭菜的香味也在寒凉的空气中缓缓传来。

他们只有二十几岁,尚不知生活的苦难与艰辛。但是他们很清楚,那就是生机勃勃的人间。

一个仍值得为之奋战的世界。

第二十四章
临终关怀

　　杜成穿过一片潮湿的空地，在一个身材粗壮的女护士的引导下，向住院部大楼走去。

　　春季到来，脚下的土地不再坚硬，踩上去有松软的感觉。可以想象，初生的绿草正在泥土下顽强地生长。空地上有一些病人在散步，他们把厚重的棉毛衣裤穿在病号服下面，一个个显得臃肿不堪。杜成看着一个正对着墙壁自言自语的病人，险些撞到一个拿着枯枝在地上戳来点去的中年男子。

　　"干什么？"中年男子显得非常不满，"别碰坏我的作战沙盘。"

　　"哦。"杜成小心翼翼地绕开他，"首长，您继续。"

　　走进住院部大楼，杜成和女护士乘坐电梯直达顶层。穿过一条走廊的时候，杜成才真真切切地感到自己正身处一家精神病院中。左侧是病房，他尽量不去看房门中那一张张骤然出现的脸，那些扭曲、失常的面孔不会让人感到太愉快。

　　走廊的尽头就是会客室。室内陈设简单，除了一张长桌及几把椅子之外，再无他物。女护士安排他坐在桌旁，又给他拿了一杯热水，就关门离开了。

杜成一个人坐在会客室里,最初,觉得四周一片寂静。又坐了一会儿,他意识到耳边其实有隐约的声音传来。似乎有人在很远的地方叫嚷、挣扎、厮打,另外几个男人在呵斥,还夹杂着女性的尖叫。渐渐地,混乱的声音归于平息,最终彻底安静下来。

杜成莫名其妙地想到了监狱和纪乾坤所在的养老院。

几分钟后,一个穿着白色衣裤的男子走进会客室。他边走边放下挽起的袖子,不停地喘着粗气,额头上满是亮晶晶的汗水。

"杜警官是吧?"他走到桌旁,向杜成伸出一只手,"我姓曹,是这里的主治医生。"

杜成站起来,隔着桌子和他握握手。

"抱歉让您久等,有个病人发病了。"曹医生擦擦汗,坐在杜成的对面,视线落在那杯热水上。

杜成立刻把水杯向他推过去:"你喝吧,我没动。"

曹医生也不客气,拿起水杯一饮而尽。

"您找我有什么事?"

"关于一个患者。"杜成取出记事本,"他叫林国栋,听说您是他的主治医生。"

"林国栋,"曹医生抬手擦嘴的动作停了下来,"他已经出院了。"

"我知道刚才我看到他的出院证明了。"杜成点点头,"是最近的事儿。"

"嗯,春节前。"

"也就是说,他在精神病院里住了,"杜成在心里计算了一下,"22年。"

"对。算起来,我是他的第二个主治医生了。"曹医生苦笑了一下,"之前是朱惠金医生。"

"他的病很严重吗,需要这么久的时间治疗?"

"从他的病历上来看,是心因性精神障碍。"曹医生似乎有些欲言又

第二十四章　临终关怀

止,"精神病和其他疾病不同,它没有太多可靠仪器设备检验的指标和参数,而且病情往往缠绵,复发率也高。"

"那么,既然允许他出院,就说明他已经痊愈了?"

"嗐,怎么说呢,"曹医生撇撇嘴,"您是体制内的人,您一定知道,在咱们国家,有些事不能较真。"

"哦?"杜成扬起眉毛,"您的意思是?"

"对林国栋的情况,很难评估,不能完全肯定已经治愈,也不能完全否定。"曹医生盯着桌面,语气淡然,"他的治疗费用一直都是家里负责。后来,他妈妈去世了,所以,只能提供最基本的治疗费用。市里只有一家安康医院,床位非常紧张。所以,今年初,院里集中清退了一批患者,凡是没什么大危害的,都办理出院了。你也知道,医院也得创收嘛。"

杜成在心里"哼"了一声。的确如曹医生所说,目前在全国范围内,安康医院只有区区二十几家。收治精神病人,对地方政府来讲是一件非常头疼的事情。特别是那些无力负担治疗费用的家庭,只能由政府从财政预算中给予拨款。倘若是需要长期治疗的病人,如果政府拨款不及时,医院就将病人"被出院"的情形并不鲜见。

"林国栋在医院里的表现怎么样?"

"还行吧。"曹医生想了想,"他算比较听话的病人,有过几次情绪和行为异常,被管束后就好多了。"

"管束?"

"电击器、约束衣什么的。"曹医生的回答轻描淡写,"没办法,怕他伤人嘛。"

杜成盯着他看了几秒钟,慢慢说道:"曹医生,从你的专业角度来看,他到底有没有病?"

曹医生回望着杜成,看不出太多的表情变化,似乎对这个问题并不感到意外。

"杜警官，请你先回答我一个问题。"曹医生顿了顿，"你是不是警方督察部门的？"

"不是。"杜成一愣，"我和你之间的谈话完全是私人性质的。不是调查取证，否则我不会一个人来。你甚至可以忽略我的警察身份。"

"我明白了。"曹医生稍稍放松了一些，但仍然言辞谨慎，"那我对您的答复，也仅代表个人意见，而不能视为是医院对林国栋的结论。我说清楚了吗？"

"清楚，您说。"

"几年前，朱医生退休之后，我才接手对林国栋的治疗。"曹医生的语速很慢，似乎在斟酌着词句，"我看过他的病历，心因性精神障碍。这是个很广泛的概念，好多精神疾病都可以用这个词来涵盖。"

他意味深长地看了看杜成，又继续说下去："既然是心因性精神障碍，那就应该受到了相当程度的精神打击或者精神刺激。可是，我在他的诊疗记录里，没看到任何陈述。而且，根据我对他的观察，林国栋的表现和其他的精神病患者相比，有很大的区别。"

"你不是说他有过情绪和行为异常吗？"

"呵呵。"曹医生笑了一下，"换作你，被关在这里几十年，每天和精神病人朝夕相处，你会不会安之若素？"

"你的意思是？"

"我什么意思都没有。"曹医生立刻答道，"你自己来判断。"

杜成笑了笑，忽然又想到一件事。

"您刚才问我是不是督察部门的。"杜成留意观察着曹医生的神色，"和这件事有关系吗？"

曹医生犹豫了一下："这同样是我的猜测。首先我需要声明的是，我并不否定林国栋是精神病人。但是，他入院治疗了22年，是不是因为他曾犯过什么事，把这个当作一种替代的惩罚措施？"

"哦。"

"我给您举个例子吧。"曹医生凑过来，压低声音，"'被精神病'这个词，你应该听过吧？"

杜成当然听过。它是指一些正常人被送进精神病院进行隔离治疗，进而变相剥夺人身自由的情形。医院往往只对送治人或者提供医疗费用的人负责，而不对所谓的"患者"采取任何治疗措施。不过，随着相关法律法规的完善，近年来，这种"被精神病"的情况已经很少见了。曹医生很清楚这是违法行为，所以谨慎答复。不过，他询问杜成是否是警务督察部门的人，让杜成产生了新的疑问。

"他是谁送来的？"

"公安机关。"曹医生坐直身体，"强制医疗。"

"市局还是哪个分局？"杜成立刻追问道。

"某个分局吧。具体的我也记不清了。"曹医生耸耸肩膀，"回头可以查查。不过，送治部门还算负责，有个警察每个月都会来，查看林国栋的情况。二十多年了，没间断过。"

"他叫什么？"

"姓骆，叫骆少华。"曹医生笑笑，"挺罕见的姓，所以很容易记住。"

杜成一下子瞪大了眼睛。随即，他的大脑就飞速运转起来，似乎有一条无形的线，将那些支离破碎的片段连接在一起，最终形成一块完整的拼图。

然而，还没容他看清这块拼图的全貌，衣袋里的手机就响了。

杜成掏出手机一看，是高亮。

"喂？"

"老杜，亮子。"高亮的声音很低，还带着回音，似乎是躲到了消防通道里，"马健委托我们部门查一个人的资料，他叫……"

"林国栋。"杜成脱口而出，"是吧？"

"我靠，你怎么知道？"高亮显得非常惊讶，"马健要来局里拿资料，已经在路上了。"

马健独自坐在铁东分局的会议室里，喝着纸杯里的热茶。会议室呈长方形，靠北侧的墙壁上是一排展示柜。分局在历年来获得的各种奖杯、奖状、嘉奖证书都摆放其中。即使相隔数米远，马健仍然知道第二排展示柜上左起第四个是一张集体二等功的奖状。

那是破获"11·9"系列强奸杀人碎尸案之后，省公安厅对专案组给予的集体奖励。以往在这个会议室开会的时候，马健总会对这张奖状多看几眼。然而，今天它再次出现在自己面前，却让他觉得无比刺目。

马健扭过头去，情绪开始慢慢低落。

会议室的门被推开，高亮快步走进来。

"马局，您再稍等会儿。"高亮拉过一把椅子，坐在马健身边，"资料都打印好了，我让他们装订一下，马上就给您送来。"

"不用那么麻烦吧。"马健摆摆手，"谢谢你了，小高。"

"您千万别客气。您是老领导了，我们应该给您送到家里的。"高亮看看手表，"段局在开会，他知道您来了，一会儿就过来。"

"别打扰小段了。你们工作忙，我知道。"马健忽然显得很着急，"要不这样，小高，你去催催，我拿了资料之后还有事。"

"行，那您先坐会儿。"高亮起身离座，回到走廊里。他掏出手机看了看，又凑到窗口，向楼下的停车场张望着。这时，一辆老式帕拉丁SUV刚好开进分局大院。高亮的表情一松，嘴里自语道："老东西，你可算来了。"

他撩起外套，从后腰处抽出一个透明文件夹，又在会议室门口站了一会儿，推门进去。

马健见他进来，视线首先落在他手里的文件夹上。高亮却没有立刻交给他，而是把文件夹打开，将里面的资料摊开在桌面上。

"马局久等了。"他指着那些纸张，"这是林国栋的户籍证明，这是

第二十四章 临终关怀

他的出院证明。"

马健耐着性子听了一会儿,嘴里"嗯啊"地敷衍着。好不容易等他说完,马健飞快地将资料收拢起来,塞进文件夹里。

"谢了小高,你跟小段说一声,我先走了。"马健把文件夹塞进腋下,想了想,又嘱咐道,"这件事别让其他人知道,毕竟是私人事务,好吧?"

高亮连连答应,眼角不停地瞄向会议室的门口。

马健拍拍他的肩膀,起身向门口走去。刚拉开门,就和一个急匆匆进来的人撞了个面对面。

来人喘着粗气,似乎是一路小跑着过来。马健看着那张苍白、浮肿、满是汗水的脸,顿时愣住了。

"成子?"

杜成抬起袖子擦汗,疲态尽显的脸上露出一丝微笑。

"马局,好久不见。"

"是啊。今天路过局里,就上来看看。"马健迅速恢复了常态,"听说你病了,严重吗?"

"肝癌,晚期。"杜成只是简短作答,没有去看马健骤然讶异的表情,"难得来一趟,坐下聊聊吧。"

他拉过一把椅子,自顾自坐下,拿出烟盒放在桌面上。

马健没动,而是皱起眉头看着他,轻声问道:"什么时候发现的?做手术了没有?"

在那一瞬间,杜成在他的眼神中看到了发自内心的关切。这种眼神,已经23年不曾有过。那些势如水火的日子,仿佛被一个噩耗轻易原谅了。

你们可以同情我的人之将死,我不能无视当年的蔽日遮天。

杜成垂下眼皮,指指面前的椅子:"坐啊,马局。"

"不了,我还有事。"马健勉强笑了一下,"成子,你多保重身体。我能帮得上忙的,你尽管开口。"

为什么这声问候不能来自从始至终的兄弟，为什么我们要在彼此仇视中度过人生最美好的时光？

杜成紧紧地闭了一下眼睛，旋即睁开。

"还是聊聊吧马局，我们谈谈。"

马健沉默了几秒钟，再开口时，语气已经变得硬冷。

"谈什么？"

这种语气让杜成的心里莫名地放松下来。他指指马健腋下的文件夹："谈谈他。"

"哦？"

"你今天不是路过。"杜成抽出一支烟点燃，"你是来找一个叫林国栋的人的资料。"

马健立刻转身望向高亮。后者面色尴尬，说了句"你们聊"就拉开门溜走了。

会议室里只剩下杜成和马健两人。马健沉默了一会儿，开口说道："私事。这个林国栋欠了我一个亲戚十几万块钱，现在人找不到了。"

"马健，"杜成打断他的话，"现在只有我们两个。你老实告诉我，骆少华对你说了什么？"

听到骆少华的名字，马健的身体一晃。随即，他的五官就扭曲在一起。

"你他妈的跟踪我？"

"我是跟踪了，但我不是跟踪你，而是骆少华。"杜成站起身，直视着马健的眼睛，"他知道事情的真相，对不对？他知道林国栋就是凶手，对不对？"

"你他妈是狗吗？"马健咆哮起来，"这么多年还咬住我不放！"

突然，会议室的门被推开，段洪庆走了进来，看见对峙的两人，脸上的笑容一下子僵住了。

"马局，老杜，"他看看马健，又看看杜成，"你们这是？"

第二十四章 临终关怀　　315

"你们怎么查出来的？1992年的时候，你们就知道许明良是被冤枉的，对吧？"杜成看也不看段洪庆，向马健一步步逼近，"谁决定把林国栋送进精神病院的，是你还是骆少华？"

"我什么都不知道！"马健咬着牙，脸颊的肌肉凸起来，他瞪了段洪庆一眼，转身欲走，"我没有义务回答你的问题。"

杜成一把拽住马健的衣袖："你们当时为什么不说出来？怕担责任，还是怕你他妈的当不了副局长？"

段洪庆上前拉住杜成："老杜，你冷静点儿！"

杜成用力甩开段洪庆，后者趔趄了一下，扶住桌子才勉强站稳。

"林国栋对骆莹做了什么？"杜成死死地揪住马健，鼻子几乎碰到了他的脸，"骆少华在监视林国栋，对不对？"

"这跟你有什么关系？"马健反手抓住杜成的衣领，"你别他妈把少华扯进来！"

"你们他妈的是警察！"杜成已经目眦欲裂，声音嘶哑，"你们他妈的这是徇私枉法！你去看看许明良妈妈的样子。"

"够了！"段洪庆突然暴喝一声，上前用力把杜成和马健分开。两个人隔着段洪庆，不停地喘着粗气，狠狠地盯着对方。

不知何时，会议室门口挤满了警察，大家看到病休的杜成和前分局副局长马健一副剑拔弩张的样子，惊讶者有之，小声议论者有之。

"看什么看！"段洪庆抬脚踹翻了一把椅子，"都回去干活！"

暴怒的副局长下令，围观的警察纷纷散去。最后，门口只剩下张震梁，默默地注视着会议室里的三个人。

段洪庆双手叉腰，站在原地喘息了一阵，抬头面向杜成。

"老杜，你要干什么？"段洪庆的语气充满恼怒，其中还夹杂着一丝无奈，"你记不记得我跟你说过什么？"

"段局，我什么都不想要，"杜成把视线从马健身上转向段洪庆，

"我只想知道真相。"

"真相有那么重要吗?"段洪庆仿佛在面对一个不可理喻的偏执狂,"那件事都过去二十多年了,谁还记得?你还要苦苦追究,有意义吗?"

"有意义。"杜成的嘴唇颤抖起来,"我记得。"

"你他妈是个快死的人了。"段洪庆再也按捺不住,"你还有几个月?几天?几小时?你为什么还要逼自己?"

"我跟你说过,"杜成看看段洪庆,又看看马健,一字一顿地说道,"我剩下的每个月、每一天、每小时、每分钟,都是为了查出真相。"

"屁!"段洪庆大骂一声,挥手把桌上的纸杯打飞。

他弓着腰,双手按住桌面,头垂在胸前,浑身颤抖着。

良久,他抬起头,死死地盯着杜成:"好,老杜,你不在乎自己,行。"

段洪庆一把拽住杜成的衣领,把他拖到展示柜前。

"你看看这些。这是什么?"段洪庆指指那些奖杯和奖状,"这是兄弟们用血汗拼回来的,用命换来的!"

突然,他操起一只奖杯,重重地摔在地上,金光灿灿的杯体顿时四分五裂。

"现在不要了,是吧?"段洪庆冲杜成吼道,"所有的荣誉,都不要了,是吧?"

随即,他又拽下一张奖状,抬手欲撕。张震梁见状,急忙冲上去拦住他,把那张已经撕掉了一个角的奖状抢了下来。

段洪庆余怒未消,一把推开张震梁,举起一根手指指着杜成,指尖颤抖,却说不出话来。半响,他才咬着牙开口,语气中已经带有一丝恳求。

"大家当了这么多年警察,枪林弹雨闯过,血里泥里滚过,好不容易平安落地了。"段洪庆回头看看马健。前任副局长神色黯然,扭过头去。

"老杜,算我求你。"段洪庆重新面对杜成,"这件事,能不能就这样算了?"

"不能！"杜成突然抬起头，双目圆睁，"当年为了查这件案子，我死了全家，全家！"

段洪庆愣住了："你……"

"这二十多年，它就堵在这里，"杜成扯开衣领，指着自己的喉咙，声音仿佛从胸腔中喷薄而出，"我咽不下去，也吐不出来。每天晚上，我老婆和孩子都在看着我。他们对我说，老公，爸爸，你要抓住他，你一定要抓住他。"

越来越浓重的腥甜味涌入口腔，杜成却浑然不觉，依旧像一个野兽般嘶吼着。

"我不是为了什么职责，我就是为了我自己，为了我的老婆和孩子！"杜成凑近段洪庆，看着他的瞳孔里倒映出自己扭曲的五官，"我不能让他们死得窝窝囊囊。我要让他们知道，他们没有白白死去，当年的案子，我查清了。"

杜成看看段洪庆身后的马健，双拳紧握，眼前渐渐漫起一层水雾。

"我是快死的人了，你们就让我查下去，行不行？你们就当是临终关怀，行不行，啊？"

振聋发聩的怒吼之后，一阵密集的血点喷射在段洪庆的脸上。段洪庆目瞪口呆地看着突然满口鲜血的杜成，一句话也说不出来，任由那些血点在脸上缓缓滴落。

"师父！"张震梁大惊，急忙冲过去扶住杜成。

杜成也愣住了。他抬手擦擦嘴角，发现已是满掌血红。

"啊，这他妈是怎么了？"杜成晃了晃，喃喃自语道。他抬头看看一脸血迹的段洪庆，嘴角挤出一个无奈的微笑。

"抱歉了，段局。"杜成挣脱张震梁的搀扶，想要上前擦掉段洪庆脸上的血。刚一迈步，他就一头栽倒下去。

第二十五章

影子凶手

"后来呢?"陈晓仰头看着林国栋,眉头微蹙,眼中满是关切。

"我完全傻了。在床上坐了许久,左半边脸还火辣辣地痛。"林国栋的手绕过陈晓的肩膀,轻轻地抚弄着她的头发,"我不知道为什么,一分钟前还耳鬓厮磨,转眼就怒目相向。她明明是喜欢我的,否则也不会跟我一起去看电影、划船。可是,她为什么不能让我们再进一步呢?"

"之后她回来了吗?"

"回来了,还带着三个保卫干部。"

"啊?"陈晓以手遮口,发出一声小小的惊呼,"用不着这么绝吧。"

"当时她就是这么绝。"林国栋苦笑,"指控我强奸未遂。"

陈晓从林国栋的怀里挣脱出来,满脸惊讶:"你被抓了?"

"没有。"林国栋重新抱住她,"我被莫名其妙地被关了一宿,又被莫名其妙地放了出来。之后,就被停课、扣发奖金、取消评优资格。"

陈晓轻轻地抚摸着他的手背:"小可怜。"

"我就是想不通,一直想不通。"林国栋的目光投向客厅的另一侧,卫生间的门半虚半掩,"她怎么可以这样伤害我?每个人看我的眼光都是异样的,大家都在背后偷偷地议论我。对我来说,那就是置我于死地了。"

"很简单,她不爱你。"

"不爱我?那为什么我每次邀请她,她都不拒绝?"

"解闷喽。"陈晓轻轻地笑了一下,"男朋友离得那么远,平时没人陪。恰好有你这个年轻英俊又有才华的追求者。换作我,也会欣然赴约,就当找个人陪自己玩了。"

"可是,她肯跟我拥抱和接吻。"

"那算什么呀,女人嘛,抱一抱,自己也会暖。不过,你想发生实质性的关系,她肯定就会逃开了。"

林国栋沉默了一会儿,摇摇头:"女人真可怕。"

陈晓把头向林国栋的怀里挤了挤:"所以你这么多年一直单身?"

"嗯。"林国栋的手在她的后背上抚摸着,能清晰地感到胸罩的位置,"放不下,也不敢再去恋爱了。"

"傻瓜。"陈晓闭上眼睛,发出一声呢喃,"不是所有女人都像她那样的。"

两个人的身体紧紧地挨在一起,逐渐升高的体温让女孩身上的香气蒸腾起来。林国栋的呼吸开始急促,鼻尖上也沁出了油汗。他低下头,在陈晓的额头上轻轻一吻。随即,他就一路向下,去寻找陈晓的嘴唇。女孩稍稍抬起头,乖巧地迎合着他。很快,四片嘴唇试探性地触碰了一下,就紧紧地黏合在一起。

女人。柔软的女人。潮湿的女人。带着夺人心魄的气味的女人。

林国栋把手从女孩的腰下抽出,沿着小腹向上,即将触碰到胸部的时候,另一只手坚决地阻止了他。

陈晓拉开他的手,翻身坐起。

"林老师,我得走了。"她理理蓬乱的头发,抻平身上的毛衣。

林国栋凑过去,想再次吻她。不过,这一次,女孩扭过头,伸手阻挡在她和林国栋之间。

"别这样。"

林国栋俯身噘嘴的姿势尴尬地停在半空。少时,他慢慢站直身体,脸色开始变白。

"为什么?"

"我有男朋友,我不能这样。"

"可是你刚才说……"

"林老师,我很喜欢你,也愿意做你的朋友。虽然,我们比一般的朋友要……"陈晓不自然地笑了笑,"要亲密了点儿。不过,我不想……怎么说呢?你知道的。总之,抱歉了。"

说罢,陈晓拿起沙发上的外套,向门口走去。

林国栋站在原地,默默地看着她。

陈晓注意到他的目光,心中又有些不忍,勉强笑笑:"你明天会去公司吧?"

林国栋一言不发,脸上阴云渐起。

陈晓看着这个似乎骤然失去温度的瘦削男人,莫名地感到心慌。她低下头,说了句"明天见"就匆匆地打开房门,离开了。

林国栋保持着原来的姿势,死死地盯着空无一人的门厅。良久,他把双手插进裤袋,缓缓转身一周,环视着整个客厅。最后,他把视线投向卫生间。

你和她,是一样的。

魏炯看看病房上的门牌号,轻轻地推开房门。

杜成躺在病床上,双眼紧闭,脸色蜡黄。另一个在纪乾坤的房子里见过的警察守在床边,见他进来,立刻向魏炯投来疑惑的目光。

魏炯指指杜成,嘴里无声地说道:"我是来看他的。"

第二十五章 影子凶手

警察点点头，示意他找把椅子坐。

魏炯把水果篮放在墙角，拉过一把椅子，坐在杜成的床边。

"他怎么样？"

警察的脸色很难看，没有回答，只是轻轻地摇了摇头。

魏炯看看病床上的杜成。老头的全身都缩在被子里，几天没见，他的脸瘦了很多，唯独腹部高高隆起。他似乎在睡着，呼吸却并不平稳。时而皱眉，时而咬牙。

警察打量着魏炯，小声问道："你是谁？"

魏炯一时语塞，他也不知道该如何形容自己和杜成的关系，想了想，只能说道："我是他的朋友。"

警察没说话，眼中的疑惑更甚。

这时，杜成发出一声长长的叹息。紧接着，他舔舔嘴唇，低声说道："震梁，水。"

张震梁急忙拿起床头柜上的水杯，把插在其中的吸管凑到杜成的嘴边。

杜成吸了几口，缓缓睁开眼睛，立刻看到了床边的魏炯。

"你怎么来了？"

"听说你病了，"魏炯勉强笑笑，"老纪行动不便，就让我来看看你。"

"嗐，让他甭惦记。"杜成示意张震梁把床摇起来，"我没事，自己的身体，我最清楚。你们没告诉他林国栋这个人吧？"

"没有。你查到什么了？"

"嗯。我觉得，就是他。"说到这里，杜成突然想到了什么，转头面向张震梁，"马健和骆少华有什么动静吗？"

"暂时没有。你昏迷这两天，他们先后来看过你。"张震梁在衣袋里翻了翻，取出两个信封，"慰问金要退回去吗？"

"不退，留着。"杜成嘿嘿地笑起来，"一码归一码。这俩浑蛋来看看我也是应该的。"

张震梁也笑了:"师父,饿不饿?"

"还真有点儿。"杜成咂咂嘴,"弄点儿饺子吃吧。"

"好嘞。"张震梁麻利地起身,向门口走去,"你等会儿,我马上就回来。"

见他出了门,杜成指指衣架上自己的外套,对魏炯吩咐道:"右兜,烟。"

魏炯有些犹豫:"杜警官,你都病了……"

杜成显得急不可耐:"少废话。快点儿!"

魏炯无奈,只得按他的要求做。半分钟后,杜成已经叼着一支烟,美美地吸着。魏炯找出一个纸杯,倒了小半杯水,放在他面前,权当烟灰缸。

杜成三口两口就吸掉了大半支烟。他捏着烟蒂,看看魏炯:"说吧,小子,你找我有什么事?"

"嗯?"

"你不是仅仅来看我那么简单的,否则岳筱慧也会来。"杜成向门口努努嘴,"所以我把震梁支出去了。"

魏炯的脸红了,心里嘀咕了一句:这个老狐狸。

"杜警官,你带给我们的案卷材料不是全部吧?"

"哦?"杜成扬起眉毛,伸手拿烟的动作也停下来,"为什么这么问?"

"1992年10月底,也曾发生过一起强奸杀人碎尸案。"魏炯鼓足勇气,直视着杜成的眼睛,"和之前的系列杀人案非常相似。"

杜成盯着他看了几秒钟,皱起眉头:"你怎么知道这个案子?"

"上网查资料的时候看到的。"魏炯决定撒个谎。

"我觉得两起案件的凶手不是一个人,就没把资料给老纪。你觉得呢?"杜成垂下眼皮,又从烟盒里抽出一支烟。

"我也觉得不是一个人。"魏炯脱口而出,立刻就后悔了。因为杜成马上就把视线转向他,脸上还带着意味深长的笑。

第二十五章 影子凶手

"小子，"杜成不紧不慢地点燃烟，"你知道什么？"

魏炯在心里暗骂自己的粗心，眼见已经无法隐瞒，只好和盘托出。

"1992年10月底那个案子，被害人就是岳筱慧的妈妈。"

杜成一下子愣住了，怔怔地看着魏炯。半晌，他才苦笑着摇摇头，脸上仍然是一副难以置信的表情。

"不会这么巧吧？"杜成想了想，自言自语道，"怪不得她对这个案子如此用心。"

他又看看魏炯："需要我做什么？"

"我希望能了解这个案子。"魏炯顿了一下，"如果可能的话，我想找出杀死她妈妈的凶手。"

"为什么？"杜成忽然笑了笑，"因为爱情？"

"不是。"魏炯没有笑，表情严肃，"岳筱慧问过他爸爸，因为他对香水过敏，所以她妈妈从不搽香水。也就是说，林国栋不是杀死她妈妈的凶手。"

"然后呢？"

"岳筱慧明知道帮助老纪并不会为自己报仇雪恨，可是她还是坚持要查下去。因为她觉得，这么做是值得的。"魏炯顿了一下，神色更加坚毅，"那么，也应该有人为她做点儿什么。"

杜成收敛了笑容，又看了看他，抬手指指衣柜："黑色皮包，里面有一个文件袋。"

魏炯照做，很快就发现了那个文件袋，抽出来，里面是一本刑事案件卷宗，封皮上写着"1992 10·28强奸杀人碎尸案"。看见这几个字，魏炯的身上立刻燥热起来。

"查清一件案子，不像你想象的那么简单。"杜成看着他，表情忽然变得暗淡，"我能不能撑到林国栋归案还不好说。所以，可能帮不了你太多。"

"没关系。老纪的案子过了这么多年，不是也快水落石出了，"魏炯转身望向杜成，脸上的笑容既温和又坚定，"你们能做到的，我也能。"

岳筱慧在门上敲了敲，听到纪乾坤答了一声"进来"，就推开门进去。

纪乾坤坐在小木桌旁，正在翻看着一沓资料，冲岳筱慧露出一个微笑，同时向她身后看看。

"魏炯没来？"

"我还以为他在你这里呢。"岳筱慧扬扬手机，"这家伙，不知道跑哪里去了，也不接电话。"

她脱下外套，连同双肩背包都放在床上，凑到纪乾坤身边："你看什么呢？"

刚一靠近他，一股浓重的油味儿就蹿入鼻孔。岳筱慧皱皱眉头，伸手在鼻子前面呼扇着。

"老纪，你有几天没洗头发了？"

"哦，"纪乾坤伸手抓抓头发，表情尴尬，"这几天也没心思捯饬自己嘛。"

岳筱慧打量着纪乾坤。老人和初见时大不一样，过去整齐地梳向脑后的花白头发如今变得油腻又蓬乱，脸庞消瘦，双颊塌陷，粗硬的胡楂遍布下颌。身上的衬衫和羊毛衣也污渍斑斑，完全是一个邋邋遢遢的老头形象。

岳筱慧走向衣柜，翻出一套干净的内衣裤，甩在纪乾坤身上："换掉。"

纪乾坤惊讶地瞪大眼睛："现在？就在这里？"

"对啊。"

"不行，"纪乾坤干脆利落地拒绝，"你是个小姑娘。"

"你少废话吧。"岳筱慧不耐烦了，抢上前去，不由分说就脱掉纪乾坤的羊毛衣，"你比我爸岁数还大呢，我都帮他洗过澡。"

纪乾坤的头卡在毛衣里，瓮声瓮气地说道："不用你来，让张海生来帮我。"

话音未落,岳筱慧已经脱掉他的衬衫,又蹲下身子,掀开毛毯,拽掉了棉裤。

老人身上只剩下衬衣衬裤,坚决不同意岳筱慧再动手了。

"你先出去,"纪乾坤的脸涨得通红,"我换好了你再进来。"

岳筱慧忍住笑,瞪起眼睛吓唬他:"必须换啊,你都馊了。"说罢,就拉开门躲了出去。

来到走廊里,她的笑容一下子消失了。整洁、斯文如老纪者,如今也变得不修边幅。经过近20年的等待,他终于有机会接近妻子被杀一案的真相。对现在的纪乾坤而言,只有这件事能让他全身心投入吧。他的不顾一切,让人敬重,更让人同情,也让岳筱慧坚定要帮他查清此案的决心。

足足15分钟后,岳筱慧才听到纪乾坤在房间里的呼唤:"行了,进来吧。"

她推门进去,看见纪乾坤已经换上了那套红色的衬衣、衬裤,正拘谨地坐在轮椅里,似乎不知道该把手放在哪里。

"这就对了嘛。"岳筱慧看看满头汗水的纪乾坤,看起来,更换内衣裤让他费了不少气力。她拿起毛巾递给他,又从衣柜里拿出干净的毛衣和棉裤。

纪乾坤一手擦汗,一手试图把换下来的内裤藏在脏衣服里。岳筱慧又好气又好笑,她夺过那几件脏衣服,卷成一个团,扔进洗面盆里,又帮他换上毛衣和棉裤。

做完这一切,她拎起暖水瓶,端着洗衣盆向外走去。纪乾坤见状,又大叫起来。

"你别洗啊,送到洗衣房就行。"

岳筱慧头也不回地说了句"知道啦",就拉开门走了出去。再回来时,她端着半盆冷水和一瓶开水。

纪乾坤脸上的表情与其说是疑惑,还不如说是惊恐:"你又要干吗?"

"洗头发啊。"岳筱慧轻描淡写地答道。她调好水温，用一条毛巾围在纪乾坤的脖子上，先掬一捧温水把他的头发打湿，随后就把洗发水挤在手心里，在纪乾坤的头发上揉搓起来。

最初，纪乾坤显得非常紧张，全身僵直地坐在轮椅上。然而，随着岳筱慧轻柔的动作，他渐渐放松下来，老老实实地任由岳筱慧摆布着。最后，他半闭着眼睛，惬意地享受起来。

甩掉泡沫，冲洗干净，油腻蓬乱的头发很快就变得洁净服帖。岳筱慧用毛巾把纪乾坤的头发擦干，又梳得整整齐齐。纪乾坤用剩余的热水洗了把脸，整个人变得神采奕奕。

"你看，这样多好。"岳筱慧退后一步，满意地打量着纪乾坤。老人不好意思地笑笑。

"辛苦你了。"

"客气什么。"岳筱慧满不在乎地甩甩头发，又把视线落在纪乾坤布满胡楂的下颌上。

见她挽起刚刚放下的袖子，纪乾坤立刻意识到岳筱慧的意图，急忙说道："这个我自己来就行。"

女孩已经拎起暖水瓶又出门了。

几分钟后，纪乾坤仰着头，脸上盖着一条热毛巾，舒舒服服地半躺在轮椅上。岳筱慧一边搅拌着剃须膏，一边打量着一把老式剃须刀。

"想不到现在还有人用这玩意儿。"

"电动的用不惯。"纪乾坤的脸蒙在毛巾下面，声音慵懒，似乎快睡着了，"还得经常换电池。"

"挺酷的嘛。"岳筱慧打开剃刀。刀身寒光闪闪，看起来保养得很精细。她把拇指按在刀刃上试了试，很锋利。

岳筱慧掀开纪乾坤脸上的毛巾，老人微微睁开眼睛，面庞变得红润潮湿，还散发着蒸汽。她摸摸纪乾坤柔软的下巴，把剃须膏均匀地涂抹在他的脸上。

刀锋滑过皮肤的时候,有切断胡须的细微的咔嚓声。然而,剃刀经过的地方,都变得光滑整洁。岳筱慧半跪在纪乾坤的身边,仔细地在他的脸上操作着,不时用纸巾擦净沾满剃须膏和胡楂的剃刀。

纪乾坤一动不动地坐着,感受着剃刀的锋利和女孩手指温柔的触觉。

"筱慧。"

"嗯?"

"你刚才说帮爸爸洗澡?"

"是啊。"

"他也行动不便吗?"

"那倒不是。"岳筱慧笑了笑,"他酗酒,经常醉得不省人事。"

"那,你妈妈为什么不……"

"我妈妈很早就去世了。"岳筱慧全神贯注地盯着纪乾坤下巴上的胡楂,"家里只有我和爸爸。"

纪乾坤"哦"了一声就不再说话。片刻,岳筱慧感到有一只手放在自己的头顶,慢慢摩挲着。

女孩全身颤抖了一下,手上的动作稍有变形,顿时,一个小小的伤口出现在纪乾坤的下巴上。

"哎哟!"岳筱慧急忙放下剃刀,拿起一张面巾纸按在伤口上,"对不起,对不起。"

"没事的。"纪乾坤摇摇头,他对着镜子看看下巴,破口不大,血很快就止住了,"你继续。"

"我可不敢了。"岳筱慧却显得歉意满满,"回头再把你割伤了。"

"小意思,用这种剃刀,割伤是常有的事儿。"纪乾坤拿起剃刀,把刀柄递向她,"我信得过你。"

岳筱慧犹疑着接过剃刀,又看了看纪乾坤。老人冲他笑了笑,半仰起头，闭上眼睛。

女孩蹲下身子，重新把剃刀按在纪乾坤的下巴上。

很快，纪乾坤的脸颊变得光滑洁净。岳筱慧也恢复了信心，开始清理他脖子上的胡楂。手按在已经松弛的皮肤上，能清晰地感觉到颈动脉在有力地律动着。刮到咽喉处的时候，岳筱慧不敢分神，盯着剃刀缓缓划过喉结。泛着青白色的皮肤慢慢鼓起一层鸡皮疙瘩，纪乾坤的呼吸平稳，气息均匀，两手轻轻地搭在小腹上。

终于，老人的胡子被刮得干干净净。他摸着光溜溜的下巴，脸上的表情心满意足。

"真舒服啊。"

岳筱慧一边清洗剃刀，一边看着他："我的手艺太差了。"

"很不错了。"纪乾坤看看下巴上的伤口，"过去我妻子也吵着要给我刮胡子，因为她觉得很好玩。最后我的脸上横七竖八的都是创可贴。"

"哈哈。"岳筱慧笑出了声，"是挺好玩的。"

她把毛巾扔进洗面盆里，端到水房里清洗干净。再回来的时候，看见纪乾坤点燃了一支烟，坐在窗前发愣。

老人洗了头脸，刮了胡子，又换了一身干净的衣服，看上去面貌大变。只是脸上的落寞表情犹在，似乎还更深沉了些。

岳筱慧知道他又想起妻子，就拉过一把椅子，默默地坐在他的身边。

纪乾坤吸完一支烟，又点燃了一支。越来越浓重的烟气环绕在他的身边。良久，从那烟气中传来他低低的声音。

"筱慧。"

"嗯。"

"你说，他是个什么样的人？"

岳筱慧想起杜成和她及魏炯的约定，想了想，还是决定暂时不要把林国栋的事告诉纪乾坤。

"我们和杜警官按照许明良妈妈提供的名单调查了几个人。有的基本可以排除,有的还在继续调查。"岳筱慧拍拍他的膝盖,"在这件事上,我觉得可以完全信任杜警官。"

她想起杜成伏在餐桌上竭力对抗疼痛时的样子:"也许,他比你还渴望早日找出凶手。"

"嗯,这一点我不怀疑。"纪乾坤低下头,笑笑,"如果真有那么一天,我一定要见见他。我要知道,是什么样的人带走了我妻子。"

是啊,什么样的一个人,在1992年10月27日晚带走了我妈妈。

岳筱慧的情绪骤然低落,她拿起窗台上的烟盒,抽出一支点燃。纪乾坤只是愣了一下,就默默地把装着烟头的罐头盒推过去。

一个女孩,一个老人,坐在窗边,对着铅灰色的天空一言不发地吸烟。

岳筱慧突然觉得很嫉妒纪乾坤。尽管他还浑然不觉,但是在杜成和魏炯他们的努力下,凶手已经渐渐显露出自己的轮廓。相反,她原本感觉已经接近了1992年10月27日的深夜,但在香水这条线索中断后,她又重返2014年。虽然还不知道杜成在精神病院的调查结果,然而岳筱慧相信,纪乾坤和杜成的心愿达成只是时间的问题。

可是,我呢?

没有动机,没有痕迹。留下的只是一个影子、相同的黑色塑料袋和黄色胶带以及被肢解得七零八落的妈妈。

岳筱慧对妈妈的印象并不深,也谈不上有很深厚的感情。但是,她的离去,仍然在生活中留下了不可愈合的伤口。

摆在五斗柜上的遗照,终日泡在酒杯里的父亲,放在书包里的蔬菜和酱油瓶,炒菜时被烫出的水泡,以及独自处理月经初潮时的恐惧和慌乱。

她和父亲的生活,被摧毁于1992年10月27日深夜。

所以,要找到他,认识他,了解他,让他说出理由和过程。让那个日日夜夜飘荡在城市上空的灵魂得以安息。让那个被粗暴撕开的伤口得以愈合。让她和父亲不再耿耿于怀，各自平心静气地面对余下的人生。

岳筱慧把烟头丢进罐头盒，长长地呼出一口气。我才23岁，你等着吧，我会找到你。

她甩甩头发，扭过头，恰好遇到纪乾坤温和的目光。

突然，岳筱慧莫名其妙地想起他刚才在自己的头发上摩挲的感觉。

温暖，又危险。

第二十六章
机会

"他连这个都学会了?"

杜成放下刚刚凑到嘴边的水杯,吃惊地瞪着张震梁。

"ATM机、电脑、手机、上网都学会了。"张震梁合上记事本,靠坐在椅子上,"这王八蛋的学习能力太他妈强了。"

杜成想了想:"人际交往呢?"

"基本上可以说深居简出。"张震梁指指桌上的药片,"你先把药吃了。除了购物,基本不外出。不过,他好像找到了工作,在一家翻译公司。"

杜成点点头,捏起药片,喝水,吞下,然后握着半空的水杯思考了一会儿。

"震梁,从现有的技术手段来看,能收集到足够的证据吗?"

"你真觉得林国栋就是凶手?"张震梁拿过杜成手里的杯子,续满热水。

"你觉得呢?"

"我也觉得八九不离十。"张震梁沉吟了一下,"从你外调的情况来看,动机什么的都符合。而且,你那天在局里和马健大吵,从他的反应来看,如果不是心里有鬼,马健不会那么轻易服软的。"

"现在最头疼的，就是证据啊。"

"难。"张震梁撇撇嘴，"当年的物证倒是还留着，可惜没有一样是和他有关的。"

"是啊，要查的东西还有很多。"杜成盯着手里的水杯，"他用过的车、强奸分尸的地点、凶器……"

"车和凶器都不可能落实了。"张震梁的语气无奈，"我调查过，林国栋自入院前都没买过车。如果他作案时使用的车辆是借的，没可能还有痕迹留在上面。至于凶器，就更不用说了，找到的概率几乎等于零。"

"他的房子呢？"

"这个我也想过。1990年至1992年，林国栋的妈妈和一个唐姓男人交往密切，算是半同居在一起，只是偶尔回家住。所以，在那段时间，林国栋等于独居。"

"那他强奸、杀人、分尸的现场很可能就在自己家啊。"杜成的眼睛亮了一下，随即又暗淡下去，"二十多年了，就算他家没有重新装修过，估计也找不到什么了。"

"是啊。"张震梁闷闷地答道。

"他妈的！"杜成突然狠狠地捶了一下病床，"骆少华肯定知道真相。"

"但是他绝对不会告诉你的。"张震梁想了想，"骆少华当年肯定查出林国栋是凶手，但是抓了他，随后自己和马健就会被追究错案的责任。所以他选择把林国栋送入精神病院。如果这件事败露，就算过了徇私枉法罪的追诉时效，他这后半辈子也别想抬起头来做人了。"

"不过，他把这件事告诉了马健，马健又去调查林国栋的资料。"杜成垂着头，看着自己的脚尖，"这两个家伙也许会对他采取行动。"

"而且肯定不会通过正当手段。"张震梁接着他的话说下去，"他们都退休了。而且，明着来，搞不好会把自己搭进去。在这一点上，他们的处境比咱们还被动。"

说罢,张震梁四处看看,凑到杜成身边,小声问道:"师父,你说,那个林国栋还会杀人吗?"

杜成没有立刻回答。从林国栋目前的表现来看,他正在积极地适应着出院后的新生活,而且完全可以自食其力,看不出打算重新作恶的迹象。不过,一旦遇到刺激他唤醒心中恶魔的诱因,比如香水……杜成的思维戛然而止,他突然意识到张震梁的真正用意所在。

"你的意思是?"杜成扭头看看张震梁,眉头渐渐皱起。

"师父,我知道身为警察不该这么说,但是,"张震梁回望着杜成,表情复杂,"也许那才是我们唯一的机会。"

骆少华关掉淋浴花洒,一边用手拢起湿漉漉的头发,一边再次在浴池里扫视了一圈,还是不见马健的踪影。

他心中暗自奇怪,这家伙搞什么鬼?

今早,一个陌生的号码拨通了金凤的手机。她接听后,对方却要和骆少华通话。一头雾水的骆少华接过电话,才发现那个熟悉的声音来自马健。随后,他就要求骆少华在这家浴池和他见面。

骆少华返回男宾部,接过服务生递过的浴服,准备打开更衣箱,给马健打个电话。刚取下手腕上的钥匙,他就发现自己的更衣箱上插着一张小纸条。打开来,上面是马健的字迹:休息区,玉石浴房。

休息区共有4间玉石浴房。每间浴房里都横七竖八地躺着几个浴客。骆少华逐一查看,走到第四间的时候,仍然没看到马健。就在他正要离开的时候,躺在门边的一个浴客突然抬起脚轻轻地绊了他一下。

骆少华一个趔趄,刚要发作,就看见这个浴客摘下盖在头上的毛巾,马健的脸露了出来。

"你这是?"

马健冲他使了个眼色，示意他不要出声，随即从玉石卧榻上爬起来，径直走向浴房里的一个小隔间。

浴房里足有40℃，而这个空无一人的隔间里的温度要低得多。满身是汗的骆少华一走进去，禁不住打了个寒战。

"老马你这是搞什么啊？"

马健小心地关上隔间的门，转身问道："有人跟着你吗？"

"跟着我？"骆少华有些莫名其妙，"谁跟着我？"

"当然是自己人。"马健哼了一声，"你早就被杜成盯上了，还没察觉。"

"杜成？"骆少华皱皱眉头，随即就面色大变，"他知道了？"

"嗯。"马健阴着脸点点头，"他已经查到林国栋了。"

"靠！"骆少华把毛巾狠狠地砸向木质墙壁，"这小子真他妈行！"

他双手叉腰，站着喘了一阵粗气，低声问道："那，现在怎么办？"

"杜成掌握的情况不会比我们多。"马健沉吟了一下，"就算他查到林国栋，暂时也不会有什么动作。"

"他会告发我们吗？"

"不会。"马健冷笑一声，摇摇头，"除非他能证明林国栋是凶手。"

骆少华想了想，觉得马健的判断是准确的。追究当年错案的责任，前提是林国栋被确认有罪。没有证据，仅凭杜成的口头指控，任由谁都不会相信他。不过，这也意味着余生的每一天都要在提心吊胆中过日子。除非……

"老马，"骆少华慢慢地开口，"你去看过杜成吗？"

"没有，只是托张震梁送了点儿钱过去。听说他……"

马健突然转身看向骆少华，已经意识到他的言外之意。

"少华，你他妈想什么呢？"马健一脸怒意，"好歹成子过去还是咱们的兄弟。"

第二十六章　机会　　335

"不是，我不是盼着他死。"骆少华急忙解释，"我只是……唉，我已经拉你下水了，我不能……"

"别说了，"马健心烦意乱地挥挥手，"就算成子不在了，他那个徒弟张震梁难保不会追查下去。"

骆少华捂着脸，跌坐在长椅上，半晌没有说话。良久，他长叹一声，哆哆嗦嗦地说道："老马，要不我把证据交出来吧，林国栋当年的借车记录和那块遮阳板还在我家里。我问过，DNA应该还验得出来，在他的口供上再下点儿功夫，证据应该够。"

"你他妈疯了吗？"马健瞪起眼睛，"就算你不用蹲监狱，难道连脸都不要了？咱们干了一辈子刑警，除了荣誉，还能他妈为了什么？"

"那怎么办？"骆少华的声音里已经带着哭腔，"难道我就看着林国栋继续杀人？难道我就每天提心吊胆地等着这件事曝光？"

"这就是我今天找你来的原因。"马健忽然恢复了平静，嘴角甚至带着一丝似有若无的微笑。

骆少华怔怔地看着他，愣了半天才结结巴巴地问道："你的意思是？"

"必须解决掉林国栋，否则早晚还会出事。"马健收敛了笑容，目光变得咄咄逼人，"而且要赶在杜成前面。"

骆少华仍是一副不明就里的样子。

马健掏出手机，打开图片库，点开其中一张图片，递到骆少华面前。

图片里是一个女孩，二十几岁的样子，长相甜美，身材匀称，正在一家饮品店里买奶茶。

马健的手指在屏幕上滑动着，女孩的照片依次出现。

在公交站等公车；

在办公桌后整理文件；

在街边的小摊处买发卡。

看到最后一张，骆少华的眼睛一下子瞪大了，女孩坐在一家火锅店里，正和对面的男人笑着聊天。而那个男人，正是林国栋。

"她是？"

"这姑娘叫陈晓，是林国栋工作那家翻译公司的出纳。"马健收起手机，"我跟了她几天，发现她和林国栋交往比较密切。而且，林国栋带她去过家里。"

"这两个人在谈恋爱？"

"恋爱？"马健对此嗤之以鼻，"林国栋没法和女性建立正常关系的。你注意到他的眼神了吗？"

"怎么？"

马健意味深长地看看骆少华："那是野兽面对食物的样子。"

"你是说，林国栋可能会杀了她，"骆少华的语气犹疑，"就像他对那些女人？"

马健笑笑，垂下眼皮："这就是我们解决掉他的机会。"

"可是……"

"没什么可是的。"马健忽然变得坚定果决，"你在林国栋那里已经暴露了，暂时别露面。我来盯着他，二十多年了，他应该不记得我的样子了。"

"那，你打算怎么做？"骆少华仍然不放心，"有计划吗？"

"你别管，需要你的时候我会通知你，你保证随叫随到就行，一切听我指挥。"

马健似乎又回到当刑警队长的日子，在他面前的依然是那个毛头小老弟。

他拍拍骆少华的肩膀，又用力按了按。

"少华，做完这件事，你、我，还有成子，都能安安心心过个晚年。"

天气晴朗，阳光普照。C市本日的气温达到了零上2℃，创有气象记录以来本市同期最高温度。春天似乎比往年更早一些光临这个城市。

因为是休息日，加之天气暖和，北湖公园里的游客也比平日多一些。

第二十六章　机会

沉寂了一个冬天的公园终于迎来全年首个热闹的日子。游客中，携全家出行的居多，也有青年男女结伴前来游玩的。

此时此地，说踏青还为时尚早。因为枯树枝头还没有绽放新绿，多数地面还是一片枯黄，甚至还覆盖着没有完全消融的积雪。然而，这丝毫没有影响游客的兴致，广阔的园区中，嬉闹声不绝于耳，摆出各种造型合影留念的男女老少比比皆是。

园区中心是一片人工湖，"北湖"之名即源于此。一座石桥横贯湖面，还有若干回廊及凉亭装点其上。这里可小憩，也可以欣赏湖景，因此，历来是游客相对集中的地方。

魏炯伏在回廊的栏杆上，静静地凝视着桥下平静的湖水。一对刚刚在此地拍过照的年轻情侣从他身边走开。女孩特意看了他一眼，回头和男友嘀咕了几句。魏炯隐约听到"失恋""该不会想自杀"之类的字眼，不由得哑然失笑。

一个人来逛公园确实有点儿奇怪，而且他所注视的这片湖水，的确和死亡有关。

1992年10月27日，本市第一百货大楼售货员梁庆芸被强奸杀害。第二天，被肢解成数块的尸体在本市各处被发现。其中，她的两条小腿就漂浮在魏炯脚下的这片湖水中。

有人用和两年前"许明良杀人案"几乎一模一样的手法杀死了那个女人。现在可以肯定的是，凶手不是林国栋。需要搞清楚的是，他为什么要这么做？

"动机。"

杜成说这两个字的时候，正坐在病床边，看着自己脚下的一块地面出神。

"搞不清楚这个，我们都是瞎子。"

"有这么重要？"

"当然。"杜成看看一脸疑惑的魏炯，笑了笑，"特别是命案。搞清楚凶手的动机，仇杀、情杀或者图财害命，就可以缩小排查嫌疑人的范围，否则就是大海捞针了。"

"嗯，我明白了。"魏炯点点头，看看手里的案卷，"换句话来说，就是要了解凶手为什么要杀死岳筱慧的妈妈。"

"你的冲劲儿我很欣赏，但是搞案子不能胡来。"杜成示意魏炯把病房的门关好，点燃了一支烟，"再说，你不是警察，很多调查手段不能用。所以，你先琢磨凶手的动机。"

他指指那本案卷："我所掌握的情况，都在这里。"

隔着22年的时间去揣摩一个人的内心，这能做到吗？

"你这么信得过我？"魏炯已经开始觉得自己要为岳筱慧复仇的宏愿只是一个愚蠢的冲动了，内心摇摇欲坠。

"是啊。"

"可是，我什么都不懂啊。"

"你最大的缺陷是没有经验。"杜成的嘴边烟气缥缈，表情神秘莫测，"你最大的优势也是这个。"

魏炯吃惊地瞪大了眼睛。

"我的经验，会把我的思维固定在一个框架里。"杜成的神色严肃起来，"面对这种非常规的案子，我很容易就把自己逼进死胡同里。但是你不一样，你能想到我们压根儿就不会考虑到的情况。关于指纹的事儿，你起了很大作用。"

魏炯的脸红了："我就是胡乱那么一猜。"

"事实证明，你的推测很有可能是准确的，否则我们也不会查到林国栋身上。"杜成拍拍他的肩膀，"不怕异想天开，就怕没思路。"

听了他的话，魏炯稍稍恢复了些许信心。

"那我先查着。"

"嗯。需要我帮助的地方，我一定尽全力。不过，我现在的主要精

第二十六章　机会　　339

力,还是得放在林国栋身上。"杜成点点头,"这王八蛋归案后,我就帮岳筱慧查她妈妈的案子。我总觉得,这两起案子肯定是有某种关联的。"

忽然,他的脸色暗淡了一下,随即又明亮起来。

杜成冲魏炯挤挤眼睛:"希望我能撑到那个时候。你小子先给我挺住。"

湖水微微漂荡,在正午的阳光下冒出大团蒸汽。魏炯看着并不清澈的湖水,竭力想透过那浓重的墨绿色得以窥视深深的湖底。

淤泥中,除了陈年积累的酒瓶、石块、动物的尸骨,是否还有更多的秘密。

那么,你们能不能告诉我,22年前,是谁把一个黑色塑料袋扔进湖里,搅动了那平静的湖水?

张震梁曾经提出,"10·28"杀人碎尸案的作案动机是模仿。似乎除了这种可能,对这种高复原度的作案没有更好的解释。的确,当年警方曾对梁庆芸的社会关系进行了调查,发现她的人际交往比较单纯,不曾与人结怨,也没有财务纠纷,因男女关系方面的原因导致被害的可能性也可以排除。杜成并不否认这是模仿,然而问题是,凶手为什么要模仿?

从心理学的角度来讲,模仿的功能之一在于,使原来潜在的未表现的行为得到表现。那么,就存在这样一种可能:一个原本就具有内在杀戮冲动的人,在"许明良杀人案"的刺激或者启发下,模仿他的手法杀死了一个女人,以此向被枪决的"凶手"致敬。

在那一刻,他也许把自己当成了"他"。

但是,这种可能性在杜成看来,是可以排除掉的。在20世纪90年代初期,国人的价值观念相对单一,虽然开始了偶像崇拜的初步表现,但是将反社会的凶手作为崇拜对象的人是极其罕见的。此外,倘若他确实打算通过杀人来释放在内心隐藏已久的恶念,那么很容易形成连续作案的意图。而且,警方对此案始终没有破获,这会极大地刺激他再次作案的信心。然而，在本案案发后的二十几年内，C市再没有发生类似案件。

也就是说，在他杀害了梁庆芸之后，自此销声匿迹，彻底隐藏起来。

而警方对他的刻画，基本源于"许明良杀人案"的既有经验：男性，30岁—40岁，外表整洁，谈吐斯文，有驾驶资格，可能自有机动车，心思缜密，有一定的反侦查经验，就杀人及分尸而言系初犯。另外，鉴于他对"许明良杀人案"的高度还原，此人应该对本案的诸多细节了如指掌。

这样的结论，其实对查找嫌疑人来讲并无太大作用。当时的新闻媒体虽然不如此时发达，然而，公众仍然可以通过各种渠道，例如旁听审判，了解到本案的详细情况。

大海捞针，一点儿没错。

魏炯直起已经酸麻的腰，又看了看回廊下浑浊的湖水。22年前，两条女人的小腿被包裹在黑色塑料袋里，在这片湖水中沉沉浮浮。

他向湖岸边望去，造型各异的石块将湖水围在中央，周围还散落着大小不等的碎石。有几个游客随手捡起石块，在微微荡漾的湖面上打着水漂。

岳筱慧妈妈的右大腿在东江街与延边路交会处以东200米处的中心绿化带内被发现。

躯干在城建花园正门以东150米处附近的草丛里被发现。

头颅及左右双上肢被弃置在南京北街和四通桥交会处的垃圾桶里。

左大腿在南运河河道内被发现。

双小腿漂浮在北湖公园的人工湖内。

上述地点都在市区内，且都不是人迹罕至的地方。尸块被凶手抛弃后，很快就会被人发现。以北湖公园的人工湖为例，倘若凶手打算毁尸灭迹，完全可以在塑料袋里加上石块。这样就可以让尸块沉入湖底，短期内不会有罪行败露之虞。

这似乎意味着，凶手并没有掩饰罪行的意图，甚至希望警方及早发现梁庆芸的被害。

他想干什么？挑战、炫耀，抑或别的什么？

他把自己当成了"他"。

这个念头突然出现在脑海中，魏炯被自己吓了一跳。然而，思路却停不下来。

他极力模仿"他"作案的全部细节。

他在作案时将自己代入"他"。

他希望警方发现这起和两年前一模一样的杀人案。

他想证明的，也许是……

恶魔尚在人间。

一股越来越浓重的凉意渐渐袭上魏炯的心头。他背靠在栏杆上，全身颤抖起来。好不容易等情绪稍稍平复下来，他摸出电话，拨通了一个号码。

"魏炯。"

"杜警官，你当时参与过许明良杀人案的侦破，是吧？"

"对啊。"杜成的声音显得很疑惑，"你不是知道吗？"

"嗯。"魏炯竭力压抑着恐惧，"我想问问你，是怎么划定嫌疑人可能的居住范围的？"

"哦，这个很复杂，电话里恐怕说不清楚。"杜成犹豫了一下，"要不你找时间到我这里，我讲给你听。"

"好。"

"怎么，你有发现吗？"

"暂时没有。"魏炯咂了咂变得发干的嘴巴，"什么都没有。"

挂断电话，魏炯突然就忘了自己身在何处。他茫然地看着身边走过的人群，看着孩子手里的气球，看着那些笑逐颜开、对这世界的险恶一无所知的面孔。在正午的阳光下，他的眼前只有一片黑暗。

铺天盖地的黑暗。

第二十七章

落空

陈晓锁好办公室的门,抬腕看了看手表,已经是晚上9点7分了。整栋写字楼都空空荡荡的,黑洞洞的走廊里,只有电梯的液晶显示屏上还有微微的红光。她感到有些心慌,借助手机屏幕的微弱光线,快步向电梯走去。

感应灯亮起,陈晓的心情也略放松下来。随着"叮"的一声,轿厢门无声地打开。陈晓迈进电梯,徐徐沉向一楼。

来到街面上,她彻底松了一口气,胃里的灼烧感开始变得明显。她一边在心里暗骂老板的不近人情,一边琢磨着如何解决晚餐。想来想去,一个人吃饭总觉得太过无聊,就决定去便利店买个三明治算了。

刚走到公司楼下的一家"7-11"便利店,陈晓就听到身后传来一声轻呼。

"小陈。"

陈晓下意识地回头,看见林国栋就站在几米开外的地方,有些拘谨地看着她。

"林老师,"陈晓很惊讶,"你怎么在这儿?"

"没事,遛弯。"林国栋笑笑,"不知怎么就走到这里了,你才下班?"

陈晓觉得脸上微微发烫:"是啊,加班。"

"还没吃饭吧?"

"嗯。"陈晓指指旁边的便利店,"正打算去买个三明治呢。"

"三明治?只吃那个怎么行?"林国栋皱起眉头,"太简单了吧。"

"没事,反正我自己一个人。"陈晓半垂着头,抚弄着背包的带子,"对付一口得了。"

"要不,去我家吃饭吧。"林国栋看着她,语气试探,"我今天倒是做了几个菜。不过,一个人,没胃口。"

陈晓抬起头。林国栋的半个身子都隐藏在路灯的阴影下,眼神闪烁,似乎渴望靠近又不敢向前迈出一步。本就瘦削的他,显得木讷、温和又令人同情。

老男人啊老男人。

她咬咬嘴唇:"好。"

林国栋的眼睛亮起来,似乎这突如其来的惊喜让他有些手足无措:"那你累了吧,我去打车。"

陈晓看着他几步跑到路边,伸出一只手挥舞着,心中竟对绿竹苑小区里那个小房子产生了些许期待。在无数个孤枕难眠的夜里,她很清楚自己的心里有一个缺口。那么,今晚就让一顿美餐、一夜好眠、一个温暖的老男人来填补这个缺口吧。

骆少华在园区里足足转了一圈,才在一辆面包车后找到了马健的本田CRV。他走到车前,刚要抬手敲玻璃窗,车门就打开了。

"上车。"马健伏在方向盘上,双眼始终紧盯着22栋楼,"东西带来了吗?"

骆少华应了一声,爬上副驾驶座,打开背包,抽出警棍递给他。

"嗯,这装备应该够用了。"

骆少华回头看看后座，一个小纸箱里隐约可见手套、脚套和警绳，一根铝制棒球棍横放其上。

"你这是？"骆少华掏出手机，"你发短信给我，约我出来喝酒啊。"

"是啊。"马健向窗外努努嘴，"今晚我们应该在旁边那家潮汕菜馆吃饭，酒后来绿竹苑小区里取车，无意中发现一起凶杀案。"

"什么？"骆少华一惊，"你是说，林国栋……"

"对。就是今晚。"马健指指22栋楼4单元501室的窗户，虽然拉着厚布窗帘，但仍能看见有灯光泻出，"他把那女孩带回家了。"

"那你怎么肯定他会杀人？"骆少华心中的疑虑丝毫不减，"他现在连车都没有，怎么抛尸？"

"我跟了他几天。"马健的语气平静，"前天他买了一个工具箱、手锯、成卷的塑料膜，还有一个电压力锅。"

他转头面向骆少华："大号的。"

骆少华怔怔地看着马健，半晌，才讷讷地问道："我们怎么做？"

"首先，你记住我跟你说的话。"马健盯着骆少华，一字一顿地说道，"今晚9点半，我和你在潮汕菜馆喝酒，饭馆那边我都安排好了，你别担心。谈论的话题是我儿子的工作问题和我的糖尿病。酒后，咱俩回小区里取车，打电话叫代驾。在22栋楼下小便的时候，无意中发现4单元501室的窗口出现了一个身上带有血迹的人。我们觉得可疑，遂上楼查看，发现林国栋在家里强奸杀人。我们试图制服林国栋，遭到对方持刀反抗。"

骆少华沉默了一会儿，又追问道："然后呢？"

马健转过头，目视前方，语气中丝毫不带感情色彩："面对正在进行的严重危及人身安全的暴力犯罪，比方说持刀行凶，采取正当防卫，造成不法侵害人重伤、死亡的，不属于防卫过当，不负刑事责任。"

骆少华颤抖了一下，脸色变得惨白："这样行吗？"

"少华，我们干了快40年的刑警，正当防卫的现场是什么样，没有人

第二十七章 落空　　345

比我们更清楚。"马健点燃一支烟,深吸一口,缓缓吐出,"我们说什么,就是什么。"

骆少华低下头,渐渐感到全身的肌肉开始绷紧。

"那我们现在做什么?"

马健向后靠坐在驾驶座上,目不斜视地盯着那扇窗户,以及从窗帘后倾泻而出的灯光。

"等着。"

陈晓被扑倒在床上的时候,嘴里还残留着红酒的芳香。她的头晕乎乎的,但是仍能感到林国栋的双手在她身上游走着。同时,衣服一件件被脱下来。

她只是象征性地抵抗了一下,就张开双臂,躺在床上任由林国栋动作着。心里的火焰一点点燃烧起来。陈晓很快就觉得全身发烫,脸颊绯红。

不知不觉间,女孩的身上只剩下内衣。林国栋把头埋在她的胸前,像野兽一样拱动着。陈晓抚摸着他那一头干硬的头发,竭力压抑着从喉咙里挤出的呻吟。

忽然,她察觉到林国栋的动作慢慢停下来,热气蒸腾的身体也渐渐冷却。陈晓心中既好笑又失望:还没进入正题,这老男人不会就完事了吧?

林国栋伏在她的身体上,像个小狗一样嗅来嗅去。

"你是不是换香水了?"林国栋的双手支撑在床上,居高临下地俯视着她。

"嗯?"陈晓觉得莫名其妙,"你说什么?"

"香水,"林国栋厉声问道,样子显得凶狠可怖,"你是不是换了?"

"是啊。"陈晓忽然害怕起来,她手脚并用,从林国栋的臂下抽身出来,"之前那瓶用完了,所以我就……"

林国栋一下子就变得沮丧又愤怒。他翻过身来,赤裸着上身坐在床边,双肘支在膝盖上,用双手揉搓着面庞。

陈晓完全不知道发生了什么事,唯一能肯定的是,一夜春宵已经不可能了。她迅速拢起散落在床上和地板上的衣物,飞快地穿在身上。

拉好牛仔裤的拉链后,她看见林国栋依旧保持着原来的姿势,一动不动地坐着。刚才那个如火山般喷发的男人,此刻像一座寂静的冰川。

他感到疑惑,更觉得不甘,犹豫了一下,从牙缝间闷闷地挤出几个字:"你走吧。"

女孩先是觉得尴尬,随后,一股怒火袭上心头:"你什么意思?"

"你走吧。"更加清晰和冰冷的句子从花白的头颅下传出来,"你的味儿不对。"

陈晓一愣,随即,脸上就写满了屈辱和仇恨。

"你他妈有病!"

说罢,她就拎起外套和背包,穿上鞋子,摔门而去。

足足三分钟后,林国栋才缓缓站起,扫视着凌乱的床单和散落在地上的自己的衣服。他一动不动地看了一会儿,起身向卧室外走去。

穿过客厅时,他的余光瞥到了厨房的燃气灶上那口崭新的电压力锅。紧接着,他走到卫生间门口,推门走了进去。

洗手台上摆着那个工具箱。座便后面,手锯露出木质握把。他走到浴缸旁,拉开浴帘,盯着铺满缸底的半透明塑料膜。

突然,他的呼吸急促起来,双手紧握成拳,仿佛胸腔内有一个越鼓越大的气球,几乎要把他的胸口涨破。

林国栋一把拽起塑料膜,在手里飞快地揉成一团,狠狠地掷向墙壁。

小小的驾驶室里烟雾缭绕。马健率先咳出声来,随即,骆少华也开始剧烈地咳嗽。两个老人的咳嗽声在驾驶室里此起彼伏。最后,马健骂了一句"他妈的",打开了天窗。

第二十七章 落空

"估计这王八蛋正忙活着呢,不会注意楼下的。"

骆少华落下车窗,伸手把烟头弹了出去,又看了看手表。

"快两个小时了。"骆少华转头问马健,"还继续等吗?"

马健看看那扇窗户,想了想:"要不,去探探虚实?"

骆少华点点头。

马健探身向后座,拿出手套和脚套揣进衣兜,掂了掂棒球棍,拎起了伸缩警棍。

他拉开车门,边下车边说道:"待会儿我敲门,如果他敢来应门,就说明还没下手。如果他不开门,你就把锁弄开。"

忽然,马健意识到骆少华还坐在副驾驶上,一动没动。

"快点儿啊。"

骆少华目视前方,正在发愣,听到马健的呼唤,仿佛被惊醒似的回过头来。

"老马,我们到底在干什么?"骆少华开口了,声音低哑,"就这样等着那姑娘被杀死吗?"

马健扶着车门,盯着骆少华看了几秒钟,慢慢地转过身去。

"少华,有些事,你我都阻止不了。"马健的声音中透出深深的疲惫,"更何况,你现在反悔,很可能已经来不及了。"

骆少华颤抖了一下,把头顶在膝盖上,伸手抓住了自己的头发。

"这是我们唯一的机会。过了今晚,大家都能平安无事。"

说罢,马健就静静地站在车门旁,等骆少华下车。

良久,骆少华叹了口气,抬脚迈下汽车。

"走吧。"

两个人一前一后,穿过寂静的园区甬路,悄无声息地向22栋楼走去。来到4单元门前,正要开门上楼,忽然听到一声怒喝。

"站住!"

两个人都吓了一跳，头顶的声控灯也随之亮起。倾泻而下的灯光中，马健和骆少华脸白如纸，惊恐地向光线之外的黑暗处张望着。

伴随着一阵沙沙的脚步声，杜成和张震梁的脸依次在暗影中出现。

杜成穿着灰黑色的羽绒服，领口处露出蓝白相间的病号服，看样子是从医院赶来的。

"你们要干什么？"杜成蜡黄色的脸上汗津津的，低沉的嗓音中夹杂着剧烈的气喘，"为什么来这里？"

马健怔怔地看着他，半晌才挤出几个字："你怎么来了？"

"马局，你约骆少华出来喝酒。"张震梁皱着眉头，"最初我没在意，后来发现那个饭店在绿竹苑小区旁边。"

马健被激怒了："你他妈又对自己人上手段！"

张震梁哼了一声，扭过头去，没有回答。

杜成上下打量着马健，忽然上前一步，从他衣袋里揪出一副手套。

"你要干什么，你他妈疯了吗？"他指指马健手里的警棍，"处决林国栋？"

马健劈手夺过手套："和你无关。"

"他疯了，你也疯了吗？"杜成转向马健身后的骆少华，"你知不知道你们在干什么？"

骆少华低下头，咬着牙，一言不发。

四个人站在楼道口，一方怒目而视，一方沉默无语。几秒钟后，声控灯悄然熄灭，随即又重新亮起。

几乎是同时，一阵清脆的脚步声在楼道中响起。

四个人齐齐地向楼道里望去。一个年轻女孩站在台阶上，一脸惊恐地看着堵在门口的他们，似乎也被吓到了。

杜成上下打量着女孩，忽然想到了什么，转头去看马健和骆少华。

震惊。不解。失望。

第二十七章　落空

两个人的脸上是同样的表情。不一样的是,骆少华似乎如释重负地吐出一口气。

突然,杜成的脑海里亮起一道闪电,他一下子意识到马健和骆少华此行的真正目的。随即,他的五官就扭曲起来,牙齿也咬得咯吱作响。

女孩紧张地看着门口的四个人,犹豫着迈下台阶,想从他们中间穿过去。马健死死地盯着她,似乎想在她身上寻找渴望已久的答案。

女孩战战兢兢地走过来,看都不敢看他们,经过杜成身边的时候,缩起肩膀,似乎想尽快逃离这四个奇怪的男人。

杜成一把拽住她的胳膊。女孩一惊之下,尖叫起来。

"震梁,带她出去。"杜成依旧死死地盯着马健和骆少华,径自把女孩推向张震梁。

张震梁应了一声,拽起不停踢打的女孩,向园区外走去。

"你干什么?"

马健面色大变,低喝一声之后陡然暴起,伸手去阻止张震梁。不料,刚一起身,他就被杜成一拳打在脸上。

马健被打了个趔趄,几乎摔倒,在骆少华的搀扶下才勉强站稳。再抬起头时,面前是杜成愤怒至极的脸。

"马健,我操你妈!"杜成举起一根手指,颤抖着指向他,"你他妈算什么警察,你们,还他妈是人吗?"

马健也红了眼,挣扎着要冲过去。然而,骆少华从身后死死地抱住他,马健只能徒劳地挥舞着拳头,对杜成嘶吼着。

"你他妈认为我就是为了自己,"马健双眼圆睁,拼命撕扯着骆少华抱在腰间的手,"少华跟了他22年,你呢?你他妈还能活多久?大家平平安安过个晚年不好吗?"

"你他妈放屁!"杜成指向园区之外,"那是个人,一个活生生的人;你为了达到目的,就让那女孩……"

"别说了！"骆少华大吼一声，随后就痛哭起来。

纠缠的三人之间，一个老人苍凉的哭声显得非常突兀。杜成不再破口大骂，马健也停止了挣扎。

"你们别打了，"骆少华已经满脸是泪，"都怪我，是我的错。"

围绕在马健腰间的手无力地垂落。马健直起身来，默默地看着哭得全身抽动的骆少华，伸出一只手，按在他的肩膀上。

杜成也无语，看着面前这两个曾强悍如雄狮，此刻却脆弱得像老狗一样的警察，心中的悲哀无以复加。

"你们走吧。"良久，杜成长长地叹出一口气，"今天的事，就当没发生过。"

马健转身看看他，表情复杂。最后他点点头，扶着依旧痛哭不止的骆少华，蹒跚着向越野车走去。

看着本田CRV消失在黑暗中，杜成在原地站了一会儿，又抬头看看501室的窗户。灯还亮着，厚布窗帘纹丝不动。想必林国栋对楼下这一场激烈冲突毫无觉察。

睡吧，睡吧。杜成嘴角的纹路变得硬冷。这样平静的夜晚，你享受不了几天了。

张震梁和那女孩坐在潮汕菜馆里。见杜成进来，张震梁起身迎过去。

"问过店里了，回答得滴水不漏。"张震梁向收银台努努嘴，低声说道，"看来马健安排得挺周密。"

杜成嗯了一声，把视线投向那个紧张不安的女孩："她是什么情况？"

"她叫陈晓，在一家翻译公司工作。"张震梁笑了笑，"就是林国栋供职的那家。"

"哦？"杜成扬起眉毛，"他们认识？"

"对。陈晓今晚9点多才下班，之后遇到林国栋，应邀来他家吃晚

第二十七章 落空 351

饭。"张震梁的笑容渐渐收敛,"不知道马健怎么查到这条线的。不过,他的判断很准确。林国栋肯定不是偶遇陈晓,也许……"

他顿了一下:"也许林国栋今晚真的想杀人。"

杜成想了想,点点头,径直向陈晓走去。

女孩正在喝水,看到杜成走过来,整个人变得更加紧张,几乎抓不住杯子。

杜成坐在陈晓对面,先冲她笑了笑:"抱歉,刚才我很不礼貌。"

女孩看着他,不置可否。

"我们是警察。"

"嗯,我知道。"陈晓开口了,"刚才张警官告诉我了。"

"好,震梁刚才跟你谈过了,我也不兜圈子。"杜成直视着陈晓的眼睛,"你和林国栋是什么关系"

陈晓的脸腾地红了:"普通同事关系。"

"普通同事,会在深夜去他家吃饭?"

"凑巧嘛。"陈晓不安地扭动了一下身子,"下班后,在公司楼下偶然遇到的。"

杜成盯着她看了几秒钟:"他对你做什么了?"

"什么都没做啊,就是吃饭。"陈晓举起杯子喝水,一下子被呛到了。

杜成点燃一支烟,平静地看着咳嗽不止的陈晓,直到对方的呼吸舒缓下来。

"如果仅仅是吃饭,"杜成指指她的左脚,"至于要脱掉袜子吗?"

陈晓吃了一惊,低头去看,发现牛仔裤脚和运动鞋之间露出一段棕白相间的袜筒。

"你把袜子穿反了。"杜成不动声色地看着她,"说说吧,怎么回事?"

陈晓显得非常尴尬,嗫嚅了半天才低声说道:"我们……怎么说呢,我也不知道属于什么关系。"

她抬头看看杜成,老警察没有回应,做了个继续的手势。

"林老师对我不错,我知道他对我有意思。但是,我拒绝了。"陈晓低下头,摆弄着手指,"今天下班后,我们偶遇了,我想,大概是缘分吧。"

杜成无声地哼了一下。

"我男朋友不在身边,平时都是我一个人生活。"陈晓苦笑,"所以,有个人疼我,也挺好的。"

"你们已经……"

"没有。"陈晓断然否定,神色变得更加尴尬,"原来是可能的。后来,不知道为什么,他停下来了。"

"哦?"

"嗯。"女孩皱起眉头,表情困惑,"他好像说我的味儿不对。"

杜成一下子愣住了。几秒钟后,他一跃而起,隔着桌子抓住陈晓的衣领,凑过去闻着。

女孩被吓了一跳,本能地向后躲去:"你干吗呀?"

"你平时搽香水吗?"杜成面色凝重,"用什么牌子的?"

"'蝴蝶夫人',男朋友送我的。"陈晓既惊讶又害怕,"用完了,所以今天就换了一款。"

杜成不说话了,沉默着吸完一支烟,随后低声说道:"我知道了,一会儿送你回去。"

他抬手叫过张震梁,嘱咐他送陈晓回家。张震梁应承下来,示意女孩跟他走。

陈晓站起来,刚迈出几步,又回过身,犹豫着问道:"警官,林国栋他……"

杜成正盯着桌面出神,听到她的问话,想了想,一字一顿地说道:"姑娘,以后不要再和他联系了。"

他看着女孩惊讶的面孔,又补充了一句:

"今天晚上,你捡回了一条命。"

第二十七章 落空

第二十八章
遗愿

听到"笃笃"的敲门声,纪乾坤从成堆的案卷资料中抬起头来,冲着门口说了一句"进来"。

门被推开,魏炯的半个身子探了进来。

"是你啊。"纪乾坤笑了,"快进来。"

魏炯走进房间,反手带好房门,却没有立刻过来,而是站在门口上下打量着纪乾坤。

"愣着干吗?"纪乾坤心下有些诧异,"坐啊。"

魏炯应了一声,慢慢地走到床边坐下。纪乾坤摘下眼镜,指指窗台上的电水壶:"自己泡茶喝,给我也来一杯。"

魏炯顺从地照做。几分钟后,两个人各捧着一杯茶,相对而坐。纪乾坤吹开杯口的茶叶,小心地啜了一口滚烫的茶水,问道:"最近在忙什么?好几天没见你了。"

"哦,我报考驾校了。"魏炯搔搔脑袋,"去练车来着,嗐,手忙脚乱的。"

"哈哈,刚开始学车都是这样的。"纪乾坤捧着茶杯,笑眯眯地看着魏炯,"对你来说,哪一项最难啊?"

"坡起吧。"魏炯不好意思地笑笑,"总是熄火,昨天被教练骂惨了。"

"那个简单。"纪乾坤放下茶杯,边做手势边说道,"停到坡上之后,踩住离合器和刹车,然后慢慢松离合,感觉到车身振动之后,一点点松开刹车。"

魏炯一脸认真地听着,似乎在用心记忆。

"行啊老纪,想不到你还懂驾驶。以后我有不会的,就问你好了。"

"没问题。"纪乾坤颇为自得,"我是老司机了。"

魏炯的脸色却阴沉下来,一言不发地看着纪乾坤,眼神显得很陌生。

纪乾坤觉得奇怪,皱起眉头问道:"你小子今天是怎么了?"

"没事。"魏炯很快就恢复了常态,他走到窗边,掀起窗帘向外面望去。

"老纪。"

"嗯。"

"今天天气不错。"魏炯放下窗帘,转身冲纪乾坤笑笑,"我推你出去走走。"

帮纪乾坤穿衣戴帽颇花了一番功夫。推着他来到走廊里的时候,魏炯的脸上已经冒出了汗。刚刚走出十几米,魏炯忽然"哎呀"一声。

"老纪,我得回去一趟,手机落在书包里了。"

"好。"纪乾坤解下腰间的钥匙串递给他,眨眨眼睛,"怎么,怕岳筱慧联系不上你?"

"别胡说啊。"魏炯的脸红了一下,接过钥匙转身跑去。

万里无云,艳阳高照。风吹在脸上,已经有了些许暖意。纪乾坤在院子里转了几圈,忍不住摘下帽子和围巾,一边享受着阳光晒在头顶的麻痒感,一边大口呼吸着湿润的空气。

院子里的积雪已经彻底融化,甬道之外的地面踩上去软绵绵的,令人

第二十八章 遗愿

忍不住想象在土壤下面是否有新芽在悄然萌动。

路过那棵桃树的时候,纪乾坤让魏炯停下来。他摸摸粗糙的树干,又用力拍了拍。

"就快开花了,满树粉红,很漂亮。"

魏炯站在他身后,默默地看着纪乾坤那一头花白的头发。良久,他开口问道:"老纪,这么多年,你是怎么过来的?"

"嗯?"纪乾坤回过头,"怎么忽然想起问这个?"

"我想起杜成的一句话。"魏炯推起轮椅,继续向前走,"你没有选择遗忘,继续生活下去,而是留在了23年前的回忆里。"

"是啊,忘不掉。"纪乾坤的声音喑哑,"怎么可能忘掉。"

"许明良被枪毙后,你申诉了吗?"

"其实,我在一审判决后就申诉了。我认为他绝对不是凶手。"纪乾坤叹了口气,"石沉大海,没有人相信我。"

"出车祸之前,你也在调查这个案子吗?"

"嗯。"纪乾坤扭头看看墙外,旁边的小学里不时传来孩子追逐嬉闹的声音,"但是没有丝毫进展。你也知道,一个普通老百姓,想查清一件被官方盖棺定论的案子有多难。"

"警方不介入,你什么都做不了。"

"是啊。"纪乾坤低下头,"我无数次去公安局,想说服他们重新侦查这个案件。可是,每次都像个疯子一样被轰出来。"

"走投无路。"

"走投无路。"纪乾坤重复道,"我很清楚杀害我妻子的凶手就在这个城市里,可是我没办法亲手抓住他。"

"后来呢?"魏炯把轮椅停在甬道尽头,绕到纪乾坤身侧,俯下身子,盯着他的眼睛。

"后来,"纪乾坤回望着他,笑了笑,"我就出车祸了,接着就住到了这里。"

魏炯垂下眼皮,重新站直身子,将轮椅掉头,沿着来路慢慢往回走。

"车祸,是哪一年的事儿?"

"1994年6月7日。"纪乾坤的语气平淡,"春夏之交。然后我昏迷了一年半,1996年初被送到这里。还有什么要问的?"

魏炯停了一下,随即继续推着他向前走。

"然后,你就一直在等。"

"等什么?"

"等一个机会,或者,等一个我这样的人出现。"

纪乾坤没有回答,良久,他缓缓地开口。

"魏炯。"

"嗯。"

"你是不是觉得,我利用了你?"

"没有。"魏炯脚步不停,慢慢向小楼走去,"我只是觉得,你并不像我最初认识的那样简单。"

纪乾坤又沉默了一会儿:"你是指张海生那件事?"

等了几秒钟,见魏炯没有回应,他叹了口气,自顾自说下去:"我是逼不得已,想在这里自由活动,没有张海生不行。而且,我的时间不多了。再这样下去,我要么疯,要么死。"

纪乾坤看着面前越来越近的小楼:"那个人,我找了他23年。如果我这辈子不能为妻子报仇雪恨,死也闭不上眼睛。"

"用那样的手段杀死一个女人,不管他出于什么目的,都必须付出代价。"魏炯把轮椅停在小楼门口,"老纪,你放心,你会等到那一天的。而且,不会太远了。"

"哦?"纪乾坤惊讶地回过头,"你的意思是?"

魏炯压下轮椅的握把,把前轮搭在台阶上:"我们回去吧。"

第二十八章 遗愿

他朝纪乾坤的房间努努嘴:"杜成应该到了。他有事情要告诉你。"

杜成和岳筱慧站在走廊里。纪乾坤一边和他们打招呼,一边打开房门。进了房间,纪乾坤招呼他们坐下,同时让魏炯把自己推到窗台边。再回过头,发现三个人都站在原地,静静地看着他。

"干吗啊,这么严肃?"纪乾坤看着他们凝重的表情,不由得失笑。然而,他似乎一下子意识到什么,脸上的笑容消失得无影无踪,"杜警官。"

"老纪,"杜成看了看魏炯和岳筱慧,"我们……"

"等等,"纪乾坤突然伸出一只手阻止杜成继续说下去,另一只手在身上疯狂地摸索着。魏炯想了想,从床头拿起香烟和打火机,递给他。

纪乾坤哆嗦着点燃香烟,吸了一大口,脸色已经开始发白。

"你说吧。"

杜成笑笑:"找到他了。"

区区四个字,纪乾坤用了足足一分钟才搞明白它们的含义。他夹着行将燃尽的烟,怔怔地看着杜成,半晌才挤出一句话:"是谁?"

杜成拉开皮包,从里面拿出一张照片递给他。

"他叫林国栋,是许明良的家庭教师。"

接下来的半个小时里,杜成把他们如何通过香水、指纹以及马健、骆少华的反常表现等线索,最终查到林国栋身上的过程向纪乾坤做了详细的介绍。纪乾坤始终盯着照片,面无表情。最后,杜成甚至开始怀疑他有没有在听自己说话。

讲述完毕,纪乾坤依旧保持着一动不动的姿势。良久,他才开口问道:"确定是他吗?"

杜成点点头:"确定。"

如果说他之前只是对林国栋高度怀疑的话,那么,马健和骆少华在那一夜的所作所为就让杜成对此确信无疑。而且,他决定把凶手的身份告诉纪乾坤,也恰恰是因为马、骆二人的行动。

尽管林国栋对骆少华以外的人毫无察觉，但是他显然已经身处一个非常危险的境地中。杜成很清楚马健的性格和手段。虽然他没料到马健会甘愿牺牲陈晓来除掉林国栋，但是这至少说明马健已经动了杀机。一击未能得手，他们肯定不会善罢甘休。即使已经被杜成洞悉了他们的目的，马健也一定会寻找机会干掉对方，来个死无对证，一劳永逸。

这样一个人，固然死不足惜。对马健和骆少华而言，林国栋是一个随时可能起爆的定时炸弹，当年的错案一旦败露，大家都将在耻辱中度过后半生。杀掉他，才是永绝后患。然而，对杜成而言，他需要林国栋活着。

他需要林国栋站在被告席上，接受法律的制裁。唯有如此，才能不辜负妻子和儿子的早逝，才能让纪乾坤坦然回首这牢笼般的生活，才能让许明良洗脱杀人犯的恶名，才能让那飘荡在城市上空的冤魂得以安息。

所以，他需要在最短的时间内搜集到足够的证据，赶在马健和骆少华下手之前将林国栋绳之以法。

纪乾坤放下林国栋的照片，抬起头，目光在杜成、魏炯和岳筱慧的脸上来回扫视，表情失魂落魄。

岳筱慧走上前去，蹲下身子，把手按在纪乾坤的膝盖上，轻轻地摩挲着。

"他，"纪乾坤的双目无神，语调仿佛在梦呓一般，"他为什么要杀死我妻子？"

"香水。"杜成想了想，"因为那个伤害过他的女人。林国栋对所有带着那种味道的女人，既有强烈的占有欲，又满怀仇恨。"

他指了指魏炯和岳筱慧："不得不说，查清这个案子，这两个小家伙功不可没。"

纪乾坤闭上眼睛，两行浑浊的泪水从脸上滑落。他垂下头，双手合十，冲其余三人拜了又拜。

"谢谢，谢谢你们。"

"嘁，早就跟你说了，我不是为了帮你。"杜成摆摆手，"我是为了自己。"

魏炯拍了拍纪乾坤的肩膀。老人擦擦脸上的泪水，又恢复了平静坚毅的表情。

"接下来怎么办？"

杜成沉吟了一下，上前一步，盯着纪乾坤的眼睛，一字一顿地说道："老纪，我在查到林国栋的时候，没有立刻告诉你，是因为怕你贸然行动。一旦惊到了他，畏罪潜逃的话，再找到他就不容易了。"

他把手按在轮椅的扶手上，语气加重："现在，我仍然要求你务必冷静，暂时什么都不要做。"

纪乾坤皱起眉头，直起身子，语气中夹杂着愤怒和不解："为什么？"

"因为我绝不允许任何人用私刑干掉林国栋。"杜成毫不妥协，"我是个警察，我要送他上法庭，懂了吗？"

纪乾坤直直地看着杜成，片刻之后，缓缓答道："我懂了，听你的。"

"好。"杜成站直身体，"我现在最需要的，就是林国栋有罪的证据，这需要时间和你们的帮助。"

"证据？"纪乾坤瞪大了眼睛，"你刚才提到的马健和骆少华，他们也认为林国栋是凶手，难道他们没有证据吗？"

"骆少华手里应该有东西。"杜成苦笑了一下，"但是他肯定不会给我的。"

"凭什么？"纪乾坤的五官扭曲起来，"你们都是警察，为什么他不肯让凶手伏法？"

"老纪，你冷静点儿。"杜成急忙安抚他，"有些事情，你不知道也罢。"

"不行，"纪乾坤断然拒绝，"我等了23年，我有权利知道真相，全部真相。"

杜成无奈，斟酌一番之后，把骆少华送林国栋进入精神病院的事情告诉了纪乾坤。后者听完他的讲述，反而沉默了下来。

良久，纪乾坤缓缓摇动轮椅，来到小木桌旁，拿起茶杯，呷了一口茶水。

"原来是这样。"他突然笑了笑，转动着手里的茶杯，"他早就知道凶手是谁。"

杜成看看魏炯，又看看岳筱慧。三人面面相觑，都不知道该说些什么。

"我在奔走申冤的时候，我在病床上昏迷的时候，我在这里度日如年的时候，"纪乾坤的语气平静，似乎在自言自语，"这世界上有两个人知道真相，一个是凶手自己，另一个，居然是个警察。"

杜成皱起眉头："老纪，你别这样，少华他也有苦衷。"

"如果他当时就把证据拿出来，我也许就不会……"纪乾坤完全不理会杜成，依旧自顾自地说下去，"那么这一切都不会发生。"

突然，纪乾坤把茶杯狠狠地砸向了地面。

瓷片飞起，滚烫的茶水四溅。杜成一惊，耳边同时响起纪乾坤歇斯底里的咆哮："这一切，都不会发生。"

余音在逼仄的室内缓缓消散之后，房间里是死一般的寂静。魏炯的双手插在裤袋里，面无表情地注视着纪乾坤的后背。岳筱慧依旧保持着半蹲的姿势，只是全身因惊恐而变得僵直，脚边还有几块破碎的瓷片。

杜成的神色很复杂。他看了看纪乾坤，一言不发地从屋角拿起扫帚和簸箕。刚把杯子碎片收拢到一起，岳筱慧就接过他手中的工具，默默地把地面清理干净。

纪乾坤坐在轮椅上，双眼盯着地上的水渍，双手紧握成拳，上身还在微微地颤抖，脸上是一副既落寞又愤怒的表情。

杜成叹了口气，上前一步，拍拍纪乾坤的肩膀："老纪，我很理解你的心情。"

"你理解不了,"纪乾坤毫不客气地打断他,"你不知道什么叫求告无门,你不知道什么叫走投无路。"

"我知道,"杜成陡然提高了声调,"我为这个案子付出的代价,一点儿也不比你少。"

纪乾坤有些诧异地抬起头,怔怔地看着杜成。

杜成却移开视线,神色显得非常疲惫:"总之,即使我们现在知道凶手的身份,这仍然不是终点。我要把他送上法庭,让他接受法律的制裁,而不是私刑处决。"

他重新面对纪乾坤,表情严肃:"所以,你不许胡来。堂堂正正地办完这个案子,是我唯一的遗愿。就算你想把自己搭进去,我也不会饶了你。"

纪乾坤紧紧地闭上眼睛,旋即睁开:"好,我答应你。"

他指指门口:"你们走吧。"

养老院门外,杜成一边招呼魏炯和岳筱慧上车,一边回头看看纪乾坤房间的窗户。阳光依旧强烈,玻璃上的反光让他难以看清室内的情况。杜成摇摇头,拉开车门,坐进驾驶室里。

魏炯和岳筱慧并肩坐在后排。女孩一直在看着杜成。魏炯却是一副若有所思的样子,始终盯着窗外。

杜成转过身,冲他们笑笑。

"虽然老纪刚才已经感谢过你们了,但是,从我的角度,"杜成的脸上满是赞许,"还是要再对你们说声谢谢。"

岳筱慧的脸上飞起一片红晕。魏炯只是对杜成点点头,又扭过脸去。

"那我们接下来干什么?"女孩的表情很是兴奋,"你刚才说,还需要搜集证据。"

"对,但是很难。"杜成的神色渐渐凝重起来,"毕竟这个案子已经过去了二十多年，很多证据都消失了。"

"哦。"岳筱慧的语气颇为失望，"那怎么办？"

"找，再难也得找。"杜成看了看他们，"另外，我觉得你们的思路还是很特殊的，也许你们能帮得上我。"

岳筱慧想了想："要不要去劝劝那个骆少华？他当年能查到林国栋，肯定手里有证据。"

"没可能说服他。"杜成苦笑，"我们只能自己找，而且一定要赶在他和马健之前。"

岳筱慧瞪大眼睛："为什么？"

"因为他们要杀掉林国栋。"

"啊？"女孩以手掩口，发出一声小小的惊呼，"杀掉他？"

"对。"杜成考虑了一番，决定把当晚马健和骆少华打算以陈晓为诱饵，"合法"干掉林国栋的事情告诉他们。

听罢他的讲述，两个人都目瞪口呆。一方面是因为林国栋的恶性不改；另一方面，是因为马健和骆少华的狠辣和决绝。

"就为了自己能够平安无事，他们居然眼看着那个女孩被杀，"魏炯一脸难以置信的表情，"这他妈还是人吗？"

杜成哼了一声，不置可否。

岳筱慧倒是先冷静下来，想了想，开口说道："他们认为，只有林国栋再次作案，才能有机会拿下他。"

"嗯。"杜成点点头，"而且合理合法，死无对证。"

岳筱慧沉默了一会儿，撇撇嘴："还真是这样。"

"所以说我们的处境很艰难。"杜成皱着眉头，"林国栋家里也许还有证据留下，但是可能性不大。我们现在也不能公开调查他，否则一旦惊着他，这王八蛋没准就跑了。"

"这么说的话，"魏炯琢磨了半天，语气中透着焦虑，"完全不可能找到足够的证据啊。"

"也未必,我们回去再把案子捋一捋,也许能找到思路和突破口。"杜成咬咬牙,"骆少华那边,我再想想办法。"

"嗯,我们有新的发现,随时联系你。"

"好。"杜成转身去发动汽车,突然想起一件事,又回过头来,"对了,魏炯,我上次教你定位的事儿"

魏炯立刻打断他:"回头再说吧。"

岳筱慧讶异地看着他,又看看杜成。

"饿了。"魏炯扭头看向窗外,"再不回学校,食堂就没饭了。"

纪乾坤在房间里坐了整整一个下午加晚上,动也不动。从阳光普照,再到夕阳西下,直至被黑暗彻底吞没。

现在是晚饭时间,走廊里渐渐传来喧闹声和饭菜的香味。一墙之隔的另一边,纵使是年老体衰、行将就木的人群,却是尚在挣扎的烟火人间。纪乾坤的眼珠开始慢慢转动,伸出一只手,扯开如浓墨般的黑暗,拿起了自己的手机。

屏幕亮起,微弱的光在伸手不见五指的房间里仍然显得刺眼。纪乾坤面白如纸,脸颊上的线条如刀削般分明。

他在屏幕上按动着,拨通了一个电话号码,隐隐的铃声过后,一个颇不耐烦的声音在听筒中响起。

"喂,什么事?"

"老张,"纪乾坤的面色平静,"你来一下。"

第二十九章
拜祭

电梯停在8楼。魏炯走出轿厢，向左右看了看，径直走向右手边的一扇门。

墨绿色铁质防盗门。门框上还粘着一截被撕断的警戒带。魏炯看看锁孔，从衣袋里摸出一把崭新的钥匙。

把钥匙插入锁孔时，手上的感觉非常涩滞。好不容易完全插入，钥匙却无法转动。魏炯一边留神四周的动静，一边反复调整着钥匙的角度。终于，随着"咔嗒"一声，锁舌动了。

防盗门被打开，魏炯迅速闪身进入。关好房门后，他开始打量眼前这套一室一厅的房间。

所有的窗户都被厚布窗帘遮挡着，室内光线昏暗，空气中还飘浮着淡淡的酸味儿。房间内的陈设都比较老旧，家具还是20世纪90年代的款式，笨重却结实耐用。客厅里只摆放着沙发、茶几和电视柜，显得宽敞无比。卧室则显得要狭窄许多，除了双人床、五斗橱和衣柜之外，所余空间不多。

魏炯在房间里转了一圈，又去了厨房，盯着油渍斑斑的厨具和布满灰尘的灶台看了一会儿,最后把视线落在刀架上。他走上前去,抽出一把斩骨刀,凑到眼前端详一番,又插回原处。

回到客厅里,魏炯在沙发上坐下。从材质看,这是一张猪皮沙发,已经磨损得非常严重,皮面上遍布大大小小的裂口。有些裂口被透明胶带潦草地粘着,其余的裂口处露出了海绵。魏炯坐了一会儿,感到鼻子被空气中飘浮的灰尘弄得很痒。他打开背包,取出一盒未开封的健牌烟,拆开来,抽出一支,用打火机点燃。

他小心翼翼地吸了一口,立刻被呛得咳嗽起来。摇晃的身体和剧烈的呼吸搅动了四周的灰尘,他又连打了几个喷嚏才平静下来。

魏炯盯着手中的烟,又吸了一口,虽然喉咙里的刺痒感仍在,但是他已经勉强可以忍耐。就这样,他慢慢地吸完这支烟,熄掉烟头后,在缥缈于周身的烟气中,再次环视整个客厅,最后把目光投向卫生间。

卫生间里没有窗户,室内一片昏暗。魏炯找到电灯开关,按下去,却没有反应。他摇摇头,把门打开至最大。

借助客厅里透进来的微弱光线,魏炯打量着这不足5平方米的狭窄空间。四壁及地面都被白色瓷砖覆盖,顶棚也是白色的铝塑板。因为年代久远及疏于清洁,瓷砖和铝塑板的边缘都开始泛黄,墙角处已经长出了黑色的霉斑。洗手盆边缘摆着香皂、牙膏和两把随意弃置的牙刷。水盆里尚存一些水渍,混合着灰尘,显得脏污不堪。西侧的墙壁下是一个单人浴缸,陶瓷材质,缸体里同样水渍斑斑,看上去已经很久都没有用过了。魏炯用双手撑在浴缸边缘,俯身下去,仔细在浴缸内查看着,随即,转头望向对面的卧室。

他快步走出卫生间,径直来到卧室里,环视一圈后,趴在地板上,向床底看去。除了厚厚的灰尘外,床底空无一物。魏炯跪爬起来,拍拍手掌,想了想,又去了客厅。

客厅的沙发下除了半片药盒之外,什么都没有。魏炯站起身,开始在房间的每个角落里搜寻。由于室内陈设简单，很快就检查完毕。甚至连橱柜和衣柜的每扇门都打开查看过，他要找的东西依旧不见踪影。

魏炯的脸上看不见失望的表情，只是略显疑惑。他坐回到沙发上，双肘拄在膝盖上，垂着头沉思。距离他进门，已经过去了近一个小时。意识到再无查看的必要，魏炯开始整理随身携带的东西。清理掉烟灰，用纸巾把烟头包好，揣进衣兜里，他起身向门口走去。

走廊里一片寂静。魏炯闪身而出，正要锁门，手却握在门把手上停住了。

他再次入室，径直穿过客厅，向卧室走去。站在足有两米多高的衣柜前，他上下打量了一番，又折返回客厅，从餐桌旁拖过一把椅子。

站在椅子上，魏炯的头仍然与衣柜顶端有一段不短的距离。他踮起脚尖，伸出手，在衣柜顶上摸索着。触手之处，尽是长年累月的厚厚的灰尘。突然，他的手停下来，眼睛也一下子瞪大了。随即，他就从衣柜顶上取下一个长条状的物体。

这东西用报纸包着，两端用黄色胶带缠好，同样覆盖着一层厚灰。魏炯拎起它抖了抖，大团的灰尘扑簌簌地落下来。报纸上的字也露了出来，是1992年10月29日的《人民日报》。

报纸已经泛黄、变脆，稍加扯动就碎裂开来。某种暗棕色的东西出现在报纸下面，摸上去是金属的冷硬感。魏炯的呼吸急促起来，他三下两下把报纸撕掉，那东西终于展现出全貌。

是一把手锯。

杜成停好车，脚步匆匆地穿过马路，抬头看了看面前这间店铺的招牌：Eocafe。他在人行道上转身，向入口处走去。刚迈出两步，他就看到了落地玻璃橱窗另一侧的骆少华。

骆少华坐在桌前，面前是一杯没动过的咖啡。他的手里夹着烟，烟灰已经燃成了长长的一截，掉落在手边的桌面上。他对此似乎浑然不觉，只

第二十九章　拜祭

是呆呆地看着咖啡杯里冒出的热气，整个人像木雕泥塑一般。

杜成在心底长长地叹了口气，拉开店门走了进去。

直到杜成坐在了对面，骆少华仿佛才回过神来，冲杜成勉强笑了笑，抬手熄掉快烧到手指的烟头。

杜成要了一杯清水，打发走服务生之后，他开始仔细端详着骆少华。

他瘦了很多，脸颊出现可怕的凹陷。粗硬的胡楂遍布整个下巴，头发又长又乱。唯独两只布满血丝的眼睛闪闪发亮，不时警惕地向四处张望着。碰到杜成目光的时候，骆少华会飞快地躲避开来。

"我自己来的，也没带录音设备。"杜成知道他的心意，掏出手机，放在桌面上，"你放心。"

骆少华尴尬地咧咧嘴，端起咖啡杯喝了一口，同时仍不忘左右睃视着。

"老骆，事已至此，我就不跟你兜圈子了。"杜成开门见山，"你我都清楚，林国栋就是凶手。"

骆少华抖了一下，全身都萎缩下去。片刻之后，他抬起头，冲杜成挤出一个笑容。

"那天晚上，谢谢你。"

"你必须要搞清楚，我放过你们，并不意味着我允许你们……"

"我不是感谢你放过我们，而是感谢你阻止我们。"骆少华重新低下头去，"我回头想想那天要做的事情，太可怕了。"

杜成看了骆少华几秒钟，语气和缓了许多："少华，我知道你不是那样的人。"

"是不是都不重要了。"骆少华叹了口气，"我曾经是个警察，却犯了那样一个致命的错误。"

"现在纠正还来得及。"杜成上身前倾，言辞恳切，"这也是我今天约你出来的原因。"

骆少华沉默了一会儿，低声说道："成子，我知道你想要什么。"

"如果你把证据给我，林国栋就能上法庭。"杜成顿了一下，"至于你……"

"抱歉了，成子。"骆少华抬起头，脸上是混合着苦楚和歉疚的表情，"我不能给你。"

他的拒绝在意料之中。杜成不动声色地抛出第二个问题："嗯，那你至少把你查明他是凶手的过程告诉我。"

"我不能。"骆少华同样毫不犹豫，"我什么都不能告诉你。"

杜成一愣。他原本并不指望骆少华可以把证据交给自己，但是如果他能将查明林国栋的始末如实告知，也许可以对搜集证据有所帮助。然而，骆少华的决绝态度让他的全部希望都落了空。

"那就让他逍遥法外吗？眼睁睁看着他继续杀人吗？"杜成一下子爆发了，"就为了你能安安稳稳地享受退休生活？"

"成子，这二十多年来，我没有安稳过一天。"骆少华苦笑，指指自己的脑袋，"他的样子就刻在这里。每一个死者，包括许明良，都在这里。"

"那你为什么不把证据交出来？"杜成站了起来，手扶桌面，居高临下地看着他，"就算能定你徇私枉法，追诉时效也过了，面子和荣誉就那么重要吗？"

"你以为我是为了我自己？"骆少华摇摇头，"这案子牵扯的人太多了。如果被揭发出来，咱们局里、老局长、副局长、马健、当年一起干活的兄弟、检察院和法院哪一个能跑得了？"

"那你说怎么办？"杜成的语气咄咄逼人，"用更大的错误掩盖这个错误？"

"我不知道。"骆少华以手掩面，全身微微颤抖着，"我不知道。"

骆少华的脆弱姿态让杜成的心稍稍软了一些。他坐下来，点燃一支烟，沉默良久，低声说道："少华，我们都清楚，林国栋还会杀人的。"

骆少华无言。

"他23年前就该死。难道,现在还要搭上一条命才能将他绳之以法吗?"

对方依旧沉默,仿佛一尊永不开口的石像。

"少华,不能再死人了。"杜成伸出一只手,搭在骆少华的肩膀上,"你一定得帮我。"

杜成顿了一下:"算我求你。"

良久,杜成感到手掌下的石像挪动了一下。他的心底泛起一丝希望。然而,石像张开嘴后的第一句话就让他的心彻底凉透。

"你走吧。"骆少华的双眼空洞无物,"别再逼我了。"

杜成离开之后,骆少华又独自坐了一会儿,怔怔地看着橱窗外的街道发呆。事情已经完全脱离了他的控制,它会向何处发展,骆少华更是无从知晓。至于最终会呈现出一个怎样的结局,他想都不愿想。

又吸了一支烟,骆少华掏出钱包准备结账。刚站起身子,就感到肩膀被一只手按住。他下意识地扭过头,看见一脸铁青的马健绕过自己,坐在桌子对面。

"你……"骆少华立刻反应过来,"你怎么知道杜成约我在这里见面?"

"他跟踪我,我就不会跟踪他吗?"马健挥手示意走过来的服务生离开,"他跟你说什么了?"

骆少华垂下眼皮:"要我手里的证据。"

马健哼了一声,似乎对此并不意外:"你呢?"

"我什么都没说。"骆少华摇摇头,"我也不可能把证据给他。"

"嗯。"马健立刻起身,"走吧。"

"走?"骆少华抬起头,一脸诧异,"去哪儿?"

"回家。买菜、做饭、遛弯儿做什么都行,安安心心地做你的退休老头。"马健冲他笑笑,眼神中却毫无善意,"照顾好金凤娘俩,弥补一下这么多年的亏欠。"

骆少华怔怔地看着他："老马，你什么意思？"

"我什么意思都没有。"马健移开目光，看着人流如织的窗外，"我来解决这件事，从现在开始，和你无关了。"

仰龙公墓地处C市郊区，是本市多数逝者的长眠之处。公墓占地约400亩，山石环绕，绿草遍地，景色颇为雅致。虽然公墓距离市区足有30多公里，但是来此拜祭亲友的人长年不断。即使在工作日，墓园门口仍然排起了长长的车队。

一个中年男子从一辆红色出租车中下来，先是绕到车后，打开后备厢，取出一把折叠好的轮椅，打开后，放在车后门旁边。随即，他拉开车门，探身入内，抱起一个头发花白的老人，将他放在轮椅上。老人在轮椅上坐定后，中年男子关好车门，出租车很快驶离墓园。

中年男子推着老人走进墓园，渐渐融入前来拜祭的人群中。绕过几座遗体告别厅，两人径直向骨灰堂走去。在门口的购物处，他们停下来。中年男子从老人手里接过几张钞票，转身进了购物处。再出来的时候，他的手里多了两束鲜花。老人把鲜花横抱在怀里，由中年男子推着进了骨灰堂。很快，中年男子一个人走出来，靠在门边，先是百无聊赖地四处张望了一番，随即就拿出烟抽起来。

老人在骨灰堂里待了很久。中年男子渐渐显得焦躁，不时从门口向骨灰堂里窥视着，脸上的表情也变得越来越不耐烦。足足一个小时之后，老人慢慢地摇着轮椅走了出来。他的头垂着，面容悲戚，整个人似乎小了一圈。中年男子似乎急于离开这里，立刻上前握住扶手，推着他向出口处快步走去。

在他们身后，一个年轻人从回廊里的立柱侧面闪身出来。他看看默然肃立的骨灰堂，又看看两人渐行渐远的背影，表情复杂，若有所思。

C市师范大学，图书馆。

岳筱慧从卫生间里出来，一边甩着手上的水珠，一边向阅览室走去。经过一张方桌的时候，她的余光似乎捕捉到了什么，又折返回来，盯着桌上的一个双肩背包端详起来。

之后是背包旁边的水杯。岳筱慧抬起头，在阅览室里扫视了一圈，转身走了出去。

连续查看了几个阅览室之后，她要找的那个人依旧不见踪影。岳筱慧站在顶楼的走廊里，想了想，又把目光投向通往天台的那个小门。她沿着台阶走上去，试着推了推，门是虚掩的。

岳筱慧推开门，宽阔的楼顶天台出现在眼前。一个男生背对着她，站在天台的围栏旁，似乎在向楼下俯视着。

"原来你在这儿。"岳筱慧心里一松，语气却颇为恼火，"总算找到你了。"

魏炯转过身来，一看是她，先是一愣，随即就走到旁边的一张水泥长凳前，把手里的几张纸塞进了一个厚厚的牛皮档案袋里。

"你怎么来了？"魏炯把牛皮档案袋坐在身下，笑容很是勉强，"找我有事？"

"你什么情况啊，发微信不回，打电话也不接。"岳筱慧走过来，突然发现魏炯的手里还捏着一个烟盒，"哦你开始吸烟了。"

"吸着玩。"魏炯摇摇头，表情越发尴尬，"你要不要来一支？"

岳筱慧劈手夺过他手里的烟盒，是大半盒健牌香烟："你学这干吗？对身体不好？从老纪那里拿来的？"

魏炯笑笑，并不回答，示意岳筱慧也坐下。

岳筱慧刚挨到水泥长凳就跳了起来："哎呀，太凉了。"

魏炯急忙把身下的牛皮档案袋抽出来递给她："垫着这个。"

岳筱慧接过档案袋,放在长凳上,坐了下去。

"你最近在忙什么啊,总也看不见你,"岳筱慧把玩着手里的烟盒,"今天上午的环境法课你也没去。"

"对那门课没兴趣,就出去走走。"魏炯并不看她,而是盯着空旷的天台,以及渐渐暗下来的天色。

岳筱慧盯着男孩的侧脸,他的双颊开始消瘦,细密的胡楂在下巴上冒出来。他看上去满怀心事,又忧心忡忡。虽然依旧寡言,但是眼前的这个魏炯让她觉得陌生。

"杜成那边有消息吗?"

"暂时没有。"魏炯摇摇头,"搜集23年前的证据,太难了。"

"是啊。我这几天又把证据法学的教材看了几遍,越看越觉得没信心。"岳筱慧突然笑笑,"当时我要是有这个劲头儿,肯定拿满分。"

魏炯也笑。然而,那笑容稍纵即逝。

"老纪应该感谢你。"

"嗐,这有什么可谢的。"岳筱慧还是那副大大咧咧的样子,"老纪和杜成,这两个老男人,都值得我们帮助。"

魏炯沉默了一会儿,开口问道:"你妈妈的案子,还打算查下去吗?"

"当然,那还用说?"岳筱慧的语气坚决,"不管他在天涯海角,只要还活在世上,我就一定要找到他。"

"嗯。"魏炯仿佛在自言自语,"一定能找到他。"

"所以,帮助老纪,其实也是在帮我自己。"岳筱慧看着水泥地面,"他肯定和林国栋有关。"

"什么?"

"凶手几乎就是在模仿林国栋。虽然现在还不知道他的动机,但是我迟早会搞清楚。"岳筱慧甩甩头发,冲魏炯一笑,"至少我在帮老纪和杜成的时候,学到了不少东西嘛。"

魏炯看着她:"我也会帮你的。"

"嘿嘿,你敢不帮我。"岳筱慧的脸色微红,眼睛明亮又活泼,"哎,我们将来一起去当警察如何?"

魏炯有些吃惊:"警察?"

"是啊,除暴安良,多威风啊。"岳筱慧歪歪脑袋,"还能帮助别人把那些坏蛋通通抓住。"

"你想得够远的。"

"不远啊。再过一年多,我们就毕业了。"

"远。我们还是想想眼前的事吧。"魏炯笑着站起来,"比方说我们的肚子,去食堂吧,再晚就来不及了。"

"哈哈,好。"

"我去阅览室拿书包。"魏炯抬脚向门口走去,"你等我一会儿。"

"嗯。"岳筱慧坐着没动,"顺便把我的也拿上来,就在你斜后方那张桌子上。"

魏炯应了一声,穿过小门,走下台阶,直奔二楼阅览室而去。

收拾好自己的书包之后,魏炯又按照岳筱慧的指示,找到了那张桌子。他同样也很熟悉那个紫色耐克书包,装好书本和文具,拎起她的水杯,再次向天台走去。

刚刚走上顶楼,魏炯忽然想到了什么,加快了脚步。迈上通往天台的台阶的时候,他几乎跑了起来。

拉开小门,他看见岳筱慧还在水泥长凳上安安稳稳地坐着,那个牛皮纸档案袋依然平放在她身下。

女孩听见他的脚步声,转过头来,从嘴边取下一支即将燃尽的烟。

天色已经渐渐变暗。在微微的春风中,岳筱慧的长发飞起来。她的半张脸都隐藏在暗影中,唯有双眼闪闪发亮。

岳筱慧冲他笑笑,站起身,把烟盒抛过来。

"走吧，去食堂。"

说罢，她的中指轻巧地一弹。烟头翻滚着飞出去，带着一串摇曳的火星，落在几米远的水泥地面上，闪烁了几下，熄灭了。

纪乾坤听到敲门声。

他摘下眼镜，冲着门口说了一声"进来"。

门开了。岳筱慧走进来，随后反手掩上房门。

"是你啊，快进来。"纪乾坤有些惊讶，"你和魏炯最近是怎么回事啊，总是单独行动。"

"我去逛街了，路过这里。"岳筱慧把背包放在床上，"顺便来看看你。怎么，不欢迎啊？"

"哈哈，当然欢迎。"纪乾坤放下手里的卷宗，摇动轮椅走过来，"吃过饭没有？今天有排骨莲藕汤。"

"吃过了，别费心了。"岳筱慧坐在床边，上下打量着纪乾坤，"老纪，你又瘦了。"

"是吗？"纪乾坤摸摸自己的脸颊，"最近睡得不太好。"

他放下手，神色暗淡下来："我知道林国栋就住在这个城市里，和我呼吸着同样的空气。但是，我什么都做不了。"

"他会得到惩罚的。"岳筱慧顿了一下，"每一个作恶的人都会。"

纪乾坤抬起头看着她。女孩回以甜美的笑容："再给你刮刮胡子吧，都那么长了。"

和上次一样，十几分钟后，纪乾坤舒舒服服地仰躺在轮椅上，脸上盖着一条热毛巾。耳边传来搅动剃须膏的声音。随即，他听到剃刀被打开以及沙沙的声响，似乎岳筱慧在用拇指轻轻划过刀锋。

"你知道吗，老纪，有时候，看到你，我会想到我爸爸。"

"哦，他和我年龄相仿？"

"比你要小一些。"岳筱慧的声音渐渐接近，"我妈妈去世之后，他也没有再娶,一个人把我养大。"

"你父母的感情一定很好。"

"嗯。"她的声音更近了一些,"我爸爸至今还保留着妈妈的遗物,舍不得丢掉。"

"唉。"纪乾坤叹了口气,"也是个执着的人。"

"执着带给他的只有痛苦,无尽的痛苦。"

"哦。"

"他酗酒。大概只有把自己灌到烂醉如泥,他才能忘记我妈妈的死。"

纪乾坤沉默了一会儿:"不过,至少还有你陪着他。"

"没用的。"岳筱慧轻笑了一下,"我长得像我爸爸,我倒宁愿像我妈妈。"

衣服摩擦的沙沙声响起。紧接着,就是毛巾擦拭刀锋的声音。

"老纪。"

"嗯?"

"一个人,真的可能执着到那种程度吗?"

"可能,我和你爸爸就是很好的例子。"

"不惜毁掉自己?"

"嗯。"

"甚至毁掉别人?"

纪乾坤不说话了。片刻之后,他低声问道:"你妈妈是怎么死的?"

岳筱慧隔了好一阵才回答:"车祸。"

"哦。"纪乾坤扭了扭身子,"筱慧,毛巾有点儿凉了。"

"哎呀。"岳筱慧如梦初醒般反应过来,"抱歉抱歉,光顾着聊天了。"

她把毛巾从纪乾坤脸上挪走。均匀地涂抹上剃须膏之后,她轻轻地按着纪乾坤的脸颊,从上唇的胡须开始刮起。

女孩专注的面庞近在咫尺,湿热的气息喷在自己的脸上。纪乾坤闭上眼睛，静静地感受着刀锋割断胡须的麻痒感。

"老纪。"

"嗯？"

"如果林国栋就在你面前，你会怎么做？"

"现在？"

"对。"

纪乾坤没有回答，身体却渐渐紧绷起来。岳筱慧继续着手上的动作，刮掉唇髯后，刀片移至他的双颊。利刃所到之处，能感到老人脸上的肌肉微微地凸起，他在咬牙。

"我会杀了他。"

剃刀在纪乾坤的下巴上停顿了一秒钟，又继续慢慢游走。

"为什么？"

"那还用问吗？"纪乾坤睁开眼睛，双拳紧握，"他用那么残忍的手段杀了我妻子，彻彻底底地毁掉了我的一生，我为什么不能报复？"

"你别动，我会伤到你的。"岳筱慧按住他，"对不起，我问了这样的问题。"

纪乾坤稍稍放松了些："没关系，这几天，我也在想这件事。"

"哦？"

"二十多年了，杜成不可能搜集到足够的证据。"纪乾坤的声音低沉，随即变得昂扬，"我不会就这么算了。"

"如果你杀了他，你也会坐牢。"

纪乾坤的脸颊已经清理完毕，剃刀挪到了他的脖子上。

"这道理我懂。"纪乾坤轻轻地笑了一声，"只要能复仇，我什么都不在乎。"

"不惜一切代价？"

"不惜一切代价。"纪乾坤重复着，"我妻子死后，我余生的每一秒，

第二十九章 拜祭　　377

都是为了这件事。"

剃刀徐徐清理着脖子上残留的胡楂,最后,停留在纪乾坤的喉结上方。

"所以,你从一开始就没打算把林国栋送上法庭,对吧?"

"对。"

"也就是说,你只是需要找出他,至于该怎样处理林国栋,你早就想好了。"岳筱慧的声音开始颤抖,"你利用了魏炯、杜成,还有我。"

纪乾坤沉默了。良久,他艰难地说道:"我知道这样对你们很不公平。但是,筱慧,请你相信我,只要有任何一点让林国栋接受法律制裁的机会,我都不会采用这种自我毁灭的方式。可是……"

他说不下去了,岳筱慧也不再开口。

唯有剃刀闪闪发亮。

足足一分钟后,女孩的声音重新在纪乾坤耳边响起。

"老纪,你做过错事吗?"

"嗯?"纪乾坤没想到她会问这样的问题,"当然。"

"每个做过错事的人,都该有一个机会。"

脖子上的压迫感突然消失。纪乾坤这才意识到,那把剃刀一直抵在自己的喉管上。

他睁开眼睛,刚刚看到天花板,眼前又是一片朦胧,岳筱慧把毛巾重新覆盖在他的脸上。

"再等几天吧。"岳筱慧的声音变得遥远,"你要的,我们要的,都会来到。"

纪乾坤仰躺在轮椅上,等着她继续说下去,或者有所动作。然而,四周始终是一片寂静。片刻之后,他拿下脸上的毛巾,翻身坐起。

房间里已经空无一人。

第三十章

觉醒

　　林国栋走出楼门,把手里的塑料袋甩进垃圾桶里。今晚的风有点儿大,空气中有潮湿的味道。他看看乌云翻卷的夜空,估计今年第一场春雨就要来了。

　　林国栋把手插在羽绒服的口袋里,紧紧衣领,向小区外走去。

　　自从那晚放走陈晓之后,林国栋一连几天都没有出门。他很清楚,原来那家翻译公司再也不能去了。然而,之前拿到的微薄薪水并不能让他支撑太久,他必须尽快再找到工作才行。在网上连续投发了十几份简历后,无一回应。这让他在烦闷的情绪中度过了几天。今晚他出来走走,一来是为了散散心,二来可以去超市购买一些闭店前打折的食物。

　　春季的到来似乎让人们更有出行的心情。虽然已经是晚上8点多了,街上依旧是人来人往。林国栋走到公交站点,扫视了一眼等车的人群,然后站在遮阳棚下,耐心地等待公交车。

　　这时,一个女孩从眼前走过,在他身边站定。她看了看公交站牌上的信息,就拿出手机把玩起来。

　　林国栋看看她,长直发,二十几岁的样子,背着一个紫色的耐克双肩书包，上身是黑色薄款羽绒服，下身是蓝色的牛仔裤，脚蹬一双运动鞋。看上去是个学生。

女孩个子挺高，腰身挺拔，双腿笔直、修长。她似乎注意到林国栋的目光，转过头来看向他。目光相接的一瞬间，林国栋扭过头去。

女孩不再理他，拿出耳机开始听音乐，身体不时随着节奏轻轻地晃动着。

又一阵风吹来，一股若有似无的香气飘进了林国栋的鼻孔。他突然颤抖了一下，迅速翕动着鼻翼，似乎想找到这股香气的来源。很快，他发现这味道是从旁边的女孩身上散发出来的。

顿时，他感到越来越强烈的热流从脑袋里迸发出来，进而在全身游走，最后汇聚到小腹。每一个毛孔似乎都打开了，流淌出热辣的欲望。心脏开始剧烈跳动，血管在有力地收缩、舒张。汗水在额头上微微沁出，手心也变得潮热起来。

林国栋咂咂嘴巴，立刻感到铁锈般甜腥的味道，这危险又充满诱惑的味道让他更加兴奋。林国栋假装深呼吸，悄悄地向女孩挪动着脚步，如瘾君子一般嗅着她身上的香气。

女孩似乎察觉到了他的接近，只是略偏了偏头，却没有躲避，继续摆弄着手机。这时，公交站台上的人群开始向路边移动，不远处，一辆249路公交车正缓缓驶来。

女孩也迈开脚步，随着打算上车的人群向前走动，同时，从衣袋里掏出公交卡。

尽管林国栋并不打算乘坐249路公交车，但是，女孩身上的气味仿佛有魔力一般，牵引着他向驶入站点的公交车走去。

看上去，女孩对紧跟在她身后的林国栋并无察觉，注意力仍然在手机上，边走边打开微信，选择了一个联系人，点击发送了一段视频。随后，她就把手机塞进了书包肩带前方的网格里。此时，她刚好迈上公交车的踏板，刷卡，走进拥挤的车厢。

林国栋也跟着上车。车门在他们身后关闭。

魏炯坐在图书馆里，面前是一本翻开至第177页的大学英语六级教材。他至少已经盯着这一页看了两个小时，心思却完全不在那些英文单词上。

他扭头望向窗外，校园里的路灯点缀在阴沉的夜空中。呜呜的风声隐约可辨。魏炯莫名地觉得心慌意乱，似乎有什么事情要发生。

他又看看斜后方的那张桌子，一个头发油腻的小个子男生正在埋头钻研一本高等数学习题集。那是岳筱慧习惯坐的地方，但是，已经整整两天没有看到她了。

她去哪里了？

魏炯拿出手机，打开微信，在与岳筱慧的对话框里键入："你在哪里？"

几乎是信息发送出去的同时，岳筱慧就回应了，只不过，她的回复既不是文字，也不是语音，而是一段视频。

魏炯觉得奇怪，看了看四周，拿出耳机戴好，点击了播放键。

耳机暂时将周围的声响隔绝开来，岳筱慧的声音显得分外清晰。看上去，她好像身处一个居民小区内，背后是一面贴着小广告的墙壁，墙角处还能看见尚未消融的积雪。

岳筱慧似乎在室外站了很久，脸颊冻得通红，神色也很疲惫。

"魏炯，当你看到这段视频的时候，请马上联系杜成，让他定位我的手机位置。"岳筱慧略略停顿了一下，"同时，有机会的话，我也会用微信和你共享我的实时位置。"

魏炯更加疑惑：岳筱慧在哪里？她想干什么？为什么要联系杜成？

来不及多想，岳筱慧又继续说下去：

"杜成说得没错。根据现有的证据，我们拿林国栋毫无办法。唯一的机会就是,他再次下手杀人。"岳筱慧冲着摄像头笑了笑,但是她的笑容既紧张又焦虑,"要让他上钩,我是最合适的人选。如果你此刻在我身边,你就会发现,我搽了'蝴蝶夫人'。"

她突然停了下来,眼睛移向别处:"其实,我还真想你在我身边。"

怔怔地愣了几秒钟,岳筱慧甩了甩头发,脸色恢复如初:"你不要劝我,劝也没有用。我们的时间不多了,杜成不能再等了,我也不能。所以,我必须让林国栋尽快伏法。"

她竖起一根手指在屏幕前,态度坚决:"绝对不要给我打电话。合适的时候,我会开启手机的录像模式,把林国栋作案的全过程都录下来。你们要做的,就是尽快找到我。如果可能的话,也许还来得及把我救过来。"

岳筱慧又笑了笑:"说老实话,我也不想死。如果有机会的话,"她加重了语气,变得郑重其事,"我会向你解释我为什么要这么做。"

此时,耳机里传来一声隐约的闷响,仿佛是一道门被关上。岳筱慧也循声向斜前方望去。顿时,她的表情显得紧张起来,整个人向后躲了躲。

"他出来了。"岳筱慧重新面对屏幕,语速开始加快,"我得走了,你一定要按我说的去做。"

视频播放完毕。

魏炯愣了几秒钟,立刻拨打了岳筱慧的手机号。铃音响了几声就被挂断,再打,又被挂断。他拎起书包,拔腿就向阅览室外跑去。

三步并作两步下楼的时候,魏炯拨通了杜成的手机,开口就要他立刻定位岳筱慧的手机位置。杜成听得莫名其妙:"为什么?我在家里。"

"马上,立刻!"魏炯冲下楼梯,飞快地穿过门厅,向图书馆外狂奔。一个怀抱着几本书的女生躲闪不及,被他重重地撞倒。魏炯只来得及说句"抱歉",就推开大门,朝校门的方向跑去。

"我现在就安排。"杜成虽然没搞清楚魏炯的动机和目的,但是听筒里传来的混乱声响让他不敢再耽搁,"你开着手机,保持联系。"

382

魏炯一口气跑出校门,来到依旧车流密集的街道上。他站在路边,向每一辆经过的出租车拼命挥手。然而,大多数出租车都已经是载客状态。几分钟后,才有一辆亮着"空驶"的出租车停在了他面前。

虽然等候的时间不长,魏炯已经是心急如焚。出租车司机好奇地看了看这个满头大汗的男孩,问道:"去哪儿?"

魏炯这才意识到自己根本不知道岳筱慧的去向。他想了想,指示司机:"先往前开。"

出租车司机更加疑惑。不过,还是按下了计程表,发动了汽车。

魏炯又拨打了杜成的电话,铃音只响了一声就接通了。杜成的声音也很急促,似乎同样在奔跑。

"定位到岳筱慧了吗?"

"我让张震梁去查了。"听筒里是开锁和拉动车门的声音,"到底怎么回事?"

"岳筱慧去找林国栋了。"魏炯的嘴唇抖了一下,"她搽了'蝴蝶夫人'。"

杜成的呼吸声骤然停止,随后就听见发动机的轰鸣声。

"你怎么知道?"

魏炯把岳筱慧发送给他的视频内容简单对杜成讲述了一遍,听筒里随即传来以掌猛击方向盘的钝响。

"你们他妈的!"杜成咬牙的声音清晰可辨,"这姑娘疯了吗?"

"你少说这些废话,"魏炯打断他,"现在怎么办?"

"怎么办,先救人。"杜成的语气坚决,"你给我老实儿待着,哪也不许去!"

魏炯还要争辩,杜成已经挂断了电话。

出租车已经开到了一个十字路口。司机转向魏炯,语气试试探探:"还继续向前开吗?"

第三十章 觉醒　　383

魏炯捏住眉心，强迫自己冷静下来。岳筱慧在视频里说到"他出来了"，随即就离开。这个"他"，指的肯定是林国栋。那么，从时间来推算的话，两个人应该还在林国栋家附近。

"去铁东区。"魏炯指向城市东南侧，"绿竹苑小区。"

"好嘞。"从刚才的电话对谈中，司机已经意识到这个年轻乘客面临的情况非同小可。他不敢怠慢，打开转向灯，向铁东区飞驰而去。

车厢内人群拥挤。女孩手扶着立杆，一动不动地看着窗外。林国栋紧紧地贴在她的身后，呼吸悠长又深沉。那夺人魂魄的气味不断涌进他的鼻孔，仿佛有无数只细小的触手，轻微却密集地搔弄着他的心脏。

林国栋的嘴巴变得越来越干燥，口腔里甚至开始出现了沙沙的声响。他不断地吞咽着唾沫，喉结上下蠕动。同时，他身体的某一个部位，也渐渐躁动起来。

车窗上开始出现一些水迹，随即就变得越发稠密。很快，大颗雨点拍打在车体上，发出有规律的声响。

今年春季的第一场雨，终于来了。

地面湿滑，车行缓慢。每一站都有乘客下车，更多的人涌上来。潮湿的气息在车厢里蔓延开来，牵扯不断，暧昧不清。

林国栋感到脸上又湿又凉，还有些黏腻的触觉。这让他越发兴奋起来。趁着车身的晃动和人群的拥挤，他又悄悄地向女孩靠近了一步。

女孩的身体被压向立杆，整个上身都倾斜过去。林国栋甚至都感受到双肩书包里的物品的形状。女孩却没有立刻做出回应，而是掏出网袋里的手机，按动了几下，又塞了回去。

随即，她转过身来，手遮在网袋前，看了林国栋一眼。

这是两个人第一次对视。林国栋很快就扭过头去，但是一瞥之下，他心中的躁动不减反增。女孩面貌姣好，皮肤细嫩。特别是脖子上露出的部分，白皙又光滑。

他的心脏又剧烈地跳动起来。这样的脖子，如果捏在手里，会是什么样的感觉？

女孩面无表情地转过身去。

突如其来的雨让道路交通略显拥堵。魏炯看着前面密集的车流，心急如焚。他不停地翻看着手机，然而无论是杜成还是岳筱慧，都再无消息。

岳筱慧的意图很明显：用"蝴蝶夫人"和自己，引诱林国栋再次作案。从林国栋曾意图杀掉陈晓来看，他上钩的可能性很大。但是，岳筱慧面临的风险同样巨大。如果不能及时抓到林国栋的现行犯，即使岳筱慧能留下证据，付出的也将是生命的代价。

不知道是什么原因让岳筱慧做出这样的决定，即使是为了老纪或者杜成，这代价未免也太大了。

魏炯连连告诫自己不要乱想，集中精力整理思路。现在岳筱慧应该和林国栋在一起，具体位置未知，所处环境未知，林国栋是否已经上钩也不知道。但是，当务之急并不是抓捕林国栋，而是阻止岳筱慧。就算因此惊扰了林国栋，失去将他绳之以法的机会，也不能眼睁睁地看着岳筱慧去送死。

正想着，魏炯的手机屏幕突然亮了起来，一阵叮叮咚咚的铃声随即响起。他下意识地低头一看，是岳筱慧发来的视频聊天请求。

魏炯一下子屏住了呼吸，想也不想就按下了"接听"键。

屏幕上出现了微微晃动的画面，却看不到岳筱慧的脸。占据画面大部分的是一扇窗户和下面成排的人头。同时，耳机里传来一阵不甚清晰的声音，听上去是女声，语调平淡，毫无起伏，几个数字依稀可辨。

魏炯忽然意识到，岳筱慧在一辆公交车上。他急切地对着话筒喊道："筱慧，筱慧，你在哪里？"

岳筱慧并没有回应，屏幕上显示的图像也依旧保持着原来的角度。几秒钟后，画面开始急速转动，掠过几个面目不清的人之后，定格在了车厢内。

魏炯的眼睛顿时瞪大了。一个男人的上半身出现在画面中，他直视着岳筱慧的方向，随即就扭过头去，同时，喉结在快速蠕动。尽管只是短短的两秒钟，魏炯还是认出了他——林国栋。

画面再次转动，屏幕上又出现了那扇窗户。几秒钟后，视频聊天结束。

魏炯的心脏狂跳。岳筱慧虽然没有说话，但是她一定想通过这段视频向他传达某种信息：她的确和林国栋在一起，而且对方已经上钩。

可是，他们在哪里呢？

魏炯拼命回忆着那段视频中的每一个画面和每一丝声响。仅仅从车窗上根本无从判断是哪一路公交车。而且，车窗上满是雨水，看不清窗外的景物，更不知道公交车所处的位置。不过，刚才耳机里传出的女声似乎是报站，而且，那组数字听上去好像是"249"。

"欢迎您乘坐249路公交车。"

魏炯急忙用手机搜索。的确，249路公交车中的某一个站点就在绿竹苑小区附近。那么，岳筱慧和林国栋身处这辆车上无疑。可是，他们前往的方向又是哪一个呢？

249路是横贯本市南北两侧的一条公交线路。魏炯乘坐的出租车已经快抵达绿竹苑小区，如果追错了方向，将会离岳筱慧越来越远。

魏炯顿时乱了方寸，焦急地四处张望着，似乎想在身边的某个公交车上看到岳筱慧的身影。可是，透过水迹模糊的车窗，外面的景物只是一片朦胧，根本看不清楚。他伸手去摇车窗，握到把手的那一刻，却停了下来。

雨滴。

魏炯怔怔地看着车窗。拍打在玻璃上的雨水快速流动着，留下了蜿蜒的轨迹，仿佛是无数条流淌的小河。他的脑海里出现了刚才视频画面中的公交车。车窗上，雨水从玻璃的左上角，流淌到右下角。

当时公交车在报站，说明刚刚启动，车速不快。车窗上雨水的轨迹意味着，公交车是迎风而行。

想到这里，魏炯急忙吩咐出租车司机："师父，停车。"

司机应声而动，出租车缓缓停靠在路边。魏炯摇下车窗，静静地观察着车外的雨水，发现细密如丝的雨线正从身后飘过来。

"掉头，"魏炯再次指示司机，同时把手机递过去，指着地图上的路线说道，"沿着249路的站点开。"

"香江桥站到了，请下车的乘客做好准备。"

报站的女声再次响起，一些乘客纷纷开始向车门方向移动。女孩也离开了一直手握的立杆，随着人群走到了车门旁。

249路公交车减速，缓缓驶入香江桥站点。车门打开，乘客们鱼贯而出，各自走散。女孩把羽绒服的帽子拉至头顶，沿着人行道慢慢向前走去。

林国栋双手插兜，跟在她身后。离开车厢，女孩身上浓烈的香气一下子变得淡薄起来。好在两个人都是逆风而行，那股味道仍然时不时地钻进他的鼻子里。女孩似乎仍未察觉他的尾随，既没有回头，也没有四处张望，依旧是脚步悠悠，一副自在的样子。

走出100米左右之后，女孩拐进了一家超市。林国栋犹豫了一下，在门口等了几秒钟后，也走了进去。

超市内人不多，林国栋一眼就发现女孩在货架间挑选着商品。他来回扫视了一圈，径直走向厨具区。

在成排的刀架间，林国栋佯作耐心地挑选着，余光不时扫向女孩。在狭窄的视野中，女孩依旧流连在货架前。他看不到的是，女孩不断地抬头看着悬挂在上方的一台液晶电视。

那是店里的视频监控显示屏，画面分成六格。从林国栋迈入超市的那一刻起，直至他在厨具区的一举一动，都清晰地展现在显示屏上。

女孩的嘴角露出一丝微笑，随后就被紧张的表情取代。

林国栋最后挑选了一把细长的厨刀，看了看依旧在食品区的女孩，起身到收银台结账。付款之后，他先走出了超市，随后就躲在路边的一个灯箱后，静静地注视着超市的门口。

　　几分钟后，女孩也走了出来，手里还拎着一个塑料袋。她向左右看了看，继续向逆风的方向走去。

　　林国栋从灯箱后闪身出来，悄无声息地跟了上去。

　　在相距他们十几米远的马路上，一辆红色出租车飞驰而过。车窗内，一个男孩紧盯着前方的公交车，表情焦急。

　　时间已经是晚上9点多，路上的行人开始渐渐稀少。女孩依旧保持着不紧不慢的步伐走着。几分钟后，她向右转弯，进入了一条小巷。

　　林国栋尾随而至。这是一条单行线，两侧都是居民楼。虽然没有路灯，但是住宅窗户内倾泻而出的灯光，仍然让这条路上有些许光线。女孩在他前方十几米的地方，取下耳机，低头在手机屏幕上按动着。

　　林国栋向前看看，小巷尽头是一栋黑漆漆的大厦，似乎是一处停工待建的工地。他又环视四周，除了自己和那个女孩，小巷内再无他人。

　　他加快了脚步，边走边掏出刚刚购买的厨刀，拆掉外包装，塞进衣袋里。不知道女孩是否家住附近，如果再不下手，恐怕就要失去机会了。几秒钟之后，他和女孩只有一步之遥。女孩听到了身后的脚步声，下意识地转身，林国栋把刀子抵在了她的胸口上。

　　"别动！"

　　林国栋尽量让自己的声音显得凶狠低沉。女孩也的确被他吓住了，整个人向后倒退了一步，脸色变得惨白。

　　"你，你干什么？"

　　"往前走，"林国栋推推女孩，"不许喊，否则我宰了你！"

　　女孩看了看雪亮的刀子，没有反抗，转身向前走。

　　林国栋拽住女孩的左臂，把刀子顶在女孩的腰间，一边留意四周的动静，一边挟持着女孩向那栋大厦走去。

女孩悄悄地取下胸前网格内的手机，打开了微信界面。

魏炯站在车下，快速在249路公交车车厢内巡视着。乘客们也对这个一脸焦急的男孩感到好奇，纷纷转头向他投来征询的目光。然而，没有一张脸是魏炯希望看到的。

公交车驶离站点。魏炯跳上等候在路边的出租车，对司机说道："继续开，追下一辆。"

出租车飞驰而去。魏炯又拨打了杜成的电话。手机刚一接通，他劈头问道："她在哪儿？"

"黑山路和松山路之间，我快到了，张震梁会带着设备来。"杜成的声音很急，"我们肯定能找到她，你哪儿也不许去，等我消息。"

"我已经出来了。她和林国栋刚才在249路车上，我不知道他们是否已经下车了。"魏炯突然瞪大了眼睛，在手机屏幕上方的消息栏内，一个微信图标蹦了出来。

他想也不想就下拉菜单，点开微信。

是岳筱慧。

在对话框里，是一条共享实时位置的消息：她就在黑山路和松山路之间的一条小巷子里。魏炯放大地图，小巷的名称清晰地出现在手机屏幕上。

"师傅，掉头，黑山路102巷。"魏炯又冲话筒吼道："她在黑山路102巷里！"

"好，马上到。"杜成已经来不及询问缘由，"你在巷口等我，不许单独……"

魏炯直接挂断了电话，双眼死死地盯着手机屏幕上的地图，以及那个代表岳筱慧的图标。

女孩既没有反抗，也没有呼救，任由林国栋拽着自己向小巷尽头走去。一路上，他们都没遇到行人。林国栋再次沉溺于女孩身上的香气中。最后几十米的路程，他几乎把鼻子贴到了女孩的后颈窝里。

第三十章　觉醒

走出小巷,面前是一条横贯南北的马路。偶有车辆在路面上飞驰而过。林国栋不得不暂时集中精神,紧紧地抓住女孩的左臂,刀子从女孩的腰部转移到后背上。

"过马路。你要是敢动,我就捅死你。"

女孩本能地挺直腰背,在他的挟持下,慢慢地穿过马路。

那栋大厦就矗立在路边。林国栋拽着女孩绕着楼体走了半圈,很快就发现了入口。走进去,湿冷的气息扑面而来,脚下也感受到了碎石和沙砾。林国栋抹了一把脸上的雨水,四处看了看,最后指向前方粗陋的水泥楼梯。

"你,上去。"

女孩在黑暗中静静地看着林国栋,对方在街灯的映衬下,只剩下一个模糊的轮廓。唯有那把刀子闪闪发亮。她突然很想拔腿就跑,甚至幻想在下一秒就看到大批全副武装的警察包围这栋大厦。然而,夜晚寂静依旧。除了一场大雨和面前持刀的男人,什么都没有。

女孩转过身,顺从地沿着楼梯慢慢爬上去。林国栋跟着她,一步步踏上台阶。女孩再次从网格里掏出手机,打开录像功能。

最后的时刻即将来临,她要做好准备。

位置共享已经结束。

魏炯怔怔地看着手机屏幕,就在刚才,他失去了岳筱慧的位置。

出租车一个急刹。魏炯的头撞到了前挡风玻璃上。他顾不得揉揉痛处,转身问道:"为什么停车?开进去!"

"到了。黑山路102巷。"司机指指路边的街牌,"这是单行线,开不进去。"

小巷且黑且长,岳筱慧结束位置共享前,就在这条小巷里向西前行。早一分钟找到她,她就多一分生还的可能。

"开进去,"魏炯急切地说道,"我给你加钱。"

"不是钱的事儿。"司机已经抬起空驶灯,计价器吱吱嘎嘎地打印着发票,"分扣没了我怎么干活啊?"

魏炯不愿再跟他废话,扔下一张百元大钞,跳下车向小巷内奔去。

雨还在下,并且越来越大。魏炯跑出几十米后,就已经满头满脸都是雨水。他打量着两侧的民居,加快了脚步。

这里不可能是林国栋下手的地方,他们应该在小巷中的更深处。

这时,一辆汽车迎面开来。魏炯的眼前都是炫目的灯光。他拼命睁大眼睛,竭力想看清车型和乘客的模样。如果那是杜成驾驶的老式帕拉丁越野车,而安然无恙的岳筱慧坐在副驾驶座位上,那该多好。

一辆大众途观从他身边飞驰而过。同时,地面上的一样东西被搅动的气流吹得哗啦作响。

失望至极的魏炯心里一动,他向前走了几步,终于看清了那样东西。

那是一只普通的塑料购物袋,里面装着几样物品。魏炯捡起塑料袋,打开来,发现那是一盒苏打饼干、一瓶可乐和两包面巾纸。再翻下去,袋子底部还有一盒香烟。

五毫克焦油含量的中南海香烟。

魏炯的心脏狂跳起来。这正是岳筱慧喜欢的香烟牌子。如果这购物袋的确属于岳筱慧,那么至少可以说明两件事:其一,她的确经过这条巷子;其二,她遭遇到了某种突发情况。

换句话说,她就在这里被林国栋劫持了。

魏炯的大脑开始快速运转:这条巷子并不适合作案,岳筱慧一定被劫持到别的什么地方了。从时间来推断,他们应该距离此处不远。

他丢下购物袋,向小巷尽头全力奔跑起来。

几分钟后,魏炯已经冲出了黑山路102巷,在他面前正是松山路。看着宽阔的马路以及零星经过的车辆,魏炯需要再次做出选择。

万一她被林国栋劫持上了出租车呢?

魏炯急忙掏出手机,拨通了杜成的电话。

"喂,我马上到了。"电话刚一接通,杜成焦急的声音就传了出来,"你在哪里?"

"我就在巷子口,没看到他们。"魏炯几乎吼起来,"你不是能给岳筱慧的手机定位吗?"

"没看到他们?"杜成更急了,"定位信息显示她就在102巷和松山路的交会处啊。"

交会处。

魏炯举着手机,原地四处张望着。交通银行,中国移动营业厅,喜来顺海鲜馆,松山路小学。

一栋黑洞洞的大厦矗立在眼前,仿佛一头蹲伏在雨中的庞大怪兽。

"有一栋楼,没完工那种。"魏炯冲着话筒喊道,"我先上去,你快点儿。"

说罢,他就挂断电话,咬咬牙,向那头巨兽跑去。

走到7楼的时候,女孩听到身后的林国栋低声说道:"停下,往里走。"

女孩顺从地转身,走向斜前方的一大片空地。这栋大厦的建筑用途应该是写字楼,空间比普通的民宅要大得多。只不过,因为正处在停工待建的状态中,墙壁和地面都是粗糙的水泥。冷风夹着雨水,从应该安装落地窗的巨大空洞中吹进来。楼外的城市夜景一览无余。

林国栋在空地上扫视一圈,指指被遗弃在墙角的一张木凳:"把它拿过来。"

女孩照做。木凳是施工所用,由木板简单拼制而成,看上去更像一个木架,上面布满了已经干涸的水泥。

林国栋把刀子指向女孩:"脱掉上衣,快!"

女孩的身体抖了一下。她慢慢地卸下书包，小心地放置在地面上，让肩带上的网格对准木凳。随后，她脱掉羽绒服，拿在手里。

"铺在木凳上。"

女孩显得有些畏缩，揪着衣角不松手。林国栋上前一步，抢过羽绒服，马马虎虎地摊开在木凳上。

"躺上去！"

女孩开始向后退，脸上恐惧的表情更甚。

"不……"

林国栋拽住她的胳膊，把她拖到木凳前，托背搬腿，把女孩平放在木凳上。女孩的双手护在胸前，两腿紧紧地并拢在一起，不停地挣扎着。

林国栋已经气喘如牛，双眼通红。他把刀子抵在女孩的脖子上。突如其来的刺痛让女孩小小地尖叫了一声，随即就全身僵直，不动了。

林国栋半伏在女孩身上，拉开女孩上身的暗红色卫衣，露出里面的黑色长袖T恤。他看着那剧烈起伏的高耸胸部，把脸贴了上去。

顿时，那股熟悉的味道蹿入鼻孔，直冲脑门。

甜蜜的味道。背叛的味道。情欲勃发的味道。无情杀戮的味道。

林国栋湿热的气息喷在女孩的脖子上。在那一瞬间，女孩心中越来越强的恐惧冲到了顶点。那根在脑海里的弦"嘣"的一声骤然断掉，一直支撑着她的勇气与信念也彻底坍塌。所有的决心、谋划都通通被她抛开。她只知道，自己身上这个男人强奸、杀死了四个女人。而她的结局，将和那些女人一模一样。

魏烔，你在哪里？

杜成，你在哪里？

女孩的全部思维都被恐惧占据。她蜷起双腿，拼死推开林国栋，同时绝望地大喊："救命！救命啊！"

距离102巷和松山路交会处还有几十米的时候，杜成就看到了魏烔所说

第三十章 觉醒　　393

的那栋大厦。看上去，那是一栋冬季停工，待春季再建的写字楼。外墙装饰尚未进行，整个大厦就是一个方方正正的水泥盒子。那些没有玻璃的窗户里都漆黑一片。杜成手握方向盘，一边寻找着停车的位置，一边快速打量着那些黑洞洞的窗口，试图发现些许亮光。

大厦被一堵简陋的红砖墙包围着，靠近松山路的一侧有一个缺口，想必是平时工人及车辆进出的地方。杜成把车开过去，同时伸手去拿放在副驾驶座上的挎包。突然，他的余光中出现了耀眼的光芒，其中，一个庞大的黑影若隐若现。随即，他就感到自己整个人都向右侧飞去，同时，巨大的撞击声在耳边响起。

突如其来的猛烈冲击让他几乎扭断了脖子，大脑也在那一瞬间变得一片空白。在颈椎的剧烈疼痛中，杜成隔了几秒钟才意识到，有一辆车从左侧狠狠地撞了过来。

他下意识地扭头看去，一辆本田CRV的车头正牢牢地顶在帕拉丁越野车的左侧。发动机还在轰鸣，自己的车正被对方一点点撞向右侧的墙壁。终于，帕拉丁越野车被挤到墙边，再也无法移动了。

杜成被撞得头晕眼花，又惊又怒。本田CRV驾驶座上的气囊已经弹开，看不到驾驶员的样子。但是，杜成觉得这辆车看起来很眼熟，一种巨大的不祥预感顿时袭上心头。

本田CRV的引擎盖已经变了形，大团蒸汽从缝隙中冒出来。忽然，驾驶座的车门打开了，一个高大的身影摇晃着走下来，边走边揉着脖子。

杜成的眼睛一下子瞪大了。

那个人是马健。

杜成顿时意识到对方的意图：他一定也知道林国栋正在这栋楼里，刚才的撞击就是要把自己困在车内。而马健接下来要做的事情，可想而知。

刹那间，各种情绪涌上杜成的心头。恐惧、愤怒、担忧、仇恨。这让他失去了组织语言的能力，只能怔怔地看着马健，同时发出困兽般的吼叫。

马健只是看了他一眼,就抽出一根伸缩警棍,转身向大厦跑去。

他的快速行动让杜成回过神来。他本能地去推动车门,发现在本田CRV的顶撞下,车门压根打不开。他又转身望向副驾驶座,看到车窗外那堵砖墙后,立刻就放弃了从右侧下车的想法。

杜成解开安全带,手脚并用爬到后座上,伸手去开后车门。车门虽然打开了,但仅仅是一条缝隙而已。马健选择的撞击部位非常准确,使本田CRV的车头顶在了前后车门之间。杜成想打开车门脱身绝无可能。

"操!"

杜成大怒。他仰倒在后座上,抬起双脚,向后侧车窗狠狠地踹去。

刚一冲进大厦,魏炯就被脚下的瓦砾绊倒了。他狼狈不堪地爬起来,感到膝盖和手肘都在钻心地疼痛。他顾不得查看伤势,草草观察了一下周围的环境后,就沿着水泥阶梯向楼上跑去。

二层没有人。三层没有人。

魏炯跑得气喘如牛。然而,在他四周毫无声响,也看不到半个人影。难道自己找错了地方,抑或岳筱慧已经被害了?

四层同样没有人。

他再也跑不动了,弯下腰,手扶着膝盖,剧烈地喘息着。经过一晚的奔波,加之精神高度紧张,魏炯的体力已经被彻底透支。他环视着周围,借助楼外街灯的微弱光线,只能分辨出空旷的大厅和那些黑洞洞的门口。

你在哪儿?

待气息稍稍平和之后,耳边的声响也清晰起来。忽然,他听到头顶传来微弱的厮打和呼救声。魏炯一下子屏住呼吸,整个身体也微微颤抖起来。

是岳筱慧的声音。

他的身上顿时来了力气,拔腿就向楼上跑去。

她在。

她还活着。

第三十章 觉醒　　395

跑过缓台的时候，魏炯的余光瞥到墙角处的一根钢筋，随手操起来。没想到一拉之下，手上感到十分沉重，再一看，钢筋的另一头还带着一块水泥。他无心再去寻找更称手的武器，拖着这根钢筋向楼上跑去。

女孩的拼死挣扎让林国栋感到些许意外。原以为自己可以随意玩弄这个被吓坏的女孩，然而，他现在不得不想尽办法制服她。实际上，林国栋并不习惯用刀子，他曾经只用它来切割那些死去的女人的身体。所以，在两个人的撕扯中，女孩的身体被多处划伤，黏腻的血沾在林国栋手上、脸上，让他越来越焦躁。

狂怒之下，杀心顿起。林国栋的手触到了女孩的长发，随即就牢牢挽住，用力向下拽去。女孩的头被拽得偏向一旁，露出了白皙颀长的脖子。

好吧，即使鲜血喷涌，这也是一具有吸引力的躯体，完全可以满足自己。

林国栋举起刀。

突然，耳边传来一声怒吼，遥远却清晰。

"住手！"

林国栋的手停在半空，下意识地扭过头，向楼梯口望去。然而，那里并无人影，只能听到沉重的脚步声和"扑通、扑通"的有规律的撞击声。

林国栋和女孩都愣住了。

几秒钟后，一个瘦弱的身影出现在7楼的入口。在微弱的光线下，能看出他是个20岁出头的男孩，半佝偻着身体，手里还拖着一根钢筋。

"林国栋，"男孩的声音夹杂着剧烈的喘息，断断续续的，"你，你放开她！"

男孩向前一步，手中的钢筋拖在地上，钢筋一头包裹的水泥块和地面发出沙沙的摩擦声。

"放开她！"

林国栋突然觉得疑惑：他怎么知道我的名字？

男孩又走近一步,他的轮廓也越发清晰。满是汗水和雨水的脸上,一双燃烧着愤怒和警惕的眼睛闪闪发亮。

"魏炯,"女孩又挣扎起来,带着哭腔向他呼救,"快救救我!"

男孩咬咬牙,试图举起钢筋,然而,硕大的水泥块只是离开地面几厘米,又重重地落下。筋疲力尽的男孩再次尝试的时候,突然听到身后传来了急促的脚步声。同时,一只手推开了他。

一个更为高大的人影出现在魏炯的身边。魏炯以为是杜成赶到了,可是,抬头望去,却是一张陌生男子的脸。

花白头发。皱纹横生的方正脸庞。男子的嘴角紧抿,双眼死死地盯着林国栋,嘴里命令着魏炯:"走开!"

突如其来的对峙局面让林国栋方寸大乱。他本能地拽住女孩,把刀尖抵在她的脖子上,慢慢向后退去。

"别过来,否则我杀了她。"

魏炯顿时急了。他已经适应了大厅里的昏暗光线,同时也发现了岳筱慧身上的斑斑血迹。

"你别胡来,放开她!"

男子的视线从林国栋身上转移到女孩的脖子上,在已经刺入皮肤的刀尖上停留了几秒,突然笑了笑。

"你这孩子,胆子还挺大的。"

他向前一步,站到光线相对明亮的地方。林国栋看清了他的脸,忽然发现,这个男人似曾相识。

"你还有什么可说的,嗯?"男子半抬起手,又用力向下一甩,一根伸缩警棍出现在他手里,"林国栋。"

话音未落,男子已经扑了上去,警棍高高扬起。

"你别过来,我……"林国栋大惊,手上再用力,刀尖刺入女孩的脖子。可是男子对他的威胁和女孩的痛叫完全不为所动,眨眼间,已经冲到

第三十章 觉醒　　　　397

了林国栋面前。

还没等他反应过来,警棍已经划破空气,呼啸着劈了下来。林国栋下意识地闪躲,警棍狠狠地砸在他的肩膀上。

在一阵剧痛中,林国栋突然意识到自己陷入了一个圈套,女孩并不是偶尔遇到的猎物,而是一个诱饵,即将被捕食的,就是自己。而且,他认出那个男子正是当年侦办许明良案的警察之一。那么,他的目的根本就不是救出这个女孩,而是置自己于死地。

电光石火的瞬间,警棍再次劈头砸来。

林国栋竭力躲在女孩的身后,连连后退。男子似乎完全不顾忌是否会误伤到女孩,仍然找准各种角度猛击林国栋的头部。在女孩的尖叫和身上接连不断传来的巨大痛楚中,林国栋心中的恐惧感越来越强烈。

血已经从头上流下来,糊住了他的一只眼睛。闪躲间,林国栋的另一只眼睛忽然感到了明亮的光线,同时,冷风一阵阵吹在脸上。

他们已经缠斗到了窗边。

顿时,深刻的绝望激发了求生的本能。女孩已经起不到任何掩体的作用,相反是个累赘。既然你想让我死,索性大家就一起死。你有警棍,我有尖刀。就算死,也要拉个垫背的。

林国栋大吼一声,在女孩的肩膀上猛推一把。女孩的身体立时失去了平衡,踉跄了一下之后,右脚绊在窗边不足20厘米高的水泥台上,整个人向窗外的夜空中危险地倾斜过去。

刹那间,在场的每一个人似乎都被定格了一般。

男子的手举在半空,通体乌黑的警棍蓄势待发。他的头扭向窗外,双眼圆睁,嘴巴大张。

魏炯一脸惊恐,上身前倾,双腿紧绷,右手向前伸出。

女孩半仰着头,长发在夜色的幕布上纷乱飞舞。她的双手在眼前徒劳地抓扯着,似乎想拽住什么东西。因为她知道,在她身后,就是巨大的虚空和二十几米的高度。

时间恢复了流动。

女孩只来得及发出一声尖叫,就从窗口摔了出去。

男子的大脑中一片空白,似乎全身的血液都集中在双腿上,他扔掉警棍,转身扑向窗口。

女孩的长发已经消失在窗口,眼前只剩下一只在挥舞的手。男子脚下用力猛蹬,整个人横着飞过去。同时,他的右手竭力伸向那只手。

在捏到手腕的那一刻,男子本能地合拢五指,牢牢地抓住了那只纤细的手。随即,他就感到胸口传来强烈的痛感——他的上身狠狠地撞在了窗口的水泥台上。

一抓到手,男子也扑倒在窗边。他迅速张开双腿,拼力用鞋尖钩住粗糙的水泥地面。尽管如此,他仍然被拖出了半米左右的距离,整个上半身都趴伏在水泥台上。

但是,他抓住了那个坠楼的女孩。

所有的动作都发生在一瞬间。魏炯却不知道岳筱慧是否已经摔了下去。他竭尽全力向窗口跑去,眼前只有那个趴在地上的男人和窗外被街灯点缀的夜空。突然,视线中出现了一片飞舞的黑影。随即,他就感到额角遭到重重一击。

在木板碎裂的声音和猛然袭来的眩晕中,魏炯仰面摔倒,嘴里充满了咸腥味道。

抛掷木凳的动作似乎消耗了林国栋的全部气力。他弯下腰,喘了几口粗气,直起身,嘿嘿地笑起来。

他本来想和对方决一死战。没想到的是,这个愚蠢的警察竟然先跑去救那个坠楼的女孩。现在,他和女孩都在窗口动弹不得,那个男孩也被砸倒在地,局面已经在林国栋控制之下了。接下来,只要挨个解决掉他们就好。

满脸是血的林国栋握紧尖刀,一步步向趴伏在窗口的男子走去。在被

第三十章 觉醒

血糊住的那只眼睛里，寒光毕现。

林国栋的笑声和身后沙沙的脚步声让男子回过神来。他很清楚自己的全身都暴露在对方的刀子之下。但是他什么都做不了，任何动作都可能导致自己和女孩都摔下楼去。

时间紧迫，选择却只有两个：其一，尽快把女孩拉上来，一旦她安全，自己对付林国栋绰绰有余；其二，悬吊在半空中的女孩摇摇欲坠。求生的本能让她拼命地向上拉扯着男子的衣袖。她不敢向下看，更不敢想象那二十几米下的地面有多么坚硬。

她的右手腕被男子牢牢抓住。女孩的双腿在空中踢打、扭动着，同时竭力把左手也伸过去，试图让自己更加安全。

在她的上方，能看到男子探出的半个身子和涨得通红的脸。男子把左手也伸下来，想去抓住女孩的手。然而，双方的手指碰到了几次，却始终无法紧握。

突然，一直在空中扭动的女孩停下了。她的双眼圆睁，直勾勾地盯着男子的斜后方。

"快，快点儿，"女孩又挣扎起来，"他、他在你身后。"

"闭嘴。"男子心知不妙，脸色已经憋成了猪肝色，左手仍然竭力去抓女孩的手。

女孩已经恐惧到无以复加，她眼睁睁地看着林国栋站在窗口，居高临下地审视着还在努力的男子，高高地挥起了手中的尖刀。

一道炫目的寒光之后，男子的身体忽然向下一顿。随即，他的眼睛就睁大了，脸上的肌肉剧烈地颤抖起来。

"放手啊，"女孩终于喊出了声，"你快放手！"

那是第二个选择。但是，他不能。

男子直直地看着女孩，面庞已经开始扭曲。他挪动左手，移到女孩的右手腕上，死死地握住。

400

又是一道寒光。

刀尖刺到骨骼的碎裂声响在夜空中分外清晰。林国栋看看只刺入半截的刀子，似乎对自己很不满。他试图拔出刀子，然而，被碎骨卡住的刀子却难以撼动。他想了想，用双手按住刀柄，用力向下压去。

每压动一次，男子的身体就会颤抖一下。他保持着原来的姿势，用双手把女孩的手腕牢牢地固定在窗口。只是，他的脸色变得越来越白。

女孩被悬吊在空中。她已经无力挣扎，只是怔怔地看着男人逐渐空洞的双眼。忽然，几滴湿热又黏稠的液体落在她的脸上。同时，她看到大股鲜血从男人身下涌出，沿着他的胸部和水泥台之间的缝隙流淌下来。

"放手啊，你快放手啊。"女孩哭出了声，无力地摇动着那双如铁钳般的大手，"你不要死，放手啊！"

男子已经不能思考，他看着女孩哭泣的脸，脑海中只剩下一个念头：你，不能摔下去。

然而，他的呼吸已经越来越微弱，意识也随着不断喷涌而出的鲜血逐渐离自己远去。他把剩余不多的力气都集中在双手上，同时，鼓起最后一股气息，大喊一声："成子！"

已经爬到4楼的杜成浑身一震，他抬眼看了看楼上，脸色变得惨白。随即，他就拔腿向上跑去。

魏炯勉强睁开眼睛，面前的一切还在旋转着。几秒钟后，视线重新聚焦，窗口的情景让他的瞳孔瞬间就缩小了。

男子仍然趴伏在窗边，一动不动。林国栋半跪在他身旁，双手按住刀柄，正试图把刀子全插入男子的后背里。

同时，岳筱慧模糊不清的哭喊声也在冷风中传来。

"啊！"魏炯发出一声又惊又惧的喊叫。他爬起来，顺手操起一块木板，向林国栋猛扑过去。

喊叫声惊动了林国栋。他扭过头，迅速站起身来。魏炯已经冲到了眼前，用尽力气挥起木板向他头上打去。林国栋急忙闪身躲过。魏炯一击不中，整个人失去了平衡。林国栋瞅准机会，在他的后腰上狠狠地踹了一脚。

魏炯狼狈不堪地摔倒在地上，嘴角顿时血流不止。他刚刚翻过身来，脸上又被林国栋踢中。

"想害我？"林国栋歇斯底里地吼道，"你们休想！"

满身鲜血和尘土的他状如恶魔，双眼中闪烁着疯狂的杀意。他四下扫视一圈，拎起那条钢筋，用钢筋上的水泥块对准正在奋力爬起的魏炯的头部，高高地举起来。

"林国栋！"

又一声怒喝在楼梯口响起。林国栋颤抖了一下，循声望去，看见一个男子正从黑暗中向自己快速冲来。

"他妈的！"眼见又有人来支援，林国栋已经无心恋战。他抡起钢筋扔向男子，随即转身向另一侧楼梯口跑去。

杜成闪身躲过飞来的钢筋，抬脚向林国栋追过去。刚跑出几步，就听到地上的一个人影向他喊道："别追了，先，先救人！"

杜成这才注意到在地上跪爬的魏炯。后者满头满脸都是血迹和灰尘，魏炯指指窗口，声音已经完全嘶哑："快，他，他和岳筱慧。"

这时，杜成看到了趴伏在窗边、纹丝不动的马健。

以及他后背上那把几乎没柄而入的尖刀。

尽管有两人合力，杜成和魏炯仍然花费了不少力气才把岳筱慧拖上来。女孩一脱险，却没有立刻查看自己的伤势，而是扑到马健身边，哭喊着连连摇动他的身体。

马健已经面无血色，嘴唇灰白。然而，他的双手依旧牢牢地钳在岳筱慧的手腕上。

杜成横抱着马健，触手之处，都是已经浸透衣服的鲜血。他转头对魏炯吼道："打120，快！"

魏炯应声而做。杜成又面向岳筱慧："这他妈到底怎么回事？"

女孩已经哭得说不出话来。她跪在地上，左手掩面，右手还被马健紧紧地握着。

杜成咬咬牙，拍拍马健的脸："马健，马健，快醒醒！"

马健的头随着他的拍打无力地摇晃着。几秒钟后，他的眼睛缓缓睁开，直直地看着杜成，似乎在分辨对方是谁。

"成子，"马健的表情放松下来，"你他妈总算来了。"

"我来了。"杜成急忙答应，"你放心，大家都没事。"

马健慢慢转动头部，最后把视线投向不停哭泣的岳筱慧。

始终紧握的双手一下子松开了。

"没事就好。"他的声音非常微弱，"没事就好。"

杜成感到马健的身体越来越沉重。同时，他的体温正在急速降低。强烈的恐惧感袭上心头，杜成只能紧紧地抱着马健，嘴里胡乱地安慰着他。

"你不会出事的，肯定不会的，救护车马上就来了。"

马健轻轻地笑了笑："这次恐怕他妈的不成了……"

话音未落，他就剧烈地咳嗽起来。密集的血点喷射在杜成的身上、脸上。他没有擦拭，也没有查看，手上更加用力，抱着马健越来越凉的身体，无助地看着窗外愈加深沉的夜色。

"我啊，真他妈蠢，我原本是打算……"马健止住了咳嗽，他缓缓抬起一只手，揪住杜成的衣领，"其实，我过后想了想，即使那天晚上我去了林国栋的家，我也不会让那女孩死，你相信吗？"

杜成低下头，视线中的马健一片模糊。他点点头："相信。"

"嘿嘿。"马健笑笑，松开揪住他衣领的手，拍了拍杜成的肩膀，"谢了，老伙计。"

那只手，无力地垂落。

此刻，楼下已经开始闪烁红蓝相间的警灯。急促的脚步声在这座大厦

第三十章　觉醒　　403

里响起。很快,张震梁带着大批警察冲进了位于7楼的大厅。在一片呼喊声、下达命令的声音和不断摇曳的手电光中,杜成一动不动地坐在地上,对周围的一切视而不见,听而不闻。

他只是抱着老友已经开始僵硬的身体,静静地注视着今年春季的第一场大雨。

第三十一章
两个人的秘密

3月29日晚10时许,在铁东区松山路1178号维景大厦在建7楼发生一起故意杀人案。C市师范大学法学院大三学生岳筱慧在晚归时被人尾随并劫持至维景大厦7楼。犯罪嫌疑人意图强奸杀害岳筱慧。途经此地的C市公安局铁东分局前副局长马健察觉到情况异常,前往解救。厮打中,马健为救回被推下楼的被害人,不幸牺牲。经查,马健身中两刀,致命一刀刺破左心室,导致出血性休克死亡。犯罪嫌疑人林国栋在逃,对他的抓捕工作正在进行中。

张震梁举着手机,脚步匆匆地穿过走廊,不停地对话筒里下达着命令。

"小旅店、网吧、洗浴中心,给我细细地搜一遍。所有能发动的力量都发动起来!"他几乎吼起来,"火车站、长途汽车站、高速公路都布上控,把那王八蛋给我牢牢摁死在本市!"

挂断电话,张震梁也走到了办公室门口。他稍稍犹豫了一下,推门进去。

室内光线昏暗,烟雾缭绕。除了杜成之外,办公室内空无一人。张震梁轻轻地走到杜成身边,拉过一把椅子坐下。

杜成听到他的脚步声，却没有回头，依旧面对着电脑显示器，目不转睛地看着一段视频。

那是从岳筱慧的手机里调取出来的录像，完整地记录了当晚发生的一切。

他的左手扶在下巴上，右手夹着一根燃了半截的烟，定定地看着被翻转了90度的画面：林国栋半伏在马健的后背上，双手按住刀柄，一下下按压着。

马健的双腿抽搐。

电脑的音箱里，女孩不停地呼喊着："放手啊，快放手啊！"

张震梁抬手拿起鼠标，关掉了视频画面。

杜成依旧怔怔地看着显示器。良久，他低下头，以手扶额，脸颊藏在臂弯里，全身在微微地颤抖着。

张震梁起身倒了一杯热水，又从杜成的挎包里翻出药瓶，摆在他的面前。

"通缉令已经发出去了，该布控的地方都安排好了。除非林国栋长了翅膀，否则他出不了本市。"

杜成没有作声。

"现场勘查那边有个问题，你和马健的车撞在了一起，而且损坏严重。"张震梁稍稍停顿一下，"照实说。"

杜成抬起头，又点燃一支烟，吸了几口，慢慢说道："我和老马都急着救人。下了雨，路面湿滑，就撞一起了。"

"行，我一会儿去回复他们。"

"对林国栋家的搜查令下来没有？"

"下来了。"张震梁看看手表，"估计这会儿已经出发了。"

杜成摁熄烟头，站起身来："走吧。"

绿竹苑小区22栋4单元楼下停了几辆警车。周围站着十几个居民，对着

501室的窗口指指点点。

杜成在单元门口的水泥台阶上站了一会儿,转身上楼。张震梁一言不发地跟在他身后。

501室门口已经拉起了警戒带。杜成弯腰进入,看见技术队的老张已经开始整理勘查箱。

"利民,完事了?"

"是啊。"张利民指指卧室,"不就是个例行搜查吗?"

杜成站在客厅中央,环视这套两室一厅的房子。随即,他走到沙发旁边,观察样式和布料,大致推断出它的摆放时间后,杜成站起身,把目光投向卫生间。

浴缸成为首先吸引他注意力的物件。杜成在卫生间里看了一圈,向门外喊道:"利民,过来。"

张利民应声而至。杜成指指浴缸和墙壁:"这里,重新勘验。"

"哦?"张利民收起了正要点火的烟,一脸惊讶,"查什么?"

"重点是血迹。"杜成踩踩地面,"瓷砖也要查,每条缝都不要放过。"

张利民更加疑惑,不过,他看看杜成严肃的表情,没有追问,挥手叫同事进来干活。

"谢了,利民。"杜成拍拍他的肩膀,"有发现马上告诉我。"

他走出卫生间,继续在室内细细地打量着。张震梁正在门口打电话,见他出来,收起手机走过来。

"马局家的嫂子来局里了。"张震梁看着杜成,"骆少华也来了。"

杜成迈出电梯,直奔副局长办公室而去。刚走出几步,就听到身后有人叫他。杜成回过头,看见张海生推着纪乾坤,正向自己走来。

"你怎么来了?"

"我今早看新闻,看到了通缉令。"纪乾坤坐在轮椅上,仰面看着杜

第三十一章 两个人的秘密

成,"林国栋干什么了？他劫持的那个大三的女孩是谁，是不是岳筱慧？"

杜成看看张海生。后者识趣地走到几米开外，靠着墙壁吸烟。

"林国栋，"杜成斟酌着词句，"他杀了一个警察。昨晚，他劫持的人的确是岳筱慧。这孩子在身上搽了'蝴蝶夫人'，想引林国栋下手，然后抓他个现行。"

"她现在怎么样了？"纪乾坤的脸色顿时变得灰白，双手紧紧地抓住轮椅扶手，似乎想要站起来，"我给她打电话，这孩子始终没接。"

"她没事，皮外伤，在公安医院。"

纪乾坤的表情略略放松。他转动轮椅，同时招呼着张海生："快，带我去公安医院。"

"你什么都别做。林国栋仍然在逃，但抓到他只是时间的问题。"杜成急忙嘱咐道，神色却暗淡下来，"他杀了我的同事，现场有视频证据，这次他跑不掉的。"

纪乾坤转身的动作一下子停下来。他低着头，想了想，面向杜成。

"你的意思是，他受指控的罪名，是杀了那个警察？"

杜成有些莫名其妙："当然。"

"不是因为杀害我妻子和那些女人？"

"这没什么分别。"杜成一愣，随即就意识到纪乾坤的意图，"林国栋面临死刑的可能性很大。"

"也就是说，当他被送上法庭的时候，提都不会提我妻子的名字？"

"你听我说，"杜成再也按捺不住，"我们现在可以合法地搜查林国栋的家。但是二十多年前的证据，能否还保留下来，我也没法保证。"

"法庭只会关注一个警察被杀，对林国栋23年前干了什么不闻不问？"

"被杀的是我的同事，我的朋友！"杜成咆哮起来，他向前一步，抓住轮椅的把手，双眼直视着纪乾坤，"我不管你怎么想，这件事马上就要结束了。你给我老老实实地待着，我会让你看到林国栋伏法的那一天。"

"对你来讲结束了。"纪乾坤毫不退缩地回望着杜成,"对我而言,没有。"

说罢,他就转过身,摇动轮椅向张海生走去。

杜成看着他们消失在电梯间,心中憋闷,却又无可奈何。他咬咬牙,转身向副局长办公室走去。

段洪庆在办公室里,正陪着一个哭泣的老妇坐在沙发上,不住地安慰着她。沙发的另一侧坐着骆少华。他半仰着头,后脑顶在墙壁上,双眼紧闭,脸上涕泪横流。

见杜成进门,老妇挣扎着站起来,一把揪住杜成的衣袖。

"成子,成子,"老妇的声音既像哀恸,又像恳求,"这到底是怎么回事啊,老马好好的一个人,怎么说没就没了?"

"嫂子,你千万节哀。"杜成扶着老妇坐下,"老马是去救人,他至死也没忘了自己是个警察。"

"我以为他退休之后,就不用整天担惊受怕了,"老妇又痛哭起来,"这老东西,逞什么能啊。"

老妇的哭声在寂静的办公室里回荡着。杜成坐在她身边,紧紧地握着那双皱纹横生的手,心中的悲苦无以复加。段洪庆低着头,靠坐在办公桌上,一言不发。骆少华还保持着刚才的姿势,纹丝不动,泪水不停地在他脸上流淌着。

良久,老妇的哭声渐止。她擦擦眼睛,长长地呼出一口气:"老马在哪儿?我要去看看他。"

"嫂子,你还是别去了。"段洪庆面露难色,"保重自己的身体要紧。"

"不行。"老妇斩钉截铁地拒绝。随即,声音又哽咽起来,"我不能让他一个人孤零零的。"

段洪庆看看杜成,后者轻轻地点了点头。

第三十一章 两个人的秘密

他按下桌上的呼叫器,让秘书送老妇去殡仪馆。

老妇离开之后,办公室再次恢复了死一般的寂静。段洪庆在办公桌后枯坐半响,起身给杜成和骆少华各倒了一杯水。随后,他拉过一把椅子,坐在沙发对面,目光在两人的脸上来回扫视着。

"成子,说说吧。昨天晚上到底是怎么回事,马健为什么会在现场?"

"大家心里都清楚。"杜成哼了一声,向骆少华努努嘴,"他更清楚。"

段洪庆扫了骆少华一眼。后者终于有所动作,弯腰,低头,双手插在头发里,发出一声叹息。

"马健为什么知道我会去维景大厦?"杜成死死地盯着他,"你通风报信了?"

"他根本用不着我通风报信。"骆少华的脑袋抵在膝盖上,声音含混不清,"你在局里有你的人,他也有他的嫡系。"

骆少华抬起头:"你的一举一动,都在他的掌控之下。"

"你为什么没去?"

骆少华扭过头,闭上了眼睛。

"你为什么没去?"杜成站起来,牙关紧咬。段洪庆急忙拉住他,却被他一把推开。

杜成在骆少华面前站定,居高临下地看着他。

"说话!"

话音未落,杜成挥起手,狠狠地打在骆少华的头上。

段洪庆上身前倾,似乎想出手阻止。然而,他立刻收敛了动作,默默地看着杜成。

骆少华的头被打得偏向一旁。他扭过头,刚刚面对杜成,脸上又挨了重重一记耳光。

"该死的是你,"杜成目眦欲裂,指向骆少华的手不断地颤抖着,"该被捅死的人是你,"

骆少华怔怔地回望着他，嘴角流淌出鲜血，脸上惨然一笑："是啊，都是我的错。"

"当初你把证据交出来，这一切都不会发生。"杜成摊开手掌，"老马已经死了。如果你继续隐瞒下去，他就死不瞑目。"

骆少华移开视线，轻轻吐出一个字："不。"

"我操你妈！"杜成大怒，挥拳再打，"为什么？"

段洪庆再也无法忍耐，拦腰抱住了杜成。

骆少华面无表情看着不断撕扯的两人，一字一顿地说道："就像你说的，老马已经死了，我不能再让他蒙受任何污点。"

"你他妈放屁！"杜成拼命挣扎着，"老马是为了救人，他至死都是个警察！你呢？你他妈就是一个不负责任的缩头乌龟王八蛋！"

骆少华愣住了。良久，他缓缓地站起身来，对段洪庆说道："段局，无论如何，一定要尽快抓住林国栋。如果他拒捕，就击毙他。"

说罢，他又面向几欲冲自己扑来的杜成："我犯下的错，我自己承担。"

随即，他就摇晃着走到门旁，拉开门出去了。

段洪庆推开仍在挣扎的杜成，叉着腰站在办公桌旁喘着粗气。少时，他操起电话，飞快地按动着号码。

"通知全局，把手头的工作都给我放下，集中全部警力抓捕林国栋。"

挂断电话后，他指指杜成："你负责带队。"

段洪庆看着杜成灰白、肿胀的脸，咬咬牙："我不管你还能活几天，你他妈就是撑，也得给我撑到林国栋归案的那一天。"

魏炯推开病房的门，却发现岳筱慧的病床上空无一人。他看看还剩余一半药液的输液瓶和悬在半空的针头，转身去了护士站。

值班护士也不知道岳筱慧的去向。魏炯掏出手机，拨打岳筱慧的电话号码，铃声响了很久，她却一直不肯接听。

魏炯无奈地挂断电话，准备逐层去找她。刚迈出几步，他无意中瞥见了墙上的禁烟启事，想了想，径直向医院外走去。

　　院子不大，魏炯很快就在花坛边的长凳上发现了岳筱慧。她只穿着病号服，抱膝坐在长凳上吸烟。魏炯叫了她一声，快步跑过去。岳筱慧循声望来，随即就面无表情地扭过头去。

　　魏炯跑到她身边，一把拽住她的胳膊："你疯了？穿得这么少，会感冒的。"

　　岳筱慧甩开他的手，依旧目视前方，又点燃了一支烟。

　　魏炯默默地站了一会儿，脱下羽绒服，披在她的身上。这一次，岳筱慧没有拒绝。只不过，她依旧不看他，目光散淡地盯着在门诊楼里进出的人群。

　　岳筱慧的长发扎成一个马尾，脖子上还敷着厚厚的纱布，在手臂上也能看出绷带缠绕的形状。魏炯上下打量着她，低声问道："你怎么样？"

　　良久，岳筱慧总算有了回应："没事，皮外伤。"

　　她抬起过头，端详着魏炯，最后把目光投向额角的纱布。

　　"你呢？"

　　"我也没事。"魏炯笑笑，"缝了三针。"

　　岳筱慧也咧咧嘴，露出一个非哭非笑的表情。随即，她就低下头，把前额抵在膝盖上。

　　"我睡不着，用了加倍的镇静剂也没用。"岳筱慧的声音低沉又模糊，仿佛从深深的地底传上来一般，"一闭上眼睛，就看见血，铺天盖地，像瀑布一样的血。"

　　魏炯在心底叹了口气，上前一步，揽住了岳筱慧的双肩。女孩颤抖了一下，本能地向后躲避。随即，她就顺从地把头靠在魏炯的怀里。几秒钟后，魏炯感到女孩彻底放松了身体，几乎是同时，呜呜的哭声从浓密的长发下传了出来。

"都怪我，都是我的错。"女孩的抽噎声断断续续。魏炯很快就感到自己的胸口湿热一片。他不知道该如何安慰岳筱慧，只能越来越紧地抱着她。

足足五分钟后，岳筱慧的哭声才渐渐停止。又过了一会儿，她从魏炯怀里抬起头来，轻轻地推开他。

"抱歉。"岳筱慧长长地呼出一口气，情绪有所平稳。她用袖子擦去眼角残留的泪水，指指魏炯的胸口，"把你的衣服弄湿了。"

"没关系。"魏炯抬手在衣服上胡乱擦擦，"你好好养伤，别乱想。"

"我没法不想。"岳筱慧的眼眶又红了，声音再度哽咽，"我太自以为是了。否则，那个警察也不会为了救我……"

"他叫马健。"

"嗯。"岳筱慧用力点点头，"我会记住他的。警察，马健。"

魏炯默默地看着她："筱慧。"

"嗯？"

"你为什么要那么做？"

"那还用说？"岳筱慧有些吃惊地扬起眉毛，"我想抓住林国栋。"

"我问的不是这个。"魏炯拿出手机，"你在发给我的视频里说，如果有机会，你会向我解释这么做的原因。"

岳筱慧看了他一眼，扭过头去，嘴角紧抿。

"你很清楚，这样做的风险极大，搞不好就会把自己的命都搭进去。"魏炯看着她，慢慢地说道，"你体贴老纪，心疼杜成，痛恨林国栋，这些我都能理解。但是，这些都不足以让你甘愿去冒生命危险。更何况，你还有心愿未了。"

魏炯犹豫了一下："你还没找到杀死你妈妈的凶手。"

岳筱慧还是不说话，嘴唇却开始颤抖。

"所以，我需要你给我一个解释。"魏炯弯下腰，直视着岳筱慧的眼

第三十一章　两个人的秘密　　413

睛,"你为什么要那么做?"

良久,岳筱慧低声说道:"我可以解释给你听,但不是现在。"

说罢,她就站起身,脱掉羽绒服,递还给魏炯:"我得回去了。"

刚走出几步,女孩又转过身来,上下打量着魏炯,表情复杂。

"你知道吗,"岳筱慧笑笑,"你和过去不太一样了。"

魏炯也笑笑:"也许是吧。"

女孩歪歪头,若有所思。最后,她冲魏炯摆摆手,转身向住院部大楼走去。

魏炯拎着羽绒服,目送女孩消失在住院部门口。随即,他坐在长椅上,伸直双腿,盯着自己的鞋尖出神。

我变了吗?

是的。这几个月来,我见过最黑暗的罪恶,最强烈的情感,最凶残的罪犯,最勇敢的警察。

岳筱慧也变了,因为她有了自己的秘密。

其实,我也有。

第三十二章

替身

到处都是他。

超市的门上,墙壁上,火车站的售票处,路灯杆上,银行门口,地铁站。

林国栋阴沉的目光扫视着这座城市。

杜成收回视线,把头靠在车窗上。正在开车的张震梁看看他,把杯架里的保温杯递过去。

"师父,先把药吃了。"张震梁重新面对前方,"睡会儿吧,从前天到现在,你基本没合眼。"

"没事。"杜成和水吞下药片,"你再快点儿。"

张震梁"嗯"了一声,脚下用力踩着油门。

绿竹苑小区22栋楼4单元501室。

张利民戴着头套和脚套,口罩拉在脖子上,正背靠着墙壁抽烟。看见杜成三步并作两步地爬上楼来,他皱了皱眉头,掐灭了手里的烟。

"你这身体,在局里等我电话就好了。"张利民重新戴上手套,"有那么急吗?"

"有。"杜成绕过他,径直向501室内走去。通道踏板从入户门延伸至卫生间。杜成小心地踩着踏板,看见几个技术人员还在地面上忙活着。

"情况怎么样?"

"第四遍了。"张利民的声音疲惫,"有鲁米诺反应,但多数是灰尘,不太好辨认。"

他指指地面:"按你说的,每条瓷砖缝我都看了。你要找的血迹,是多久之前的?"

杜成看看他:"23年前。"

"你到底在查什么案子啊?老马不是前天出的事吗?"张利民瞪大了眼睛,"就算能找到,血迹被污染的可能性很大,DNA能不能验出来也不好说啊。"

杜成的脸色阴沉。他拍了拍张利民的肩膀,说了句"辛苦了",就回到客厅,环视室内。

纪乾坤心有不甘,其实,杜成也是。林国栋将为杀死马健承担刑事责任,固然是他罪有应得。然而,如果23年前的连环命案就此不明不白地结束,杜成同样觉得难以释怀。之前没有对林国栋采取强制措施,就是因为取得证据的可能性极其渺茫。现在虽然可以合法地对他家进行搜查,却依旧困难重重。

杜成的目光依次扫过沙发、五斗柜、餐桌和电视架。林国栋强奸、杀人的现场肯定在这里。其中作为分尸现场的卫生间里最有可能还存有物证。然而,现场勘查的结果不容乐观。那么,还能从哪里找到蛛丝马迹呢?

房间里的大部分家具、物品都更换过,完全没有勘查价值。即使是那些使用至今的,经过多年擦洗,也几乎不可能还有证据留下来。

杜成眉头紧锁,踩上另一块踏板。陈旧的地板不堪重负,发出吱呀的声音。杜成心里一动,向脚下看去。

棕黄色的水曲柳地板,表面陈旧,油漆斑驳,接缝处多已裂开。他又把视线投向卧室，从他的角度，恰好能看到墙角处摆放的单人床。木床的样式老旧，床单和卧具相对新一些。杜成想了想，挥手招呼身后的张震梁："把通道打到卧室里。"

通道踏板很快铺设完毕。杜成走到床边，打开手电筒，伏低身子查看床底。床下地板的磨损程度要差一些，地板表面是厚厚的一层灰尘。杜成站起身来，示意同事们把床搬开。之后，他趴在床铺边缘，上半身探向地板，逐寸仔细查看着。

大团灰尘堆积在地板上，杜成屏住呼吸，挨个查看过去，生怕自己的气息会把灰尘吹跑。渐渐地，他的额头上沁出了细密的汗水，脸色也憋得通红。忽然，他的眼睛一下子睁大了，把脸更近地贴向地板。

随即，杜成向身后伸出手："镊子。"

张震梁急忙从勘查箱里抽出一把镊子递过去。杜成反手接过，眼睛始终死死地盯着墙角的地板缝隙。

他把镊子伸向地板，小心地选取着角度，最终，从地板缝里夹出了一样东西。

杜成在床铺上慢慢起身，手中的镊子始终举在半空。每个人的注意力都在镊子尖上，一时间，室内鸦雀无声。

看上去，那只是一团灰尘。但是，如果仔细分辨的话，能看到其中夹杂着几根长短不一的毛发。

魏炯绕过几个在走廊里蹒跚独行的老人，径直走向纪乾坤的房间。和平时不同，房门不是虚掩，而是紧闭。魏炯试着推了一下，门从里面锁住了。

几乎是同时，一阵慌乱的声响从室内传出，随即，老纪的声音响起来："谁啊？"

魏炯心下纳闷，应道："是我，魏炯。"

门的另一侧暂时安静下来,隐约能听到有人在窃窃私语。片刻,房门打开,张海生探出了半个脑袋。

"老纪不太舒服,刚吃了药,准备睡觉,你改天再来吧。"

"哦?"魏炯皱起眉头,"他怎么了?"

"感冒。"张海生的语气和表情都颇不耐烦,"你走吧。"

说罢,他就缩回去,关上了房门。

张海生锁好房门,转过身,看到纪乾坤扎好一个塑料袋,随手扔在脚下,顿时大惊失色。

"你他妈轻点儿行吗?"张海生紧靠在门板上,似乎随时准备夺路而逃,"我他妈还要命呢。"

纪乾坤笑了笑。在他面前的小木桌上,摆满了塑料袋、导管和电线之类的物品。他拿着一张纸,仔细地清点着这些物品。核对完毕,他抬起头,发现张海生还站在门旁。

"你怎么还不走?"

"老纪,你究竟打算害我到什么时候?"张海生仍是一脸恐惧地看着小木桌,"就算你不告发我,我他妈早晚也得进去。"

"害你?我给你钱了。"纪乾坤向后靠坐在轮椅上,双手交叉,意味深长地看着张海生,"你别急,就快了。再说,你应该能猜出我要干什么。到时候,你不说,我不说,死无对证,谁拿你都没办法。"

"死无对证"这四个字并没有让张海生有半点儿哀伤的表情,相反却有些如释重负。他站在原地,想了想。"那我走了。"

纪乾坤正在拆一卷电线,头也不抬地"嗯"了一声。

"那个,交通费和餐费……"

纪乾坤从衣袋里抽出300块钱扔过去:"三天的费用,先用着。"

张海生捡起钱,塞进衣袋里,转身去拉门,听到纪乾坤又叫住他。

"你听好,"纪乾坤摘下眼镜,目光灼灼,"他只要出门,穿着打扮，服饰神态，随身物品，都要向我汇报。听懂了吗？"

张海生突然感到莫名的心慌。他胡乱点点头，匆匆拉开房门，走了出去。

魏炯走到养老院的院子里，回头看看纪乾坤房间的窗户，厚布窗帘紧紧地合拢，完全看不到室内的情况。他的表情显得很疑惑，摇摇头，向院门外走去。

刚走出铁门，魏炯就看到墙边倚靠着一个人，竟然是岳筱慧。

"你怎么来了？"魏炯吃惊地打量着她。岳筱慧脖子上的纱布还在，整个人看上去也很疲惫。

"我就知道你会在这里。"岳筱慧向小楼努努嘴，"见到老纪了？"

"没有。"魏炯摇摇头，"据说是病了，闭门不出。"

岳筱慧的脸上看不出表情，她走到铁门口，远远地看着纪乾坤房间的窗户，一言不发。

"你的伤还没好，跑出来干吗？"魏炯走近她，看到她的手背上清晰的针孔，"我送你回医院吧。"

岳筱慧忽然叹了口气，头也不回地走向路边，挥手拦下一辆出租车。

"跟我走。"

一路上，岳筱慧始终沉默不语。魏炯几次想发问，都没敢开口。女孩身上原有的那种坚固的东西，现在变得越来越硬，几乎像盔甲一般，不容击破。

半小时后，出租车停在一个居民小区外。岳筱慧付清车费，自顾自下车，向小区内走去。魏炯不明就里，只能紧紧地跟在她身后。

进入园区后，岳筱慧一路看着楼号，最后停在某栋楼下。随即，她环视四周，选定了对面的一栋居民楼，径直向前走去。

进入楼门，二人爬到二楼缓台处。岳筱慧踮起脚尖，透过窗户向对面看看，转身对魏炯说道："把窗台上的东西搬下去。"

魏炯照做，费力地把四个花盆和一袋玉米搬到地上。岳筱慧始终盯着对面那栋楼，神情专注。

魏炯擦擦汗，终于忍不住了。

"这是哪里？"

岳筱慧并不看他，只是向窗外扬扬下巴："五楼，骆少华的家。"

"嗯？"魏炯更加惊讶，"你怎么知道的？"

"很简单，先冒充报社记者，做退休警察人物专访，打电话给铁东分局，要到他家里的电话号码。再冒充快递员，说快递单上的地址不清楚，要到他家里的地址。接电话的是个老太太，估计是他媳妇。"岳筱慧笑笑，语气轻描淡写，"骆少华在2005年当选过本市十大杰出人民警察。网上有他的照片，错不了的。"

魏炯听得目瞪口呆，琢磨了半天，又想到一个问题。

"你为什么要跟踪他？"

"我要抓住林国栋。"岳筱慧转过头来，眼眶中已经盈满泪水，"我要为马健做点儿事。"

魏炯怔怔地看着她："我还是不明白。"

岳筱慧无奈地笑了笑。她低下头，旋即抬起，双眼紧盯着对面那栋楼。

"林国栋要想逃离本市，只能向一个人求助。这个人，就是骆少华。"

"对骆少华上手段？"张震梁弹烟灰的动作做了一半，"有必要吗？"

杜成看着他，点点头。

距离案发已经过去两天，林国栋依旧在逃。鉴于离开本市的各条交通要道都已经被警方布控，可以肯定的是，林国栋仍然躲在这个城市的某个角落里。对林国栋家的搜查结果表明，他的身份证、银行卡和存折都留在家里。那么，林国栋身上携带的现金应该不多。而且，没有身份证，他没法购买火车票、机票或者长途汽车票。一旦弹尽粮绝，他连生存下去都困难。

以林国栋的性格，即使到了山穷水尽的地步，也绝不会主动自首。他肯定会想尽一切办法去谋求逃离。他在本市没有亲人，就算出院后重新建立了一些社会关系，现在大街小巷都贴满了他的通缉令，同样不会有人帮他。

唯一能够给予他财物的，只有骆少华。

虽然两人互为死敌，但是骆少华始终有把柄握在林国栋的手里。谁是猫，谁是鼠，其实很难判定。林国栋一旦落网，难保他不会拼个鱼死网破，把骆少华当年徇私枉法的事情抖搂出来。因此，骆少华帮助林国栋出逃，就能各保平安。从现在的情况来看，林国栋已经撑不了多久。也许他很快就会联系骆少华，对其进行要挟，以求谋得财物继续潜逃。

"嗯，有道理。"张震梁转头面向高亮，"照做吧。"

高亮应声而动，起身走到门旁，刚拉开门，就和冲进来的段洪庆撞了个满怀。

"你小子没长眼睛啊？"段洪庆手里捏着一张纸，脸色焦急，"忙三火四地干吗去？"

"不是，我……"高亮一时间手足无措，最后指指杜成，"老杜让我去监控骆少华。"

"骆少华？监控他有个屁用。"段洪庆把那张纸拍在桌子上，"先查这个。"

杜成和张震梁凑过去看，发现那是一张城镇居民信息的打印件。

"宽城分局拿过来的案子。"段洪庆的声音中还带着微微的气喘，"昨天晚上，有人在宽城立交桥下被抢了钱包。被害人叫周复兴，根据他的描述，嫌疑人的特征和林国栋高度符合。"

高亮脱口而出："他在宽城区？"

"重点不是这个。"段洪庆瞪了高亮一眼，"钱包里有几百块钱现金，至于银行卡什么的都对林国栋没用。唯一有价值的，就是……"

他把手按在那张打印件上。

"身份证。"

金凤端着一杯热茶,在书房门上轻轻地敲了两下。室内没有回应。她叹了口气,推门而入。

书房里窗帘紧闭,光线昏暗,空气混浊。在台灯的照映下,大团烟气让骆少华显得影影绰绰。他坐在书桌前,左手扶额,右手夹着半截烟,面前是一本摊开的相册。

金凤把茶杯放在桌子上。骆少华扭过头去,脸上的湿迹反射出微微的光。金凤默默地看着哭泣的老伴,伸手揽住他的肩膀。

一连几天他都是这个样子,不停地翻看着一些老物件。第一次授衔时佩戴的警衔、已经作废的警官证、手铐的钥匙、皮质枪套、警用匕首以及一些旧照片。不停地抽烟,水米未进。

金凤抱着骆少华,看着相册里的一张照片。马健、杜成、骆少华并肩而立,身上是橄榄绿色的"八三式"制服。马健居中,双手分别搭在杜成和骆少华的肩膀上,咧开大嘴笑着。杜成的衬衫领子敞开,没戴警帽,正指着镜头说着什么。骆少华则是制服笔挺,腰板顺直,脸上还带着腼腆的笑。

另一张照片里,醉醺醺的骆少华穿着西装,胸前还戴着红花,头发里满是彩色纸屑。杜成站在他身后,将骆少华双手反剪,一脸坏笑。马健在骆少华身前,举着一瓶啤酒,捏住他的双颊,正往他嘴里灌着。背景里,金凤一身大红旗袍,捂着嘴看他们胡闹。

金凤的心里一软,这是他们结婚的那天。

当年那个身体壮硕、铁骨铮铮的小伙子,现在变成一个头发花白的老头,正倔强地扭着头,背对着妻子,无声地哭泣着。

金凤抱着他,一遍遍地在他头发上摩挲着。在她的怀里,骆少华全身僵硬,不住地颤抖。

良久，客厅里传来手机的铃声。金凤拍拍骆少华的肩膀，起身去客厅取手机。骆少华趁机擦擦眼睛，把脸擦干净。

金凤举着手机，把脸凑到屏幕前，一边往卧室走，一边小声读着来电号码。

"谁打的电话？"

"不知道，陌生号码。"金凤把不断鸣叫、振动的手机递给他。骆少华看着手机屏幕，盯着那个固定电话号码，想了想，按下了接听键。

"喂？"

听筒里无人回应，只能隐约听到车鸣、人声和有意压抑的呼吸。不用费心分辨，骆少华从那呼吸声就知道来电者是谁。

"林国栋，"骆少华垂下眼皮，"你在哪儿？"

足足半分钟后，轻轻的笑声从听筒里传来。

"你真行。"林国栋的声音粗哑，"见个面吧。"

骆少华紧紧地捏住电话，塑料外壳咯吱作响："好。"

"我需要钱。"

"多少？"

"你现在有多少？"

"两三万吧。"

"行，都带来，还有你的车。"林国栋顿了一下，语气突然变得诚恳，"这买卖你不吃亏。抓住我，对你一点儿好处都没有。我保证不再回来了，大家都好好过个晚年吧。"

骆少华沉默了几秒钟："在哪里见面？"

"兴华北街和大望路交会处的The One咖啡店。一小时后。"林国栋又笑了笑，"你一个人来，这不用我提醒吧？"

骆少华直接挂断了电话。他低头看着照片上马健的脸，突然感到前所未有的平静。

对周复兴的身份证的监控很快就有了结果。有人用这张身份证在金华大厦旁边的火车票代售点购买了一张4月2日15点36分开往辽宁省丹东市的火车票。通过调取该代售点安装的视频监控录像，4月1日9点23分在此处购买火车票的人为林国栋无疑。

"3·29杀人案"专案组立刻召开紧急会议，安排部署对林国栋的抓捕工作。首先，继续对网吧、洗浴中心、个体旅店等场所加强排查，特别是使用过周复兴身份证的地点；其次，与铁路公安分局密切配合，在进出站口、售票处、安检台、候车大厅等地安排警力；再次，派专人值守天网系统调度指挥中心，一旦发现林国栋的踪迹，立刻对其进行抓捕；最后，鉴于林国栋计划潜逃的目的地是位于中朝边境的丹东市，不排除他会偷渡出境的可能性。专案组立刻与边防及边检部门取得联系，提前准备应对措施。

老领导被害，分局的小伙子们个个摩拳擦掌，踊跃参战。唯独杜成始终一言不发，若有所思。

会议结束，各单位紧锣密鼓地行动起来。此时，距离林国栋登上那趟列车还有4个小时。

骆少华回到卧室，金凤一脸疑惑地跟着他，却被他关在了门外。

他在床边坐了几分钟，最后捏紧双拳在膝盖上敲了两下。随即，他俯身探向床底，拽出一个老式皮箱，打开来，掀起几件旧衣服后，从箱底抽出一个牛皮纸档案袋。

牛皮纸档案袋上的字迹已经模糊，边角有几处破损。骆少华打开档案袋，里面是一个用塑料袋包裹得严严实实的长方形物件。他耐心地一层层拆开，一块遮阳板和写有字迹的纸张露了出来。

骆少华把遮阳板拿在手里，反复端详着，视线停留在背面那个黑褐色的斑点上很久。随即，他从床头柜里拿出剪刀，沿着遮阳板的边缘，把背面的整块无纺布拆了下来。

最后,他站起身,在卧室里环视一圈,把无纺布和那张纸揣进牛皮纸档案袋里,走出了卧室。

穿好衣裤,戴上黑色毛线帽,骆少华倒空挎包,去书房拿了几本书,连同牛皮纸档案袋一起塞进挎包里。临走时,他从书桌上的老物件里找出一把警用匕首,揣进了衣兜。

金凤坐在客厅的沙发上,始终一言不发地看着骆少华的动作。最后看到他走到门厅,蹬上皮鞋,再也忍不住了。

"少华。"

骆少华听到她的呼唤,浑身一颤。然而,他没有停,继续慢慢地系好鞋带,背上挎包。抬手去开门的时候,他犹豫了一下,转身走向金凤。

金凤看着骆少华。他走到妻子面前,久久地凝望着她,最后伸出一只手抚上她的脸颊。

那只手皱纹横生,冰冷刺骨。

"我犯了一个错误,很大的错误。"骆少华柔声说道,声音中既有疲惫,也有决绝,"这个错误害死了老马。现在,我要去纠正这个错误。"

泪水从金凤的眼中涌出,她抓住骆少华的手,摇着头,无声地恳求着。

不要,不要去,不要离开我和这个家。

骆少华一动不动站在原地,目不转睛地看着从未如此美丽的妻子。多好的女人,多好的生活。可是……

金凤突然感到脸上的那只手飞快地抽离。再抬头时,只来得及看见骆少华的衣角在门口一闪而出。随着铁门关闭的轰响,骆少华已经来到走廊里,把那声撕心裂肺的呼喊也关在了身后。

飞奔下楼的时候,骆少华感到眼泪在脸上恣意流淌。在最后的时刻来临之前,他只能允许自己脆弱这么一小会儿。当他走出楼门的那一刻,泪水已经被擦干,通红的双眼中只有燃烧的恨意。

骆少华掏出打火机,从挎包里拿出那个牛皮纸档案袋,点燃了其中一

第三十二章 替身

角，扔进了甬路边的垃圾桶。

他要为马健复仇，同时，要把所有可能为马健带来污名的一切都消灭掉，包括那个牛皮纸档案袋里的证据。

还有那个人。

骆少华看看手表，下午1点10分，距离和林国栋见面的时间还有40分钟。

他点燃一支烟，快步向路边的桑塔纳轿车走去。

"嗯？"魏炯的眼睛一下子瞪大了。他飞快地翻动着手机，将对面楼下的那个男人和手机里的图片进行对比。

没错，就是骆少华。

他急忙俯身推推岳筱慧。女孩坐在一个水果箱上，背靠着他的腿，睡得正香。

骆少华一连几天都没有出门。稳妥起见，魏炯和岳筱慧每天都监视到很晚才回校。几天下来，魏炯渐渐感到力不从心，更不用说尚未伤愈的岳筱慧。

女孩在魏炯的摇晃中醒来，一时间晕头转向，不知道发生了什么。

"快，骆少华出来了。"

听到这句话，岳筱慧顿时精神抖擞。她噌地一下跳起来，趴在窗口向楼下张望着。眼见骆少华向一辆深蓝色轿车走去，她急忙拉着魏炯跑下楼。

两人跑到园区门口，恰好看见骆少华关上驾驶座的车门，很快从路边驶离。岳筱慧抬手拦下一辆出租车。魏炯扭头看看那个还在冒烟的垃圾桶，跟在岳筱慧身后上了出租车。

一路跟踪。出租车尾随骆少华的桑塔纳轿车，最终来到兴华北街和大望路交会处。骆少华停好车，在路边张望了一下，走进一家名为"The One"的咖啡馆。

岳筱慧指示出租车在十几米开外停车，付清车费后下车。魏炯还在为她刚才要出租车司机跟踪时的理由哭笑不得。

"那是我爸，我要看看和他约会的小三是谁。"

岳筱慧看着咖啡馆，表情兴奋："他不可能还有心思喝咖啡，和他见面的肯定是林国栋。"说罢，她就要穿过马路，直奔咖啡馆而去。魏炯一把拉住她。

"干吗？骆少华又没见过我们，怕什么？"岳筱慧惊讶地问道，随即脸色一沉，"今天你别想阻止我。"

"骆少华没见过你，但是林国栋见过。"魏炯指指咖啡馆，"如果被他看见你也在，肯定会逃跑。"

岳筱慧想了想，点点头："看来你还挺有用。"

魏炯苦笑一下，拉着她走进咖啡馆对面的一家肯德基餐厅。选了一个靠窗的位置坐定，魏炯说道："我们就在这里等，一旦发现林国栋，就立刻报警。你不许擅自行动，听到了吗？"

岳筱慧胡乱点点头，目光始终紧盯着咖啡馆的门口。

在他们的头顶，隔着一层天花板，林国栋坐在肯德基餐厅二楼靠窗的位置，慢慢地喝下一口咖啡。

两分钟前，林国栋看见穿着棕色羽绒服、戴着黑色毛线帽的骆少华穿过马路，走进对面的咖啡馆。他身上的绿色挎包鼓鼓囊囊的，想必已经把现金准备好了。

林国栋看看手表，现在是下午1点40分。他还要再等一会儿，观察周围的动静，确认没有警察埋伏之后，再去和骆少华见面。

咖啡的味道不怎么样，却是他这几天喝过的最好的东西。林国栋咂咂嘴，开始畅想几小时后的美食和自由。

进站口旁边的书报摊主，售票处门口拎着黑色拉杆箱的男青年，在站前广场扫地的保洁员，举着小旅店招牌揽客的妇女。

这是从望远镜里能看到的部分。火车站外已经在警方的控制之下。张震梁更加清楚的是,在火车站内部,大量便衣警察正混杂在候车的人群中,密切关注着B5检票口。

他放下望远镜,看看手表,现在是下午两点钟,距离发车还有一个半小时左右。

"林国栋不会来得太早。"张震梁转身面对杜成,"你先躺一会儿吧。"

话音未落,他就愣住了。杜成正站在警务室的窗前往外看,手里正把一整盒止痛药从锡箔纸板里剥出来。

他面色枯黄,脸庞浮肿得更加厉害。腹部涨得像一面鼓似的,绷在上面的皮带仿佛随时会断开。

杜成把止痛药全塞进嘴里,拧开一瓶矿泉水,咕嘟嘟喝下了半瓶。

张震梁看着他,心中半是焦虑半是担忧。

"师父。"

"嗯?"杜成擦擦嘴,艰难地咽下满嘴药片,"你刚才说什么?"

"没什么。"张震梁扭过头,不忍再看,"你休息一下吧。"

"不用。"杜成抽出一支烟叼在嘴里,"挺得住。"

"林国栋应该会赶在发车前才会出现。"张震梁继续坚持,"你养足精神,不用这么早就做准备。再说,还有我们呢。"

杜成沉默了一会儿,扭头望向窗外。

"我没考虑他什么时候来。"杜成吐出一口烟气,"而是他会不会来。"

看起来,这家咖啡馆的生意比较冷清。魏炯和岳筱慧在马路对面的肯德基餐厅里瞭望了大概20分钟,没看到有顾客进出。骆少华和对方约定的时间尚不得知,现在能做的,只有等待。

魏炯开始沉不住气,不停地掏出手机,又收回去。岳筱慧注意到他的动作,不解地问道:"你怎么了?"

魏炯抓抓头皮："我想联系一下杜成。"

"没必要。"岳筱慧重新把视线投向咖啡馆门口，"如果他抓到了林国栋，会立刻告诉我们的。最起码，他需要我去指认犯罪嫌疑人。"

"我不是这个意思。"魏炯摇摇头，"刚才骆少华下楼的时候，把一样东西点燃了，扔进了垃圾桶。"

"哦？"岳筱慧瞪大了眼睛，"是什么？"

"好像是一个档案袋。"魏炯看着她，神情犹豫，"所以我想让杜成帮忙分析一下，那会不会是他一直想要的证据。"

"你不早点儿说。"岳筱慧坐直身体，眉头紧锁，脸上大有责怪之意。魏炯顿时慌乱起来，讷讷说道："当时急着去跟骆少华。"

"算了，即使现在赶回去，那东西也被烧得一干二净了。"岳筱慧想了想，"烧掉，骆少华这是破釜沉舟的架势啊。"

她捏紧拳头："他要见的肯定是林国栋，没错。"

魏炯心里稍稍轻松了一些。就算23年前的连环杀人案的证据已经被烧掉，林国栋杀死马健这件事，也足够送他上刑场。如果今天能够抓到林国栋，那么一切都会结束。

他看看神情专注的岳筱慧，突然听到女孩的肚子里传来咕噜噜的响声。魏炯这才意识到，两个人还没有吃午饭。

"你饿了吧？"魏炯站起身来，"要不要先吃点儿东西？"

"嗯，随便什么都行。"岳筱慧始终盯着咖啡馆，头也不回地答道。

魏炯掏出钱包，向柜台走去。刚迈出两步，就听见岳筱慧"咦"了一声。

他下意识地回头，看见岳筱慧正一脸惊讶地看着自己，同时手指着窗外。

"你看。"

魏炯顺着她手指的方向望去，顿时吃了一惊。

那个站在咖啡馆门口，不停地向里面窥视的人，是张海生。

魏炯转头看向岳筱慧，恰好遇到她同样疑惑的目光。

他为什么会出现在这里？是凑巧吗？

张海生已经转过身，背对着咖啡馆的落地窗，掏出手机拨打电话。因为相距甚远，他和对方的通话内容不得而知，但是从表情上来看，张海生神态紧张，似乎在催促着什么。

魏炯和岳筱慧面面相觑。

张海生的突然出现，让本来似乎明朗的局势变得复杂起来。他来这里做什么？正在与他通话的人是谁？他显然正在观察咖啡馆里的某个人。那个人，会不会是骆少华？

如果是，那么这就不是一个巧合。

火车北站的站前警务室。

"师父，你的意思是，"张震梁挑起眉毛，"林国栋不会来？"

"嗯。"杜成摁熄烟头，"我觉得有点儿不对劲儿。"

"如果林国栋虚晃一枪，对他没有任何好处啊。"张震梁皱皱眉头，"他身上的钱已经不多了，留在这个城市越久，他就越被动。"

"他肯定想尽快逃跑。"杜成沉吟着，"最让我觉得奇怪的就是，他为什么没这样做？"

"嗯？"

"抢劫和盗窃不一样，被害人立刻就会知道财物被夺走。"杜成的表情越来越凝重，"林国栋在3月31日晚实施抢劫，却没有立刻拿着身份证去买火车票逃离本市，而是第二天去购买了第三天下午才发车的车票，这不是很反常吗？"

张震梁也意识到整件事情的不同寻常之处，狠狠地吸着烟，脑筋飞速转动。片刻，他捏紧了拳头，狠狠地捶了桌子一下。

"他在给我们留下部署的时间。"

"我也是这么想的。"杜成掰着手指，"被害人报警需要时间，宽城

430

分局出警需要时间，把嫌疑人的体貌特征和林国栋的通缉令进行比对需要时间，案件移管需要时间，我们分析判断他的意图需要时间，部署抓捕行动也需要时间。"

"可是，如果不坐火车逃跑，他怎么出城？"

杜成沉默不语。张震梁想了想："让小高继续监控那张身份证。如果再使用过，马上通知咱们。"

杜成抬头看看他。张震梁急忙解释道："我们在火车北站蹲守，万一林国栋再买一张从火车南站出发的火车票，那就措手不及了。"

"不可能。"杜成直接否定了他的推断，"林国栋压根儿就不会让咱们知道他坐的火车车次，否则乘警会马上摁住他。他根本就不会坐火车逃跑。"

"坐飞机或者长途大巴？"张震梁连连摇头，"他买不起飞机票，坐长途大巴也需要用身份证购票，同样会暴露行踪。"

他已经把自己逼近了思维的死胡同里："走高速公路收费站就有他的通缉令，立马就会被拿下啊"

杜成简单地吐出两个字："国道。"

张震梁愣了一下，随即恍然大悟："他妈的，我们的警力都部署在火车站，国道那边的卡子已经撤得差不多了。可是，他没钱也没车。就算坐出租车，到了目的地，拿不出钱来，一样脱不了身啊。"

是啊，林国栋需要钱或者车辆，否则他在这个城市里插翅都难飞。

杜成想了想，重新把思路绕回到起点。

"震梁，你让小高定位骆少华的手机，马上。"

兴华北街和大望路交会处。

几分钟后，一辆红色出租车缓缓停靠在"The One"咖啡馆门前。一直在路边等候的张海生立刻走上前去，却没有拉开车门，而是打开了出租车的后备厢。

看到他从后备厢里拿出一副折叠轮椅的时候，魏炯已经意识到自己的猜测得到了证实。

身穿黑色棉服、头戴浅灰色毛线帽、斜挎着一个黑色皮包的纪乾坤被张海生抱出车来，安置在打开的轮椅上。随即，张海生给纪乾坤盖好毛毯，把轮椅推到门口，自己先进了咖啡馆。纪乾坤在门口等了大概5分钟后，才摇动轮椅进去。通过玻璃门的时候，魏炯隐约看到纪乾坤的手挥动了一下，似乎把某样东西扔进了门口的花盆里。

魏炯转头看看岳筱慧，后者正用同样诧异的目光回望着他。

难道骆少华约见的是纪乾坤？

事情越来越让人摸不着头脑了。

在印象中，纪乾坤和骆少华并没有接触过，更谈不上见面。那么，两个人为什么要在这个咖啡馆见面？

岳筱慧先坐不住了，她掏出手机："要不要给老纪打个电话？"

魏炯摇摇头。纪乾坤此前对自己避而不见，这几天也是音信全无。看起来，他正在做一件不想让自己和岳筱慧知道的事情。此刻打电话给纪乾坤，他肯定不会接听，即使接听，也势必不会如实相告。

"再等等。"

这一等，就是足足10分钟。咖啡馆的落地窗是茶色玻璃所制，加之阳光的反射，完全看不清室内的状况，更无从得知骆少华和纪乾坤会面的情形。正当魏炯和岳筱慧即将失去耐心的时候，咖啡馆的门开了，张海生推着纪乾坤走了出来。

纪乾坤垂着头，似乎神态颓唐，整个人都畏缩在轮椅里，衣领和浅灰色毛线帽子几乎把脸全部遮住。张海生推着轮椅走到路边，抬手拦下一辆出租车。他先把纪乾坤抱进车内，又把轮椅折叠好，塞进后备厢里，上车离去。

两个人目送出租车消失在街角，心中的疑团越来越大。

"难道，"魏炯想了想，"老纪想要骆少华交出证据？"

"有可能。不过看样子骆少华没答应。"岳筱慧撇撇嘴，"他不可能答应，没准都把证据烧掉了。"

"如果骆少华刚才烧掉的是证据，他压根儿没必要来见老纪啊。"

"不知道。当面道歉，再给经济补偿什么的也说不定。"岳筱慧眼见抓捕林国栋的计划落空，心中既失望又焦躁，"接下来怎么办？"

魏炯琢磨了一下："没办法。待会儿等骆少华出来，咱们继续跟着他吧。"

岳筱慧显得很不甘心。不过眼下也没有更好的选择，她也只好点头同意。

两人收拾好东西，准备等骆少华出了咖啡馆就到路边打车，跟着他返家或者去另一地点。然而，5分钟过去了，骆少华仍然没有出门。岳筱慧再也按捺不住，霍然站起身来。

"不管了，我倒要看看他到底在搞什么鬼。"

魏炯急忙拉住她。女孩却态度坚决，一把甩开他的手臂，大步向门口走去。魏炯无奈，只能紧跟着她走出了肯德基餐厅。

两人穿过马路的时候，林国栋喝干了杯子里的最后一口咖啡，从衣袋里掏出一张名片，看了看楼下街角的投币式电话亭。

名片是从一家酒店门口拿到的，可以预约代驾业务。林国栋慢慢地下楼，走出肯德基餐厅，向电话亭走去。

他已经确认咖啡馆周围并没有警方设伏。而且，林国栋清楚地知道，本市的大部分警力此刻都守候在火车北站，等着他"自投罗网"。在国道上设卡拦截的警察已经寥寥无几。他只需要一个人开车带他出城，自己则在后座上佯装醉酒，蒙头大睡。这样逃脱的可能性很大。

林国栋走进电话亭，摘下话筒。他的手机在杀死那个警察当晚就扔掉了，现在他只能靠这个来对外联络。从衣袋里翻找硬币的感觉让他有些恼

第三十二章 替身 433

怒，因为那是他最后一点钱了。不过，想到骆少华身上那个充实的绿色拎包，他又开心起来。

林国栋哼着不成调的曲子，按动电话机上的数字键。

咖啡馆里果然顾客很少。魏炯和岳筱慧站在门口，一眼就看到背对着他们、坐在咖啡馆中厅的骆少华，棕色羽绒服，黑色毛线帽。

魏炯向岳筱慧使了个眼色，拉着她坐在门旁。服务员走过来。魏炯要了两杯热巧克力，打发她离开。

两个人相对而坐，装作打量咖啡馆的陈设，余光不时瞟向骆少华。

他安静地坐在一个双人卡座上，背影纹丝不动，面前的桌子上摆着一只绿色拎包。岳筱慧看着那只拎包，突然心念一动。

"魏炯，刚才老纪出来的时候，"岳筱慧凑向他，低声问道，"你看到他带来的那个黑色皮包了吗"

"嗯？"魏炯想了想，"好像没看到。"

他皱起眉头，难道纪乾坤把皮包留给了骆少华？如果是这样的话，皮包里是什么呢？

魏炯下意识地向骆少华那张桌子上看去，刚转过身，耳边就传来岳筱慧的低喝声："别回头！"

几乎是同时，魏炯听到身后的风铃叮当作响。

玻璃门被推开。有人进来了。

魏炯急忙坐正身体，低下头。几秒钟后，他抬起眼睛，看见岳筱慧面向桌面，眼角却盯着自己的侧后方，脸色惨白。

身后有脚步声，不疾不徐，正朝骆少华的方向走去。

脚步声停止。岳筱慧飞快地扭过头，面对落地窗，声音低微却清晰："林国栋。"

这三个字让魏炯的心跳骤然加快。他低声问道："你确定吗？"

岳筱慧用左手挡住脸颊，点了点头。

魏炯咬咬牙，慢慢转过身，向骆少华的桌旁看了一眼。

没错。那个拉开椅子，正要坐在骆少华对面的人，正是林国栋。

魏炯一下子感到全身紧绷。他重新面对岳筱慧，低声说道："打电话给杜成，快！"

岳筱慧同样是一脸紧张。她悄悄地拿出手机，解锁屏幕，快速翻找着通讯录。魏炯看着手机屏幕上不断滑动的人名，心里不断地催促着她。

突然，岳筱慧的手停住了，她盯着手机屏幕上方，发出一声小小的惊呼。随即，她退出通讯录，打开了WLAN设置界面。

魏炯被弄糊涂了，心中越发焦急，几乎是咬牙切齿地小声问道："你在干吗？"

岳筱慧没有回答，脸上是难以置信的表情。她把手机递给魏炯。

在可用WLAN列表中，两行字分外清晰：

60岁的老纪头。

已连接。

第三十三章

执念

　　林国栋看着骆少华的背影,走到他对面,拉开椅子坐下。

　　"车钥匙……"一句话还没说完,林国栋就愣住了。

　　面前这个穿着棕色羽绒服、戴着黑色毛线帽的人抬起头来,虽然也是60岁左右的年纪,然而,他并不是骆少华。

　　"对不起。"林国栋立刻站起身来,"我认错人了。"

　　"林国栋,"陌生人的双手都在桌子下面,点头示意他坐下,"你没认错。"

　　林国栋瞪大了眼睛:"我不认识你。"

　　陌生人笑笑,向桌上的绿色挎包努努嘴:"这不是你要的东西吗?"

　　林国栋想了想,又慢慢坐回到他的对面。

　　"你是谁?"林国栋打量着绿色挎包,"骆少华呢?"

　　"他已经走了。"陌生人的视线始终没有离开林国栋的脸,"你今天要见的人,就是我。"

　　半小时前。

张海生站在咖啡馆的落地窗前，向四处扫视一番，最后转身向咖啡馆内望去。

没错。坐在中厅的双人卡座上，面对门口的那个人，正是骆少华。

张海生掏出手机，拨通了一个电话号码。

"喂，你到哪儿了？快点，对，就是他，什么？你疯了吧，不行……"

他转过身，看看咖啡馆里的骆少华，后者面色凝重地盯着桌面。张海生在门口来回踱步，语气焦躁。

"你他妈是想把我送进去吧？你说，多少？"

他停下脚步，快速眨着眼睛，脸上显现出孤注一掷的神色。

"两万，一分都不能少。"张海生又补充了一句，"最后一次。以后你的事就跟我没关系了。"

随即，他就挂断电话，双手插在衣兜里，不住地深呼吸，似乎在给自己加油打气。

几分钟后，红色出租车停在咖啡馆门口。张海生先把轮椅从后备厢里拿出来，打开，又把纪乾坤抱下车，安放在轮椅上。

他的目光始终死死地盯着纪乾坤身上的黑色皮包，一脸恐惧。

"好了。"纪乾坤在轮椅上坐定，"你先进去，坐在他附近。"

张海生应了一声，又问道："钱呢？"

"在我身上。"纪乾坤抱着黑色皮包，表情平静，"完事了就给你。"

张海生微微点头，转身走进了咖啡馆。

纪乾坤坐在轮椅上，面对着马路，气定神闲，仿佛一个正在晒太阳的残疾老人。5分钟后，他看看手表，转身摇动轮椅，向咖啡馆内走去。

通过玻璃门的时候，他从衣袋里掏出一个长方形、用黄色胶带包裹的小纸包，扔进了门口的花盆里。

坐在咖啡馆中厅的骆少华抬起头，看了看纪乾坤，随即又低下头。

第三十三章　执念

纪乾坤目不斜视,沿着过道向骆少华缓缓走去,直奔柜台。经过骆少华的桌子的时候,他突然"哎哟"一声,腿上的手机应声落在地上,翻滚进桌底。

纪乾坤在轮椅上费力地弯下身子,伸长手臂,试图捡起地上的手机。骆少华转过头,看他力不从心的样子,说了声"我来吧",就弯腰去桌底捡手机。

在他俯身的一瞬间,纪乾坤迅速伸出手,把一个白色的小药片扔进了骆少华面前的咖啡杯里。

骆少华直起身来,把手机递给纪乾坤。老人连连道谢。骆少华觉得他似曾相识,却想不起曾在哪里见过。当然,此刻他也无暇分心,只是点点头,就继续盯着桌面出神。

纪乾坤摇着轮椅来到柜台前,要了一杯摩卡咖啡。随即,他从柜台旁的书报架里抽出一份报纸,边等咖啡边翻看着,余光不时瞟向骆少华。

骆少华看看手表,端起咖啡杯喝了一口,立刻皱了皱眉头。他看着咖啡杯里泛着泡沫的黑褐色液体,突然觉得天旋地转。

纪乾坤立刻丢掉报纸,脱下外套和皮包,摘下帽子,掏出衣兜里的东西揣进裤袋里。他扭头向柜台里看看,服务员正背对自己,操作着咖啡机。

纪乾坤向坐在骆少华斜前方、正在小口啜着一杯橙汁的张海生点点头。后者立刻起身,快步走到已经趴倒在桌面上的骆少华身旁,三两下脱下了他的黑色羽绒服。

纪乾坤摇动轮椅走到他们身旁,弯下腰,将黑色皮包塞进骆少华的座位下。张海生把他抱到骆少华对面的椅子上,又把骆少华的衣服甩给他,自己则把纪乾坤的外套穿在昏迷的骆少华身上,戴好帽子。

短短两分钟内,张海生已经把骆少华放在轮椅上,盖好毛毯。纪乾坤也被安坐在卡座内,两人的外套已经对调过来。

张海生已是满头大汗,他冲纪乾坤点点头:"钱呢?"

"在我枕头下面。"纪乾坤笑了笑，向门口努努嘴，"快走。"

"你他妈不是说……"

纪乾坤收敛了笑容："走！"

张海生瞪了他一眼，推着骆少华向门口走去。

此时，服务员在柜台内喊道："先生，你的咖啡好了。"

张海生没有回头，快步走出咖啡馆。

服务员耸耸肩，把咖啡杯放在了柜台上。

纪乾坤抓过桌面上的黑色毛线帽套在头上，竖起衣领遮住脸。这时，他注意到桌面上的绿色拎包，打开来，发现里面只有几本书。他想了想，似乎猜到了这些书本的真正用途，脸上露出一丝笑容。

随即，他从衣袋里取出两样东西，分别捏在左右手里，低下头，安静地等待着那个人。

"我跟你没什么好说的。"林国栋直接抓起绿色拎包，打开来，眼神中的期待瞬间就烟消云散了。

纪乾坤发出一声轻笑。

林国栋的脸色变得灰白。他把拎包倒转过来，几本书噼里啪啦地落在桌面上。他仍不死心，拎着拎包连连抖动，然而里面已经空空如也。

他把拎包狠狠地摔在地上，指着纪乾坤，凶狠地喝道："我的钱呢？"

纪乾坤似乎对林国栋的狼狈神态非常开心。他仿佛一只玩兴正浓的老猫，正在拨弄着垂死的老鼠，脸上的笑意更甚。

情况有变，不宜久留。林国栋咬着牙，起身欲走。纪乾坤立刻低喝道："坐下！"

随即，他把右手放在桌面上，掌心里捏着一个黑色的长方形塑料盒，上面还有一个红色的按钮。

"看看你的座位下面。"

第三十三章　执念　　439

林国栋盯着他,缓缓坐回卡座,分开双腿,飞快地向座位下看了一眼。

一个黑色皮包放在自己身下。

他立刻抬起头,望向对面的陌生人。

纪乾坤脸上的笑容已经消失不见。他向林国栋晃晃手里的塑料盒:"我只要按下这个按钮,保证你连骨头渣子都剩不下。"

林国栋抖了一下,直勾勾地看着他:"你到底是谁?"

纪乾坤没有立刻回答,而是深深地吸入一口气,又缓缓吐出。

"1991年8月5日晚上,你劫持了一个女人,强奸并杀害了她。"纪乾坤的表情变得阴沉冷峻,"之后,你将她肢解成十块,先后扔在177公路边、建筑设计院家属区门前的垃圾桶内、红河街163号、羊联镇下江村水塔旁边。我说得对吗?"

他的语调平缓,不见锋芒,却好像一把刀子似的,切开了林国栋的大脑,把那些隐藏在记忆深处的画面一一挖出,血淋淋地展现在林国栋的眼前。

林国栋盯着这个陌生的男人,嘴唇颤抖着,一句话都说不出来。

"她的尸体被发现的时候,除了一只银灰色高跟凉鞋,一丝不挂。"纪乾坤继续讲述着,"她的衣物想必被你销毁了。不过,她的钱包里有一张身份证,你应该看到了。"

林国栋面如死灰。眼前这个人,是索命的厉鬼。

"她叫冯楠,34岁,是个爱笑的大眼睛女人。"纪乾坤停顿了一下,再开口的时候,语气缓慢又清晰,"我是她的丈夫。"

林国栋紧紧地闭上眼睛,双手抱头,从喉咙里发出一声低低的呻吟。纪乾坤一言不发地看着他,拇指始终停在那个红色按钮上。

良久,林国栋抬起头,从牙缝里挤出几个字:"你要干什么?"

"我要干什么?"纪乾坤仿佛在自言自语,随即,他笑了笑,"我找了你23年,一直想知道你是个什么样的人。"

"你怎么找到我的?"

"该提问的人不是你。"纪乾坤摇摇头,"而是我。"

林国栋死死地盯着他:"我要是不回答你呢?"

"我们可以这样耗下去。"纪乾坤耸耸肩膀,"我已经等了23年,不在乎再多等一会儿。"

林国栋的嘴唇卷起来,牙齿咬得咯吱作响。

"好,你说。"

纪乾坤眯起眼睛,上半身前倾:"你,为什么要杀死我妻子?"

林国栋想了想:"我只能说,她在错误的时间,出现在一个错误的地点,遇到了一个……"

他的语气缓慢,目光游移,眼角不停地瞟向纪乾坤握住黑色塑料盒的右手。同时,他的手在桌面上一点点向对方靠近。

"你最好坐着别动。"纪乾坤立刻察觉到他的意图,整个人向后靠坐,同时用手臂把铁桌向他推过去。林国栋的后背顶住立柱,身下的椅子和双腿都被卡在铁桌下,一时间不能动弹。

"继续说!"

这声低喝让林国栋不敢再轻举妄动,同时也把正走过来的服务员吓了一跳。

"二位,"他犹豫再三,还是走到桌旁,"请问想喝点儿什么?"

"什么都不要。"纪乾坤的双眼须臾不肯离开林国栋,"走开。"

他的强硬态度让服务员非常不满:"先生,如果不消费的话,请你们……"

"走开!"纪乾坤挥挥手,"让所有人都离开,我这里有炸弹。"

令人意外的是,服务员并没有害怕,而是把托盘挂在桌面上,一脸鄙夷地看着纪乾坤:"老头,闹事是吧?"

纪乾坤抬起头看看他,又看看林国栋,发现后者也用半信半疑的目光回望着自己。

他无奈地摇了摇头,从桌子下伸出左手,手里同样握着一个带有红色按钮的黑色塑料盒,他按动了一下。

几乎是同时,咖啡馆门口的花盆里发出一声巨响。碎片、泥土和花草四下飞溅。玻璃门也被炸碎,冷风顿时倒灌进来。

咖啡馆里安静了几秒钟。随即,为数不多的几个顾客尖叫着冲出了咖啡馆。桌椅被撞倒,乒乒乓乓地响成一片。

被吓得蹲坐在地上的服务员用餐盘护住头,连滚带爬地向外跑去。刚跑到门口,他踩到碎玻璃片,脚下一滑,重重地摔倒在地面上。

他急忙爬起来,顾不得查看手上的割伤,冲着门旁一张桌子后的年轻男女喊道:"快跑,那老头身上有炸弹!"

那对年轻男女只是定定地看着在咖啡馆中厅对坐的两人,没有动。

杜成一手握着方向盘,一手举着电话,听筒里传来张震梁急促的声音。

"火车刚刚开走。被你说中了,林国栋根本没上车。"

"车站里搜了吗?"

"正在搜,每个站台我们都没放过。今天下午出发的所有火车上,我们都联系了乘警,以防他混到别的车上逃走。"

"我知道了。"

"师父,你在哪儿?"

"我马上到那个咖啡馆了。让小高继续定位骆少华的手机,如果位置有变化,立刻告诉我。"

"好,师父你小心点。"

"放心。"

杜成挂断电话,急转方向盘,从兴华北街驶入大望路。刚刚转过街角,他就听到前方传来一声巨响。

他本能地降低车速,目瞪口呆地看着100米开外的一间临街店铺里冒出大团浓烟。屋顶的招牌上,"The One"几个字母清晰可辨。

杜成狠踩油门,疾驶到咖啡馆门前,看见几个人正尖叫着从门里跑出来。他暗骂一声,解开安全带,跳下车,向咖啡馆跑去。

门廊内已是一片狼藉。泥土、花草遍地。玻璃门被炸碎,只剩下金属边框悬挂着。杜成掩住口鼻,在浓烟中慢慢探入室内。视线模糊,他只能看见咖啡馆里翻倒的桌椅,以及在中厅内对坐的两个人。

背对着自己的那个人身份不明,看衣着,似乎是骆少华。而在他对面的那个人,正是林国栋。

杜成退回门外,掏出手机,快速按动着号码。

"震梁,马上带人到兴华北街和大望路交会处的The One咖啡馆,林国栋在这里。"杜成扇开眼前的浓烟,"还有,叫排爆队过来。"

纪乾坤咬紧牙关,感觉双耳中嗡嗡作响。坐在他对面的林国栋双手抱头,半伏在桌面上,惊魂未定地看着门口。

"那只是个小玩意儿。"纪乾坤指指林国栋座位下的黑色皮包,"这个的威力是它的几十倍。"

林国栋两眼血红,身上、脸上都是灰尘:"你他妈疯了!"

"现在只剩我们两个人了。"纪乾坤举起手中的遥控起爆器,"你继续说。"

林国栋歇斯底里地吼道:"你他妈到底让我说什么?"

"你为什么要杀死她?"纪乾坤也失去了控制,"你为什么要杀死我老婆?"

"老纪!"

突然,纪乾坤听见身后传来一声呼喝。他下意识地转过头,顿时目瞪口呆。

魏炯和岳筱慧并排站在过道上,正小心翼翼地一点点靠近他。

"老纪，你，"魏炯始终盯着纪乾坤的右手，"你可千万别胡来。"

纪乾坤已是方寸大乱："你们怎么知道我在这里？"

"你带着那个随身WiFi吧？"岳筱慧晃晃自己的手机，眼中满是惊恐，"自动连接上了。"

纪乾坤紧紧地闭了一下眼睛，旋即睁开，表情显得非常懊恼。他重新面对林国栋，微微侧头："你们两个，马上走！"

"老纪，你冷静点。"魏炯慢慢地走到桌旁，手指着林国栋，"警察马上就到，他跑不了的。"

"走！"

魏炯急了，还要上前劝说，却感到自己的肩膀被人牢牢地扳住。他转身望去，是杜成。

"你们两个，马上离开这里。"杜成看着纪乾坤，面如沉水，"老纪，我现在要逮捕林国栋，你也跟我一起走。"

"他哪儿都不能去。"纪乾坤并不看他，始终盯紧林国栋，"我也一样。"

"老纪，事情的真相已经查清了。"杜成竭力缓和语气，"我保证林国栋会得到应有的惩罚。你没必要……"

"什么样的惩罚？故意杀人罪？嗯，对，他杀了一个警察。"纪乾坤打断了他的话，情绪又激动起来，"但是那又怎样？我老婆呢？在法庭上连她的名字都不会提起！"

纪乾坤坐直身体："所以，应该由我来审判他。"他戳戳自己的胸口，"在我的法庭上。"

一时间，咖啡馆里安静下来。法官表情肃穆。坐在他对面的被告人被卡在座位上，抖得像一片落叶。

杜成脸色铁青。他咬咬牙，从腰间拔出手枪，咔嚓一声扳下击锤。

"老纪，你别逼我。"

"是你们在逼我，"纪乾坤看也不看他，语气坚决，"这是我和他之间的事，与其他人无关。你们马上离开，我不想伤及无辜。"

杜成暗骂了一句，拽起魏炯向门外退去。魏炯跟着他走了几步，发现岳筱慧还站在原地，纹丝不动。他立刻挣脱了杜成的手，返回到岳筱慧身边。

密集的各色车辆排在大望路与安华街交会处，等待前方的交通信号灯变成绿色。一分钟后，这条路恢复通行。十几辆车陆续越过停止线，飞速向前行驶。突然，车流中的一辆出租车似乎失去了控制，在路面上呈S形扭动起来。在它四周的车辆纷纷转向避让，愤怒的鸣笛声响成一片。

失控的出租车又向前蜿蜒蛇行了几十米后，戛然而止。一个中年男子从副驾驶座上跳出来，跑到马路中央，一脸惊恐地向出租车内看着。几乎是同时，后车门打开，一个身穿黑色棉服、头戴浅灰色毛线帽的老年男子从车内钻出，摇晃着绕过车尾，直奔驾驶座而去。

他揪下头上的毛线帽摔在地上，拉开车门，把出租车司机拽出来。司机仰面摔倒在路面上，眼睁睁地看着老年男子坐进驾驶座，发动了汽车。

一个急速掉头之后，这辆出租车沿着来时的方向，疾驰回去。

越来越多的人聚拢在咖啡馆门口，好奇地向室内窥视着。他们看着咖啡馆中厅内或坐或立的5个人，纷纷猜测到底是什么原因导致了刚才的爆炸。说讨债的有之，说感情纠纷的有之。更有甚者，断言是境外的恐怖分子潜入本市搞破坏。

这时，急促的警笛声由远及近。很快，几辆警车和救护车、消防车飞速而至。张震梁从一辆警车中跳下来，一边指挥同事们封锁现场，一边向咖啡馆内跑去。

一进门，他就看到了面色凝重的杜成和正在不住筛糠的林国栋。

"师父,"张震梁快步走到桌旁,立刻发现了纪乾坤手里的遥控起爆器。他不假思索地拔出手枪,对准纪乾坤的头,同时看看杜成。

"这什么情况?"

"封锁这条街,疏散群众。"杜成没有回答他,直接下达命令,"让排爆队、消防和急救随时待命。"

"好。"张震梁放下枪,目光又在遥控起爆器上停留了几秒钟,"要不要找人和他谈谈?"

"没用。"杜成眉头紧锁,"我自己来吧。"

张震梁点点头:"师父,你自己小心。"

说罢,他就转身向门口走去。刚迈出几步,张震梁的眼睛一下子瞪大了。

一个穿着黑色棉服的老人踉踉跄跄地穿过破碎的玻璃门,摇晃着冲了进来。

"骆少华,"张震梁注意到他手里握着一把长柄螺丝刀,急忙拦住他,"你要干什么?"

骆少华眼神散乱,浑身绵软,似乎随时可能瘫倒在地上。面对张震梁挡在他身前的手臂,骆少华就势扶住,站稳身体后,又一把推开他,直奔着林国栋扑过去。

在魏炯和岳筱慧的惊呼声中,杜成快步上前,握住骆少华的手腕,反手一拧,将他放倒在地上,同时夺去了他手里的螺丝刀。

"你他妈想干什么?"

骆少华坐在地上,右手腕被杜成牢牢钳住。然而,他似乎仍不甘心,挣扎着向林国栋爬去,嘴里含混不清地低吼着:"杀,杀了他!"

杜成的表情复杂,神色中既有愤怒,也有悲苦。他挥挥手,示意张震梁把骆少华拖出去。

张震梁应了一声,俯下身子,双手穿过骆少华的腋下,拖着他向门口走去。骆少华依旧神志不清，双腿在地上无力地踢打着，脑子里似乎只剩下一个念头。

"我杀了他。"

纪乾坤始终冷眼旁观。

"哼，"他冲对面的林国栋扬扬下巴，"看来，今天想干掉你的人，不止我一个。"

话音未落，在场的人都听到了一阵突如其来的手机铃声。

纪乾坤皱皱眉头，伸手从身上那件棕色羽绒服的衣袋里掏出一部手机。他看了一眼屏幕，递给杜成。

"找骆少华的。"

杜成接过手机，看到屏幕上显示出"老伴"两个字。他扭头看看刚刚被拖出门去的骆少华，按下了接听键。

"嫂子，我是成子。你先别问这个了。"杜成叹了口气，"少华没事，你别过来了，他真的没事。好吧，我们在兴华北街和大望路交会处。"

他挂断电话，俯身面向纪乾坤。

"老纪，我现在去跟骆少华谈谈，他手里有林国栋杀人的证据。"杜成顿了一下，"你给我点儿时间。"

纪乾坤的嘴角抽动了一下，吐出三个字："半小时。"

"好。"杜成直起身子，转头看看魏炯和岳筱慧，"你们……"

岳筱慧站着没动，魏炯看看她，转身冲杜成摇了摇头。

杜成似乎对此早有预料，脸上没有太多恼怒的表情。他拍了拍纪乾坤的肩膀，快步向门口跑去。

咖啡馆内又静下来。四个人一言不发，围着桌子或坐或立。良久，纪乾坤叹了口气，语气变得温和："你们找个地方坐吧，坐远一点儿。"

两人照做。只不过，他们各拿了一把椅子，坐在了桌子旁边。

岳筱慧看看林国栋座位下的黑色皮包，向它努努嘴："就是这个？"

"嗯。"纪乾坤笑了笑,"我是个瘫痪,没把握能干掉他,只能用这种手段。"

岳筱慧也笑了:"你果真不是个简单的小老头。"

紧张的气氛一下子缓和下来。

纪乾坤用左手撑着座椅,慢慢调整着坐姿。紧绷的全身开始放松,他甚至发出了一声惬意的呻吟。

魏炯上前扶住他,帮他尽可能舒服地靠坐在座椅上。

"谢谢啦。"纪乾坤长长地呼出一口气,"你们两个今天没有课吗?"

"有啊。"岳筱慧撇撇嘴,"回去肯定要挨批了。"

"那怎么办?"纪乾坤想了想,"就说在帮警方抓通缉犯。"

"拉倒吧。"魏炯苦笑一声,"谁会信啊?"

三个人都笑了。

一直低头不语的林国栋抬起头来,难以置信地看着面前笑作一团的他们。自己的座位下面放着一个威力巨大的炸弹,门口是大批荷枪实弹的警察,而这三个人,居然在讨论如何编造逃课的理由。

"喂!"林国栋吼了一声,"我饿了。"

三个人的笑声突然停了,齐刷刷地把目光投向林国栋,似乎刚刚发现他也坐在这里。紧接着,岳筱慧抄起桌上的咖啡杯,向林国栋脸上泼去。

"你给我闭嘴!"

纪乾坤想抬手阻止,但是已然来不及。不过,看着满头满脸都是深棕色液体的林国栋,他似乎也心有快慰。想了想,纪乾坤从裤袋里摸出两张百元钞票,递给魏炯。

"去,从柜台里拿点儿吃的,估计你们也饿坏了。"

几分钟后,桌子上摆好了几个托盘,上面堆满了甜甜圈、蛋糕、汉堡和比萨饼,旁边还有几瓶果汁。

天色已经渐渐暗下来,咖啡馆内的灯光也不甚明亮。落地窗外闪烁的红蓝警灯显得更加刺眼。从咖啡馆里望出去，能看见大批表情凝重的警察围在门口，不时向室内窥探着。各种汇报情况、下达命令的声音混杂着步话机的电流声，从破碎的玻璃门中传进咖啡馆里，不绝于耳。

在这样的氛围下，四个人围坐在桌旁，默不作声地吃喝。老纪吃得既慢又少。魏炯和岳筱慧也没什么胃口，各自吃了一个甜甜圈，就小口啜着果汁。林国栋倒是摆出一副豁出去的架势，两手齐上，大快朵颐。只不过，他的吃相既难看又疯狂，每样食物只啃了几口就丢掉，再伸手去抓另一样。很快，各种吃剩的食物就在他周围散落了一地。

渐渐地，林国栋也吃不下了。他打着饱嗝，擦擦嘴，向纪乾坤伸出手去。

"有烟吗？"

纪乾坤看看他，伸手在衣袋里摸索着，果真发现了一盒烟和打火机。他没有理会林国栋，而是把烟递给了魏炯。

魏炯心领神会，抽出一支烟递给林国栋，又帮他点燃。

纪乾坤看看手表，稍微盘算了一番，脸色变得暗淡。

"魏炯、筱慧，你们走吧。"纪乾坤抬起头，冲两个人笑了笑，"还有5分钟。"

魏炯一下子愣住了，半响，才结结巴巴地说道："老纪，再等等好吗，杜成也许……"

"不可能。"纪乾坤摇摇头，"骆少华如果肯交出证据，也没必要来杀林国栋。"

纪乾坤从衣袋里掏出一把警用匕首："他已经做好准备了。"

魏炯想起那个燃烧的档案袋，心头大乱。

"谢谢你们陪我走完这最后一段路。"纪乾坤拍拍魏炯的肩膀，目光慈祥，"谢谢，我没有遗憾了。"

随即，他面向林国栋："剩下这几分钟，就留给我和他吧。"

第三十三章　执念

突然，林国栋嘎嘎地笑起来。

"是啊。"林国栋盯着手里那半截香烟，又嘬了一口，"我也有话要对你说。"

其余三人立刻安静下来，怔怔地看着他。

"你是不是想知道，你老婆临死前是什么样的？"

一股寒意从魏炯心头掠过。他转头望向纪乾坤，后者抖了一下，脸色变得惨白。

"你说吧。"

"其实，在那四个女人之中，我最喜欢的就是你老婆。"林国栋慢条斯理地吐出一口烟，歪着头，用眼角瞟着纪乾坤，"腿长，胸也大，皮肤又白又嫩。我爽极了。"

"你闭嘴！"魏炯喝道。他不敢去看纪乾坤的脸色，却清晰地听到他的牙齿在咯吱作响。

"我干了她两次，爱不释手。"林国栋用手指碾碎烟头，双臂交叉，抱在胸前，眯起眼睛看着纪乾坤，"不过，玩过她之后，我还是得杀了她。她一直在求我，让我放过她什么的。"

他伸出双手，五指张开，又握在一起，缓缓合拢。

"你老婆的脖子那么细，根本没让我费太大的力气，嘎嘎……"

纪乾坤死死地盯着他，脸色由白转青，握住遥控起爆器的手上青筋暴起。

"我杀了你老婆之后，就把她抱进浴缸里。"林国栋似乎对纪乾坤的反应很满意，语调更加轻松，字字清晰，"我打算先锯下她的头。当我锯开她的脖子的时候，你猜怎么着？"

林国栋上身前倾，脸上带着微笑，仿佛在讲一个无比好笑的段子："她动了。我在锯掉你老婆的脑袋的时候，她还活着。"

岳筱慧霍地站起，扬手给了林国栋一个结结实实的耳光。

"住手!"

发出怒喝的是纪乾坤。他全身颤抖着,脸色青黑,似乎连呼吸都难以为继:"你们俩,出去,马上!"

"老纪,他想激怒你。"魏炯急了,伸手去抓纪乾坤的肩膀,"你别上他的当!"

咖啡馆已经被警察重重包围,林国栋绝无可能逃跑。与其被送上法庭,还不如在这里和纪乾坤同归于尽。如果纪乾坤彻底失去理智,陪葬的甚至可能还有另外两个年轻人。

我不吃亏。林国栋这样想着,一心求死的欲望更强。

他凸起眼睛,向纪乾坤手里的遥控起爆器努努嘴:"动手吧,你这个窝囊废。你不是一直想杀我吗?来啊,来啊!"

"闭嘴!"魏炯转过头,连连摇动纪乾坤,"老纪,你冷静点儿。"

"出去!"纪乾坤甩掉魏炯的手,指向门口,"我给你们五秒钟的时间。五……"

"老纪!"魏炯急得大脑一片空白,"你这样做,最开心的是林国栋。"

"四……"

"他想一死了事,你别那么傻。"

"三……"

魏炯跳起来,想去抢纪乾坤手里的遥控起爆器,却被他当胸推开。

"二……"

林国栋面如死灰,闭上了眼睛。

魏炯大骂一声,转身拽起岳筱慧就跑。让他意想不到的是,岳筱慧挣脱开他的手,一步站到了林国栋身后。

"纪乾坤,你没有资格杀他。"

纪乾坤愣住了,压在红色按钮上的拇指稍有松弛。随即,他的五官就

第三十三章 执念

451

扭曲在一起，歇斯底里地吼起来："我没有？"纪乾坤腾地举起手，指向林国栋，"他杀了我老婆！"

"你杀了我妈妈！"

咖啡馆外的一辆依维柯警车里。

杜成费了好一番工夫，骆少华仍然是神志不清，胡言乱语，始终在车座上挣扎踢打，嘴里念叨着"林国栋""杀了他"。最后，再也按捺不住的杜成把一整瓶矿泉水都淋在骆少华头上，他才稍稍平静下来。

杜成半跪在车厢内，捏起骆少华的下巴："老骆，老骆，看着我。"

骆少华虽然不再挣扎，却垂着头，闭着眼，含混不清地嘟囔着。

杜成心头火起，抡起巴掌，左右开弓，狠狠地抽了骆少华几个耳光。

骆少华的脸立刻红肿起来。痛击之下，他的眼睛总算睁开了。

"老骆，你今天约见林国栋的目的，大家心里都清楚。"杜成盯着骆少华的眼睛，后者目光散乱，似乎无法聚焦，"你还记得纪乾坤吗？"

这个名字让骆少华的注意力稍有恢复，眼神中也有了生机。

"纪乾坤？好像是……"

"对。"杜成没有时间解释给他听，急切地说道，"现在情况是这样：纪乾坤带着炸弹劫持了林国栋，咖啡馆里还有两个人。"

骆少华怔怔地回望着杜成，眼中半是疑惑半是恐惧。

"纪乾坤要炸死林国栋为妻子报仇。如果他这么干了，后果难以想象。我只有让他相信，林国栋会为那四起连环杀人案受到法律制裁，他才肯罢手。"杜成坐直身子，一字一顿地说道，"所以，我需要你把林国栋当年强奸杀人的证据交给我。"

骆少华似乎用了很久才明白杜成的意思。随即，他慢慢地低下头，苦笑了一下。

"证据，的确在我这里。"

杜成立刻追问道："是什么？"

"林国栋曾经借开过一辆白色的东风牌皮卡车。我手里有他的借车记录。"骆少华的声音细微，似乎在自言自语，"在那辆车的副驾驶遮光板背面，我发现了其中一个死者的血迹。"

闻听此言，杜成心中喜怒参半。喜的是终于找到了林国栋作案的证据，怒的是骆少华居然真的把这两份证据隐瞒了23年。

"东西在哪里？"杜成拍拍驾驶座上的一个年轻警察，示意他发动警车，"在你家？咱们马上去取回来。"

"晚了。"泪水从骆少华的眼睛里涌出来，"我已经把它们烧掉了。"

杜成系安全带的动作做了一半，转过头，直直地盯着骆少华。半响，他才从牙缝里挤出几个字："为什么？"

"我原本的计划是毁掉证据，再杀了林国栋。23年前的错案，就再没有人知道了。"骆少华看着杜成，语气哽咽，"我无所谓，就算判死刑也无所谓。因为一切都是因我而起。但是，我不能让马健死后再被蒙上任何污点。"

杜成心底一片冰凉。几秒钟后，他挥起一拳，狠狠地砸在车门上。指节处传来的刺痛让他的脸抽搐起来，同时，另一个声音在脑海里不断地告诫着他：冷静，要冷静。

他看看手表，大概7分钟之后，纪乾坤就会引爆炸弹，和林国栋同归于尽。

杜成快速行动起来。他命令驾驶座上的年轻警察立刻把副驾驶座上的遮阳板拆下来。随即，他从挎包里掏出圆珠笔，又从笔记本上撕下一张白纸，坐到骆少华身边。

"那个借车记录表上的内容你还记得吧？"他把纸笔塞进骆少华怀里，"写下来。"

骆少华有些莫名其妙："你要干什么？"

第三十三章 执念

"做份假证据给纪乾坤看。"杜成接过年轻警察递来的遮阳板,翻过来,从身上拿出警用匕首,"只要他交出起爆器,什么都好办。"

杜成用匕首刺破手指,挤出一滴血,小心地蘸在遮阳板背面。回头再看,骆少华呆呆地看着自己手里的遮阳板,动也不动。

"你他妈还愣着干什么?快写啊!"

"这个遮阳板是塑料的。"骆少华苦笑一下,"我手里那块,背面是无纺布的。"

"没事,纪乾坤又没见过。"杜成强压怒火,擦擦手指,又催促道,"你快写。"

"但是林国栋见过,你能保证他不戳穿你吗?"骆少华依旧不动,"如果我是他,与其等着上法庭、挨枪子,还不如瞬间就被炸成碎片。"

"那他妈怎么办?"杜成一下子爆发了,他揪住骆少华的衣领,连连摇动着,"你让我怎么办?眼睁睁看着这里被炸飞吗?啊?"

突然,依维柯警车的车门被拉开了,一脸焦急的金凤出现在车外,身后还跟着张震梁。

"成子,你……"金凤怀里抱着一个布包,伸手去拽杜成的胳膊,"你放开他。"

杜成看看金凤,又看看骆少华,狠狠地把他搡在座位上,自己坐在旁边,喘着粗气。

骆少华怔怔地看着老伴,喃喃说道:"你怎么来了?"

金凤没说话,扶着车门,上下端详着自己的丈夫。突然,她扬起手,狠狠地抽了骆少华一记耳光。

这个动作似乎耗尽了她的全身力气,整个人向后仰倒过去。张震梁急忙扶住她。骆少华也探出了半个身子,拽住金凤的衣袖。

金凤甩开他,捂住胸口,大口喘息着。待呼吸稍稍平稳后,她指着骆少华,颤抖着说道:"少华,这一耳光,我是替女儿和外孙打的。你这样丢下我们，还算个男人吗？还算是爸爸和姥爷吗？"

骆少华的眼中盈满泪水，他抬起一只手伸向金凤："老伴，我……"

话音未落，骆少华的眼前一花，脸上又挨了一记耳光。

金凤的嘴唇变成了灰白色，气息更加急促："这一耳光，我是替马健打的，他错看了你这个没出息的兄弟。"

一时间，车厢里一片寂静。

"震梁已经把一切都告诉我了。"金凤伸出一只手，轻轻地抚摸着骆少华红肿的脸，语气变得温柔，"犯了错，就认错。这没什么好怕的。马健为了救人，死得堂堂正正。他没给警察这两个字抹黑，可是你呢？"

骆少华低下头，全身颤抖着。

"少华，别怕。该担的责任，咱们担着。"金凤摩挲着他的头发，动作轻缓，"别让你的老伙计们小瞧了你。不管判你几年，我和孩子们都等着你。"

终于，骆少华捂住双眼，放声大哭。

撕心裂肺的哭声在狭窄的车厢里回荡着。有愤恨，有绝望，更有深深的悔意和歉疚。杜成神色暗淡，拍了拍骆少华的肩膀。张震梁看看手表，轻轻地叫了他一声。

"师父。"

杜成抬起头，紧咬嘴唇，似乎在做出一个艰难的选择。

"把那两个孩子弄出来。"他挥挥手，"让狙击手做好准备。"

"不用了。"金凤突然转过身，把怀里的布包递给杜成。

杜成一愣，下意识地接过来，打开，发现里面是一个边缘已经烧焦的牛皮纸档案袋。

岳筱慧双手握拳，死死地盯着纪乾坤，胸口剧烈地起伏。

她刚才说出的那句话，仿佛一支利箭，瞬间就穿透了纪乾坤的心脏。

第三十三章　执念　　455

他只能目瞪口呆地回望着岳筱慧,大脑一片空白。

林国栋也非常震惊,扭头去看岳筱慧。

良久,女孩紧绷的身体一下子松弛下来。她用手捂住眼睛,发出一声呜咽。

"对不起,老纪。我不该跟你说这个。"岳筱慧摇着头,语气悲戚,"至少现在不该说。"

纪乾坤茫然地看着她,又看看魏炯,最后甚至把视线投向了林国栋,似乎想证实那句话究竟是他亲耳听到的,还是仅仅是幻听而已。

渐渐地,纪乾坤的眼神重新聚焦,四下飞出的魂魄仿佛又回到了身上。他低下头,不敢再看岳筱慧。嘴唇哆嗦了半天,才艰难地吐出几个字:"梁庆芸是……"

"她是我妈妈。"岳筱慧放下捂住眼睛的手,大颗大颗的泪水从眼眶里滚落,"你在1992年10月27日晚杀死了我妈妈。然后,分尸,抛尸,"她指指林国栋,"作案手法和他的一模一样。"

随即,她转头面向魏炯:"对不起,魏炯。那天在图书馆的天台上,我偷看了那个档案袋里的东西。"

纪乾坤也望向魏炯。男孩的目光躲闪了一下,很快又重新与他视线相接,勇敢地回望着纪乾坤。

"你……"

"老纪,一开始我并没有怀疑你,只是想帮筱慧找到杀死她妈妈的凶手。"魏炯缓缓开口,"后来,我逐渐意识到,那个凶手模仿林国栋的目的,并不是某种变态的崇拜,而是想告诉警方,当年杀死那4个女人的凶手,还活在人间。"

魏炯忽然笑了笑,似乎充满了歉意:"用如此极端的手段去提示警方,这么执着的人,除了你,还会是谁呢?"

纪乾坤怔怔地看着魏炯,仿佛他是一个从未谋面的陌生人。

"我并不愿意去证实这个猜想。但是,杜成教了我一种方法,可以根据抛尸的地点推断出凶手抛尸的路线,进而划定凶手可能居住的地方。"魏炯的表情逐渐严肃起来,"你的家,就在这个范围之内。"

纪乾坤惨然一笑:"所以你就来试探我?"

"对。从那天的谈话中,我知道你会开车,更能感受到你心中的执念。而且,你应该还记得,我说手机落在房间里,跟你要钥匙回房去取,其实,我把你家里的钥匙画下来了。"魏炯顿了一下,"然后,我在你的卧室的柜子上,发现了一把手锯。"

纪乾坤点点头,嘴里喃喃自语:"好小子。"

"之后的某一天,你让张海生带着你去仰龙公墓。"魏炯继续说道,"你在购物处买了两束花。其中一束放在了你妻子的灵前。另一束……"

他把头转向岳筱慧:"放在了一个叫梁庆芸的女人的灵前。"

纪乾坤沉默了几秒钟,脸色变得惨白:"你为什么没有立刻告发我?"

魏炯犹豫了一下:"因为你心中的执念未了。如果当时就向警方举报你,未免,未免太残忍了。"

"是啊,执念,执念。"纪乾坤长长地叹了一口气,仿佛在玩味这两个字,眼神散淡开来,"当时,我没有别的办法可以让警方重启侦查,真的没有了。"

他半垂着头,声音越来越低沉:"我只能用一模一样的手法去杀一个人,才能让警方相信许明良是无辜的,凶手还在人世。不过,筱慧,请你相信我。"

纪乾坤抬头望向岳筱慧,目光急切又诚恳:"我没有强奸你妈妈,更没有折磨她。"

女孩哭出了声,连连摇头:"你别说了。"

"我知道我自己罪孽深重。如果不是这个执念一直在支撑着我,我即使不去自首,也会自杀。而且,报应很快就来了。"纪乾坤低下头,看着自己毫无知觉的双腿，"我杀死你妈妈之后，足有一年半的时间，警方毫无动静。所以，我只能再次去……"

"1994年6月7日。"魏炯看着他，"对吧？"

"嗯。"纪乾坤点点头，"我已经选定了那个女人，横穿马路向她跑过去的时候，一辆货车从身后把我撞倒了。"

"你活该！"一直沉默不语的林国栋突然开口，"你和我是一样的。"

令人意外的是，纪乾坤并没有反驳他。思考了几秒钟之后，他反而点了点头。

"你说得对。你和我，都该死。"

纪乾坤擦擦眼睛，脸上露出笑容："魏炯、筱慧，遇到你们，不知道是缘分，还是劫数。不管怎么样，先对你们说声抱歉，再说声谢谢。"

他对岳筱慧微微颔首："你和魏炯离开这里吧。"随即，他的视线下移，落到林国栋的脸上，同时举起手里的遥控起爆器，"我们两个该死的人，是时候做个了断了。"

魏炯大惊，正要开口阻止，就听到身后传来一阵急促的脚步声，杜成跑了进来。

"老纪，你别冲动！"杜成已经满脸是汗，手里举着一个烧焦了边缘的牛皮纸档案袋，"我拿到证据了。"

这突如其来的变故让在场的所有人都愣住了。特别是林国栋，他的脸色一下子变得惨白，死死地盯着那个档案袋。

杜成把档案袋里的东西掏出来，放在桌面上：是一张泛黄的纸和一团无纺布。

"这些能够证明林国栋在每个案发的时间段内，都开着一辆白色皮卡车在夜里寻找下手目标。而且，这辆车上有其中一个死者的血迹。"

杜成不住地喘息着："我在林国栋的床底下发现了一些毛发。其中，也许就有你妻子的。"他面对林国栋，枯黄、浮肿的脸颊上露出一丝笑容,"骆少华同意作证,你完了。"

纪乾坤怔怔地看着那张纸和无纺布,泪水渐渐盈满眼眶,最终,一颗颗落在桌面上。

他向后靠坐在椅子上,一手捂脸,无声地痛哭起来。

"杜警官、魏炯、筱慧,"模糊不清的声音从指缝间传出,"谢谢,谢谢你们。"

杜成心里一松,挥手示意站在门口的张震梁。

张震梁带着几个警察快步走向桌旁,一把拽起面如死灰的林国栋,给他戴上手铐。

"林国栋,你涉嫌强奸罪、故意杀人罪和抢劫罪。"杜成看着他,大声宣布,"你被捕了。"

张震梁和另一个警察拖着林国栋向咖啡馆外走去。林国栋垂着头,双脚拖在地上,宛若一条死狗一般。快到门口的时候,他突然挣扎起来,扭过头向纪乾坤喊道:"按啊,你这个窝囊废,你这个杀人犯!"

杜成冷冷地看着林国栋被拖出咖啡馆,消失在警戒带的另一侧。随即,他就仿佛全身脱力似的,跌坐在椅子上。

"老纪,"杜成擦擦额头上的汗水,向纪乾坤伸出一只手,"把起爆器给我,排爆队马上就进来。"

然而,出乎他的意料,纪乾坤把握着遥控起爆器的手挪向身体的右侧,同时,向门口轻轻摆头。

"杜警官,你带着这两个孩子出去。"他顿了一下,又补充道,"退到警戒带以外,越远越好。"

杜成被弄糊涂了:"老纪,你又要搞什么鬼?"

纪乾坤没有理会他,而是面向岳筱慧,笑了笑:"孩子,替我对你爸爸说声对不起。我害死了你妈妈,必须得接受惩罚。"

杜成一愣,随即就"啊"了一声,脸色大变:"老纪,原来你……"

第三十三章 执念 459

话未说完，岳筱慧就伸出一只手，阻止了他。

她定定地看着纪乾坤，良久，摇了摇头。

"老纪，你不该死。至少，你不该这样死。"岳筱慧咬咬嘴唇，似乎下定了决心，"如果我认为你该死，第二次给你刮胡子的时候，我就一刀割下去了。"

纪乾坤开始抽泣："孩子，我……"

"你知不知道我为什么要去接近林国栋，想诱捕他？"岳筱慧蹲下身子，把手按在纪乾坤的膝盖上，仰面看着他，"我想让你去自首。"

纪乾坤泪眼模糊地回望着她。在昏暗的咖啡馆里，女孩的周身正散发出越来越强烈的光芒。

"我知道会冒着很大的风险，甚至有可能会丢掉性命。"岳筱慧笑了笑，"但是我决定要去做，而且我把遗言都录好了。"

她掏出手机，打开图片库，找到一个视频文件，点击播放。

屏幕上，岳筱慧站在一堵墙的前面，脸蛋冻得通红。

"魏炯、杜警官，还有老纪。"女孩的笑有些不自然，似乎很紧张，"如果你们在我的手机里发现这段视频，就意味着，我已经死在林国栋手里了。"

女孩垂下眼皮，旋即抬起："首先需要声明的是，我这么做完全是出于自愿，不要苛责任何人。如果可能的话，请你们帮忙照顾我爸爸，还有小豆子。先谢谢啦。"

女孩露出一个调皮的笑容，旋即收起。

"老纪，接下来这段话是说给你的，你仔细听好。"女孩变得目光专注，表情凝重，"我知道，是你杀了我妈妈。如果说我不恨你，显然是假话。你毁了我和我爸爸的生活，倘若现在就把你送上刑场，我会非常愿意。"

女孩突然停住，把头扭向一侧，似乎在竭力忍住泪水。几秒钟后，她重新面对镜头，语气中仍有哽咽的声音。

"但是我知道你那样做的原因,所以我要你跟我做一个约定。"女孩凑近镜头,一字一顿地说道,"我帮你抓住林国栋。你了结心愿之后,就去自首。我始终相信,在这个世界上,除了杀人偿命的公平之外,还有法律和秩序。"

女孩放慢了语速:"我始终认为,你应该有一个机会,去面对曾经犯下的过错,而不是逃避。"

笑容浮现在女孩的嘴角,纯洁如天使。

"也许这么想有点儿傻吧,但是,这,就是我的执念。"

视频播放结束。

杜成和魏炯默默地看着岳筱慧。她,以及她手中的一点儿光,足以照亮整个夜空。

岳筱慧放下手机,向纪乾坤伸出一只手,脸上的笑容温和又坚定。

"老纪,我们走吧。"

尾声

晚春

杨桂琴突然醒了。

她头昏脑涨地从沙发上爬起来，感到口干舌燥，顺手从茶几上端起杯子，喝了一口已经凉透的茶水。

客厅内没开灯，电视机还开着。杨桂琴坐在沙发上，发了一会儿呆，注意力逐渐被电视机里正在播放的晚间新闻吸引过去。

"今天下午3点半左右，在兴华北街和大望路交会处的一家咖啡馆内发生一起爆炸案，现场没有人员伤亡，有部分财产损失。据悉，警方从现场带走多人，其中一人是杀人在逃的通缉犯林国栋。"

杨桂琴抓起遥控器，关掉了电视。她前几天在报纸上看到了林老师的通缉令，心中还觉得纳闷。好好的一个人，怎么就得了精神病，又杀了人呢？

可能是一直没治好吧。

老妇无心再考虑他的事。她抱起毯子，摇晃着向卧室走去。她想尽快入睡，因为她刚才做了一个梦，如果能让这个梦继续下去，那可太美妙了。

在梦里，她的儿子，许明良回家了。

最高人民检察院很快做出批复，同意对23年前的连环强奸杀人案重启侦查。C市公安局铁东分局成立了专案组，段洪庆任组长，杜成任副组长。针对林国栋的侦查工作全面展开。

在专案组的不懈努力下，各种证据材料被迅速提取、汇总。其中，在林国栋床下的地板缝内提取到毛发若干。经DNA检验，其中两根可与1990年"11·9"强奸杀人碎尸案的被害人张岚做同一认定，其中一根可与1991年"8·7"强奸杀人碎尸案的被害人冯楠做同一认定。此外，在林国栋家的客厅沙发附近的墙壁上，发现一块被大白粉遮盖的擦蹭痕血迹，经DNA检验，可与1991年"6·23"强奸杀人碎尸案的被害人黄玉做同一认定。

骆少华提供了两份证据。其中之一是林国栋在1990年至1991年借用绿竹味精厂汽车班的一辆白色东风牌皮卡车的记录。在共计17次的借用记录中，4次与系列强奸杀人碎尸案的案发时间高度吻合。那辆皮卡车已经做报废处理，无从查证。但是当年的汽车班维修员刘柱尚在人世，他证实了这份借车记录的真实性。

另一份证据是那辆白色皮卡车的遮阳板。在遮阳板背面的无纺布上，警方提取到一枚滴落血。经DNA检验，可与1991年"3·14"强奸杀人碎尸案的被害人李丽华做同一认定。

骆少华亦提供了一份证言，证实林国栋曾亲口承认自己犯下了4起强奸杀人碎尸案。

同时，骆少华因涉嫌徇私枉法罪被C市铁东区检察院带走调查。因本案已过追诉时效，铁东区检察院已做出不予起诉处理。

4月2日，纪乾坤向警方自首，并主动交代1992年"10·27"杀人碎尸案是自己所为。通过对纪乾坤住宅的搜查，警方在卧室衣柜上方发现用报纸包裹的手锯一把。在手锯的握柄上提取到纪乾坤的指纹。在握柄与铁锯的连接处及锯齿内提取到血迹，经DNA检验，可与被害人梁庆芸做同一认定。1992年"10·27"杀人碎尸案宣布告破。

纪乾坤随即向警方举报了张海生帮助田有光强奸的犯罪事实,并提供了视频资料作为证据。本案已另行处理。

鉴于犯罪嫌疑人纪乾坤身患残疾,生活不能自理,同时在体检时发现肺部有病变,C市人民检察院决定对其采取取保候审措施,经交纳保证金后,暂时在C市第三人民医院接受治疗。

5月8日,C市中级人民法院开庭审理了林国栋系列强奸杀人碎尸案。被告人林国栋被指控犯有强奸罪、故意杀人罪和抢劫罪。林国栋对检察机关指控的犯罪事实供认不讳。庭审整整持续了两天,将择日宣判。

纪乾坤在休庭第二天收到了张震梁送来的一张DVD光盘。光盘里记录了对林国栋一案审理的全过程。纪乾坤在病房里用借来的随身DVD机看完了这张光盘,始终表情平静,一言不发。然而,在当晚,整个楼层的人都听到一个老人在呼唤着一个叫"冯楠"的名字,一夜未曾停歇。

10天后,C市中级人民法院对林国栋一案做出一审判决:林国栋犯强奸罪,被判处死刑立即执行,剥夺政治权利终身;犯故意杀人罪,被判处死刑立即执行,剥夺政治权利终身;犯抢劫罪,被判处有期徒刑3年,并处罚金3000元。合并执行死刑立即执行。林国栋当庭表示不上诉。本案已报送最高人民法院复核中。

经由许明良之母杨桂琴的申诉,J省高级人民法院决定启动再审程序,并另行组成合议庭依法开庭审理。审理中,合议庭查阅了本案全部卷宗以及相关材料,并听取了申诉人、辩护人及检察机关的意见,经合议庭评议并提交审判委员会讨论,做出如下判决:一、撤销本院1991J刑终字第199号刑事裁定和C市中级人民法院1991C刑初字第37号刑事判决;二、原审被告人许明良无罪。

申诉人杨桂琴已经提出申请国家赔偿。

随后,对许明良一案的错案责任追究程序启动。当年参与办理此案的公、检、法三部门相关人员被责令配合调查。其中不乏已退休的公安和司法工作人员。曾主持本案侦查工作的C市公安局铁东分局前副局长马健申报革命烈士荣誉称号的程序被叫停。一名杜姓警官在接受询问时忽然昏倒，当日被送往C市第三人民医院抢救。

5月底，晚春。

天空晴朗，阳光大好。逐日升高的气温让这个城市彻底告别了寒冷凋敝的冬季。绿草、花衣，随处可见的健硕身躯和年轻面庞，让这片土地显得更加充满活力，生机盎然。

纪乾坤摇动着轮椅，在第三人民医院的院子里缓缓前行。阳光洒在他的身上，暖暖的很舒服。他不停地深呼吸，青草的味道混合着泥土的芳香萦绕在鼻腔里，让人觉得慵懒惬意，心满意足。

在一片空地上，一个身穿蓝白相间病号服的老人正斜靠在木质长椅上，闭着眼睛打盹。在他手上，还捏着一份打开的报纸。

纪乾坤看见他，手上用力，轮椅加速向他驶去。

"老杜，"他走到老人身边，用力拍拍对方的膝盖，"也不怕着凉。"

杜成睁开眼睛，见是纪乾坤，笑了笑。

"是你啊。"他费力地伸了一个懒腰，报纸随着他的动作哗啦作响，"真他妈不行了，看几眼报纸就睡着了。"

纪乾坤看看他枯黄的面容和愈加肿胀的腹部，问道："你怎么样？"

"没事，后天手术。"杜成摇摇头，"震梁非要我做，其实压根儿没用。你呢，昨天开庭了？"

"嗯，故意杀人罪和爆炸罪中止。"纪乾坤面色平静，似乎在说一件与己无关的事情，"半天就完事了。"

"你检举揭发了张海生，应该算立功。"杜成看看他，"你的辩护律师提这个没有？"

"好像提了吧,我也没认真听。"纪乾坤指指自己的上腹部,"肺癌,就算判死缓也没啥意义。"

杜成默然,低下头。片刻,他忽然想到了什么,凑过去低声问道:"这么说,你现在肯定没有烟吧?"

纪乾坤一愣:"你个老家伙,都什么时候了,还想抽烟。"

"嘿嘿,我有啊。"杜成诡谲地一笑,从口袋里拿出一盒烟,"可惜就剩两支了。"

"来一支,来一支。"纪乾坤立刻露出羡慕的表情。

两个老头分享了烟盒里最后的两支烟,又凑在一起点燃,对坐着吞云吐雾。

纪乾坤只吸了几口,面庞就憋成了紫红色,随即就剧烈地咳嗽起来。杜成见状,急忙过去帮他敲打后背。纪乾坤好不容易止住了咳嗽,急促地喘息着,手里还捏着那半支烟不肯丢掉。

"瞅你那德行,扔了得了。"杜成也是气喘吁吁,嘴上笑骂道,"真他妈浪费。"

"你还好意思说我,"纪乾坤的嘴角见了血丝,他随手擦掉,指指杜成不断揉动腹部的手,"挺不住了吧?"

"是啊,一会儿还得去抽腹水。"杜成撇撇嘴,呼吸开始变得急促,"一天七八回,烦死我了。"

纪乾坤又小心翼翼地嘬了一口烟头,缓缓吐出一口烟气,盯着院子里往来的人群出神。

"老杜,咱俩都是要死的人了。"

"是啊。"杜成斜靠在长椅上,刚才的动作似乎让他耗尽了力气,"好在执念已了,没什么遗憾了。"

"林国栋是昨天执行的?"

"嗯。"杜成的眼睛半睁半闭,声音也变得越来越低,"注射。"

纪乾坤点点头:"老杜,还有件事,想请你帮个忙。"

"哦?"杜成勉强抬起眼皮,"你说。"

"昨天在开庭的时候,岳筱慧家没提附带民事诉讼。"纪乾坤顿了一下,"我想,总得给这孩子和她爸爸一点儿补偿。我已经写好遗嘱了,全部财产都留给她。如果有机会的话,你劝劝她,请她务必接受。"

"好。"杜成的头慢慢垂下来,声音细微,几乎不可闻。

"我始终亏欠她家太多,虽然金钱补偿没什么意义,但是,"纪乾坤的眼睛忽然瞪大了,语调也一下子昂扬起来,"你看,这俩孩子说来就来了。"

在院子的另一侧,魏炯和岳筱慧正踩着草坪上的水磨石踏板,远远地向这边走来。

"哎,老杜,你说岳筱慧当时录制的视频里,会不会单独给魏炯留了话?"纪乾坤眯起眼睛笑着,"我看这俩孩子挺般配的啊。在咖啡馆里,明知道有炸弹,魏炯还不肯离开岳筱慧。"

纪乾坤自顾自说着,完全没有意识到,在他的侧后方,杜成已经躺倒在长椅上。

"听说他们打算毕业之后去考公务员,做警察,我觉得挺合适的。没有这俩孩子,估计这案子也破不了。真希望有机会能看到他们穿上警服的样子,你说呢?"

在午后的阳光下,纪乾坤看到魏炯和岳筱慧一路嬉笑着并肩走来,男孩接过女孩手中拎着的水果篮。遇到跨度较大的水磨石踏板,男孩会伸出手,拉住女孩,之后就没有放开。男孩还有些害羞,女孩倒是大大方方,还拿出纸巾递给男孩,示意他擦擦额头上的汗水。看着他们,纪乾坤感到极大的幸福和满足。在他眼里,这对青年男女就仿佛自己头上的太阳,炽热、光明,带着永不消失的温度和足以抵御黑暗的力量,宛若这个令人充满期待的春天。

宛若新生。宛若希望。